独角兽书系

风暴帝国

卷三 血战与狂暴

The Empire of Storms BLOOD & TEMPEST

[美]琼恩·斯科夫朗/著　邝嘉儒/译

重庆出版集团　重庆出版社

The Empire of Storms (Book 3) Blood & Tempest
Copyright © 2017 by Jon Skovron
Published in agreement with Jill Grinberg Literary Management, LLC,
through The Grayhawk Agency.
Simplified Chinese translation copyright © 2020 by Chongqing Publishing House Co., Ltd.
All rights reserved.
版贸核渝字（2016）第019号

图书在版编目（CIP）数据

风暴帝国.3，血战与狂暴 /（美）琼恩·斯科夫朗著；邝嘉儒译. —重庆：重庆出版社，2020.9
书名原文：The Empire of Storms（Book 3）Blood & Tempest
ISBN 978-7-229-13879-0

Ⅰ.①风… Ⅱ.①琼…②邝… Ⅲ.①长篇小说-美国-现代 Ⅳ.①I712.45

中国版本图书馆CIP数据核字（2020）第113802号

风暴帝国3：血战与狂暴
FENGBAO DIGUO 3: XUEZHAN YU KUANGBAO
〔美〕琼恩·斯科夫朗　著　邝嘉儒　译

责任编辑：魏　雯　郭思齐
封面插图：破　晓
装帧设计：破　晓
责任校对：朱彦谚

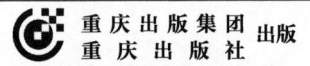

重庆出版集团 出版
重庆出版社

重庆市南岸区南滨路162号1幢　邮政编码：400061　http://www.cqph.com
重庆出版社艺术设计有限公司 制版
重庆市国丰印务有限责任公司 印刷
重庆出版集团图书发行有限责任公司 发行
E-mail:fxchu@cqph.com
全国新华书店经销

开本：890mm×1230mm　1/32　印张：12　字数：306千
2020年9月第1版　2020年9月第1次印刷
ISBN 978-7-229-13879-0
定价：69.80元

如有印装问题，请向本集团图书发行有限公司调换：023-61520678

版权所有　侵权必究

致我的继母,桑德拉·斯科夫朗博士。她一直乐善好施,却从不张扬,以至于我如此后知后觉。谢谢您。

第一章

我的兄弟们总在避免疑惑。他们认为疑惑会让他们脆弱。可他们不明白,疑惑是真知的伊始,因此是真正强大的开始。

——狡猾者河洛的秘密手记

1

"大伙儿都说他是从黑夜中变出来的怪物,神出鬼没,仿佛他就是黑暗本身。"

石匠老图内尔放下麦酒杯,擦走浓密的髭须上的泡沫,对着酒桌上的另外三人使了个会意的眼色,三人也跟着喝了一口,点点头。类似的话他们也听过。

那一晚,舵手室酒馆挤满了人,从几个星期前开始,那里每晚都是人山人海。斯通匹克的居民们最近十分没有安全感,于是自然而然地就聚在一起了。不过大家还是忍不住要说起让他们如此害怕的那头东西。

"有人告诉我,他不会闹出任何动静,连嘴巴也没有。"墨水匠马什说道。

"才不是,我听说他有三张嘴巴,"补鞋匠特瑞纳反驳道,"一张会喷硫酸,一张会喷毒,还有一张会发出超响的尖叫,震得你耳朵流血。"

"我亲眼看到过他的杰作,那些可怜虫一点儿都不像被烧伤,也不像中毒,或者诸如此类的。"老图内尔说,"每个人都是被活活掐死的,可是他们脖子上却没有一根手指印。"

人们还给这个新杀手起了个外号,叫斯通匹克扼死者。每天晚上都有人死在他手上,从工匠大道一直到码头。受害者不分男女,甚至连小孩他也不放过。几个月前的那个暗影恶魔已经够让人头疼了,万幸的是,他一直都只针对异见分子和坏人。而这个斯通匹克扼死者却似乎没有任何杀人的动机,也找不到作案规律,所以才会让人觉得更加恐怖。晚上,家长们都不让孩子出门,连最和善的女人到镇上的时候也会带一把匕首防身。在过去一个月左右的时间里,风暴帝国首都的人们终日惶恐不安,感觉马上就要演变成全城恐慌了。

"不过,我倒是听说他害怕太阳。"马什说,"这算是不幸中的大幸了,对吧?"

"如果真是这样的话。"特瑞纳说。

"我家男人说他在码头那边听到一些奇怪的声音,"裁缝霍珀说。他话不多,但混得最好,所以大家都挺尊敬他。他甚至还给翰碧斯特夫人和芭希姆女伯爵做过礼裙,那可是帝国最时尚的两位女士啊。"你们知道商人叉运河西岸边的那栋旧仓库吗?"

"就是近十年在慢慢塌掉的那栋?"特瑞纳问道。

"就是那栋。"霍珀说,"总之吧,当时我男人正在那边和渔夫杰克罗换货。你们认识他吧?"

"他是我老表!"马什说,总是想方设法在霍珀面前表现自己。

霍珀默默地盯着这位最年轻的小伙伴,然后说:"不管怎样,我和我男人都认识杰克罗很久了,他是绝对不会撒谎的。他说最近一个月左右,有人一直躲在那栋仓库里。那个人有点儿……不正常。"

"那不正好是受害者出现的时间吗?"老图内尔指出道。

霍珀凝重地点点头,喝了一口酒。

"他怎么知道那个不正常的人躲在那里?"特瑞纳问道,"他看到了?"

霍珀摇摇头。"他只是听到了。每到黄昏时候,那个人就又是哭又是呻吟的,像极了一头野兽。他还说几乎每天晚上都是这样。"

马什打了个冷颤。"要这么说下去,我觉得我今晚要做噩梦了。"

"别像个娘炮一样。"霍珀道。

马什哀怨地看向特瑞纳。"你不觉得吗,特瑞?这怪物比那个暗影恶魔还要恐怖啊。"

特瑞纳还没来得及回话,一个新来的声音插话道:"你是这么认为的?"

说话的人坐在对桌边上,靠着椅背,双手交叉在胸前。他穿的是勋爵才配得起的那种上好外套和领结,这身打扮在舵手室酒馆显得有点格格不入。但更古怪的是,他戴了一副熏得漆黑的眼镜,黑得把眼睛都遮住了。"那你觉得,他俩打架的话,谁会赢?"

工匠们个个面面相觑。

"扼死者和暗影恶魔打?"霍珀问道。

"是我的话,我会押恶魔赢。"新来的说道。

"他们干吗要打架?"马什不解道。

"我看他们多半会联盟才对。"特瑞纳赞同道。

新来的耸了耸肩。"也有可能。"

"不过话说回来啊,"老图纳尔说,若有所思地用食指和拇指捋着胡子,"他们可能在竞争呢,是吧。在争地盘。"

"可能吧。"新来的说,"他们打架也有可能是因为暗影恶魔想负荆请罪呢。"

大家再一次面面相觑。

"怎么没见过你啊,新来的。"最后老图纳尔道,"你叫啥?"

那个人笑了。"你可以叫我红眼。"

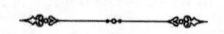

———◆———

第二天晚上,红眼就去了码头那边。他走过一艘艘单桅小帆船,看着水手们在上货卸货,异样的金色暮光让事物变得有点失真。他穿了一身舒适的灰色行动服，是生物法师强迫他变成暗影恶魔时给的。主要是他那身贵族行头在码头太显眼了，万一惹上什么麻烦，动起手脚来也不方便。

他一直都觉得天堂圆环的码头已经够大了，有超过二十个船坞，无论什么时候都有超过五十条船来来往往。但斯通匹克的码头是从伯恩尼斯运河一直延伸到市中心，穿过震雷门的遗迹，连到海边；在运河较大的一些支流上，甚至还建了一些船坞。而在运河与大海的汇合处，码头沿着南海岸伸展出去，蜿蜿蜒蜒有好几里。全部算起来，那里一共有将近八十个船坞和超过一百栋仓库。至于来往船只的数量有多少，红眼甚至连想象都做不到。

幸好，商人叉运河是较小的支流之一，主要是给工匠们来交易贵族们用不上的东西。这就意味着这里警卫并不森严，人也相对较少。红眼马上判定，这里确实是怪物藏身的好地方。红眼希望渔民杰克罗并没有搞错，他确实在那栋废弃仓库里听到一些"奇怪"的动静。翰碧斯特夫人好几个星期前就把任务交给红眼了，而这是他找到的第一个靠谱的线索。

他沿着河堤前进，绕过还在码头劳作的人群。都马上日落了，这里的人比红眼预想的还要多，这让他有点担忧。梅里韦尔特别嘱咐过，这次行动一定要悄无声息，要像执行间谍任务一样，不能引起不必要的注意，更不能让已经处在崩溃边缘的城市恐慌再度加剧。另外，他还得用一条灰围巾遮住下半边脸，以隐藏身份。显然，让别人知道帕斯汀纳斯庄园的勋爵在抓怪物是万万不能的。一开始，红眼觉得只是遮住口鼻，却让眼睛露出来有点傻，毕竟眼睛是他目前最明显的特征啊。不过梅里韦尔指出，作为帕斯汀纳斯勋爵，人们基本上从来没见过他摘下眼镜的样子，所以绝大部分人都不知道他的眼睛是红色的。

日落时分，红眼终于来到了那栋仓库。那个补鞋匠确实没有夸大其词，这里真的快塌了。仓库的屋顶几乎掉光，四面墙也开始互相塌落。红眼看到那里有两个入口，一个在岸边，以前应该就是从那里把货卸到仓库里的；另一个在正对面，大概就是在这里过去把货物装车运到城里的。考虑到所有的受害者都在内陆，红眼决定从向着城里的入口进去，把怪物的逃跑路线切断，以免它再伤害无辜。

一直以来，红眼都在脑海里想象这个怪物到底长成什么样，但他所听到的传言都是互相矛盾的，所以在里面会遇到什么样的东西，他心里还是没有底。唯一能确定的是，那东西肯定是生物法师的杰作，因为那帮家伙一点都不正派，也没有同情心。

随着红眼慢慢靠近仓库，他听到里面传来了一阵令人不安的恸哭，声音像极了小孩的哭声，又像受伤动物的哀鸣。

这时，他发现入口的上方有一扇很大的窗户，玻璃都已经破碎不堪。红眼马上就决定，比起直接从门口大摇大摆地走进去，还是走窗户比较稳妥。于是，他爬上墙壁，增强的身体触感让他的手指和穿着软鞋的脚趾能够轻易找到墙上的凸起和裂缝，使他更容易攀爬。

爬上去后，红眼便从窗户的边缘瞟进去，观察仓库内部的情况。他那猫眼似的红眼睛在昏暗的环境下特别管用。只见里面的空间非常开阔，四处散落着铺满灰尘的船舶设备、腐烂的一卷卷缆绳，还有一堆堆从屋顶掉下来的碎片。靠近天花板的地方有一排窗户，最后的晚霞透进来，把仓库内的所有事物都染成暗红色。

那痛苦的哭声是从一艘倒扣在墙边的小船下传来的。船下的空间足够让一头相当大的怪物藏在里面了，不过不管里面是什么东西，只要它出来就肯定会把船弄翻。这就意味着有一瞬间它是毫无防御的，而那就是红眼偷袭的最好机会。所以红眼潜伏起来，静静等待。

这样埋伏在窗户边并不好受，红眼不得不几次甩腿，以免发麻。最后一束暮光终于消失了，可是那艘船还是一点动静都没有。相反，红眼看到一团浑身惨白、布满皱纹突起的东西从船与地面的狭窄空隙蠕动了出来。红眼不禁觉得有点恶心，却又挪不开眼睛。那东西慢慢地在木地板上摊开，像一摊长满了肿瘤的肉。每当肉瘤穿过缝隙时，就会把船往上顶起一点。

等它完全从船底出来之后，红眼这才发现那东西既不能用"一团"也不能用"一摊"来形容。它是有形状的。是一个人的形状。但又不是固定的，仿佛所有骨头都变得很软，很容易弯曲。那个人俯卧在地上，肉都垂在地上，显得十分笨重，手和脚像昆虫一样弯曲在身体两侧，看上去就像橡胶做的昆虫的四肢。这时，红眼认出了那张模糊的脸。

"布拉克森？"

红眼想起普洛格·伯恩有一次无意中提起过，他们对死脸德廉曾经的二把手进行了惩罚，理由是他过早地透露了红眼对高频声音的弱点。听到这个消息的时候，红眼就知道惩罚肯定很恐怖，但他没想到他们还会留着活口。

听到红眼叫自己的名字后，曾经是布拉克森的那团东西慢慢地转了过来。不过他并不是走，甚至连爬都不算，而是像一只人和章鱼的杂种一样，在地板上蠕动着不断起伏的肉团。这么软的肋骨，他身体的重量肯定都压在了内脏上面，红眼觉得这肯定痛得要命。而布拉克森的头像一块走了气的油酥面包似的耷拉在一旁，说明他的脑壳儿也没起到什么作用。

"布拉克森，你能说话吗？"红眼一直都很讨厌布拉克森，但无论是谁也不应得到这般下场。他拉下围巾，露出脸来："你还认得我吗？"

布拉克森闷哼了一声，听起来不是很友善。他的嘴巴夸张地张合着，可能是想说话，但却因为下巴太软，无法清楚地吐出字来。

"听好了。我知道咱俩从来都不是哥儿们，但发生在你身上的事绝对是错的。让我来帮你吧。"他不知道应该怎么帮，不过他认识王子和皇后，他肯定能做些什么。

布拉克森似乎并不理会红眼，慢慢地向门口蠕动。也许是他的大脑已经严重损伤了，根本听不懂红眼在说什么。不论是哪种情况，他似乎想要离开仓库，八成是要回到镇上，然后逮着谁就用他那橡胶般的双手把他掐死。

红眼叹了口气，重新把围巾套上。"我应该早就料到你不会让我好过的，就算是现在。"说完，他从窗沿上跳下来，挡住布拉克森的去路。"不好意思啊，老铁。你的连环谋杀案今晚就得结束。"

布拉克森橡胶般的脸蹙成了一团，可能是想皱眉吧，接着他发出了一声低沉而浑浊的咆哮。

红眼两手各抽出一把飞刀，布拉克森看到刀刃的青光后立即停了下来，身体不停往体内蜷缩。

"瞧你，"红眼道，"你也许听不懂人话，但还是知道危险嘛。看样子咱们还是可以心平气和地解决这事儿咯。"

布拉克森往体内缩得更深了。突然，他像弹簧一样弹了出去，重重地砸在红眼的胸膛，把他撞翻在地。

布拉克森从红眼身上碾过去，眼看就要逃脱了，红眼立即将一把飞刀刺进了怪物软塌塌的肩膀，顺势将自己拉起，骑上怪物的背部。接着，红眼将另一把刀也刺入了布拉克森的另一边肩膀，并紧紧握住，心说幸好还戴着无指手套，不然现在手掌已经被刀刃割裂了。

布拉克森发出一声颤鸣以示反抗，跑得更快了，速度简直超出了红眼的预料。他以一种怪异的姿态蹒跚地压缩身体，然后向前弹射出去，手和脚碰到什么就抓住什么，帮助自己前进。直到现在为止，红眼本来是打算在布拉克森软塌的头上来那么一两刀，但以目前如此疯狂暴走的情况来看，一旦红眼松开插在怪物肩膀上的其中一把飞刀，他就会马上被甩出去。所以，他现在什么都干不了，只能死死握住飞刀。

红眼就这么伏在那头不情愿的坐骑上，跟着他硬生生地把摇摇欲坠的门撞烂，来到货运路上，往镇里窜去。红眼最不想看到的就是让他跑到镇里，于是他把自身重量都压在布拉克森肩上的飞刀上，手猛地一使劲，两人便拐了一个大弯，撞入草丛，朝着商人叉运河的西岸码头冲去。布拉克森的行动明显受到茂草的限制，红眼心想这是个机会。但还没等他行动，他们就已经冲到码头了。布拉克森用橡胶指头钩住疏松的木板缝隙，冲得更快了。

"快让开！"红眼大喊道，眼前是一群码头工人，正在把货物从一艘小船上卸下来。在这个点卸货的，十有八九都是走私货了。

工人们连忙躲到一旁，布拉克森从货箱中间径直撞了过去，粉红色的珊瑚香粉立即在空中喷洒开来。

"也没啥损失。"红眼喃喃道，心里依然对这些害死他母亲和几乎让他夭折的毒药充满憎恨。他还是一个多愁善感的人啊。

一眨眼的工夫，这对怪异的组合便从工人们的身边疾驰而过，所有人都一脸疑惑地盯着看。码头很长，沿着商人叉河岸延伸大概有五百米，红眼看到还有四五群工人在前面，全都挡在了路中心。他必须尽快搞定这事儿，不然斯通匹克的每一个毒贩都会看到他们了。是时候要来一点冒险的、也许还有点浮夸的杂技了。

红眼猛地把飞刀从布拉克森的双肩上拔出，高高跃起，在半空迅速地把飞刀掷出，稳稳地命中了布拉克森软塌的后脑勺。红眼在木地板上降落，顺势滚动身体，以缓冲撞击。红眼还没来得及从地上站起来，抬头便看见那已经断气的怪物由于惯性又撞在了码头上的一堆木板箱上。工人们一开始还愤怒地厉声呵斥，等到他们看见是什么东西撞翻了他们的货物时，所有人顿时都炸开了，纷纷发出惊恐的喊叫。

红眼摇摇晃晃地站起来，然后连忙冲过去，一把将布拉克森的尸体推到河里。很快，尸体便完全没入了水中。

正常来讲，一个合格的间谍此时早就应该神秘地销声匿迹了。不过，他要是一个合格的间谍，那么从一开始这场骚乱根本就不会发生。既然事已至此，红眼忍不住又要显摆一下。

"哎，老兄们啊，"他对走私犯们说道，脸上还裹着面罩，红色的眼睛在月光下闪闪发亮。"我觉得吧，这样就算解决了斯通匹克扼死者的问题了！"

说完，他轻轻地鞠了个躬，然后迅速地跑了，夜空中只留下了他不羁的笑声。

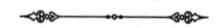

"你对'别声张'的理解也够奇葩的。"梅里韦尔·翰碧斯特夫人说道。

她和红眼约好了在她的公寓里会面。那里还是那么整洁朴素，无可挑剔。梅里韦尔坐在玻璃桌旁，优雅地把烧鸭切下一小块，放到嘴里。尽管她神情冷酷，目光严厉，但红眼还是无法忽略她身上满溢的魅力。尤其是她那身性感的礼裙，诱人的乳沟展露无遗。这是她最爱的打扮。

"夫人啊，我真的不知道你在说什么呢。"红眼快活地说道，懒懒地坐在旁边一张软垫椅子上，一只脚还搭在了扶手上。他百无聊赖地转着杯子里最后一点红酒，然后一饮而尽。梅里韦尔的红酒是最棒的。要不是这些红酒，红眼早就受够了这种烦闷的工作汇报例会了。想起以前她还在假装追求红眼的时候，他还挺享受跟翰碧斯特夫人在一起的。但现在她是红眼的老板了，她变得越来越不喜欢他开玩笑。红眼知道这才是真正的梅里韦尔。一个绝顶聪明的间谍和战略家，心里几乎没有一点同情心，冷酷得让人生畏。红眼是世界上仅有的几个知道她真面目的人，所以常常对她十分敬畏。还是以前的样子比较有趣呀，红眼心想。

"我说的是你昨晚在码头的表演，还问。"她说道。

"什么表演？"红眼装作糊涂的样子问道。

"现在城南的每一个酒馆都在聊这事儿。"

"当时的场面确实还挺英勇的。"红眼承认，"不过事情由不得我控制。"

梅里韦尔用餐巾轻轻擦拭了嘴巴。"英勇。是呢。这倒提醒我了，城里还有一个传言在满天飞，说什么杀掉斯通匹克扼死者的不是别人，正是暗影恶魔。"

"这么奇怪？"红眼用手指摩擦着红酒杯沿，让其发出轻微的嗡鸣。

"就是啊。"梅里韦尔继续道，"人们说他想为斯通匹克的好人赎罪。我实在想不通这种事到底是怎么传出来的。"

红眼露出他最亲切的笑容。"老百姓的想象力真是丰富啊，你说是不是。"

梅里韦尔盯着他好一会儿，然后站起身来，走到一旁的窗户边，看向那清澈无云的蓝天。"你在很多方面确实都很有天分，亲爱的帕斯汀纳斯勋爵。不过我开始觉得你不是做间谍的料。"

"也许组队去找希望会更合适我。"红眼淡淡地说道。这已经不是他第一次提起这件事了。

"我说过多少遍了，这事我会处理的。"梅里韦尔说，"现在，我们有更紧急的事情要考虑。"

"哦？"

"虽说你办事缺乏谨慎，但让我更在意的是生物法师团最近的举动。让你化身暗影恶魔去刺杀特定人物是一回事，但放任一头没有思想的怪物在镇上恶意肆虐？"

"听起来确实鲁莽。"红眼说，"不像是普洛格·伯恩的风格。"

"正是。"梅里韦尔同意道，"我们再怎么憎恨伯恩，也无法否认他对其他生物法师起到的约束作用。"

"他们都这样了，算什么狗屁约束？"

"伯恩的死显然让他们改变了策略。这头怪物不是唯一的迹象。他们甚至还决定让国王和安妮波拉大使开始外交条款的谈判。"

"这确实挺让我意外的。"红眼同意道。

"我要知道他们突然改变策略的原因。"梅里韦尔说,"我还要知道他们最近和文成武僧团达成联盟的目的。"

"训练的时候,我一直都在探他们的口风,但他们实在是老奸巨猾啊。"红眼说道。

梅里韦尔从窗户转过身,看着红眼。"我觉得是时候利用一下你与他们之间的特殊关系了,以更加……直接的方式。"

"梅里韦尔,咱们都很清楚,如果我表现得太主动的话,咱和他们的关系就算完了。要是被他们发现我已经不受控制了,那就没法玩下去了。"

"我愿意冒这个险。"梅里韦尔说道。

"事情有这么严重?"

"你知道上一次生物法师和文成武僧联手是什么时候吗?"她平静地问道。

"黑暗法师时代。"红眼回道。

"正是。"梅里韦尔说,"一百年以后,我们还没从那次灾难中恢复过来。如果同样的事件再次发生的话……很有可能整个帝国都无可幸免。"

红眼盯着他的空红酒杯。过了好一会儿,他才看向梅里韦尔。"我需要做什么?"

那天晚上,红眼又坐在他的套房里画画了。从乐沙巴希塔岛回来以后,他就一直保持着画画的习惯。每当他内心的黑暗开始如潮涌般升起,画画便帮他平静下来。倒不是说他决定自己会再一次失去自我,只是那种感觉真的很不爽,而红眼又是那种大大咧咧的人,即使是有坏事发生

也觉得无所谓。他从来都觉得担心没什么意义。

"我的天，这怪物太吓人了！"雷斯顿王子从红眼的肩膀后看着那幅画。

王子时常都是想来就来，想走就走。红眼倒觉得没什么，因为这代表他也可以对王子这样。而且王子那里吃的喝的都比较好，所以红眼也很乐意这样。而且，这种轻松惬意的感觉让他想起了和菲勒在一起时的那简单而快乐的时光。

"你不喜欢啊，殿下？"红眼一边问，一边继续画着布拉克森从船底爬出来的画面。他已经把外套和领结脱掉了，只穿着一件衬衫，袖子卷了起来。

"画得非常好。"雷斯顿马上回道，"不过一般人画的都是些美好的事物呀，例如鲜花啊，或者风景啊。"

"当然啦，"红眼说，"他们是想把画卖出去，所以要画一些人们爱看的。我又不打算卖，所以不用考虑人们爱看什么。我纯粹是为了自己才画的。"

雷斯顿拉来一张椅子，盯着布拉克森的画看。

"可是你为什么要画如此丑陋的东西啊？"他问。

"只要我把他在画布上画出来，"红眼回道，"我的脑海受他的影响就少一些。"

雷斯顿沉默了片刻。"当艺术家是多么伟大、多么辛苦的一件事啊。"

"得了吧，兄弟。我肯定，当王子也是一样的。"说完，红眼放下画笔，表情严肃起来。"我说啊，我可能得……离开一段时间。"

"离开是什么意思？离开皇宫吗？"

"离开斯通匹克。有一件事我必须去做。而这件事会让我麻烦缠身。估计我很快就会变得很不受欢迎了。而且这种状况还会持续一段时间。"

其实是永远，不过红眼没有说出来。

雷斯顿皱了皱眉。"翰碧斯特夫人那么快又给你派任务了？这一次更严重吗？"

"我觉得，她一开始招募我就是为了这件事吧。"

"跟生物法师有关？"雷斯顿连连摇头。"太危险了。我不允许。"

"抱歉，雷斯顿。"红眼说，"这事儿我必须得做。而且这命令是皇后下的，所以级别比你的高。"

"那希望呢？"雷斯顿几乎是恳求道，"你不是跟生物法师说好了只要你留在这里，他们就不会伤害她吗？"

"呵，他们钻了个空子，让文成武僧去抓她了。所以，尽管理论上他们是守了承诺，但对我来说他们还是违约了。"

"让别人来做不行吗？"

"只有我才能靠近他们。"

"可是……"王子十分沮丧。"你都已经经历了那么多……"

虽然红眼曾经幻想过各种疯狂的事情，但他这辈子都没想到自己会和帝国的继承人成为朋友。更让他意外的是，他真的很喜欢这个人。毫无疑问，这位王子肯定是集万千宠溺于一身，身受重重保护，娇宠万千，但尽管如此，他仍然是一个善良的人。

红眼挤了挤王子的肩膀，说道："谢了，老铁。很高兴有人能认同我。只可惜这改变不了任何事。"

"那……你什么时候走？"雷斯顿看起来伤心透了。直到现在红眼才意识到，原来他是王子唯一一个真心朋友。这让他非常心痛。

"明天吧，应该。"

"你会去跟尼雅告别吗？"

红眼揶揄地笑了笑。虽然已经几个月过去了，但他和尼雅之间的隔阂还没有化解。不过他并不怪她。不管是不是被生物法师控制，他毕竟差点就杀死了尼雅，所以她不想和自己走得太近也是可以理解的。不过尼雅也不是什么孬种，而且红眼也在想她是不是已经知道自己是梅里韦尔的间谍了。如果真是这样的话，她的回避就不光是个人问题了，还出于政治原因。就他个人来说，红眼希望是政治原因，因为他真的挺喜欢这位奥克邦塔大使的。

不管怎样，她毕竟是外邦的一名使者，如此敏感的事情绝对不能让她知道，哪怕是半点也不行。

"不如这样，"最后红眼说道，"你帮我去和她道别怎样，陛下？我会感激你的。不过要等到明天之后哦。"

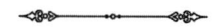

———❖———

第二天早晨，红眼独自站在他那小小的客厅，看着里面的一件件家具。都是上乘的好家具啊。两张椅，一张双人沙发，木架的材料都是用梅里韦尔的乐沙巴希塔岛上的上好黑木打造，经过反复打磨和上漆，直到光滑得像玻璃一样。座椅和椅背上都拉上了一层黑蓝色的丝绸垫，材料来自法世拉门岛。据梅里韦尔说，那些丝都是从虫子的屁股里拉出来的。也许她是开玩笑吧。有时候他真的很难分辨她是不是在开玩笑，不过这也是红眼喜欢她的原因之一。

椅子旁边是一张长方形的玻璃桌，铁制框架经过精心锻造，四角镶着贝壳状的饰物。桌面上整齐地铺着一张绸布，以海鸟和鱼的图案点缀。红眼一直在琢磨那些究竟是会飞的鱼呢，还是在潜水的鸟。

红眼不是在抱怨。一点都不是。他的客厅里从来都没摆放过如此精致的家具。该死的，他甚至连客厅都没拥有过，而且也不认为以后会有。

他叹了口气，用手扫了扫其中一张椅子上那些不存在的灰尘。

"哎，这段时间还是挺美好的。"

"什么很美好，大人？"休姆问道，手里捧着一叠干净的被套和枕头走了进来。

"不用换啦,老铁。"红眼愉快地说,"今晚我不睡那里。很有可能以后也不会了。"

休姆转向红眼,腰杆笔挺,铁灰色的马尾辫整齐地垂在后面,只有额头上的几条皱褶透露出了他的担忧。在过去的一年里,红眼一直绞尽脑汁地想让他动摇神色,结果均以失败告终,没想到现在竟然就这么成功了。

"大人?"休姆小心地问道。

"你一直对我很好,休姆。"红眼说,"真他妈跟天使一样,真的。我都觉得自己不配你这么对我。老实跟你说吧,虽然我一直摆成一副不需要你的模样,但我会想你的。"

"依我说,大人,你说的话有点……生离死别的感觉。"

红眼淡淡地笑了笑。"梅里韦尔需要知道生物法师们最近在搞什么鬼。我一直都觉得自己是一个很会套话的人,可是几个月了,我却一点信息都套不出来。那帮混蛋保守秘密的本领比天堂圆环的天堂一角的老板还要强。老实跟你说吧,我敢断定,肯定有什么事要发生了。"

"你说的那个人我非常了解。"休姆淡淡地说道。

红眼的眼睛顿时亮了起来。"你看你看?我居然现在才知道你跟莫是老相识,太惭愧了。哎,不管怎样,梅里韦尔需要结论,我的任务就是拿到它。"

"你又要鲁莽而为了,对吧,大人。"休姆凝重地说道。

红眼笑了。"老休姆啊,我的老朋友,那是我最擅长的。"

红眼很喜欢戏剧性地退场,因此说完,他便转过身朝门口走去。

"最后一个问题,大人。"休姆说。

红眼顿了顿,转身面向休姆。

"你想我怎么处理它们?"休姆指了指靠在墙边的那一叠画。

"你想怎样就怎样吧,休姆。我画画是为了保持自我,画完我就不需要了。"

"或者我把它们送给恐怖谷的托里斯顿·巴格沃尔希先生?他似乎非常欣赏帕斯汀纳斯一家的画作。"

"可以啊。条件是你要高价卖给他,然后给自己买些好东西。"红眼说道。

休姆的嘴角扬起浅浅的笑容。"如你所愿,大人。"

2

八岁以后,她就从来没有回来过暗淡希望岛了。可是不知怎的,她有种从来没有离开过的错觉。

她的名字是以这座岛命名的,如此一来她就不会忘记它,以及那些发生在这儿的恐怖事件。可能这个做法太有效了,她不仅没有忘记,还把这座岛的命运包袱扛在了肩上,多年以来一直如此。

这就是现在她要回来的原因。为了卸下那包袱。也许这样,她就能找到新的人生方向和目标。

随着岛屿慢慢映入眼帘,她没有直接靠岸,而是撑着小船沿着贫瘠的海岸一直航行,直到看见小时候经常攀爬玩耍的礁石滩。这时的风浪很大,她小心翼翼地躲开高低不平的大礁石,来到吃水线附近。接着,她跳下船,把船拉上岸,坐上小小的船头,把黑袍的兜帽戴上,静静地等待着。

她聚精会神地看着潮汐慢慢退去，露出了礁石底。最近她经常这么做：观察自然的缓慢变化过程。她会看日出和日落，也会观天空云朵的流动，有一次她甚至还看着冰块融化。大自然那稳定而不可阻挡的流动当中到底蕴含着什么，她还是没有参悟透。河洛的手记提到过，他通过参悟大自然中的各种现象来升华自身的思想。如果说世界上有最积极上进的事情，应该就数日出了吧？

刚开始这项训练的时候，她觉得非常郁闷。观察自然的变化实在是太费时间了，关键是河洛说的那些瞬间变化她一点儿都捕捉不到。不过她强逼着自己坚持下去，继续观察各种事物的运动：太阳、月亮、潮汐，什么都好，只要能帮她参悟……某种道理。具体是什么，她也说不上来。

每一天，她都认真观察着这些自然变化，周复一周，月复一月。渐渐地，她的心平静下来，而她也开始真正地看到了事物的运动。每当她进入这种状态，快和慢的概念几乎就会消失，时间变得非常有张力，而每一瞬间的感知也变得十分独特。

所以现在，她看着潮汐退去，看着礁石根部都有些什么东西，仿佛在看精彩的魔术表演一样。

她发现，哪怕那么多年过去了，自己还是会浏览礁石底下，充满期待地查看那里有没有海玻璃。一想到这，她不禁笑了。这时，她发现了一块，心跳开始加速。不过她没有马上跑过去。相反，她缓缓站起来，慢慢地走过去，享受着那种慢慢期待的满足感，即使她心里早就想用手去触碰它了。

她单膝跪下，把海玻璃捡起来。这一块既不是红色，也不是蓝色或绿色，它是没有颜色的。她把这块不透明的三角形玻璃放在掌心，用拇指轻轻抚摸着它，享受着那种光滑的感觉。

没有色彩，没有弯曲。也许这是一个预兆。或者是一个提醒。

她把海玻璃放到黑袍的口袋里，重新戴上兜帽，然后朝村子的废墟走去。一路走着，她发现茂草没有小时候那么高了。

来到村子后，她发现那里完全没有人为变动的迹象。可能是由于那块插在码头上的生物法师的标志起到了作用吧，因为光是这个东西就足以让人望而却步了。然而，她的家园正在一点一点地，悄无声息地被风、雨水和雪所消融。烧焦的房子中有很多已经墙倒瓦落，有的房子还有海鸥在上面筑了巢。虽然变化很大，这里的景象还是勾起了她的回忆，而且回忆是如此真实，她仿佛看到了两种画面重叠在一起。过去和现在。生，和死。

她沿着泥路缓缓地走过村子。那里总共只有二十栋房子，所以她很快就来到了村子外头的合葬墓。墓是她亲手挖的，埋的都是她的同乡。说来也怪，这个坟墓是唯一一比她印象中大的东西。当时她那么小，竟然能独自一人完成如此艰巨的任务，她不禁为自己感到惊讶。当然了，那时她可是花了很长的时间，而且在整个过程中，她一直没有意识到独自做这件事到底有多困难。当时她只是知道自己必须要这么做。

现在，当她看着这个巨型的合葬墓，她终于彻底明白了。怎么会有人能对这么多人痛下杀手？她知道这个问题的答案，因为她自己也做过这样的事。很少有人会单纯为了屠杀而屠杀，但在自大和优越感的影响下，在自以为是的理想和观念的驱使下，人们确实能够做出骇人听闻的事情，因为他们确信这些牺牲都是值得的。泰尔多·肯一直都在研发一种他自认为能拯救整个帝国的武器，五十条生命对他来说肯定不值一提。他甚至还可能说过"为了大局着想"这样的话。她自己也一样，说完类似的话以后，便带着大家去对抗生物法师普洛格·伯恩、豺狼领主维克玛·布鲁尔和他们的死亡军团，带着大家去送死。

然而现在，她已经无法接受用命换命这种方式去解决问题了。肯定有其他方法的。当河洛走到人生尽头时，他也如此相信着。虽然直到最后他都没找到那种方法。也许她也未必可以成功，但她愿意为了寻找答案而献出生命。因为她想不到比这更有意义的人生了。

她转身离开坟墓，回头走向村子。经过村子的时候，她好奇地朝一栋栋破屋里望去，想看看还有什么东西留了下来。屋子里大多都是锅碗瓢盆，还有一些腐烂的衣服和烂掉的娃娃。她回到自己的房子，找到了她以前的宝箱。箱子表面的木头都被皇兵放的火熏黑了，但里面装的大部分是贝壳和骨头，而且都保存得很好。她想带一些走，但当她捡起其中一块贝壳时，却觉得贝壳异常沉重。于是她提醒自己，她是来这里放下包袱的，而不是背上新的。

族长萨姆卡的房子是村里最大也是最牢固的，比其他房子保存得都要好。就连瓦片屋顶也依然完好无缺。小时候，族长的房子是不能随便进去的，所以她现在实在忍不住想进去看一眼。

族长有张铁架床和羽毛床垫，虽远说不上豪华，但大概也足以让村里的所有人羡慕了。里面没有书，那是毫无疑问的。因为她们村里没有一个人认识字。可是那里却摆着一张精雕细琢的书桌，此外还有一个柜子，所用的木材也肯定不是从岛上取来的。

她默默地看着这件"奢饰品"，不觉莞尔。突然，她的注意力被柜子最上面的两个东西吸引了过去。第一样东西是一把小镰刀，刀身上像是刻着某种文字，但她看不懂。放在镰刀旁边的是一块上了色的木头面具，嘴巴和鼻子长长地伸向外面，还装上了动物的胡须和锋利的犬齿。那到底是狼还是狗？

她把面具拿起来，认真地查看。

也许都不是。可能那是一匹豺狼。

她本来打算在暗淡希望了结完心事后就回到盖尔默尔的修道院。但她在萨姆卡房子里发现的东西似乎让维克玛·布鲁尔所说的话可信了起来。据他所言，南部群岛的村民跟豺狼领主和死灵法术有着直接的联系。因此，他们也与那些在黎明曙光被杀害的几百名女童脱不了干系。

自从和布鲁尔交锋以来，这个问题就一直困扰着她。但几个月过去了，她依然没有找到任何与此相关的证据。为此，她翻遍了盖尔默尔图书馆的所有资料。那里已经是整个帝国规模第二大的图书馆了，但最后也只是找到一卷残破的卷轴，上面记载的是帝国诞生的悠长历史。卷轴上提到，克里摩顿是因为得到从另一个世界来的金发"天使"的帮助才统一了帝国众岛，却没有提到"天使们"是怎样帮他的，至于它们后来怎样也是只字未提，似乎它们在帝国的历史长河上只是一块石子，根本不足为提。她不敢去想这些金色头发的人是否跟豺狼领主有关，或者跟南部群岛的村民有关。

她知道在斯通匹克图书馆里肯定有关于豺狼领主的起源的资料，但那里根本就不欢迎她。普洛格·伯恩声称红眼已经"面目全非"，变得她无法辨认。考虑到生物法师是无法说谎的，所以她知道他说的都是真的。自从失去菲勒、莎蒂，以及，某种程度上来说，内特尔斯之后，她已经无法再看着红眼被生物魔法所残害了。

希望知道这是软弱的想法。她只是不愿去面对自己辜负了红眼的事实。可是她已经从近来的多次失败中学会了一个道理，就是要知道自己的极限，心理上的和身体上的。虽然豺狼领主声称他们之间有血脉关系，但她一开始对此也不怎么在意，更不会因此穿越整个帝国来到这个她最不想来的岛屿。

然而如今她在萨姆卡房子里发现的证据让事情变得蹊跷。那把镰刀看起来跟维克玛·布鲁尔用的那把十分相似，希望还记得他就是用类似的镰刀夺去了无辜女孩的生命。还有，现在她越看那块木头面具就越觉得它是一头豺狼。

也许图书馆不是她要找的地方。毕竟南部群岛的村民几乎都是文盲。也许她应该去找同族聊聊。于是，她决定先不回盖尔默尔，而是继续往东，来到暗淡希望的邻岛——海鸥之啼。

那时正好是夏天，海冰已经融化，她只花了几天就来到了目的地。她把船系在小码头上，走过一段很短的路，就来到了村子。观察周围的时候，她有一种在做梦的错觉，因为那里几乎跟她自己的村子一模一样，只有一点不同：这里有活人。村民们穿着白色的麻衣，跟她童年时的记忆如出一辙。很多人就坐在自己的泥石房子旁劳作，有的在熏鱼，有的在用鲸脂熬油。

村民们警惕地看着她，眼珠无一不是蓝色或者绿色的，所有人的脸上都刻满了南部群岛艰苦岁月所留下的印记。最明显的特征是，在他们苍白的脸上，每一条皱纹和皱褶都被灰色的细沙填满了。虽然她很多方面的特征都跟他们很像，但她身上的黑袍和那只机械手立即让她变成了异类。再说了，在这么小的村子里，突然来了一个从来没见过的陌生人，这对村民来说是非常罕见的。

她在一个老妇人面前停下了脚步。老妇人正坐在小屋门前，勤快地修补着一张渔网。

"抱歉，打扰了。我叫希望。我想找你们的长老，请问他在哪里？"

老妇人抬起阴冷的眼睛看了看她，手上的活一刻也没有停下。"你是说马尔兹吧，小姑娘。你找他干啥呢？"

"我是隔壁岛的。"希望说，"我想找他问问我们族人的一些历史。"

"隔壁岛哈？"她长满老茧的手指继续忙着，出奇地灵活。她脸上没露出任何神色，只是问道："哪一边的？"

"西边。"

"是吗?"她的视线移回手上,表情依然没变。过了一会儿,她才说:"我猜你已经没有长老可以问了吧。"

"是的。"希望答道,"没有了。"

"没想到还有人能活下来。"

"只有我一个。"希望说道。

老妇人又沉默地忙了好一阵。"马尔兹就在前面。右边倒数第三间。走不了眼的。村里最大的房子。"

"谢谢。"希望转过身,朝老妇人指的方向走去。

"暗淡希望的人以前每年都会来一次。"老妇人喊道。

希望停下脚步,转回身来。

老妇人检查着渔网,脸上的皱纹更深了。"每年夏天快结束的时候,在海路结冰之前,俺们两个村子的人都会聚到一块儿,举行一场隆重的庆祝盛宴。"她抬头看着希望,表情好像稍微温和了一些。"我很想念你们。"

说完,老妇人又重新忙起活儿来。希望站在那里,又多看了老妇人几眼。她以前一直都以为故乡的大屠杀只是一个孤立的事件,没有人会知道,也不会有人关心,没想到居然有人一直都在挂念她那些卑微的同乡,即使他们是同样卑微的邻村人。老妇人的话深深地触动了她,不由得心生感激。过了好几分钟,希望终于重新迈开脚步,向马尔兹的住处走去。

长老的房子和萨姆卡的很像,都是石头比泥多得多,还有屋顶也一样,即使在最恶劣的天气下也绝对不会漏水。她用机械义肢敲了敲厚实的门,敲了几下才意识到金属敲击木头的声音可能会吓到这里的村民。

过了好一阵子,门缓缓打开了,一位老人警惕地看着希望。

"我是暗淡希望那边的,想请教一下我们村的历史。"

老人盯着她,似乎在消化着希望所说的话以及她的外表,努力想让这一切都合理起来。希望发现,他盯得最久的,是她的义肢金属钳。

过了很久,他才说道:"暗淡希望,是吧?"

"是的。"

"这些年你都干吗去了?"

"生存。"

老人那松弛而布满皱纹的眼睛和嘴角动了动,似乎在笑。"你想问什么?"

希望从肩上把临时做的单肩袋取了下来,打开口子把里面的镰刀和面具露了出来。

"这些是什么?"

老人盯着那两样东西,甚至比盯着希望所花的时间还要长。

"很抱歉,"他终于说道,"这些事俺只能对俺的继任人说。其他人都不行。就算是暗淡希望的人也不行。"

现在轮到希望盯着他看了。他连装糊涂的心思都省了,说明他肯定知道些什么。她知道自己可以逼他说出来。这种冲动呼之欲出,只要用刀架着他的喉咙,他肯定会马上坦白。或者用力按住他的头往墙上撞几下就可以了。

可是她已经不想再用这种方式解决问题了。

"我以为我们都是普通人,不会藏秘密,也从不会自命不凡。"她说道。

老人一直看着她的双眼,没有回避,眼神冷酷。"你是这么认为的?"

希望又换了一个策略。"我这里有一点金币……"一边说,一边把手伸进腰包。

"俺一个住得这么偏僻的人,要那些金币干吗用?"

他的语气里充满了轻蔑,不过也可以理解。希望本应很清楚这一点。毕竟,这里不是新列文的闹市,人们都是通过以物换物来交易的。在南部群岛这里，钱一点用都没有。

"对不起……"希望尴尬地说道，"我只是——"

"俺不晓得你要怎么样才从那场悲剧中活下来，不过俺晓得你也不容易。"老人说，"可是这不意味着你就有什么特权。俺们谁没有受过苦？现在的世道就是这个样子的。好了，你走吧，该去哪儿就去哪儿。"

说完，老人转过身，准备把门关上。

暴力的冲动再一次在她心头涌了上来。只要给他的肚子来一拳，他一定就会配合了。然而，希望却把怒气和烦躁咽了回去。相反，她问道："难道真相就那么见不得光吗？"

老人突然在门口顿了顿，但还是背对着希望。他没有回答，只是缓缓地叹了口气。他的叹息声是如此地潮湿浑浊，希望真不知道他还能活多久，有没有找到继任的人，找到那个将要背负这个可怖真相的人，不管那是什么。

"俺只能告诉你这个。"最后他终于开口道，"去外行之地吧，你要的答案也许在那里。"

"外行之地？"那里就是维克玛·布鲁尔之前说的豺狼领主被放逐的岛屿。

"从这儿往东走。"马尔兹说，"等你去到一个岛，岛以南全是冰，以东全是海的时候，你就到了。"

"在那里我会找到什么？"

"可能什么都找不到。也可能比你想要的更多。不管怎样，你现在最好马上出发。夏天快结束了，等到永夜季节的时候，那鬼地方就谁也进不去也出不来。"他回头从肩膀看了看希望单肩袋里的镰刀和面具，继续道："还有，把那两样东西给俺收好。别让岛上的人看见，明白没？"

希望默默地点了点头。至少，她现在明白了一件事。真相就是那么见不得光。

外行之地是希望见过的最荒芜的岛屿。远远看去,整座岛仿佛就是一座从海面升起来的小山脉,看不见任何水平的地面,唯一的植物似乎只有那些倔强地依附在岩石上的荆棘。这种地方能生活吗?

希望好不容易找到了一小块灰沙滩,便把船开了上去。上岸后,她看了看四周,找到一个最矮的山峰,便开始往上爬。那一整天,希望一直不停地爬,但由于义肢钳拖慢了速度,直到黄昏的时候她才爬到一半。别无他法,她只好在悬崖上向外突出的一块小岩石上过了一夜。

等第二天早上醒来,她的黑袍已经结了一层霜。也没多想,她开始继续往上爬。一开始,她的手脚很麻,但随着身体慢慢运动开来,麻木的感觉也逐渐褪去。快到中午的时候,她来到了雪线,又继续爬了一会儿,希望终于爬上了顶峰。虽然还有更高的山峰在两旁向上伸展,但站在这里她已经能够看到在岛中央有一个山谷,就在下面几乎与海面齐平的位置。得益于高耸的石山,山谷免遭海风侵袭,尽受阳光普照。随着希望往下走,空气的温度明显升高了。

谷底铺了一层厚厚的暗绿色植被,希望一边从及膝高的茂草丛中穿过,一边环顾四周,寻找人类居住过的痕迹。山谷中小树葱郁,树上野花开放,黄的,紫的,白的,还有草丛中的暗红浆果点缀,映衬出一种简单的美。希望觉得这里的冬天也跟南部群岛其他地区一样严酷,但在夏季时分,这里俨然就是一个世外桃源。如果这里就是豺狼领主被流放的地方,那环境也未免太好了些。

大约走了一个小时,希望看到在山谷东面边缘的悬崖上有一个巨大的山洞。在山洞的入口周围,刻满了跟镰刀上面一样的无法辨认的文字。本来这些已经够引人注目了,但希望的注意力却被更奇怪的东西吸引住了。

准确地说，是一个人。

在山洞的入口前面，有一个五六岁的男孩。他穿着一件粗糙的灰罩衫，交叉着苍白的两条腿，盘坐在草地上。脚上是一双又黑又重的靴子，尺码明显大很多，看上去有点滑稽。他的头发十分蓬乱，而且是诡异的骨白色，比南方人典型的金发还要苍白。他低着头，希望看不到他的脸。只见他正摆弄着膝盖上一个黑乎乎的小东西，高兴地哼着歌，但他的声音却莫名地让人不安。

希望慢慢地靠近，不想被男孩发现。走近后，她才看见男孩膝盖上的原来是一只死去的小鸟。除此之外，她还看到男孩身旁的草地上有金属的反光，可能是一把刀，或者什么打猎的工具。

一开始，希望以为那只鸟已经死了，因为它在男孩的手里根本一动不动。可突然间，它又开始动了起来。接着，男孩抬手就把它放飞起来，高兴地笑了。他身体往后靠，用手撑着地面，一边笑一边看着小鸟在头顶不停地转啊转。不过奇怪的是，小鸟只是单调地绕圈飞，脑袋不自然地歪在一边。

"你是谁？"男孩的声音有点尖。他咧着嘴直勾勾地冲着希望笑，笑容阴郁，甚至有点疯狂。现在希望已经离男孩很近了，她注意到男孩的手臂和大腿上全部都是淡淡的粉红色疤痕，仿佛被刀割了无数次。难道是维克玛·布鲁尔干的？这个男孩是豺狼领主的儿子，还是他残忍之下的受害者？

希望拉下兜帽，看着男孩一会儿，说道："你喜欢的话，可以叫我希望。"

他伸出一根手指指着希望。"你是个女的！"

希望点点头。

男孩的手指没有移动，继续说道："那你就不是我的领主。他是男的。"他看起来对自己的推理非常满意。

"你叫什么名字?"希望问道,又走近了一点。

"我叫尤特尔。"说完,他的表情变得非常高兴。"你可以做我的朋友吗?"

"可能吧。"希望道。

"好耶!"

忽然,男孩以让人意想不到的速度抓起了草地上的利器。那是一把小镰刀,跟希望之前看到的一模一样。男孩仍旧笑着,向前猛冲了一步,朝着希望的脖子就是一划。希望往后收了收身体,躲开了男孩的攻击。

一时间,男孩一脸惊讶,显然是没想到希望会躲开。很快,他的嘴噘了起来。

"你不是说要做我的朋友吗!"他迅猛地舞动着手臂,镰刀在冰冷的空气中发出嘶嘶的嗡鸣。

"我是说可能。"希望淡定地躲开每一刀,没有还手。"再说了,如果我死了,我们怎么做朋友?"

"你是笨蛋吗,你死了我们才可以做朋友啊。"

希望想了想男孩的话,一边躲避着攻击。"我有一个更好的方法,你想知道吗?"

男孩顿时停了下来。他狐疑地眯着眼说:"什么更好的方法?"

"不如这样,你跟我说你的方法,我也跟你说说我的方法,然后我们一起来比比谁的更好,怎样?"

他疯子般的笑容又回来了。"是比赛吗?"

"当然。"希望答道。

"好啊,太棒了!"他一屁股坐回到地上,不合脚的大靴子伸在身前,随意地把镰刀扔到草地上。"我的方法是把他们杀死,再把他们复活。这样,他们就会一直听我的话了。"

希望抬头看了看还在绕圈的小鸟。"你对那只小鸟做的就是这个吗?"

"没错!"男孩躺到草地上,伸展着手臂和双腿,盯着小鸟看。

"看上去确实很有效率。"希望承认道。

"这么说我赢了?"说着,男孩伸手去拿镰刀。

"你得先听听我的方法。"

"对噢!"他重新放下镰刀,翻了个身伏在地上,用手托着下巴,看着希望道:"到你了!"

"我交朋友的方法是这样的,"希望说,"我对你好,你也对我好。"

尤特尔继续看着希望好一阵,这才意识到她已经说完了。他瞪大了眼睛道:"就这样?"

"就这样。"

"那……什么时候才结束?"

"只要我们一直对对方好,它就不会结束。"

"你是说你的友谊是永恒的?"

"可以是。"

男孩放开手,让自己摔到地上。"好吧。"他贴着泥土说,"你赢了。"

"我猜,你的方法没有那么长久吧?"

男孩摇摇头,额头依然贴着土地,伸手准确无误地指着小鸟,指头随着小鸟慢慢地画圈。"你自己看吧。就快停了。"

希望盯着小鸟。只见它又盘旋了几圈,忽然就从空中掉了下来,再一次毫无生色。

"让它复活难不难?"

"不会啦。"

"我还以为要花好几天呢,而且尸体要用特殊的药剂处理才行。"

男孩抬起头,重新笑了起来,诡白的额头上沾了一大块泥。"通常是这样的。不过我有特别的方法。"

"特别的方法?"

"对啊。因为我已经被灵化了！"

"灵化？"

"我做给你看，"他抓起镰刀，咬在唇间，四脚并用地爬到死鸟掉落的地方。然后，他又盘腿坐着，把小鸟放到大腿上。接着，他用镰刀在手掌上划开一道口子后，又把刀丢到一边。接着，他把淌着血的手放在小鸟上方，任鲜血滴在小鸟张开的喙和眼睛上。然后，他低头盯着小鸟，期待地笑着。

不一会儿，小鸟颤动着身体，又飞到了空中。

"只要我高兴，我想来多少次都行。"男孩告诉希望，"不过尸体会慢慢坏掉，所以过不了几天它就会完全动不了了，到那时就不好玩了。"

"这些是不是维克玛·布鲁尔教你的？"

男孩热切地探过身子。"你认识我的领主？他什么时候回来？"

"他不会回来了。"希望静静地说，"我杀了他。"

"你杀了他？"他看起来一点都不伤心，如果说有什么反应的话，那他表情里只有佩服。"没有人可以杀死领主！我试过五次了！"他举起一只手，张开五根手指。"五次！而且从来都没有成功过！"

"那……维克玛·布鲁尔是不是你的爸爸？"希望问道。

"爸爸？"尤特尔似乎不是很理解这个词的意思。

"他是你的家长吗？"

"噢，我没有家长。因为我已经被灵化了。"

"那是什么意思？被灵化？"希望不解地问道。

男孩看起来也很困惑。"灵化就是我啊。"

"知道了。"不过说真的，她只知道连男孩自己也不知道那是什么意思，应该也并不理解他这个能力可以带来巨大的影响。

男孩似乎已经对这段对话失去了兴趣，正把身旁的高草拔出，然后编在一起，重新哼起了让人起鸡皮疙瘩的小曲。希望看着男孩，思考自己应该怎么做。事情已经很明显了，男孩在某种意义上已经受到了严重的伤害，而且，即使他如此年轻，也很可能再也治不好了。

她低头看了看自己的义肢钳。他们都有同一个特征：两人都受到了不可逆的伤。而且她杀死了男孩的唯一监护人。这么说来，她应该要对男孩负起责任。他会打猎觅食，生存应该没什么问题，但他似乎非常渴望陪伴。他需要和其他人在一起。

是马尔兹指引希望过来这里的，也许他知道一些关于灵化的事情。也许他也能做男孩的导师。海鸥之啼虽称不上富足，但那里起码有村子，尤特尔在那里会比较好。

"尤特尔？"

"嗯？"他没有看着希望，仍旧聚精会神地编织着茂草。

"我带你离开这里好吗？带你去和其他人一起生活怎样？"

"有更多人？"他蹦了起来，眯眼看着希望，"你说真的？"

"真的。"

男孩瞬间笑开了颜。"好多朋友！"

说完，他在草地上又蹦又跳，又是打滚又是翻筋斗，还用镰刀把野花都齐头砍掉。

"不过，要把镰刀留在这里。"希望说道。

3

红眼已经数不清了。这是他第几次站在这个深藏于皇宫地底、位于生物法师老巢里的射击场？第几次为这把手枪上膛？又是他第几次稳稳地命中了远端的靶心？还有这个生物法师，西弗特·梅克，他总是能找到批评自己的地方，也不知道他是第几次这么做了。有趣的是，一想到这是最后一次，红眼心里居然觉得有点想念，即便这一切都让他苦涩不堪。

"你扣扳机的时候左手还是略微有点用力过度。"梅克站在红眼身后靠右十尺的地方，用铁锈般的声音说道。每一次他站的地方，也是那里。

随着日子一天天过去，这位生物法师越来越懒得把自己的脸藏在白袍的兜帽里了。现在红眼能清楚地看到，他的脸上到处布满了诡异的金属粒，皮肤上尽是由一束束铁线组成的色斑，红眼看着就觉得痛得要命，可西弗特·梅克却没有什么反应。可能那其实并不痛吧，又或者是梅克早就习惯了这种痛，以至于现在已经完全意识不到了。软禁期间，红眼已经对生物法师有一定的了解。他们对身边的人很残酷，但最残忍的还是对待他们自己。整个生物法师团都是以这个为前提建立起来的。这在某种程度上让红眼想到了文成武僧团，想到了他们严厉的自律。不过文成是利用自虐将自己变成了武器，而生物法师则是把自己变成了怪物。以前，红眼还觉得文成比生物法师好，但自从看到莱克洛克和他的同伙后，他才明白，文成是好是坏只是取决于他们这把"武器"用在什么地方而已。现如今，这把武器已为怪物所用，红眼真不知道还有什么可以阻止他们。毕竟上一次他们联手的时候把帝国统一了，几年之后又被一个几近疯狂的暴君所征服。

"你有没有在听我说？"西弗特·梅克厉声问道。

"都不知道你还紧张个啥，整个文成武僧团不是都已经随你们差遣了吗？"红眼毫不客气地说，一边给手枪上膛。

梅克顿了顿。可怜啊。在控制红眼的三个生物法师之中，他是最不擅长说话的。目前来说，普洛格·伯恩的话术是最厉害的，不过据梅里韦尔说，伯恩已经被希望在黎明曙光杀死了。阿蒙·塞特虽然话很多，但总在绕圈子。他的话有一半以上都没有把意思表达清楚，而是含糊不清。梅克则很少说话，红眼怀疑他是不是怕自己会泄漏什么秘密。因为生物法师不能说谎。

"你说的是哪个文成？"西弗特·梅克终于说道。

"别装啦，老铁。莱克洛克带人来会议室散步的时候咱们都在。"红眼的语气还是很轻，但把话说出来的时候他已经越了线，现在已经不能回头了。

"你怎么会记得……"梅克刚说出口，充血的眼睛忽然瞪大了。"你打破了伯恩的控制！"

"真可惜他已经死了，不然几个月前他就发现了。"红眼转身连开了四枪，两枪打在梅克的肩膀，另外两枪击中了他的膝盖。

梅克往后倒在石墙上，又滑倒在地。他站不起来，也无法抬起双手，但即使在枪伤的疼痛下他也没有大喊大叫，只是抬头怒视着红眼。

"亏我们还教了你那么多，你这个忘恩负义的垃圾。"

"噢，真是不好意思，难道我还得感激你们不成？谢谢你们把我变成了杀人木偶啊！"

"假以时日，你本可以变得无比伟大。"梅克咬牙切齿地说，语气里的愤怒正表明他真的如此相信着。"只要跟随我们的指引，你本可以成为世界前所未有的存在。一个未来的战士。一个帝国迫切需要的存在。因为几个世纪以来，我们第一次陷入了巨大的混乱和战争之中！不过显然，你选择了做回一个只会耍嘴皮子的盗贼，对一直保护自己的帝国的命运毫不关心，对境外的黑暗侵噬浑然不觉！"

"你是说奥克邦塔啊？最起码他们不会虐待他们的子民。"

"如果你认为奥克邦塔要的是和平，那你就是个彻底的笨蛋。他们要的是控制我们。耗尽我们。只要被他们踏入半步，整个帝国都会灭亡！"

"也许也不是什么坏事。"红眼静静地说道。

梅克瞪大了眼睛。"叛徒！"

"一个不再关心子民的帝国，怎么都要改变一下了，反正。"

红眼看着手里的枪。梅里韦尔说，帝国之所以会有左轮手枪，正是因为西弗特·梅克以某种途径获得了奥克邦塔的手枪原型，用生物魔法对其进行了逆向工程，才得到现在这个以生物魔法为基础的版本。光是这一点点的进步，就足以让皇家统治了新列文这些低下阶层的人，这在以前是绝不可能实现的。也正是同样的手枪，让死脸德廉成为了天堂圆环的老大，把那里变成了生物法师的实验室。天知道因为手枪还发生了多少可怕的事。而这一切，都是拜西弗特·梅克所赐。

红眼把枪口对准了梅克的头。"现在，跟我说说你们为什么会突然让皇帝去和大使谈判吧。你们在谋划着什么？"

"想让我开口，威胁杀死我是没用的。"西弗特·梅克说道。

"我没什么虐待人的经验，所以我认同你刚才说的话。"说完对西弗特·梅克的脚开了一枪。"现在，你准备好告诉我了吗？"

梅克面不改色，但喉咙里发出了沉重的低吼。"反正你最后都会杀我的，我说不说又有什么关系？"

"那你就错了，老铁。我不喜欢杀手无寸铁的人，就算他们有多混蛋也不会。谁叫我是一个善良敏感的艺术家呢。"说完对着西弗特的另一只脚又是一枪。"嗯，好像也没那么敏感。"

西弗特·梅克的喉咙里又发出一声低吼，继续抬头怒视着红眼。

"看来我们没那么快完事儿啊，"红眼说，"我得再装点子弹了。"他回身走到那张放着弹药匣和子弹的小桌旁，一边装填子弹一边说："那些被你们生物法师杀死的人我也见过不少，最近我总是会想起他们。其中有一个叫刺头比利的人。我第一次看见的应该就是他吧。然后就是三杯酒馆起义时的那帮可怜虫。还有希望认识的那个水手。然后就是被你们改造成怪物去攻击希望和布力加·林的那些皇兵。我知道，他们的惨死不是你一个人造成的，全都怪罪于你也有点不公平。不过身为一个资深的赌徒，你首先要学会的就是生活就是如此不公。"

红眼装好子弹，回到西弗特·梅克跟前。眼前的生物法师已经满头大汗，喘着粗气，胸腔剧烈地起伏。显然，血液的流失和累积的伤痛开始发挥效果了。

"现在准备好告诉我为什么你们会改变主意让国王和大使谈判了吗？还没啊？哎，那下一颗子弹打去哪里好呢，让我想想。"红眼把枪口瞄准了梅克的两腿之间，生物法师的眼睛立即睁圆了。"哎呀，我跟你开玩笑呢，老铁。你以为我是什么人啊，我会把人的那玩意儿打掉吗？有些事不能干就是不能干。哎，那么就其中一只手呗。"

等红眼把枪对准西弗特·梅克紧握的拳头，生物法师的脸马上皱成了一团。"等等！我说！"

红眼不知道为什么比起那玩意儿他更在乎自己的手，不过他是不会放过这个机会的。"好啊，说吧，为什么？"

"是伯恩！是他在控制国王！"

"这么说，他对陛下做的，跟发生在我身上的是一样的？"

"不完全一样,但也差不多。"

"哎哟,我有点受宠若惊了,只可惜这事儿太混蛋了。"红眼说道,"好了,这么说你已经完全失去了对国王的直接控制?"

"是的。"梅克承认道。

"这么说你的旧计划没用了。不过你们也不会就这么放弃,让尼雅和国王谈判吧。毕竟你们死板的脑仁上都刻满了黑暗法师那些危言耸听的预言。我要听的是你们的新计划。"

西弗特·梅克狠狠地瞪着红眼,不说话。

红眼慢慢地左右转换着手枪的准星。"你想让我先搞掉哪一只手啊?"他问道,"我猜应该是看你是左撇子还是右撇子吧。如果我没记错,你经常用的是右手。"红眼扣上扳机,瞄准了梅克的右拳。"那就先搞这一只吧。"

"行了!我们确实有一个计划!"

"然后呢?"红眼把枪管抵在梅克的拳背上。

"阿蒙·塞特会做出终极牺牲,他会因此名垂千古。"梅克静静地说道。

忽然,西弗特·梅克飞快地把手翻转,摊开拳头,抓住了手枪管。刹那间,枪管开始凋谢、液化,红眼连忙松手。梅克勉强抬起手臂,刚好能碰到膝盖,就在一瞬,膝盖痊愈了。他踉跄地缓缓起身,冷酷地冲红眼笑。

"不听话的狗就得被处理掉。"他咬牙切齿地说,一边忍痛抬起手碰了碰一边的肩膀,然后是另一边。"真是可惜啊,帕斯汀纳斯勋爵。你本可以成为我们的一员,比常人尊贵一等。可是现在已经太晚了。"说完,他向红眼伸出手。

毫无疑问,这只手萦绕着一种缓慢而阴森的死亡气息,红眼立即躲开,后退几步,心想要是还有一把枪或者刀就好了。

"我还是做普通人好了，"红眼说道，"总比做高人一等的走狗好。"

语毕，红眼把桌子掀翻，朝西弗特·梅克扔去。桌上的弹药匣没有合上，顿时黑色的火药撒了梅克一脸。梅克没料到红眼还有这一手，往后踉跄了几步，红眼趁机跑了。

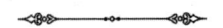

———❖———

红眼一路跑到梅里韦尔·翰碧斯特夫人的公寓，门也不敲直接打开，推开被吓坏的仆人，一直来到餐厅才停下来喘气。直到这时他才发现，梅里韦尔正在接待客人。大概也是在工作吧。她一直都在工作。

只见她坐在餐桌上座，举着红酒杯正要往艳红的嘴唇上送，平静地看着满头大汗、气喘吁吁的红眼。坐在她右边的是苏醒大陆的肥领主，威特怀特勋爵。在他旁边的是老总管，脸上写满了嫌弃。而梅里韦尔的左边是法世拉门岛的卓玛斯特伯爵，他长得精瘦，一脸愁容。在他旁边是芭希姆女伯爵，看得出，她已经死了心不再追求雷斯顿王子了，而是把目标转为身旁的伯爵。不过，按红眼对卓玛斯特的了解，他并不是结婚的好人选，他更喜欢那些年轻的、没有名分的、好欺负的女人。

所有人都盯着红眼，气氛一度有点尴尬。红眼只好顺了顺夹克，把领结系紧，想说点什么来缓和一下气氛。但这一次，他语塞了。

这时，梅里韦尔把酒杯放下，站了起来。

"非常抱歉，各位。帕斯汀纳斯勋爵和我有一件非常紧急的生意问题要出去谈谈。"

"生意，夫人？"卓玛斯特问道，"你？"

梅里韦尔神秘地笑了笑。"我最近发现啊，理财跟男人一样，打起交道来都非常有意思。好了，我得失陪了。我保证不会花很长时间的。请诸位继续用餐。"

"你不必告诉我两遍的，嗯，总管？"威特怀特说着，把喝空的红酒杯举起，等仆人来倒酒。

"确实，大人。"总管说，从桌子中间的盘子上又拿了一只鹌鹑。

梅里韦尔向红眼使了个眼色，红眼便跟着她走到餐厅旁边的一间小图书馆里。梅里韦尔把门合上，然后转身对着红眼。

"看你一般也不会这么冒昧，想必是非常紧要的事情吧。"梅里韦尔平静地说。

"我尽可能地逼问了西弗特·梅克。"红眼说道，"拿到一点情报，但不知道值不值得我暴露身份。"

"这个你不用担心。是什么样的情报？"

"他们并没有故意让国王去和尼雅谈判。普洛格·伯恩是控制他的关键。现在伯恩死了，那老头已经放飞自我了。他们还有一些事在密谋着，可是我套不出具体情况。梅克说阿蒙·塞特会做出'终极牺牲'。可能是指他会在什么大规模的生物实验中牺牲自己？"

"有可能……"梅里韦尔似乎有其他想法，但就跟平常一样，没有说出来。

"对不起，"红眼道，"我知道我没套到什么。我也想多出点儿力，但我的身份已经暴露了，我不知道我还能做些什么。"

"确实，我已经不再需要里希邓特朗·帕斯汀纳斯庄园勋爵了。应该说即将是前帕斯汀纳斯庄园的勋爵。"梅里韦尔叹了口气，仿佛在悼念红眼失去的贵族身份。可转眼间，她又露出了灿烂的微笑。"不过我确实需要某个流氓小偷的帮助，如果我的情报正确的话，他有时好像是自称为红眼。"

"哦？"红眼有点惊讶，这主意着实让人心潮澎湃呀。

"我会帮你躲过皇家士兵和生物法师，潜出斯通匹克，安全回到新列文。"梅里韦尔说道。

"然后我要做什么？"红眼太了解她了，这肯定不是免费的。

"你要去找两个让敌人头疼的女人，希望和布力加·林。你要警告她们，文成武僧团正在追杀她们，然后把她们招至我们麾下。最好在阿蒙·塞特的新计划执行之前把事情办好。"

红眼愣愣地看着她，嘴巴合不上来。"梅里韦尔……"

"得啦，选择你只是顺理成章而已。你不会以为我在怀念从前吧？我只是确保在派给你新任务之前尽可能地利用你之前和生物法师的关系而已。"

"这么说之前一直根本就没有人在找她们咯。"红眼平平地说道。

"资源有限。"梅里韦尔淡淡地说道，"没必要重复用力。"

红眼叹了口气。"你又赢了，夫人。"

她的表情稍微缓和了下来，拍了拍红眼的脸道："为了赢你，我可是费了点力气哦，这种情况可是很少见的。我这样说你感觉好点儿了吧。"紧接着她那标志性笑容又回来了。"这就当作是我之前的无情的补偿吧。"

她走到书桌后，拉开最下面的一个大抽屉，从里面抽出一个裹得紧紧的皮革包。她小心翼翼地把它拆开，拿出两把新亮的手枪和一条皮带，皮带上扣着两个深红色的枪套。

"夫人，"红眼接过枪和皮带，"这是我收过的最棒的礼物。"

"我要的是结果，红眼。"梅里韦尔说，"我要一个文成和一个生物法师加入接下来的战斗。"

红眼深深地鞠了个躬。"这是我的荣幸，也是一种乐趣，翰碧斯特夫人。"

----✦----

梅里韦尔简单地帮红眼整理了一下，然后一起回到了餐厅。红眼知道这可能是他身为贵族的最后一餐，便大快朵颐，吃的几乎和威特怀特勋爵和总管加起来一样多。他和梅里韦尔跟大人和夫人们有说有笑，似

乎一点都不担心追兵过来踹门。幸运的是，什么都没有发生，梅里韦尔很快也把其他客人请出了公寓。

芭希姆女勋爵是最后一个离开的。就在门关上之前，她若有所思地看了梅里韦尔和红眼一眼，心领神会地笑了。

等到屋里只剩他们俩，红眼说道："我看芭希姆夫人是以为我俩在幽会了。"

"我还要把这个绯闻加热一下哦，希望不会太玷污你的名声。"梅里韦尔说道，"我想生物法师应该不会公开指控你什么，所以出轨是你突然离开的最好托辞。到最后说不准你也许还能保留爵位呢。"

"其实，我比较想让我的表哥，阿拉斯·哈沃伦恢复爵位。或者把爵位转给我姨妈米娜拉就更好了。"

她翻起白眼。"那好吧，红眼先生。不得不说，有时候你还真是无私得有点无趣。"

红眼把套着枪的皮带绑到腰间，在镜子前打量了一下自己。夹克领结配手枪，这种打扮确实有点滑稽，但也不算难看。他心想如果戴了手套就好了，但回公寓无疑就是死路一条。

"你臭美完没有？"梅里韦尔问道，"虽然生物法师们不会公开控告你，不代表他们不会派人对付你啊。"

"我要怎么躲开他们？"红眼问，"现在大概到处都是他们的人了。"

"我答应过会安全地带你出去。"梅里韦尔说道，"但没说会舒舒服服地出去。跟我来吧。"

梅里韦尔领着红眼出了公寓，走过了长廊。电梯估计有人把守，所以他们从楼梯第三十二层一直走到第二层。

从第二层到第五层全都是给仆人洗衣做饭以及处理皇宫里其他杂务的地方。也就是说，只有在这里工作的人才会进出这几层。梅里韦尔领着红眼走过数不清的洗衣桶，里面用皂水泡满了脏衣服。这让红眼感到非常意外，似乎她对这一层的布局了如指掌。还有这个女人不知道的事吗？

经过一桶又一桶的衣服后，他们来到一个门口，外面就是建在山侧的大露台。由于这里是二楼，他们距离绕山而建的庭院非常近，而连接庭院和二楼的是一个巨大的斜坡。露台里排列着一组组晾衣架，洗好的衣服就在沁人的暮色中慢慢晾干。

"夫人啊，是什么风把您吹下来啦？"一位老妇人一边高兴地问道，一边把一件蓝色丝礼服挂到晾衣架上。

"啊，海斯特。"梅里韦尔说道，拨开一件件衣服，牵着红眼走到妇人跟前。"我真的是太丢脸了。"

海斯特叹了口气。"又这样啊，夫人？"

"咳，他实在是太俊美了。"梅里韦尔说道，漫不经心地指了指红眼。

海斯特瞟了一眼红眼。"还有一点痞里痞气的。"

"引诱那些富贵丑老头是很累的，海斯特。我偶尔也要放松一下嘛。"梅里韦尔狡黠地眯着眼道，"可是我担心威特怀特勋爵看到我的小情人在我房间里走来走去啊，我怕他会不高兴。"

"看来是个醋坛子？"海斯特问道。

"求你啦，海斯特夫人。"红眼说道，尽可能装作又害怕又谦卑的样子。"我不想被绞死啊，你能救救我这个可怜的笨蛋吗？"

海斯特大笑。"这家伙还真会瞎扯淡。"她对梅里韦尔说道，"不过我又怎能说不呢？放心好了，明早货船出海前，我就能把他弄到码头。"

"太谢谢你了，海斯特，一直以来都劳烦你了。"梅里韦尔说道，"对了，你女儿在宴会厅工作得还好吧？"

"那里的环境他妈的比洗衣房好多了，哎，请您原谅我满嘴脏话。她能到那里工作全都是靠您呀。您的恩情我永远都不会忘记的。"

"能帮一个聪明的姑娘去更好的地方是件令人开心的事。"梅里韦尔说道，然后转身对红眼说，"我要走了，亲爱的。海斯特会把你安全带到码头的。等到了那边，去找一艘叫悲惨天空号的船，船长叫耶维仕。你把这张纸条给他。"她递过来一张便条，是她亲手写的。"这样你应该就能安全出海了。希望等你飞黄腾达之时，我们会再次相见。"

"等我得到财富之后定会马上回来找你，夫人。"红眼说完，深深地鞠了个躬。

"一言为定。"

红眼看着梅里韦尔转身原路返回，在一桶桶衣服间穿梭离去。

"好了，你个色坯子。"海斯特骂道，一边把红眼拉入潮湿的衣服森林深处。"比起她，你就是只癞蛤蟆。"

红眼笑了。"你是这么认为的吗？"

海斯特带红眼来到一个斜坡，斜坡尽头有一辆装满了干净的士兵制服的马车。"世界上任何男人都配不上翰碧斯特夫人。"

"这也许正是她可怜的地方。"红眼说道。

"这轮不到我们这种人说。"

海斯特指着马车上的其中一桶衣服，说道："进去吧。我还有事要忙。把自己藏好，等安全了我会叫你出来。"

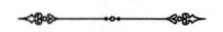

红眼藏在货车的最下面，一路颠簸地缓缓向码头进发。躺在那一堆堆制服下面完全没有他想象中那么舒服。之前他不知道原来衣服上有那么多金属饰件，而且还残留着火药的淡淡硫酸臭味。

路上他们经过了几个皇军哨站，把干净的衣服卸下来。红眼还担心等他们去到码头时已经不够衣服让他藏身了，幸好海斯特带了一张巨大的帆布，刚好让他在最后一段路上躲在里面。等他们来到码头哨站时，太阳刚刚升起，红眼已经可以被阳光照出浅浅的影子了。这时，海斯特正在用跟梅里韦尔聊天时一样的臭脾气责备士兵们，谈了很久，他们终于通过哨站来到码头。

"好了，你个色坯子，出来吧。"海斯特在货车前面的座位上说道。

听罢，红眼立即从马车边滑了出来，眯眼看了看初升的太阳，连忙把墨镜戴上。

"我能做些什么来回报你吗？"红眼对妇人说道。

海斯特摇了摇头。"没什么好回报的。"说完，她露出严肃的神情。"只要确保把翰碧斯特夫人吩咐你办的事做好就行。"

显然，对于他们用来掩饰的说辞，海斯特连一个字都不信。红眼没有再冒犯她，只是用对待梅里韦尔的方式向妇人深深地鞠了个躬。"没问题，海斯特女士。"

"那就赶紧去你的吧。"海斯特看了看红眼，然后握着缰绳大力一挥，马车便缓缓地驶回皇宫。

红眼迅速扫视了一遍码头，很快便找到一艘又大又笨重的三桅货船，船尾漆着"悲惨天空号"几个大字。只见水手们正忙着把最后一批货搬上船，好赶在退潮前出海。耶维仕船长的特征很好认，不仅是因为他正在对水手吼着发号施令，还因为他是红眼见过最高的人。他甚至比菲勒还高，只是没那么壮。

一想到菲勒，红眼的心里就涌起一股热切的期待。他决定了先从新列文开始找希望和布力加·林的线索，那里的人可能会听说她们去了哪里。而且等他回到那里，他也许还能见到几个以前的队友。没准还能见到他在这世界上最铁的哥们儿呢，除非那头蠢驴还在希望身边提醒她少惹些麻烦。哎，这事儿应该由他来做才对的，红眼告诉自己。没有人会一心在原地等着他突然出现的，他最亲的那些人很可能已经不在那里了。不过他希望至少能打听到他们的下落吧。到时候可以问问老亚米，或者圆环现在的老大。

"耶维仕船长!"他朝高个儿喊道。

船长疑惑地看着红眼,问道:"啥事儿?"

"有人叫我把这个给你。"红眼把梅里韦尔的纸条举高。

耶维仕慢慢地从踏板上走下码头,顺便又对水手们吼了几个命令。他从红眼手里接过纸条,眯起眼看了一会儿,就翻起了白眼。

"看来为皇后效力真是一刻都停不下来啊。就那么一次,我被她发现运了不该运的货,翰碧斯特就能让你终身为国效力。"

红眼咧嘴笑了,伸出手道:"我也是啊,兄弟。我想咱们应该挺合得来的。"

耶维仕握住红眼的手,道:"你喝酒不?咱路上可以喝点酒聊聊天。"

"真巧,这两件事都是我的专长,船长。"红眼回道。

"那真是要好好欢迎你上船了……"他又看了纸条一眼,"红眼先生?"

"叫我红眼就行了,船长。我这样的人也不讲究什么礼节啦。特别是在皇宫待了那么久之后。"

"有什么好玩的故事没?"耶维仕问道,一边带红眼走上踏板。

"船长,讲故事正是我最擅长的啊。"

高个儿第一次笑了。"太好了。我就喜欢听好玩的故事。"

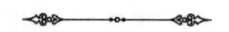

很快,红眼便已经站在船尾,目视着斯通匹克逐渐远去。他在这座岛上待了超过一年了,看着它慢慢消失,心里还是有点难受。不过还好,他起码跟雷斯顿道别了。想到这,他心里很懊恼自己什么都没跟尼雅说。如果雷斯顿没有告诉她实情,梅里韦尔无疑会吹得天花乱坠。

这时,他发现自己跟这三个人相处的时间竟然比跟希望的还要多。说真的,想到快要再次见到她了,他心里真有点紧张。他变了很多,可能她也是。他还会喜欢她吗?她会怎么看自己?

他叹了口气,转过身把斯通匹克留在背后。不管怎样,他都会知道的,而且很快。这样,他至少能弄清楚是怎么回事了。

4

希望和尤特尔从西边的外行高地驶船回到了海鸥之啼。希望驾着小船在青灰色的海面上航行,看着身旁这位白发小孩正在把一小段缆绳想象成一条蛇,自顾自地哼着小曲儿,偶尔又停下来装几下蛇叫。

他们把船绑好在海鸥之啼摇摇晃晃的码头上,然后穿过村子,向长老的小屋走去。尤特尔走在希望旁边,握着她的铁钳。从他们爬出山谷的时候,尤特尔就注意到希望的义肢钳了,从此便一直很感兴趣。后来在船上的时候,他花了好几个小时的时间,就为了弄懂它的机械原理是什么。

现在,他紧紧地抓住义肢钳,一边盯着泥路两旁的一间间小屋。

"好多人噢。"尤特尔兴奋地轻声说道,看着一脸严肃的村民,但大家都假装没有看到这两个新来的人。"他们很棒啊不是吗?"

希望笑了,心想他是不是从来没见过这么多人。"我觉得,只要你愿意这么想,所有人都很棒。"

"你觉得他们会做我们的朋友吗?"

"也许吧。"希望答道,"不过我们得先去跟他们的长老谈话。"

"为什么啊?"

"因为这是礼貌,还有我觉得他兴许会知道你的来历。"

"我早就知道自己是从哪里来的啦。"尤特尔得意洋洋地说。

"是吗?"希望不认为他的答案有多靠谱,但还是想知道他的看法是什么。

"是啊。"尤特尔点头道,"我来自死后之地!"

"可能是吧。"希望小心翼翼地说道,"但在那之前,你还要从别的地方来。"

"是吗?"他似乎对这个想法十分兴奋,仿佛他从来没有想过这个问题。

马尔兹开门的时候,他的神色看起来有点不安。而当他发现男孩的时候,他整个人都慌了,想立即把门关上,但被希望按住了。马尔兹僵持了一会儿,然后突然整个人都软了下来,于是把手放了下来。

"我们可以进去吗?"希望问道。

马尔兹瞪着她,最后叹了口气,转身道:"也好吧。反正已经太晚了。"说毕,他走到房子中心的桌子旁坐了下来。

希望正要走进屋内,尤特尔忽然抢先挤了过去,兴奋地满屋子跑,好奇地看着橱柜和餐柜上面的东西。想到他的手里已经没了镰刀,希望心想他这样乱蹿应该也不会造成什么伤害,便随他自由发挥。

她在马尔兹对面坐了下来。"外行之地什么文献记录都没有。我在上面找不到任何关于豺狼领主的资料,也找不到他们与南部群岛居民的联系。只找到了这个男孩。"

"他就是豺狼领主与群岛居民之间的联系。"

"这么说你早就知道他在那里?"

"俺没去过外行之地,俺什么都不知道。"

他看了看男孩。尤特尔正从一个杯子底部朝他们看,脸部透过玻璃看起来扭曲得有点古怪。

马尔兹的目光继续停留在尤特尔身上,继续说道:"俺还是第一次看到被灵化的人啊。"

"他也说过这个词,"希望说道,"被'灵化'究竟是什么意思?"

马尔兹回头看了希望一眼,很快又把目光聚焦在旁边的一个架子上。架子上挂着一把镰刀和一副面具,跟希望在萨姆卡家里找到的一模一样。

"我明白你为什么不愿意说,"希望平静地说道,"我也不希望通过暴力解决问题。不过你要清楚,在得到答案之前我是不会走的。"

马尔兹点头,疲倦地揉了揉眼睛。"在俺们南部群岛,所有人都必须宣誓效忠于豺狼领主。他们会保护俺们的安全,作为回报,俺们每隔七年都必须从群岛中挑选一个孩子,一个不超过两岁的男孩,送到外行之地,把他独自留在沙滩上。这个习俗从很久以前就已经存在了。没有人知道那些被选中的男孩到底发生了什么。有的人说他们被献祭了,有的人说他们被训练成了死灵法师。还有的人说他们被灵化了。看来,现在俺知道是哪一种了。"

"不过那究竟是什么?"希望追问道。

"俺老爹跟俺说过,一个人被灵化,意思就是他要被逼服用各种奇怪的毒药、药物和药膏。这些都是只有死灵法师才知道怎么制造的东西,而这些东西都是有毒的。他们把选中的男孩逼到死亡的边缘,让他们受尽你我都无法想象的痛苦和折磨。大部分的孩子最后都死了,他们的身体根本承受不住。不过,偶尔也会有人撑得过来。"

马尔兹看着男孩打开了一个装满厨具和餐具的抽屉,着迷地摆弄着每一样东西。

"听说,那些挺过来的孩子都会被赋予一种能力。只要用自己的一滴血,他们就能让生物起死回生。不过作为代价,他们的头发会变成骨白色，而他们的心智也会支离破碎，无法再康复。"

"有什么方法可以帮他？"希望问道。

老人的脸上闪过一丝愤怒。"你怎么还不明白呢！他是属于豺狼领主的。能在灵化的过程中存活下来的孩子都是非常罕见的。很快他们就会过来接他的。等他们来的时候，他们就会把俺们全都杀掉！运气好点的话，俺们死了就算了，但愿他们不会再对俺们干什么。"

"这你不必担心。"希望说道，"他们不会过来接他的，因为豺狼领主全都死了。"

马尔兹往后靠在椅背上，像看疯子一样看着希望。"豺狼领主是不会死的。他们是死神的主人，连死神都要向他们鞠躬！"

"话虽如此，"希望回道，"我之前遇到了维克玛·布鲁尔，他声称自己是最后一个豺狼领主，而我已经把他杀了。而外行之地除了这个男孩也没有其他人，所以我只能认为他说的是真话，如此一来，现在世界上已经没有豺狼领主了。"

马尔兹整个人都惊呆了。"你……真的杀了一个豺狼领主？"说完，他使劲摇头。"那是不……"他的表情恐惧到了极点。忽然，他站了起来，把椅子都撞翻在地。他不断后退，眼睛死死地盯着希望。"你给我滚！你这个……亵渎者！你把俺们都害死了！"

希望缓缓站了起来。她把手摊在身前，表明自己并没有恶意，不过她觉得已经没什么作用了。"冷静下来。告诉我，我是怎么把你们害了？"

"是……"马尔兹愤怒到了极点，现在几乎连话都说不出来了。他伸出手用力指着一个方向，道："是北方人，你个笨蛋！他们会毫不留情地杀光这里！之前他们之所以不敢轻举妄动，正是因为他们忌惮豺狼领主！"

"简直荒唐，"希望说道，"听好了，我了解北方人，他们——"

"你当然了解他们了！"马尔兹涨红了脸，满额大汗。"你……你肯定是他们的奴仆。"他的脸部肌肉怪异地扭曲着，露出痛苦和满足的神情。

"对,肯定是这样。你这些年就是去了那里,躲在北方。你是北方人派去杀死豺狼领主的叛徒,你要让我们屈服在北方人的脚下!"

"别傻了。"希望回道,"请你冷静——"

"你给我滚!"马尔兹歇斯底里地喊道,"还有把这个怪物带走!"他指着尤特尔道。

尤特尔疑惑地看着马尔兹,表情更多是好奇而不是生气。接着他对希望问道:"他会做我们的朋友吗?"

"看着不像会。"希望说道。

"那轮到我了!"

出乎希望的意料,男孩用极快的速度从抽屉里抓起一把剁刀掷向马尔兹。刀子正中马尔兹的额头,后者应声倒下,四肢在不断抽搐。尤特尔欢快地笑了,一边匆忙地跑到马尔兹的尸体边上。

"尤特尔,不要!"希望喝道。

"看着吧!"尤特尔把剁刀从老人的额头上拔出来,在自己的手掌上划了一下,然后握紧拳头,让血滴到尸体张开的嘴巴和眼睛上。

"马尔兹?"这时外面传来一个女人的声音,"里面怎么大吵大叫的?"

接着,希望身后的门被推开了,门外是一个年轻的女人。她先是盯着希望,然后目光转移到那个坐在地上咧嘴大笑的白发男孩身上,在他旁边还躺着她们族长的尸体。

"什么……"女人似乎整个人都被吓傻了。

"女士……"希望说道。但她又能说什么?

这时,死去的马尔兹开始动了起来。尤特尔开心地咯咯笑了起来,但女人却发出一声刺耳的尖叫。

"我们走。"希望快步扑了过去,抓住尤特尔的手,拉着他奔过颤抖不已的女人,夺门而出。

"来人啊!他们杀了马尔兹!快来人啊!"女人大喊道。

"她叫得真大声。"尤特尔喃喃道,任由希望拉着自己跑到泥泞的村道上。

"她很伤心。"希望简要地答道。

这时,女人也从屋子里跑了出来。"杀人犯!死灵法师!"

"为什么啊?"尤特尔不解地问道。

村民们从屋里冲了出来,脸上既是恐惧,又充满愤怒。

"你们两个!给我站住!"其中一个长得高大壮实的男人怒吼道。

"我待会儿再告诉你。"希望说道,"现在我们得离开这里。"

此刻,他们已经被好几个手握锤子和长矛的村民围住。显然,他们都不是受训过的战士,根本不知道该拿手中的"武器"怎么办。不过他们是完全有理由如此愤怒的,所以希望根本不想伤害他们。

"你们到底对马尔兹做了什么?"刚才说话的壮汉厉声道。

"他们杀了他!"女人一边大喊,一边害怕地远离马尔兹的房子。

"是意外!"希望讪讪地解释道,"这孩子不知道——"

没等她说完,更多夹杂着恐惧和愤怒的叫喊声从人群中爆发了,因为大家看到了被复活的马尔兹跌跌撞撞地走到了门边,额头上的伤口不停地淌出鲜血和脑浆。

村民们的表情已经表达得很清楚了,希望知道自己不可能靠三言两语就能脱身。不过这本来就不是她的强项,即使在最好的情况下,她也不擅长通过交谈摆脱困境。这一直都是红眼的专长。

这时,其中一个村民大吼了一声,双手挥起巨锤朝希望他们砸去。希望见势立即俯身躲避,同时飞腿将尤特尔扫翻在地,帮他躲过攻击。

"到船上去,"希望对他说道,"快跑!"

尤特尔连忙挣扎着起来,这时又一个村民向希望刺出了长矛。希望用义肢钳将矛打到一边,顺势用矛身击中第一个村民的脑袋。接着,她又将矛击到另一边,打中第三个村民,后者被打得往后跟跄了几步。她一开始还希望不要伤到任何人，但到了现在这种情况，她心想只要不杀掉任何人就好。

巨锤掉在了希望旁边，于是她抡起大力一挥，把远处的几个村民都撂倒在地。她看到尤特尔已经蹦跶着两条苍白的腿朝船的方向跑去了，脸上露出高兴的笑容，仿佛这一切只是一场好玩的游戏。幸运的是，现在村民们的注意力似乎都集中在了希望身上。

她翻身站起，身体微微一侧，躲过了砍过来的斧头，又举起义肢钳，挡下了一把生锈的小刀。她本可以马上直奔码头，突然前方又有一个身材无比高大的人堵住了去路。那人手里没有武器，直接挥起硕大的右拳朝希望砸来。希望没有避开，而是用左前臂把攻击挡下，同时抬起右掌直顶壮汉下巴，顺势侧掌切中他的喉咙，壮汉的身体顿时软了。接着，希望抓住他的后脑，用力往前一拉，同时抬起膝盖，狠狠地踢中他的腹部。不等壮汉倒下，她便已经开始跑去追尤特尔了。

等尤特尔爬上船，希望已经跑到码头附近了，只是身后村子里过半的人都在追赶。

"解开缆绳！"希望大吼道。

尤特尔连忙把缆绳从系缆墩上松开，下一秒希望便从码头纵身一跃，跳到船上。当她落到船上时，惯性顺势把小船推到了海上。希望没停下来，马上把帆布升起，心里庆幸小船操作起来非常简单。

海风吹起，两人驶着小船逐渐远离了海鸥之啼。希望回头眺望，只见村民们还聚集在码头上，朝她扔东西，不断咒骂。他们的恐惧已经完全被沮丧和暴怒取代了。

而希望心里只是感到一阵寂静的忧伤。又有人死了。不管她再怎么努力避免，还是发生了。现在，她已经无处安放尤特尔了，只能把他带回盖尔默尔。

两人沉默不语地航行了一段时间，暗灰色的海面渐渐地变成了跟天空一样的淡灰色，如果不是认真细看，几乎分不清哪里是天，哪里是海。尤特尔显然是从长老的家里拿了一个小瓷杯，偷偷藏在衣服前面的大口袋里了，现在他把杯子拿了出来，好奇地检查着，用手指顺着杯子表面的漩涡纹路摸过去。看来，他似乎对自己刚才在村里做的事漠不关心。或者，他也许只是不理解而已。

"尤特尔？"

"怎么啦，希望？"他的目光从杯子移开，期待地抬头看着希望。

"你不应该杀人的。"

他看起来非常意外。"为什么？"

"因为，即使你把他们复活了，他们的灵魂也永远消失了。"

他的双眉在白色的刘海下皱了起来。"什么是灵魂？"

希望一边调整船帆，一边想应该怎样回答才好。"灵魂是让你……成为你的东西。"她说，"它会不断变化和成长，就跟你的身体一样。不过你看不到它，因为它在你的体内。"

"那我有灵魂吗？"男孩问，被这个话题深深吸引了。

"每个人都有灵魂。"希望答道，"不过你一旦杀了他们，他们就会失去灵魂了。"

男孩皱起眉。"我可不想做不了自己。"

希望点头。"这就对了。大家都是这么想的。你不想别人弄走你的灵魂，所以你也不能弄走其他人的灵魂呀。"

"就算他们不肯做我的朋友也不可以吗？"尤特尔问道。

"就算那样也不行。"希望回答，"明白了吗？"

他对希望微微一笑。"我明白了。"说完，他的目光投到希望的身后，发现那里出现了什么东西。"那是什么？"他站起来，兴奋地指着一个方向，弄得整艘船都摇晃了起来。"是一座会动的岛！"

"尤特尔，坐下来！不然我们会翻船的！"希望顺着他指的方向望去，发现原来是一条鲸鱼的背部。他们静静地看着鲸鱼缓缓地在水底下滑行着,宽扁的尾巴竖了起来,然后拍打在海面上,发出巨大的水花声,最后完全潜入了海底。

"哎?岛是没有尾巴的!"他问希望,"对吧?"

"那不是一座岛,尤特尔。那是一条鲸鱼。"

"什么?"

"你可以把它看成是一条很大很大的鱼。"

尤特尔兴奋地跑来跑去,小船又摇了起来。"它可以做我的朋友吗?"

希望叹了口气,摇头道:"放过它吧,尤特尔。"

"那是一座岛吧?"尤特尔问道,两人慢慢地靠近盖尔默尔。"不是鲸鱼吧?"

"是岛。"希望一边回答一边驶船进入小海湾。"这是南部群岛最大的岛屿。不过和北方的比起来,它根本不算什么。"

"你就是住在这里吗?"尤特尔问道。

"你也要住在这里了。"希望说,"这里将会是你的家。至少现在是。"

尤特尔凝视着那阴沉的、布满黑礁的海岸,满意地笑了。"家啊。"

靠岸后,希望在码头把船系好,然后带着尤特尔踏上那条弯曲绵延的窄路,朝修道院走去。走着走着,希望想起了小时候每一次跟河洛走在这条路上的时光。她倒不是想把文成之道传授给尤特尔,这男孩已经够危险了。只是,和这个小孩肩并肩地走在这条石头路上,意外地让她觉得这样做是正确的。她也说不清为什么。

"这是什么地方?"尤特尔兴奋地喊道,两人离修道院越来越近。

修道院的黑岩墙还是之前的样子,熏得焦黑,破落不堪,是莱克洛克和其他文成兄弟离开的时候放火烧的。用来支撑的木梁全都被烧毁或卸掉，只剩下一堵堵的石墙东倒西歪地站立着。上一次回来的时候，希望把好几座房子的屋顶都修好了，但大部分建筑依然只是空洞的架子。不过尤特尔似乎一点都不在意。等他们踏进前门，尤特尔立即蹦蹦跳跳地到处乱跑，简直像入了迷一样。

"这里好漂亮！"他叫得像只乌鸦，兴奋地在院子里不停翻跟斗。"原来我们的家是一座漂亮的宫殿啊！"

"你这么想我很高兴。"文图说道，从修道院中央的庙里走出来。老和尚的黑兜帽放下来了，脸上是祥和的笑容。"你也许是这里第一个有这种感觉的男孩。"

"新朋友！"尤特尔兴高采烈地大喊道。他不知道什么时候藏了一把弯钩在罩衫里，现在把它当成镰刀一样挥舞着。

"尤特尔，不可以！"希望离得太远了，而男孩也太兴奋了，根本没有听进去。片刻间，他便来到了文图的面前。弯钩在暗淡的阳光下闪着凶光，随着男孩的手砍了出去。

文图的笑容没有消失，只见他敏捷地侧身躲开，抓住尤特尔的手腕轻轻一扭，弯钩应声落地，一切动作如行云流水，干净利落。一日文成，终身文成，不管年纪几何。

尤特尔看着空空如也的手，又看着微笑依然的文图。

"再做一次给我看！"他央求道。

"下次吧，小子。"文图看向希望，继续说道："看来你在暗淡希望的旅途上得到了意外的收获。"

"说来话长。"希望回道，"这个小子和我从昨天起就没吃过东西了。"

"真巧，我刚好做了你最喜欢的炖汤。"文图说，"你也知道我做的分量经常都是吃不完的。进来吧，好好吃一顿，然后用你们的冒险故事回报我吧。"

"我交到朋友了。"尤特尔得意洋洋地说道，跟着文图走进庙里。

"真的吗？"

"不过我想我最喜欢的朋友是希望。你知道她有一只手是金属做的吗？"

"她在很多方面都是一个非常出色的女人。"文图说道，回头得意地对希望露出一个会意的笑容，表情有点滑稽。

前些日子，为了不用再睡在庙里，希望就把宿舍的屋顶修好了。不过那时只有她和文图两个人，把铁炉搬回大厨房好像也没什么意义，所以他们还是在庙里做菜吃饭。

那天晚上，尤特尔在黑岩祭台前面的冥想垫上满足地睡着了，肚子里装满了温暖的炖鱼汤。希望和文图坐在角落里，烘着炽热的铁炉，品着木碗里的热汤，安静地交流着。

"那位长老……马尔兹，"希望说道，"他居然真的认为如果没有了豺狼领主的保护，北方人就会南下，侵略整个南部群岛。"

"啊。"文图回道。

希望以探寻的目光望着文图，道："这想法太荒谬了。首先，群岛本来就是帝国的一部分，所以根本没有所谓的侵略。其次，总的来说，绝大部分北方人根本就不想理会南部群岛。几乎没有人会过来这里，来了也只是为了经商。"

"确实。"文图赞同道。

"那对于马尔兹的恐惧你为什么一点都不感到惊讶？是不是我遗漏了什么信息？"

文图合上疲倦的灰色眼睛，叹了口气。"我以前听说过一个故事，不知道是不是有什么事实根据。不过我觉得故事的真实与否并不取决于有没有事实依据。那是我小时候，还在格雷特巴希塔岛生活的时候，母亲跟我说的一个传说。"

"你还有小时候？"希望打趣儿地问道。

文图笑了。"那是很久以前的事了。那时我和母亲正在码头逛市场，就在那里，我第一次看到了来自南部群岛的人。我问母亲，为什么他是那样子的，那么白，头发还是黄的。为了解释给我听，她跟我说了这样一个故事。"

他顿了顿，仿佛在把记忆一点点拼凑起来。然后，他继续说道："人们常常传颂伟大的文成武僧——勇者萧克，还有恐怖的生物法师——伯恩尼斯·维是如何协助克里摩顿把风暴群岛凝聚成一个伟大的帝国，却几乎没有人提起过另一群帮过他的人。一群来自异世的天使。"

"在你推荐的历史书上有简单地提到过。"希望说，"不过我没看出联系来。是因为他们的黄头发让人们误以为他们是天使吗？他们是豺狼领主吗？"

文图摇了摇头。"他们不是从南部群岛来的。确实，他们都有着黄色的头发，而且皮肤也很白，不过他们是从一个很遥远的地方过来的，在黎明之海的另一边。这些人对灵魂和死者有着连文成武僧和生物法师都无法企及的渊博知识。他们到来的时候为克里摩顿提供了支持，在控制那些难以对付的岛屿的过程中起了巨大的作用。"

文图再一次停了下来，抬头看着头顶的染色玻璃窗。"我母亲说，'文图啊，我的孩子，等帝国统一之后，人们会跟你说那些天使回到了他们遥远的故乡。但事实上，他们已经回不去了。他们被一股向西的盛行海流困在了这里。就算是天使，也控制不了大海啊。'"

文图朝自己笑了笑，希望努力地想象他小时候和母亲站在市场的样子。

"根据我母亲的故事，"文图继续道，"当天使们发现自己被困住了以后，他们便把矛头转向了克里摩顿，想把帝国夺过来。为了阻止他们，文成武僧团和生物法师不得不再一次联合了起来。落败之后，天使们逃到了偏远的南方,在荒无人烟的群岛上定居了下来。就在那时起,他们开始把自己称为豺狼领主。"

"这么说,现在南部群岛的居民都是那些从黎明之海外过来的外邦人的后裔?"希望问道。

"这是其中一个说法。还有其他的说法。我记得有一位学者说过,几千年以前,所有风暴群岛的原住民全部都和南方人一样,拥有白色的皮肤。后来有的北方人和来自奥克邦塔的黑皮肤移民通婚繁衍后代,直到后来,所有北方人的肤色变成了不白不黑,介乎两者之间。"文图耸了耸肩,"谁知道哪个说法才是真的呢?我觉得这两个说法都很靠谱。也有可能两个都是假的。"

"所以你认为马尔兹相信了天使这个说法?"希望问道。

"很可能。豺狼领主本身也助长了这种信念。"文图说,"在我的记忆里,他们在起义的时候经常把重振过去的伟大挂在嘴边,后来起义被河洛还有我平息了。那时,他们在战斗之前还会经常唱一首歌。"他的目光看向了远方。"那首歌的旋律很诡异,既悲伤又蕴含着力量。我看啊,它是怎么唱来着……"说着,文图清了清嗓子,然后用苍老沙哑的声音唱了起来:

破坏吧!

低吼吧!

大地赋予吾辈所有。

破坏吧!

低吼吧!

现在便是狩猎之时。

天使吟唱,

逝者还魂,

世人恐惧,
勇气不再。
亡灵将重回世间,
亡灵将重回世间!
破坏吧!
低吼吧!
荣誉是吾辈之天命。

这时,尤特尔接着唱了下去了,声音迷迷糊糊的,却如银铃般清澈:

破坏吧!
低吼吧!
海凡顿三联邦万岁!

尤特尔露出了浅浅的笑容,依旧闭着眼睛,蜷缩在那张冥想垫上,舒服得像睡在一张羽毛床上。

"海凡顿三联邦?"希望静静地问道,"维克玛·布鲁尔也提起过这个名字。那是什么地方?"

"也许是你祖先的故乡?那又有什么关系呢?我们已经上千年没有跟他们来往了。可能那地方甚至都不存在了。"

说完,文图严厉地看着希望。文图很少会这么严肃,这让希望想起了被河洛责罚时的不安。"当然了,这对你的修行来说只是一种分心。豺狼领主是,海凡顿三联邦是,甚至这个男孩也是。虽然你能把他带回来真的很好,不过这也只是你逃避你真正的、更迫切的问题的借口而已。"

希望真心想换一个话题，可直到现在，河洛在她身上烙印下的谦恭依然影响着她。她不可以对年长的兄弟不敬，于是她什么都不说，只是呆呆地看着火炉里不停闪烁的橙色焰火。

文图的表情软了下来。"我不是你的导师，也不能告诉你应该怎么做。可是莱克洛克正在某个地方，让文成武僧团还有武僧团代表的一切信念腐化堕落。"他把布满皱褶的手放在希望的肩膀上，继续说道："我知道你经历了很多，也失去了很多。可是你不能永远在这里逃避啊。"

"我不是在逃避。"希望似乎回得太急了，连她自己听着都有点冒犯。"我只是在准备。我还没有准备好。"

她瞄了一眼尤特尔，后者正轻轻地打着鼾，表情透着天真烂漫。

"而且，现在我还要照顾他。你也看到他的样子了。我不能就这么放着他不管。"

文图点头，什么也没说。其实他不需要说什么，因为他们都知道希望就是在逃避。而她逃避的不只是莱克洛克。还有红眼，他现在正被生物法师变成可怕的东西，却无法拯救他。如果到了万不得已的地步，她会去面对莱克洛克，很可能还有死亡。可是她不知道自己有没有勇气去面对转变之后的红眼。

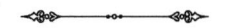

自从回到盖尔默尔，希望、尤特尔和文图的日子过得相当规律。

每一天，希望都要重读河洛的手记、进行冥想、然后训练。这几项内容就占据了她大部分的时间。她之所以要进行训练，并不是因为她觉得要和谁对决。她只是觉得这是一种安慰。尽管不愿意承认，但在她心中有一种忧虑正在慢慢累积。而训练可以帮她把这种焦虑释放出来。文图则安于忙活他一直都在做的家务，比如说打扫和做饭。至于尤特尔，自从来到这个岛屿之后，光是探险就够他兴奋的了。他时常整天都跑到外面,日落时才回到庙里,浑身都是泥土和新添的擦伤。

希望一直都在引导尤特尔对死亡的态度,但她不确定他是否真的理解。他整天都漫不经心的,每一次希望跟他谈起这个话题的时候,他都表现出一副已经明白的样子。但到了第二天,等他探险完回来的时候,又会有一堆被复活的蛇机械地跟在他的身后,而当希望因为此事责骂他的时候,他又会表现得十分不解。

相比起来,文图就耐心多了。因此希望以为尤特尔会比较喜欢待在文图身边。让她意外的是,那小孩还是比较喜欢希望,而且十分渴望和她一起玩。一开始,希望不知道要跟他玩什么,后来她发现维克玛·布鲁尔还没有教他读书,于是她决定每天分一点时间来教他。

认字的时候,尤特尔学得很快,等到开始学词组和句子的时候就没那么容易了。每天早上,他们都会坐在宿舍的地板上,用粉笔和石板练习。

"午儿哞哞叫。"

"是牛。"希望纠正道。

男孩看着石板上的句子,耸了耸肩。"哦,是牛啊,好吧。这两个字没什么区别啊。"

"它们完全是不同的两个字,代表的意思也完全不一样。"希望自己也听出了语气中的不耐烦。

"知道啦,知道啦。"尤特尔说道,眼神已经飘到屋顶上面了。

希望实在想不通,为什么他对读书就那么不感兴趣呢?记得以前河洛教她的时候,她简直是对知识充满了饥渴。

"尤特尔,学习读书是非常重要的。"她说道。

"为什么?"

"因为这样你就可以学到一切知识了。"

"比如呢?"

"历史啊,科学啊,诗歌啊等等。只要你学会这个基础技能,所有的知识就会向你打开大门。"

尤特尔半信半疑地看着希望,问道:"那可不可以学到鲸鱼的东西?"

"当然了。你可以通过阅读学到所有关于鲸鱼的事情。"

"那我猜还是挺值的嘛。"

"谢谢。好,我们看看下一个句子。这一次,记得要留意所有的字。"

那天下午,希望向文图倾诉了自己的沮丧。

"对你来说,这是锻炼耐心的极好机会。"文图回道,一边和希望把洗好的衣服晾到清风习习的庭院中。

希望看着尤特尔正跑过敞开的大门,追赶一群海鸥。

"确实是。"希望赞同道,"我一直都觉得自己的性情还算温和,但事实证明刚好相反。每当他掌握不了我认为很简单的知识,我就会马上感到沮丧,而且现在这种情况越来越频繁了。"

文图笑了,把一件厚重的黑袍挂在晾衣绳上。"我们都有自己的弱点。以前,有一位年轻的兄弟,叫做斯蒂芬。他就是怎么都学不会做饭,有好几次我都被他气疯了。"他说着,晾起尤特尔的小罩衫,那是他用旧僧袍的布料改成的。"不过,我真的觉得你们在一起对对方都有好处。"

"我想也是。"

尤特尔又从外面跑进门里,然后突然停住了,眼睛盯着山下的远方。过了一会儿,他对着希望又蹦又跳,兴奋地在头顶上挥舞着双手。

"是船!"他喊着,朝希望奔去。"有人来这里啦!"

希望和文图交换了一下意外的神色。

"是不是文成的兄弟们回来了?"希望问道。

"不太可能。"文图回道,"他们表明得很清楚要跟这里撇清关系了。"

"那有没有可能是商人?"

"已经好多年没有商人来这里了。自从莱克洛克把酿酒厂关闭后就没有了。"

"那会是谁呢?"希望问道,这时尤特尔已经跑到她的身边,激动地拉着希望的钳子。

"过来呀,希望!"男孩央求道,"快过来看看!"

文图点点头。"也许我们应该听男孩说的去看看。"

"好的。"希望说道,"可是尤特尔啊,不能再想着把我的义肢钳拔出来了。"

男孩马上就松手了,露出担心的表情。"我能那样做吗?"

她把男孩的白色头发搓乱。"当然不行了。不过你也不用拉我呀。"

三人开始朝大门走去。这时,希望感到腰间一股强烈的空虚感,那是悲歌剑以前挂着的地方。如果这次来者不善而且武装齐全,她不知道自己该怎么应付他们。

不过当走到大门入口往下望的时候,她所有的焦虑都消失了。停靠的小船已经开始驶回大海,只留下一个人站在码头。

是老亚米。只见她正不紧不慢地从小路走向他们。

"啊,看是谁来了。"文图说道,眼睛里闪烁着不寻常的光。

"你认识亚米?"希望惊讶地问道。她从来没想过红眼的老朋友竟然跟文图有联系。不过她转念一想,有能力把这两个完全不同的世界联系起来的人,也只有老亚米了。

"咱们多久没见了,亚米莉亚?"文图对走近的老亚米说。

"显然久到足以让你变得既有名又睿智啦,文图兄弟。"老亚米说道。

"还是那么会奉承啊。"文图道。

希望来回地看着两个人。"你们……是怎么认识的?"

文图哈哈地笑了。"想要避开她,很难。"然后他对亚米说道,"虽然爱管闲事，但还是很讨人喜欢。"

"这是最后一次了，"老亚米和善地说道，"我保证。"

文图奇怪地看着她，仿佛她刚说了什么让人不安的话。

"你能做我的朋友吗？"

希望以为自己已经把岛上所有的尖锐物品都锁好了，但尤特尔还是从口袋里抽出了一把小的削皮刀。在他扑上去之前，老亚米弯腰对他笑了。

"可爱的小孩啊，我们已经是朋友啦。"

"是吗？"尤特尔非常意外，把刀放了下来。

"当然呀。"老亚米说道，"只要是希望和文图兄弟的朋友，他自然就会成为我的朋友。"

"所以……我只要有朋友就能交到更多朋友？"

"只要你按我的方式去做。"希望说着，把尤特尔手里的刀夺了过来。

尤特尔嘟着嘴脸，勉强说道："可能你的方法确实好一些。在行得通的时候。"然后他又转身对老亚米说道，"我的方法就永远行得通。"

"很高兴见到你，亚米。"希望说道，"或者我应该叫你亚米莉亚？"

"随你喜欢呀。"亚米回道，"我都无所谓。"

"不过你来这里做什么？"希望问道。

"我来这里当然是为了你呀。"亚米说道，"你不记得了吗？几个月前我跟你说过，我们会再见的。我一直都很守信用。"

"好吧。"希望回道，"对了，怎么不见维德顿？"

"我给他安排了其他任务。不过咱们也得马上开始了，不然在即将来临的战争中咱们就帮不上忙了。"

"开始什么？"希望不解地问道。

亚米轻轻地抚摸了一下希望的脸，温柔地笑着说："您能下定决心和被文成戒律美化的复仇与死亡之路分道扬镳实在是太好了。不过正如你在扮演戴尔·贝恩时悟到的那样，光是重蹈别人的覆辙也不会得到你想要的结果。你必须要找到属于自己的道路。"

希望向远方的大海眺望，抚摸着断手前臂。虽然断臂没有以前那么痛了，但她已经习惯了这个动作，因为这样能让她平静下来。"我一直都在寻找。有时候我能感觉它就在眼前了，可我就是怎么都抓不住，我觉得自己快要疯了。我不停地冥想，也在不断地学习大宗师河洛的手记。可我就是感觉……缺了点什么。"

"对呀，亲爱的。"老亚米赞同道，"你缺的，是我呀。"

5

"苍天啊，这到底是什么？"斯蒂芬问道。海克特里摇摇头，一句话也没说。两位年轻的文成武士盯着眼前的奇景，那似乎是一片十五尺高的蘑菇森林，每一朵蘑菇都色彩艳丽，各不相同。

"一定是生物魔法的杰作。"海克特里断定，突然又犹豫了起来，"对吧？"

"我不知道还有什么能造出这种东西来。"斯蒂芬回道，"走，咱们进去看看。"

斯蒂芬不是很清楚黎明曙光发生了什么，可能是生物法师和亵渎者之间的冲突造成的吧。传言这里是她最后一次露脸的地方，所以大宗师莱克洛克就派他们来岛上调查，寻找她去向的线索。

"你觉得这是真正的生物法师干的吗？"海克特里问道，"还是那个女生物法师和那个亵渎者干的？"

斯蒂芬没有回答，因为在最近的一株蘑菇的根部有一样东西吸引了他的注意。斯蒂芬小心翼翼地走过去，单膝跪下好看清楚是什么，身上刚造好的皮甲发出了轻微的嘎吱嘎吱的声音。

是一排牙齿。太小了，应该不是成年人的。不，那是……好几个孩子的牙齿，嵌在了粗壮的蘑菇杆上面。

"搞什么鬼……"他喃喃自语道。

"那是什么，斯蒂芬？"海克特里问道。

"先给我闭嘴。"斯蒂芬简练地回道。他跪着移到另一株蘑菇下。那露出一半的是什么？是头盖骨吗？又挪到下一株。那是一只干枯的小手吗？随着他往五彩的蘑菇森林里越走越深，一个可怕的念头在他心中生起。

"我们这样进来真的好吗？"海克特里说，"我们根本不知道这是什么生物魔法。可能这里还有危险啊。我是说，他们为什么要种这么多大蘑菇？可能它们是有毒的。或者说……是活的。"

现在，斯蒂芬已经走得够深入了，而且也看得足够多了，他已经清楚这到底是怎么回事了。

"这些都是小孩。"他默默地说道。

"什么？"海克特里本来就不情愿进来，所以当时只是走进去了一点。那些厚厚的蘑菇杆似乎能吸收声音，两人说的话都被吞掉了。

"每一个都是。"斯蒂芬指着他们头顶的蘑菇群说道。他尽力让自己听起来勇敢一点，但他的声音却颤抖不已，充满了恐惧。"这些蘑菇以前全都是小孩。"

"天啊。"海克特里害怕地从最近的蘑菇缩了回来，突然一点都不想碰到它们了。"这么说是那个女生物法师和亵渎者干的?"

"别傻了。"斯蒂芬反驳道,"你不觉得只有真正的生物法师才能干得出这么可怕的事情吗?"

"我……不知道。"

但斯蒂芬知道。他的父亲曾经和生物法师共事过很多次。他亲眼看到过父亲那位"朋友"所做的可怕行径。即使年纪还小,他已经知道那是不对的,所以一有机会就表示反对。最后,他的父亲终于听烦了,于是把他弄到了文成修道院里去。不过讽刺的是,多年以后,他的大宗师竟然也决定和生物法师结成同盟。不过他又能怎么样呢?当他宣誓成为文成后,无论什么事他都必须服从大宗师。

"那边的是什么?"海克特里指着森林深处的一片空地问道。

顺着海克特里指的方向望去,斯蒂芬看到了某种金属的闪光,便朝空地走去。随着那东西慢慢进入视野,他跑得更快了,在密集的蘑菇中挤了过去。最后,他四肢撑地跪了下来,面前是一把插入地面的剑柄。只见剑柄上缠绕着黑白相间的纹路,斯蒂芬连忙把松土拨开,露出了金色的柄身和圆头。

"这难道是……"

他一把抓住了剑柄,把它从地上拔了出来。泥土立即从锋利的剑身上掉落,在没有一点儿风的情况下发出了轻轻的悲鸣。

"悲歌剑!"斯蒂芬耀武扬威地把剑举过头顶道。

"我们必须马上交给大宗师莱克洛克。"海克特里说道。

"是,当然了。"斯蒂芬急忙说道。他竟然觉得自己已经拥有了这把宝剑,哪怕只是一瞬间,他也为自己感到羞愧。显然,这宝物应该要献给大宗师的。

为了向海克特里证明(也许还有自己)把悲歌剑献到大宗师手上是荣誉的,斯蒂芬迅速跳起来,挤过一簇簇由小孩变成的彩虹蘑菇,一直来到空地上。接着，他加快了脚步，从石头沙滩上一路跑回码头。

他把剑举过头顶，好让兄弟们认出来。而当大家看到的时候，他们都马上停止了搜索，跟了上去。让悲歌剑落在亵渎者的手里，兄弟们这些年来一直都深负耻辱。现在，它终于能够回到它应属的人的手上，大家都不想错过这一重大时刻。

在码头附近的空地上，兄弟们用帐篷为大宗师莱克洛克搭建了一个小型的军营。莱克洛克在里面可以免受烈日的照射，一边安心地进行冥想，一边等待兄弟们从岛上收集回来的情报。他的头发大部分已经发白，但宽敞的肩膀依旧是肌肉分明，而且目前为止还没有一个人能在对打训练中赢过他。

一般来说，大宗师的尊称都是由前任宗师直接赐予或者通过文成兄弟们的共同认可而获得的。不过莱克洛克掌权后，马上就给自己起了一个尊称，叫"正义者莱克洛克"。没有一个兄弟敢反对，特别是在他把以前被异教徒河洛废弃的某些更古老、更严苛的戒律恢复以后。

现在，随着斯蒂芬逐渐靠近大宗师的帐篷，他想起了自己和其他几个兄弟在没有其他人的时候悄悄给莱克洛克起的另一个尊称：残酷者莱克洛克。他的想法总是让人难以捉摸，所以兄弟们很多时候连什么时候打扰或冒犯到他都不知道。而对于这些无心之失，莱克洛克总会第一时间进行惩罚，而且下手还相当重。

随着他逐渐走近帐篷入口，一股不安的感觉从斯蒂芬的脊背慢慢爬了上来。当他看到大宗师正在静坐冥想时，他甚至还想过让其他兄弟来献上宝剑。

可是不行，那是懦弱的表现。

因此，斯蒂芬静静地步入帐篷，在大宗师莱克洛克面前跪了下来。他低下头，一只手捧着剑柄，另一只捧着剑尖，恭敬地献了出去。这些礼仪也是习以为常的。这时，他听到身后其他兄弟不断地在帐篷外聚集起来，心想他们一定都会为他感到妒忌和恐惧。

"请原谅我打扰了您的冥想，大宗师。"斯蒂芬说道。

莱克洛克缓缓地睁开了眼睛。当他看到斯蒂芬呈上的东西时，双眼顿时瞪得更大了。

"没有原谅的必要。"他说，"对于为我们文成之道带来公义的人，没有必要。"

莱克洛克接过了宝剑，斯蒂芬感到大宗师的手居然也在颤抖。应该是殷切使然吧，他心想。当宝剑离开他的双手时，他感到一丝失落，这又让他羞愧不已。

"大宗师，经过了这么多年，为什么亵渎者选择现在放弃悲歌剑？"斯蒂芬不解地问道，"你觉得她是不是开始意识到自己的错误了？"

向大宗师提出如此天真的问题十分莽撞，但斯蒂芬实在想不通。为什么是现在？如此伟大的武器怎么会有人舍得放弃？

幸运的是，这一次莱克洛克似乎并不在意被提问，他的目光一动不动地聚焦在手上的宝剑上。"她为什么要这样做已经没有意义了。因为她的这番决定，她的死期已经是板上钉钉的事了。这把悲歌剑是她生还的最后机会，现在，她的命数已定！"

6

红眼决定提前在堕落谷下船。其实他很想在悲惨天空号上一直坐到天堂圆环，不过他寻思一番之后，觉得还是先去帕斯汀纳斯庄园看看为好。如果阿拉斯回去了，他很可能知道希望在哪里。如果他还没回去，那红眼的姨妈应该也会知道他表哥在哪里。就算她不知道，红眼也觉得应该过去探望一下。他的外公被生物法师杀害了，不过姨妈应该也不会太在意。毕竟，那家伙向来都是个混账。不过他心里清楚，自从阿拉斯的继承权被剥夺并转移给自己以后，姨妈肯定是不高兴的。虽说作用不大，但他至少可以告诉她，他已经在尽力弥补这一点了。

再说了，悲惨天空号是一艘巨型货船，比女士诡计号慢得多，光是从斯通匹克到新列文就已经花了一周的时间。耶维仕船长是一个足够正直的人，但最近几天他的牢骚就一直没停过，红眼实在有点忍无可忍了。

几个月以来，梅里韦尔给红眼的酬劳都相当丰厚，所以下船后，红眼没有选择从港口一路走回庄园，而是雇了一辆马车。这样的话，就算他不能在姨妈身上得到什么情报，他也可以很快地去到银背镇，去那里找老亚米打探消息。当然了，老亚米没理由会知道希望在哪里，但她似乎总能知道很多貌似和她没有关系的事。

红眼舒适地坐在马车上，看着堕落谷郊外的田园风光从眼前掠过，不禁想起了以前和希望跟着她宝剑的指引,从银背镇一路潜行到这里。他记得自己那时还为如此广阔的草原和如此宏伟的宅院所惊叹。而现在再看回来,堕落谷却有点乡下味儿,不过很迷人。成为勋爵在这里就意味着站在了社交圈子的顶端,可是在皇宫,名门贵族多如牛毛,区区勋爵根本都排不上号。

马车在帕斯汀纳斯庄园的门口停了下来。红眼举目望去,感觉这里跟一年前来时完全是两个地方呀。那里非常整洁,而且装潢精致,但比起皇宫或琵瑟琪皇后的"隐居地",这里简直是小巫见大巫。说句实在的,这里连乐沙巴希塔岛的翰碧斯特庄园都不如。

红眼从马车上爬下来,从铺得整整齐齐的小径走到大宅门口。正想敲门,门却从里面打开了,开门的是一位年长的女仆,红眼隐约记得上次在这里见过她。

"欢迎回来,大人。"女仆用平和的语气小心翼翼地说道,伸手把红眼请入屋内。

"呃,谢谢,不过……"话还没说完,红眼就看到他的姨妈米娜拉正在大厅里等着自己。她穿着一身淡紫色的礼裙,显得很有气质。她的头发扎了起来,虽然有点儿过时,但非常精致。她看上去十分从容,但从她眼中透露出的紧张来看,这一身打扮确实花了她不少功夫。

"很高兴再一次见到你呀,大人。"她说道,"这些天我们基本上都没什么客人,所以看到你的马车后我着实有点意外。"

红眼环顾四周,发现所有的仆人都整齐地站着待命。看情况,大概这里所有人都过来"欢迎"他们的勋爵回到庄园了。红眼一直都觉得这个勋爵头衔用得自己浑身都不自在,只是后来勉强地渐渐习惯了。现在,那种不自在一下子又回来了。而且一想到现在他的爵位已经被剥夺,这种感觉就愈加强烈。

红眼意味深长地看着姨妈,说道:"我讨厌长话短说,米娜拉姨妈,不过我真的赶时间。我们能单独聊聊吗?"

她露出不确定的神情。

"是关于我表哥的。"红眼又说。

米娜拉的眼睛眯了一下,但很快又恢复了礼貌得体的模样。

"如你所愿,大人。请随我来。"

说完,她便领着红眼转身离开。不过让红眼颇感意外的是,米娜拉姨妈并不是去会客厅,而是带他穿过仆人通道,来到阿拉斯的工作室。难道他的表哥躲在那里了?要真是这样,那就真是行了大运了,红眼心想。

可惜工作室里除了阿拉斯留下的各种机器零件之外就什么都没有了。所有东西还铺了一层薄薄的灰尘。

"很抱歉这里这么乱。"米娜拉摊手指着房间里的一堆堆金属件,一件件旧皮革还有一块块帆布说道,"我让阿拉斯把房间墙壁都做成隔音了,这样无论他在这里搞什么荒唐装置都不会吵到我。所以这里应该是我家最隐秘的地方了。我寻思,你要说的话应该连仆人都不可以听到吧。"

"太完美了,米娜拉姨妈。"红眼说道。

"很好。"她两臂交叉,严厉地对红眼说道,"那么,现在能告诉我究竟是怎么一回事了吗,我的外甥?"

"嗯,不过说之前我希望你清楚,所有关于爵位的事儿都不是我的主意。过去一年多的时间里,我其实是生物法师的囚犯。"

"囚犯?"

"呃,可能用词不是很准确,毕竟我在皇宫里住的环境比我这辈子看过的都奢华多了。"

"你住在皇宫里?"

"是啊,不过我不能踏出皇宫一步。要我说的话,那里其实就是一个镀了金的笼子吧。"

"为什么不能离开？"

"说来话长啊，简单来说就是生物法师要把我留在身边，好利用我为他们做事。他们杀了外公，又把阿拉斯的遗产转给我，也只是为了让我名正言顺地出现在那里而已。"

红眼发现姨妈的脸上有一股恐惧在逐渐蔓延，心想自己是不是说得太快了。

"你、你说杀了是什么意思？"她终于问道，声音颤抖着，"我父亲……他是在睡觉时离开的。"

"你说得也没错。不过是他在被人下毒之后，或者诸如此类的。总之，你要相信我说的。只要情况需要，那些生物法师就会毫不犹豫地干掉他，就算外公帮了他们那么多年也没用。"

红眼从来没见过姨妈如此慌乱。她的脸上现出不安的神情，努力地想说出话来。

"究竟……他们做出这样的事，为什么国王不追究他们的责任？"

这句话提醒了红眼。帝国的大部分人仍旧以为国王是掌权者。必须要让大家知道真相，但是现在他没有这个功夫。

"听着，我想我已经把爵位的事情解决了，现在你应该已经正式成为帕斯汀纳斯庄园的女勋爵了。不久之后，皇宫的人就会过来宣布我是一个叛徒，到那时你应该就会收到正式通知。"

"叛徒？"

"当然不是真的，够奇怪的吧。"红眼说道，"因为我实际上是在执行皇后的一个秘密任务。"

"你……是在为皇后办事？"

米娜拉姨妈的眼珠几乎要翻到后脑勺去了。红眼记得上次来的时候，她还一副高人一等的嘴脸，心里琢磨着要不要继续把她气个半死。不过现在他已经非常了解富翁的套路了，也明白她其实不是故意想为难人。

再说了，红眼现在还需要她。

所以他只是说道："没错。好了，现在我问你，你知道阿拉斯在哪里吗？"

米娜拉飞快地眨着眼睛，从恍惚中回过神来。"阿拉斯？你问他做什么？他跟这些事有什么关系？你都把他连累到什么事里了？"

"不是我干的，信不信由你。至少，我不这么认为……"红眼摇摇头，继续道，"不管怎样，如果你知道什么，请告诉我。我不是在夸张，这件事关乎到整个帝国的命运。"

"我不知道他具体在哪里，不过几个月前，他寄了一封信给我。"

"信里说了什么？"

"他只是报报平安，然后说他不会那么快回来。他没写回信地址，不过这封信是从凡斯港的一艘船送来的。"

"他有没有提到他现在跟谁在一起？"

米娜拉摇摇头。"他说的事都非常模糊。他看起来很伤心。所以我想他只是不想说得那么清楚吧……不过，也有可能他是故意这么做的？"

红眼点了点头。"毕竟他是一个通缉犯。"

"什么？"

红眼轻轻地拍着姨妈的肩膀，让她平复下来。她看起来快要晕倒了。

"别担心。"红眼说，"只要在我找到他之前他不做什么鲁莽的事，他就没事。我保证一定会帮他正名的。"

"然后……他就可以回家了？"米娜拉几乎是恳求道，仿佛她早已经知道答案，只是希望他说出不一样的回答。

"我不能逼他回家。"红眼回道，"而且发生了这么多事，他应该不想回来了。至少，不会留下来长住。"

她点头，抑止着泪光。"我以前不知道……生物法师的事。我以为那些都只是用来吓唬乡下人的故事。我一直以为父亲绝不会摊上这么可怕的事。"

"我知道，米娜拉姨妈。这不是你的错。"

她握住红眼的手，红眼能感到她在颤抖。"你住几天再走吧？"

"抱歉，我真的赶时间。这次任务不能怠慢。"

她强迫自己微笑，道："我想也是。不过……或许……吃顿午饭应该可以吧？"

红眼一直都觉得姨妈很孤傲，觉得自己高人一等。可是现在他的看法改变了。他只看到一个孤单的寡妇在努力地逼自己接受一个事实：她唯一的孩子已经在外面的世界找到属于自己的生活了，只有她还如此绝望地抓住这栋小小的宅院不放。

"吃午饭当然可以了。"红眼说道，"整个星期我都是在吃船上的储粮，什么好吃的都没有。我要是拒绝这顿丰盛的贵族餐就是真傻了。而且，你会惊喜地发现，我的餐桌礼仪已经大有进步哦。"

这一简单的决定要不了红眼几小时，却照亮了他姨妈的生活，而且效果比他预期的还要好。红眼看着姨妈不断差遣着仆人，像对待一场盛大的宫廷舞会一样准备着他们的午餐，心里有一种感觉：他是姨妈这么久以来第一个陪她吃饭的人。可能自从她儿子的头衔被剥夺之后，其他的领主和夫人就跟她划清界限了。如果真是如此，那她真的完全是孤身一人了。

用餐的时候，红眼给米娜拉讲了他在皇宫里的英勇事迹，一直说到在皇后的餐桌上吃晚饭为止。当然了，有很多细节他都没说出来，免得暴露了梅里韦尔小心经营的恨嫁、肤浅名媛的形象。

"你怎么就不答应和翰碧斯特夫人成婚呢？"米娜拉大惑不解，"听起来她和你很般配呀！"

红眼夸张地叹了叹气，一边拎起了一块三明治。"王子殿下也是这么说的。不过一旦她知道我已经不再是勋爵了，她肯定就对我不感兴趣啦。"

"那就还是个流氓，我懂了。我正琢磨着究竟是怎样的女人才能让你安定下来呢。"米娜拉抿了一口红酒，对着空气看得出神。"想到王子本人竟然会给古莉亚的孩子提感情建议，不知道她会怎么想呢。"

"大部分事情我也不是很清楚。"红眼回道，"不过我觉得要是她知道我又重新画画了肯定会很高兴。虽然我只是出于兴趣。"他很快又说道："我知道你很怕家里又出了个艺术家。"

米娜拉姨妈笑了。自从红眼来了以后，这还是她第一次笑。"比起执行皇后的秘密任务，我还是更希望自己的外甥重新画起画来。"

"不用担心，米娜拉姨妈。我可以照顾好自己。"

"我知道你可以。可是我担心我心爱的阿拉斯啊。我只希望他不要陷得太深。"

"说出来你可能会感到意外。如果他还跟我料想中的那些人在一起的话，那他一定已经经历了很多事情。我敢说他现在已经是一位及格的探险家了。"

她悲伤地笑了。"要放手真的很难。不过也许你是对的。"

※

午餐之后，红眼跟姨妈道了别，然后爬回自己租的座驾上。

"现在去哪儿呢，先生？"车夫问道，那是一位留着短短的黑胡子的老人。

"银背镇，兄弟。得去探望一位老朋友。"

"得嘞，先生。"

说罢，车夫便策马驾车朝南走出。红眼从窗户向外望去，想起了以前从充满田园气息的堕落谷走到整洁平坦的钥匙镇马路得花很长一段时间，但坐马车只要一个小时。进入这个社区的时候，他感到一点不舒服，因为这里说白了就是一个大型的军营。红眼从小就被教导说军营是世界上最可怕的地方，而且要不惜代价躲开这种地方。不过随着马车在干净整洁的路上行驶，他发现这里其实跟皇宫没什么两样。虽然他现在又成为了通缉犯，但他们绝不会想到像他这样的盗贼竟然会如此悠闲地坐马车。而事实也证明了这一点。一路上，没有一个皇兵把马车拦下，甚至连望一眼马车的都没有。当然了，就算他们把他拦下，红眼还有一封梅里韦尔给的委任书，上面还有皇后的印章。不过这种东西大概只会引起生物法师的注意，因此他必须尽可能避免这种情况出现。

马车绕过木匠湾，来到银背镇。比起钥匙镇，这里的街道更窄更乱，皇兵更少，但街头艺人更多。他让马夫朝西走，经过海景画廊的时候，红眼寻思妈妈的画还在不在托里斯顿的画展里。不过应该没有了吧，毕竟画展是一年前开的。一想到这，红眼心里就感到一阵忧伤，这让他有点意外。现在他已经承认自己是一名画家，心里忽然非常想进去里面，用一种更挑剔的目光去重新审视他和妈妈早期的作品。

可他现在真的没时间探讨艺术。如果他在老亚米那里得不到任何情报的话，他就找艘船直接去凡斯港。就算阿拉斯已经跟希望分开了，他应该也是最清楚她的去向的人。

天黑之后，红眼才来到了命运夫人的真相之屋。等马车在房子门前停下来后，红眼惊讶地发现招牌已经不见了。这让他感到一丝不安。

"你留在这里，别让马儿发出声音。"红眼对马夫说道，从马车上爬了下来。

他谨慎地靠近那栋房子，红色的眼睛迅速地扫视着周围，寻找一切可以透露情况的线索。可除了招牌不见了之外，那里似乎没怎么变。窗帘是关上的，不过这很正常。而在一楼，红眼看到有微弱的光沿着窗帘边缘透出来，这说明里面肯定有人。

他把耳朵贴到其中一扇窗户上，随即一个熟悉的声音传了出来：

"你个臭流氓！你个罪犯！"

是布隆菲迪斯，对面剧院的老板。红眼已经好多年没见过他了，但他那大分贝的特别嗓音却让人难以忘怀。

"随便你怎么骂。"一位男子说道，红眼没听出来是谁，不过声音里透露着只有军官才会有的简练。"没有人会救你的。"

"求你了，军大人，饶了我们吧！"一位女子央求道，听声音她太年轻，而且太不淡定了，不可能是老亚米。可能是布隆的其中一个情人吧。

"这里也没有人会饶了你，"男子说道，"你们将会缓慢而痛苦地死去。"

不管里面发生了什么，红眼显然要出手制止了。于是他后退几步，助跑纵身跃起，抓住了门上的雨篷，手臂一发力便把自己拉上了二楼的窗户外。窗锁已经生了一层老锈，用力扯了几下就烂了。红眼轻轻地推开窗户，跳进了漆黑的屋里。这里似乎是老亚米的卧室，不过衣柜里还有一些男人的衣服。红眼从来不知道她还会找男人约会，不过可能只是她一直没有告诉自己而已。那她现在在哪里？是在楼下和其他人一起吗，只是没有说话？或者是没法说话？难道……

想到这，红眼无声地快步从卧室走到走廊，再从走廊来到狭窄的旋转楼梯，一直下到一楼。

"求你了，先生！"布隆的声音似乎就在正下方。

"随你们怎么求。只会让我觉得好笑。"男子说道，语气却不怎么好笑。"不过这一点用都不会有。"

"你会遭报应的！你这个禽兽！"女子大吼道。

"噢，我已经遭报应了。现在，准备受死吧！"

就在这时，红眼一跃而下，直接跨过楼梯，落在一张沙发上。

"不，还没有。"红眼说道，把手枪举起对准了一个留着黑胡子的陌生人。

"天啊！"一个穿着低胸礼裙的女人尖叫起来。

"哎哟妈呀！"布隆也喊了出来。这位高个子穿着一件背心，背心下什么都没穿,肥大的毛茸茸的肚腩微微地颤动了一下。

陌生人只是不解地盯着红眼。只见他根本没有武器,手里只有一张纸。红眼扫了一眼布隆和女人,发现他们手上也拿着一张纸。

"等等,"红眼说道,"这他妈是在彩排?"

"你一定就是红眼了。"陌生人说道。虽然他对红眼的打断感到震惊,但被枪指着的时候却很淡定。

"去你的,红眼。你他妈是从哪里冒出来的?"

"从皇宫里。"红眼把枪收起,继续道:"我来找老亚米的。"

"她不在这儿。"陌生人回道。

"这位是维德顿船长。"布隆连忙介绍。

"而我是甜蜜少女莱美思翠雅,银背剧院的明珠!"莱美思翠雅向红眼伸出手背,用炽热的眼神与红眼四目相对。

红眼咧嘴笑了,在她的手背吻了一口。女演员啊。他有点怀念起这个词了。"果真人如其名啊,你真甜。"他说道,盯着莱美思翠雅特意露出的乳沟。"很高兴认识你。"

"嗯?他跟之前那位小富翁有点像啊。"莱美思翠雅对布隆说道。

"大概是表兄弟吧。"布隆回道。

"难怪呀。"她说道,"不过这一位明显更会和女人聊天呀。"

"等等,你认识阿拉斯?"红眼实在想不到这两个世界的人怎么会有联系。

"他当时是和一个自称戴尔·贝恩的南方妹一起来这里的。"布隆说道。

"戴尔·贝恩?"布隆说的是希望吗?为什么她要这样称呼自己?

"我记得,他们也是过来找老亚米的。"布隆继续说道,"当时,老亚米被带到空虚哨壁了,是戴尔·贝恩把她救回来的。"

"还救了我。"维德顿说。

红眼觉得自己错过了许多信息,不过现在他得把次要的省略掉,直奔最重要的主题。

"老亚米不在这里吗?"他问维德顿,"你知道她现在在哪里吗?"

"她不肯告诉我。我相信你也知道她的为人。"他的语气里透露着一点爱意和顺从,"她只是叫我在这里等你。"

"等我?你的意思是她知道我什么时候会来?"

"当然不是了。我已经等了几个月了。"

"这位可怜的船长啊,已经等得有点不耐烦啦。"布隆说道,"一个行动派又怎会喜欢坐着干等呢,对吧,老兄?"说完,布隆靠过去,热情地拍了一下船长的手臂。

维德顿欣然笑了,说道:"就是。"

"所以我们才会叫他帮忙给我的新话剧彩排嘛。"

红眼用批评的眼神看着维德顿。"准备受死吧?谁会这样说话啊?"

布隆看起来很受伤。"起码咱演得够真实啊,都把你给骗了。"

红眼大笑起来。"我真的被你们骗到了。可能是我太想动动筋骨了。"然后他转身对维德顿说:"所以你等我是要干吗呢?"

"她说你会需要一艘船,而且很急。"

"我认为我的表哥在凡斯港。这么说你有船载我去那儿咯?"

维德顿点点头。"是的。不过亚米也说了,在我们离开新列文之前,你必须要跟一个人聊聊。"

"哦?"红眼有点意外,"谁?"

"天堂圆环的黑玫瑰。"

7

老亚米来到的第二天早晨,希望在黎明时分就醒了,于是照例开始冥想。自从回到盖尔默尔之后,她几乎每天早上都要进行冥想。不过那天清晨,院子里老是有各种各样的声音在干扰她:说话声和嬉笑声。

希望努力地试图把声音过滤掉,不让自己被绕进去。显然,老亚米、尤特尔还有文图正在进行着某种活动,但具体是什么她不知道。而当她发现自己第四次、第五次试图猜出他们在做什么的时候,她终于叹了口气,放弃了冥想。

她缓缓地站起来,走到门口往院子里看去。

外面阳光明媚,夏天结束之前应该也没几天这样的好天气了。只见那三个人各站在庭院的一角,正在用一个橙子大小的球玩传接球游戏。文图轻松地把球抛出去,老亚米伸出双手稳稳地接住了。

"噢!给我!"尤特尔央求道,"把球传给我!"他上蹿下跳地,疯狂似的挥着手臂。

可是老亚米看了看希望,点了一下头,然后把球扔给了她。

希望用一只手把球接住,拿起来看了看。似乎是用旧皮革厂里的黑皮革缝起来的。

"快点呀,希望!"尤特尔求道,"传给我!"

希望照办了。尤特尔立即猛冲出去,虽然在希望看来这完全没必要。等接到球后,他在地上打了个筋斗,然后单膝跪地地把球高高举起,自豪地说道:"我接到啦!"

"你们两个继续吧。"老亚米对尤特尔和文图说道,"我要开始希望的训练了。"

于是老人和男孩继续来回地传着球,而老亚米则像往常一样不慌不忙地向希望走来,厚围巾被大风吹得不停摆动。在夏末时分,盖尔默尔经常会刮起这样的风,这是天气开始入秋的征兆,随之而来的,便是寒冷与黑暗。

"你算数厉害吗?"亚米走近时问道。

希望以前觉得自己的数学非常厉害,直到看到红眼在石头游戏时的表现,她才知道原来自己也不过如此。

"够用吧。"她说道。

"在这么短的时间内就能在脑袋里完成这么多运算,相当不错。"

"运算?"希望不解地问道。

"没错。"亚米说道,"当你要把球接住的时候,你需要考虑它的运动轨迹和速度,当然还要把风速考虑在内。在短短的几秒时间里算出这些,其实还挺复杂的。"

"但你说的这些我都没有做啊。"希望说道。

"没有吗?"亚米反问,"难道你能接住球纯粹是运气吗?"

"呃,也不是……"

"不管你是否意识到,你的身体已经默默地替你完成这些运算了。其实,不仅是我们的大脑,我们身体的其他部分也是拥有智力的。"

"你是指本能吧?"希望问道。

"说它是本能只是低估了它。"亚米说道,"而且也没有解释清楚。这是我与文成的修炼之道主要的矛盾所在。他们认为思想意识比身体更高级,认为身体只是一个基础的肤浅的东西,必须由强大不屈的意志所支配。"

"你很了解文成的修炼之道?"希望想隐瞒语气里的怀疑,但从亚米会意的笑容来看,她应该是失败了。

"关于这个问题,我和你的导师一定会争个没完没了的。他那时很年轻,还很傲慢。我想大多数年轻文成都是这样的吧。"

再一次,希望真想不通老亚米现在到底有几岁了。"很难想象大宗师河洛会待人傲慢。"

亚米点头道:"这是他完成那些丰功伟绩之前的事了。你不觉得很有意思吗?成就越大,他反而越不傲慢了?值得深思吧。跟我来,希望。说说上次分别后你都学到了什么。"

随后,希望一边跟着亚米穿过庭院走到修道院外面,一边跟她说自己是如何成为了戴尔·贝恩,如何因此而陷入了自负的深渊,又说到自意识到自己的所作所为后随之而来的羞愧感。她们沿着修道院旁的小径漫步,希望又告诉亚米河洛的日记的事,以及他为文成之道探索新道路的未竟之志。两人继续往下走到那条崎岖的石头小路上,一直走到修道院北面的茂密森林。一路上,希望又谈到她通过冥想和沉思来感受大自然的宁静。亚米一直都只是静静地听着,而等希望再也没东西说的时候,两人则都沉默了。

这一片土地实在太多石头,种小麦是不合适的,所以文成的兄弟们就把森林留了下来,只有当鱼和章鱼等海产匮乏的时候,才会偶尔进去打点小猎物。小时候,希望经常会到森林里,一待就是好几个小时,而她也知道,尤特尔每次出来探险肯定也是过来这里。那层叠的暗黑色石头峭壁,一株株粗糙扭曲的灰色大树,让人有一种说不上来的感觉,却使这里充满了一种阴森却令人着迷的气氛。

最后,她们来到了林中的一片小空地上。

亚米对希望说："你的修行我最感兴趣的是你对时间的静思这一部分。"

"时间？我不是很明白你的意思。"

"就是你观察日出和潮汐之类的练习。你自己说的。在做这些修行的时候，你说你觉得时间会变得很有弹性。是可塑的。"

"是不是可塑，我其实不是很清楚。"

"我们说一样东西有'弹性'，就意味着它可以自然扩张，把可用的空间都填满，对吧？在某种意义上来看，这正是时间的特征。它既可以加快，也可以变慢，通过这样，它就可以填入各种不同的时刻当中。"

"听你这么说……我观察的时候确实是这样。"希望承认道。当她集中精神看日落的时候，太阳会以一种不可思议的速度降落。"不过这也只是我的感受而已，其实时间并不是真的加快了。"

"也许你还没有理解，其实时间并不是客观的。虽然说起来有点难懂，不过万物都是有自己的时间的。你，我，那只鸟，甚至是那块石头。我们每个人都在用自己所主观感知的时间而生活着。通常情况下，我们对时间的感知都是一样的。但也不是非得这样。"

希望眯起了眼睛。"你的意思是，我可以控制我自己的时间？"

"你已经在这么做了。你在看日落的时候就把自己的时间变慢了。既然这样，谁说你不能把自己的时间加快来匹配其他事物的速度呢？比如说，一颗子弹？"

"不可能。"

老亚米突然显得非常伤心。"当真？经历过这么多之后，你还认为有什么是不可能的吗？你就这么肯定自己对时间和空间之间的关系的认知吗？"

不管希望这辈子还做过怎样的人，她一直都是个好学生。所以当看到自己的新导师如此失望之后，她心里也非常不好受。"只是……人的身体不是有极限吗，呃，应该说，世间万物都是这样，不是吗？"

"确实是有极限。"亚米赞同道，"我也不认为有谁可以保持这么快的速度超过几秒钟。不过一颗子弹从出膛到命中的时间还不到几秒钟。"

"可是，我还是觉得……"希望无助地看着亚米，"对不起。我不是故意为难的。"

但亚米却大笑起来，声音低沉洪亮。"你呀，还没有我其他学生难教呢。比如你的那位布力加·林。简直不能再固执了。说回来，布莱斯告诉我，他曾经亲眼见过你把一颗子弹挡开呢，这你又是怎么做到的？"

"我也不是很确定。"希望坦白道，"第一次的时候，是我的本能驱使的。我觉得我能做到完全是因为悲歌剑的力量。"

"那把剑确实厉害到可以把子弹挡开。可是剑是不会自己动的。所以啊，除了你以外，还有什么可以使出这么快的速度？"

"我不知道。"

"你之前不也不知道是怎么把球接住的吗？"亚米指出。

"就说我暂且相信我可以改变自己的时间速度吧。"希望说道，"我要怎么做才能练出这个能力？"

老亚米狡黠地咧嘴笑了笑，这让希望想起了红眼。"跟其他修炼一样。熟能生巧。"说完，她从斗篷里抽出一把手枪，打出了一发子弹。

枪声一响，希望整个人都僵住了。不一会儿，大概在四尺外有一棵树瞬间被炸开了。

"去他的。"希望轻声喘息道。

"哎哟，安心啦。"亚米说道，"我又不是瞄准你。我也不指望你一次就能成功。就是十次也不一定行。"

"十次？"希望意外地问道，"你这斗篷里到底藏了多少火药？"

"只有枪里面的。不过我带你来不是为了看风景。这附近有一处隐蔽的弹药库，里面有火药。谢天谢地莱克洛克并不知道这个地方，不然他一定会把整座修道院炸到天堂里去的。来吧。"

希望随老亚米在树丛中走了好一会儿,才问道:"那你是怎么知道的?"

"是智者希尔果告诉我的。"老亚米随口说道。

"你认识智者希尔果?"他可是河洛的导师啊。

"噢,一般认识啦。"亚米愣笑道,"那时候我可野了,而希尔果那时也还没那么睿智。"

"你是说他背弃了守贞的信条?"

亚米斜眼看了看希望。"还不止一次呢。不过你肯定也知道,最好的、最真的智慧就是从不断犯错中获得的。虽然跟他一起很有趣,不过我和他绝对是一个错误。"

希望不得不承认她成为戴尔·贝恩时所犯下的错误,那些自大而荒唐的行径,确实教会了她不少。

"我们要把火药和子弹搬回修道院。"亚米说道,继续往北穿过森林。"看来我们得让你的那个孩子去清洗和装填这些枪。我最讨厌干这些了。"

"他不是我的孩子。"希望强调道。

"哦?"亚米反问道,"不是你的,那是谁的?"

希望不忍心说没有人的。说出来太残酷了。而且他也不是真的没有亲人。希望之前打算把他留在海鸥之啼的某户人家,但已经不可能了,因为他把那儿的长老杀死了。别无他法之下,希望只好把他带回盖尔默尔。她小的时候已经受够一个人了,她不能让尤特尔也遭受同样的命运。

"这么说来,他确实是我的吧。只要他还选择跟我在一起。"

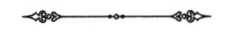

※ ※ ※

希望和老亚米来到了南海岸附近的森林边缘,弹药库就藏在一个隐蔽的山洞里面。石岩平地而起,就像一颗粘在地上的黑色泡泡。山洞口没有门,但有前方缠绕生长的树木的遮盖,如果不是老亚米说,希望还以为是有人特意耕种的。

她和亚米拨开细长的树枝,进入山洞后走了一小段距离便到达了目的地。这时,借着洞口的一点微弱光芒,希望看到了几个木箱,其箱口都用沥青密封得严严实实。那里除了一箱子弹和一小箱火药之外,还有一箱老式燧发步枪和手枪,此外还有好几箱结实朴素的剑和匕首。

"我从来没见过文成用短剑。"希望说着,举起一把短剑,在昏暗的光线下认真端详起来。

亚米点了点头。"那些是双刀,要同时两只手都拿一把才行。这种武功很少人知道,通常是一些比较瘦小灵活的文成使用的。文图就知道怎么用,如果我没记错的话。"

"真的?不如我们带一对回去让他展示一下。"

亚米眯起了眼睛。"我还以为你不想再用剑了呢。"

"那也不代表我就不喜欢看剑了呀。"希望说道,"再说了,我也不是要自己用,而是想把它们送给别人。"

"尤特尔?"亚米神色警觉地问道。

希望摇了摇头。"不是。我是想送给吉莉。"

"哦?"亚米意外地问道,"这么说你还没有忘记对她的承诺?"

"我许下的所有诺言一个都没有忘记。"希望急切地说道,"为什么你会觉得我会忘记?"

亚米想说什么,但最终没有说出口。她小心翼翼地把火药桶放倒,让其侧卧在地。"我们下次再拿剑吧。这桶火药还有那些子弹已经够我们拿的了。"

说完,亚米开始滚动火药桶,朝洞口走去。装子弹的盒子虽然很小,但重量极大。希望只有一只手,只能向前伸出双臂,用两边的手肘托着盒子,相当不便。

"看来你的义肢要改良一下了。"亚米说道,和希望一人推着火药箱一人捧着子弹盒继续在林中前进。"现在你不用再专门用它去舞剑了，可能把它改装成更适合日常使用会好一些。"

"在这个世界上只有一个人我可以放心让他去搞我的义肢，但我根本不知道他现在在哪里。"希望说道。

老亚米点了点头，什么也没说。

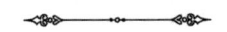

自从被任命为高级装弹官之后，尤特尔就对自己的新任务感到特别激动。刚开始的时候，一想到要把枪交给这位有间歇性杀人行为的男孩，还要教他怎么装填弹药，希望就感到特别紧张，但亚米坚持说没问题。而经过几天的密切观察后，希望发现尤特尔真的非常认真地对待自己的责任。显然，只要不是锋利的东西，尤特尔就不会很感兴趣。

于是每一天，尤特尔都会把枪都装填好弹药，然后给亚米。而亚米和希望则会回到森林里的空地，然后亚米会开上一枪，让希望观察子弹，直到所有的子弹都打光。这样以后，她们就会回到修道院，等尤特尔重新装填弹药后，再回到空地。就这样每天不停地重复，几个星期后，火药桶和子弹盒逐渐变空了，但除此之外一切都没有变化。希望虽然已经习惯了火药的硫黄气味还有刺耳的枪声，但她感觉自己还是在原地踏步。

不过希望发现了另外一点，就是每一枪的命中点正在离自己越来越近。一开始，命中点大概在她左边四尺左右的地方，但几个星期过去后，她发现已经变成三尺了，似乎命中点每天都向她靠近一点点。希望把这个发现告诉了老亚米，谁知亚米只是甜甜一笑，说道："你不能永远这么练下去。到最后总得要测试一下的。"

如果老亚米是在刺激希望，那她成功了。希望其实不太了解亚米。她觉得普通人也不可能真的了解她吧。而希望也不确定这个不老的女人最后是否真的会对准自己开枪。

于是，希望开始更加努力，凡是她认为对训练有帮助的事，她都格外认真。于是，她又重新开始每天观察日出日落。如果身体和心智之间真的存在联系的话，那她必须让自己的身心完全合一。河洛在日记里提到，练剑和冥想之间其实并无二致。希望便说服自己去尝试修炼身体的时候同时进行冥想，这样也许会帮她抓住她一直在寻找的身心联系。不过，她依然拒绝用剑，于是她便用小时候河洛教她的徒手格斗取而代之。她刻意把动作慢下来，把格斗术当成是舞蹈一般对待。这样练了一段时间，她意外地发现自己竟然能从中获得一份宁静。等她习惯了之后，她发现时间在不知不觉中飞快地流逝了。

然而，即便如此努力，希望还是看不见子弹。

有一天，她们又站在了同一片空地上，在新一轮训练开始之前，希望突然感到十分沮丧。很奇怪，每当她开始怀疑老亚米的理论时，她发现自己都会去寻找可以赞美她的地方。

"你的枪法真准。"希望说道。

老亚米耸了耸肩，一边检查手枪一边回道："活得久的其中一个好处就是，你有很多时间去积累各种各样的技能。好了，我们开始吧？"

希望点了点头，走到离亚米大概二十步的地方，背对着树木的边缘。她们这样训练已经超过一个月了，现在子弹的命中点离希望左边只有不到两尺的距离。以这样的速度持续下去，大概再过两个星期，亚米的枪口就会直接对准着她。到那时，她会不会终于有了足够的动力或者启迪去突破现在的瓶颈？还是说她到头来只会直接被子弹打伤？

这些想法不断缠绕着希望的思绪，而老亚米则已经举起了枪，扣上了扳机。

"希望，你来看看这个！"尤特尔突然从离希望左边一尺外的树林中跳了出来。

同一时间，枪声响了。

整个世界仿佛都停止了。只见尤特尔正用明亮的双眼兴奋地看着希望，然而老亚米的眼睛却正在慢慢地睁大，眼神里充满了恐惧。枪声就像死神一样，发出无休止的怒吼，朝它的受害者袭去。火星和硝烟正从枪口冒出来，还有一块圆形的小金属直指着尤特尔的方向。

希望伸出手，想要去拉尤特尔，但她感觉全身就像被一堆湿沙裹住一样，每一个动作都相当迟缓艰难，这让她恼怒不已。而且周围的空气则重得离谱，仿佛有一块无形的巨石压在身上一样。一点一点地，希望的手离尤特尔越来越近，而尤特尔则依然一动不动。老亚米也一样。可是在希望的余光中，她看到子弹正在逐渐逼近，金属弹身划破空气，发出了炽热的红光。

终于，她的手指慢慢地钩住了尤特尔灰罩衫的一处皱褶。光是完成这个动作，希望的身体就已经被绷到了极点，仿佛她抓住的东西不是衣服，而是比纤维硬得多的东西。希望用尽全身的力气去扯尤特尔的衣服，此时她的手指已经痛得发颤，但也只是勉强拉动了半毫。这时，子弹已经近在咫尺。

希望于是用了全力，使肩膀、背部和大腿上较强壮的肌肉发紧，把尤特尔慢慢地拉出子弹的射击轨道。子弹继续逼近，发出如鹰啸般的尖叫，冲着尤特尔依然兴奋的脸打了过来。最后，子弹终于贴着尤特尔的脸飞过，擦伤了他的耳朵。但希望知道，危险已经过去了。

紧接着，随着"啪"的一声，一切突然恢复了正常。子弹打中了旁边的一棵树，尤特尔则跟跄了一下，而亚米尖叫道："噢，天啊！"

希望的身体不由得晃动了起来，感觉每一寸肌肉都淤青肿胀起来。但她拒绝就这么跌倒。

"嗷！"尤特尔捂住耳朵大叫一声。"怎么回事？"他转身看向子弹打中目标而发出声音的方向，很快又回头对希望说道："算了。希望，你得……"

但他没有把话说完，因为他看到了希望暴怒的表情。

"你明知我们在这里练枪的！"希望咆哮道，声音如炮火般炸裂。她从来都没有像现在这么愤怒。"你明知会有多危险！"

"我知道，可你们都还没开始。"尤特尔战战兢兢地说道，"我以为——"

"我们刚要开始！"希望由咆哮升为尖叫。她知道，作为一个武士，一个导师和一个监护人她不应该这样，但她就是控制不住。她抓住尤特尔的后脖子，把他拉到那棵留下了新鲜烧焦弹孔的树前，厉声骂道："好好看清楚了，你差点就成了这个样子！"

尤特尔盯着弹孔好一阵子。等他再回头看着希望时，眼睛已是泪水汪汪。

"我……我现在该怎么办啊？"

"说对不起，亲爱的。"连老亚米说话的语气也有点激动。"然后向她保证你以后会更加小心。"

"对不起，希望。"尤特尔诚恳地说道，"我以后会更加小心的。"

希望一把将尤特尔紧紧抱住。

过了一会儿，尤特尔说道："你勒疼我了。"

"你死不了。"希望说道，声音浑浊，依然没有松手。

"好消息是，"亚米说道，"你终于找到感觉了。"

"是的。"希望终于放开了尤特尔，但身体马上摇晃起来，眼看就要倒了。亚米和尤特尔两人几乎是本能地伸手扶住了希望。现在，危机已经过去了，心中的怒火也逐渐消退，她这才感到四肢沉重无力，感觉就像在一瞬间就花光了平常要几个小时才能消耗掉的能量。也许确实是这样。希望心里明白，如果要更好地使用这个能力的话，她就必须进行更严格的耐力训练。

"现在你能过来看我找到的东西了吗？"尤特尔问道。

希望疲倦地笑了笑，说："究竟是什么东西让你兴奋得连枪火的危险都忘了？"

喜悦的表情又回到了尤特尔的脸上。"是一条双头蛇！"

带着疲惫和好奇，希望跟着尤特尔走进了森林，老亚米也跟在后面。没过多久，他们来到了一块突出的小黑岩跟前。在黑岩的背风面，有两条蛇正在交配。

"啊。"希望有点尴尬。

老亚米忍不住咯咯笑了几声。

"尤特尔，这其实是两条蛇……抱在一起。"希望说道。

"哦……"尤特尔看上去有点失望。

希望拍了拍他的肩膀，安慰道："好啦。咱们回家吃晚饭吧。"

"我好饿哦。"尤特尔坦白道，跟着希望走了。

现在，希望已经知道改变自己的速度是什么感觉了，接下来要解决的就是如何更好地使用它。其实那就跟锻炼肌肉一样。一开始只有一点点效果，付出的努力远比收获多得多。但随着时间过去，她越来越上手，到最后已经能随意使用了。不过每次做完后她还是会筋疲力尽，而且维持的时间从来没超过一两秒。不过正如亚米之前所说的，一颗子弹的寿命也不过一秒钟而已。

夏去秋来，天气愈加寒冷，夜晚也越来越长。亚米提议趁还不是太冷，一起去海边野炊。"就当作是庆祝希望的成功吧。"

"野炊？"文图看起来有点难以置信，"自从我来盖尔默尔开始，我们几十年都没有在这座岛野炊过。"

"那我们早就该搞一搞了。"亚米说道，"难道你们的文成戒律里有哪一条禁止野炊吗？"

"也不是……"文图承认道。

于是,四人便来到了黑岩嶙嶙的北岸边,那儿稍微比南边暖和一点儿。他们搭了一个巨大的篝火,尤特尔像疯了似的围着它狂喜雀跃,直到差点被烧伤之后才消停下来。棍子上的鱼烤得香气四溢,文图于是打开了一桶上好的文成麦酒,这是他专门为了特殊场合留下来的。

三位大人各自坐在一块黑岩上,看着尤特尔不断地往篝火里丢各种各样的东西。希望拿起一杯麦酒,一饮而尽。

"我去过那么多地方,还是觉得这里的麦酒最好。"她静静地说道,"可惜啊,这里不再酿酒了,真是伤心。"

"深有同感。"老亚米说道,"消息传到银背镇的时候,人们简直当场就哭了。"

"也许某天……"文图说,然后叹了口气,摇摇头。

三人沉默了下来,空气里只剩下火焰的嘶嘶声,以及尤特尔一边高兴地把海草扔进火苗一边发出的啾啾声。

"这些天,我一直在想关于你义肢的事。"最后老亚米开口说道,"你说只有一个人能让你放心去让他调整你的义肢。"

"阿拉斯。"希望说道,"红眼的表哥。"

"如果我告诉你他在哪里呢?你会去找他让他帮你重新设计一下吗?"

希望一下子坐直了身子。"你知道他在哪里?你是怎么知道的?"

老亚米得意地笑了。"他写了一封信给甜蜜少女莱美思翠雅,想不到吧?"

"真的?"希望很意外。

"是啊。听说布力加·林和那个海盗,灰头盖维斯走得相当……近吧。于是可怜又害羞的阿拉斯就变得孤独又绝望了。我想啊,现在他只能抓住和著名女演员的那一晚回忆来获得安慰了。"

"太让人心碎了。"希望同情道。

"当然了，她没有回信。"亚米又说道。

"那就更惨了。"希望说。

"不过她有跟我说道，就是顺口说的，说那封信是从瓦尔塔寄过来的。"

"瓦尔塔？"希望有点难以置信，"那个巨型鼹鼠的老窝？他去那种地方到底是干吗？"

"莱美思翠雅也说得不是很清楚。我猜她也没认真看。说什么他相信那些鼹鼠的什么东西可以治病。"

"他会被吃掉的。"希望说。

"这样的话，"老亚米说道，"要是你还想他帮你改义肢，你最好在他被吃掉之前找到他了。"

"去瓦尔塔要好几个星期。"希望说道，"我去的时候你能帮我看着尤特尔吗？"

"不能。"亚米直接回道。

"什么？"希望没料到她竟然会拒绝，尤其是她看起来还挺喜欢那小子的。

"文图也不能。我们太老了，已经不适合带孩子了。"

"老？你？"希望问道。

老亚米笑了，但笑容里似乎没有了以往的活力。确切地说，在希望眼里，这位妇人的身影似乎稍微变小了。"虽然我看起来不老，但不代表我不会觉得自己老呀。"

希望突然不知道要说什么才好了。难道老亚米其实早就想休息了，只是一直都在勉强自己坚持下去？希望差点就把这个问题问出口了，却又马上惭愧地认识到，这个想法太让人伤心了，她不想知道答案。那么，现在她能做的，就只有听亚米说的话了。

"那我还是带上他吧。可是我担心我管不住他。要是他又杀人了怎么办?他其实不是故意要那么做的,可是……"

这时,附近的海草已经被尤特尔烧光了,于是他只好跑去更远处收集。就这样,他在沙滩上来来回回地跑着,似乎不知道疲倦。今晚他肯定能睡个好觉。

"这孩子比以前更在乎你了。"文图说道。

"尤其是从我朝他开枪之后。"亚米静静地说道。

"要怪也是怪我。"希望说,"是我太大意才让他偷偷跟过来的。"

"别说傻话了。"文图说道,"那就是一次意外。有的事根本就不能怪任何人。"

希望向文图微微点头以示尊敬。文图很少会以导师的口吻说话,所以每一次她都会虚心受教。"我和尤特尔将会动身去瓦尔塔把阿拉斯救出来。大概几个月就能回来。"

"那你们什么时候出发?"亚米问道。

"明天一早。"希望回道,"每多耗一天,阿拉斯变成鼹鼠腹中餐的危险就会增添一分。"

"说的也是。"亚米说道。

希望站了起来。"走吧,尤特尔。"

"这么快就要睡觉了?"尤特尔问道,不情愿地皱起眉头。

"不是。我们要回去收拾,明天出海。"

尤特尔一听就兴奋起来。"我们要出海啦?去哪里?"

"跟我来,咱们一边收拾一边说。"希望回道。

于是,尤特尔就跟着希望往寝室走去,似乎早已经把篝火忘得一干二净。

等希望和尤特尔回到宿舍后，文图和亚米又在篝火旁坐了一段时间，看着火焰渐渐熄灭。

"有些话我一直想跟你说，亚米莉亚。"在沉默了许久后，文图终于开口道。

"嗯？"

"刚来这里的时候，你说过这是你最后一次插手。听到你说这话我很难过。"

"就算是我也不能这么一直做下去呀。尤特尔的那次意外……"她摇着头，继续说道："真是愚蠢的失误。我本该预见才是。就是在那时候，我知道自己的时间不多了。我跟自己说，如果我真的要帮这最后一忙，我就得把事情做圆了。"

"不得不佩服你，顺便说句。"文图说，"我都花了好几个月的时间去说服希望离开南部群岛了，一直都没有成功。"

"她在这里躲得够久了。"说完，亚米疲倦地对文图笑了笑。"坦白说，我也活得够久了。你不介意我就在这里结束吧？"

文图看着这位他认识了一辈子，在他的世界里时有时无的女人，心里充满哀伤。"这是我的荣幸，亚米莉亚。"

8

红眼和维德顿坐着马车缓缓驶入了天堂圆环。红眼想起上一次经历了一场漫长的冒险后回来这里的情形。那时候他还是个小孩,坐的不是高档马车,而是和莎蒂坐在一辆装满了水果和蔬菜的货车上。虽然如此不同,但当他看到熟悉的街道从窗户外不断掠过,闻到那熟悉的泥土气味,他心中便充满了一种无比舒服的暖意。不管他去了哪里,天堂圆环总能给他一种家的感觉。

"黑玫瑰把苹果林庄园设为大本营了。"维德顿说道。

"嗯?"红眼问道,把目光从窗外拉了回来。

"你知道在哪里吗?"维德顿问道。

"那个破地方?当然知道……"红眼又看向了窗外。"不如这样,我们先在这老社区转转吧。去见她不是什么急事吧?"

"应该不是。"

红眼对眼前这位海军船长不是很熟,不过既然老亚米信任他,说明他一定不会有什么问题。然而,他的言语间总感觉有什么不对劲,红眼怀疑他是不是对他有所隐瞒。而且不管他隐瞒了什么,肯定不是什么好事。所以红眼也不着急知道。

"马夫,在落汤鼠酒馆放我们下来吧。我们自己走就可以了。"红眼已经迫不及待想再次逛一下那些街道了，可是又想去他最喜欢的酒馆来一次隆重登场。

"落汤鼠酒馆吗，先生？"马夫问道，"确定要去吗？那里可是臭名昭著啊。"

红眼大笑起来。"我就是让它臭名昭著的始作俑者之一啊，老铁。"

当这辆来自堕落谷的高档马车在落汤鼠酒馆停下时，几乎所有人的眼睛都看了过来。很可能这是有史以来光临过这里最高档的马车了。不过，当穿着夹克、戴着领结的红眼从马车上潇洒地跳出来时，这些不怀好意地眯着的眼睛一下子就惊讶地瞪大了。红眼听到不止一个人都低声骂了句"我操"，心里便一阵得意。

"来吗，维德顿？"红眼回头朝肩膀后面问道。

"当然。"维德顿从容地从马车上下来，走到街上。虽然他只穿了一件素色衬衫，外搭一件朴素的深蓝色夹克，但所有人都嗅到了他骄傲的海军作风。红眼一想到他们踏进酒馆时的有趣画面，心里就不禁偷着乐。

不过等他们真的走进酒馆后，红眼万万没想到整片场地竟然都陷入了死寂，所有人都只是默默地盯着他俩看，与红眼想象中的关注和惊讶完全不同。

两人傻愣愣地站在那里，维德顿于是偏头小声对红眼说："我说不准啊。他们这是在表示友好呢，还是正好相反？"

红眼一边保持微笑，一边喃喃地回道："我也想知道啊，老兄。"他绝望地把目光投到吧台上，看到普林后立即松了口气。

"小普林！"红眼奔了过去，"我亲爱的麦酒小老板啊。"

酒馆里的其他人见状，纷纷回到自己的事情当中。或者至少说，他们装成是这样子。不过普林看起来就没那么自然，也没有接上红眼的目光。

"嘿,红眼。"

"怎么了,普林?有人说我死了还是怎么的?"

她一听到死字,身体不自觉地微微缩了一下,然后又强迫自己挤出了一点笑容。"当然不是啦,红眼。就算有我也不会相信的。"

"听到你这么说就好。"红眼用手肘扶着吧台,继续道:"哎呀妈呀,见到熟人的感觉真的棒极了。"

"我……也很高兴见到你啊,红眼。"她支支吾吾地回道。

怎么大家都这么古怪?红眼心想。"不如这一轮我……"

红眼话音未落,便看到酒馆后面的角落里又有一张熟悉的脸坐在一张大桌上。

"哎呀,哎呀,是内蒂啊!"他连忙跑过去,止不住咧嘴笑着,心里高兴得几乎有点忘形了。"你可真有领主的气派啊。坐在德廉的老位置上,弄得好像这个地方归你管了似的。"

内特尔斯坐在桌子后,表情少有的疏远。甚至有点冷漠。而且让红眼意外的是,有两个他以前盗窃帮的成员居然也坐在了内特尔斯旁边。一个是瘟鸡珀克西,她比红眼上次见她时更高更瘦,衣服也更破烂了。而另一个,帽盒先生,则还是标志性的高帽,干净的黑夹克白衬衫,永远都是一副阴森的样子。红眼从来都不是很喜欢他们,不过看起来他们也不像是内特尔斯的铁哥们儿。但从他们尊敬的样子来看,他们更像是内特尔斯的忠诚部下。

"过来坐一会儿吧,红眼。"内特尔斯说道,声音跟表情一样冷漠。

红眼决定了,在搞清楚情况之前,她要装就奉陪。既然她都能装得那么溜,那他也可以。他拉出一把椅子,懒洋洋地坐了上去。而维德顿则留在了吧台。

内特尔斯向普林打了打手势,后者连忙端来一杯黑麦酒给红眼。

"谢啦,小普林。"红眼说道,接过了酒杯。

普林象征性地笑了笑,又匆匆跑回吧台后面。

"你是怎么从斯通匹克逃走的?"内特尔斯问道。

"认识了一些里面的朋友呗。"红眼咧嘴笑了。

"是吗?"内特尔斯又问。

"你懂我的。"红眼漫不经心地说道,"我到哪里都能交朋友。"接着他神秘地俯前身子。"告诉我这都是在搞什么,内蒂?现在圆环归你管了是吗?"

"现在大家都叫我黑玫瑰。"

"真的?你就是维德顿让我见的那个人?"

"维德顿是谁?"内特尔斯问道。

"就吧台那留着黑胡子撅着屁股的那个人。他是亚米的朋友。"

内特尔斯望了他一眼。"看着挺眼熟,不记得在哪里见过他。他说了为什么你要跟我聊聊吗?"

红眼摇头。"就说了你有什么重要的事要告诉我。"

内特尔斯看了红眼一会儿,然后说道:"他说得对。"然后她又向普林招了招手。等这位酒保赶过来后,内特尔斯继续说道:"我和红眼要借一步说话。可以用你办公室吗?"

"当然可以,黑玫瑰。我去拿钥匙。"普林转身向吧台走去。

"再拿一瓶威士忌。"内特尔斯说道。

普林顿了顿,看了一下红眼,又看了一下内特尔斯。过了一会儿,她简练地点点头,带回来一把钥匙和一瓶上好的威士忌。

内特尔斯站了起来。"你们两个,留在这里。"她对帽盒和瘟鸡说道,"没有我的允许,谁也不能靠近办公室半步。懂木?"

两人沉默地点了点头。

"你。"她又对红眼说道,"跟我来。"说完,她转过身,一手拿着钥匙，一手拿着酒瓶，朝酒馆一侧的办公室门走去。

红眼跟了过去，心想她吩咐人办事真的很有一套。简练，权威，又丝毫没有骄傲和自负。

办公室很小，空间只装得下一张桌子，一个大文件柜，还有一个保险箱。直到今天，红眼一直都很佩服普林竟然能一个人把酒馆打理得那么好。自从她父母去世以后，酒馆里的一切事务，从服务到财务，都是她自己完成的。很少有人能应付得来这么多种类的工作。

"老办公室哈？"红眼说着，往桌子上一坐。"我唯一一次进来这里还是跟普林搞上的那段时间。那时我想等酒馆关门后就在吧台上做的，但她说那不卫生还是什么的。"

"喝。"内特尔斯把酒瓶推给了红眼。他还以为等他俩独处的时候，内特尔斯就会放下那副黑帮头目的架子，但显然她没有。红眼开始怀疑，她改变的不止是圈子地位那么简单。

"哦，好呗。"他拔去威士忌的瓶塞，小小喝了一口，然后把酒瓶递给内特尔斯，后者却摇了摇头。而且她到现在还是站着，丝毫没有理会红眼让出来的椅子。

"至少坐一下吧，啊？"红眼问道，"你让我有点紧张啦。"

"那就再喝。"内特尔斯说道，还是站着。

红眼又喝了一口，酒精的灼烧感几乎就能把他心中黯然生起的不安压下去。

"你知道我一直都不会好好说话。"内特尔斯说道，"不过反正我要说的事也没法好好说。所以我就直说吧。"她缓缓吸了口气。"菲勒和莎蒂死了。"

在红眼还是个小孩的时候，有一天他发现妈妈死在了沙发上。他还记得，妈妈的鼻子和嘴巴都沾满了干涸的血迹，眼睛浑浊似玻璃，手指像爪子一样蜷曲着。当时，红眼的感觉就像是被人安了一台拉风箱在嘴巴里，把自己体内的氧气全都抽走了。那时，他就一直愣愣地站着，感觉快要窒息了。

现在他的感觉就跟当时一模一样。

他说不出话，甚至呼吸不上来。他愣愣地盯着内特尔斯，渴望从她那棕色的双眼寻求一点温暖和安慰。但他什么都没找到。也许这就是她会如此冷漠的原因。也许她不只是针对他一个人，而是对一切都有所保留。这件事对她的打击太大了，所以为了不再受伤，她屏蔽了自己的情感。甚至可能已经把情感扼杀掉。

不过红眼不会这样。或者说不能这样。虽然是怎样都已经无所谓了。他已经走得太远，经历了太多痛苦了，这一次他也不会逃避。于是，他任由惊讶、困惑以及恐惧浸满全身。而那悲伤的巨浪一波接着一波，接踵而至。

菲勒和莎蒂。死了。

红眼特别渴望能抱住内特尔斯，就像一个遭遇了暴风雨的水手，紧紧抱住桅杆不放。然而她却没有任何表示。等她再次开口，她也没有一句安慰的话，只是在告诉他整件事的经过。

她把菲勒和莎蒂，红眼世界上最爱的两个人，是怎么死的细节完完整整地告诉了他。而她的声音之冷漠，红眼几乎都认不出眼前的人就是内特尔斯。如此一来，红眼感觉自己失去的爱人不止两个，还有第三个。

不过这些细节却以另外一种方式安慰了红眼。它们把抽象的痛楚变得更实在。一个没有菲勒和莎蒂的世界？最开始，这种想法根本说不通。但随着内特尔斯继续平静地说到她和哥哥的冲突，还有希望绝望地对黎明曙光发起突袭的事，红眼逐渐明白到那个世界其实早已存在，甚至在他知道以前便已存在。

"菲勒的仇我已经报了。"内特尔斯说，"我亲手报的。莎蒂在断崖岛开船撞翻了皇家舰艇牺牲了，当时我没在场。是灰头盖维斯报信过来我才知道的。他还说莎蒂那天救了很多人,其中还包括希望、阿拉斯,还有吉莉。"

"吉莉?"这是自从红眼的世界里被挖走两个人后他第一次说话。

"我们在一艘皇家舰艇上发现她的。"这时,内特尔斯眯起眼睛,继续道:"说到这我就想起来了,我就是在那时见到那个维德顿的。"

红眼点头,又喝了一口威士忌。红眼隐约感到自己要追问更多关于这件事的问题,不过他就是提不起精神来。

办公室陷入了一阵沉寂,只有红眼偶尔喝一口威士忌时酒水撞击瓶子的声音。

"这就是我要说的全部了吧。"内特尔斯说道,又看了红眼一眼,眼神里依旧一片空白。"我会安排那个维德顿在苹果林庄园过夜,这样你就能,呃,自己好好待一下。"

红眼唯一的回应,就是又喝了一口酒。于是,内特尔斯便离开了,走的时候静静地把门关上。

红眼以为自己可以坦然面对痛苦,毕竟他已经经历了那么多,已经成长得足够坚强。但这一次是他从来没有经历过的,那种痛一直萦绕在他的心中,挥之不去。每一秒都有一波巨浪带着震惊和恐惧席卷而来。他意识到自己内心的某一部分不见了。再也没有人会像莎蒂一样鞭策他行动。再也没有人可以像菲勒那样让红眼依靠。莎蒂的眼睛总是会散发一种狡黠的光芒,他从小就一直很喜欢她。还有菲勒身上那淡淡的檀香木香味,在天堂圆环里最能让他感到熟悉和安心。这一切现在都永远消失了。在他的生命里永远消失,在整个世界里永远消失了。仿佛从来没有存在过一样。

这种想法在红眼的脑海里无休止地蔓延展开,不断变异,周而复始。每一次变异都像一支不同的长矛,狠狠地刺入红眼的心脏。这已经是一个人所能承受的极限,所以他继续不停地把酒灌到肚子里。威士忌对红眼来说一点都不陌生，但这一晚，他一心要把脑海里每一个灼痛自己的想法都扼杀掉，所以等到普林进来时，他喝得几乎连眼睛都无法聚焦了。

普林看到后叹了口气。"本来应该由她来照顾你的。"她咕哝道，更多是对自己说。"不过现在黑玫瑰的肩膀也不是随便可以依靠的，所以只好我来了。"

于是，普林走到红眼身后，把他拉了起来。她动作娴熟利落，想必早已习惯如何应付醉汉了。接着，她钻到红眼的腋窝下，半架着他走过酒馆，从楼梯走上了她的小卧室。

"你不用管我。"红眼迷迷糊糊地说道，普林则帮他脱掉了夹克和靴子，小心翼翼地把他的枪放到床头桌上。

"嘘，睡吧。"说完，她轻轻地推了一下红眼。

红眼向后倒在了床上，立即感到天旋地转，十分难受。他感觉身体特别沉重，重得似乎能浸入被褥中，沉到地板下面，再穿过一层层楼，最后沉淀在那冷冰冰的黑土上。

"床很小，可这是我仅有的床了。"普林说道，把裙子从头上脱掉。"你得分一半给我。"

她轻轻地把红眼翻过去，好让他侧卧在床的一边，自己则卷起身体，把脸贴在红眼的上背部，双脚在他的后面蜷起来。她伸出手，沿着红眼的手臂向前探索，最后握住了他的手。

"我也很想念他们，红眼。"

"噢，普林。"红眼声音哽咽，终于哭了出来。"我不知道要怎么办了。"

普林继续搂着红眼，任由他继续哭泣。红眼放声嚎哭，哭声嘶哑而强烈。

等红眼终于平静下来后，普林说道："依我说呀，世界上已经不会有好事发生了。至少我再也没有见到过。"

普林的话在红眼的耳边不停回荡，直到他慢慢睡去。

第二天早上，经历了前一晚的严重宿醉，红眼感到浑身难受，便瘫坐在吧台上。他感觉到暗影恶魔不停地想要从他脑壳里挣脱出来。当然，它一直都在那儿。它是红眼的一部分。然而现在，它的感觉比往常更加强烈，不断地从红眼脑海里回荡不断的黑暗意念和悲观情感中汲取能量，滋生成长。他仿佛听到了一个冰冷的声音在嘲讽：看到了没，我早就说过这个世界除了垃圾和死亡之外，就是一片虚无。

红眼低头盯着那碗普林为他准备的治醉酒的清汤，让暗影恶魔占据自己的思想。他让它不停绕圈，任由它把所有不好的记忆碎片在脑海里不断重组、放映，以证明这个世界是如此的不堪。它就像一条恶犬正在龇牙咧嘴地啃噬着最爱的骨头，红眼能清晰地感觉到它那锋利瘆人的獠牙正悄悄地夺去自己的四肢。他很想就这么让暗影恶魔重新占据自己的身体，他甚至感到自己的双手已经在渴望着复仇。这才是圆环的真汉子该做的，对吧？以牙还牙，以命换命。可是要向谁复仇？又要为谁复仇？到了今天这种地步，让更多的人死去到底能为谁带来好处？

这时，阳光透过了酒馆肮脏的窗户，刚好投射到了那碗清汤上，油腻的水面便映出了红眼的脸庞。红眼立即从碗上移开，不想看到倒影里那张憔悴的脸。

过了一会儿，他发现自己正出神地看着酒馆后面的背墙。那是一面平坦宽敞的空墙，只有几处被沾上了色斑和脱落，跟他第一次来这里时一模一样。那是好多年前的事了，他还是个小孩，像一只迷路的红眼小狗跟着莎蒂的屁股转。莎蒂正是在那一晚丢掉耳朵的。这里有太多莎蒂的回忆了。还有菲勒的。然而，所有关于他们的回忆很快就会永远消散。不用过多久，甚至连他们的模样都会变得难以记起。

除非……

"嘿，普林。"红眼说道。

"怎么了？"普林从吧台的另一端喊道，准备为一桶新的麦酒钻孔。

"我能用一下那面背墙吗？"

她从酒桶后望过来。"怎么用？"

"我想要在上面画画。"红眼回答。

"真的吗？"她看着那面墙，仿佛从来没有注意过一样。"嗯，我想也是时候给它上一层新漆了。"

红眼的嘴角微微翘起，露出得意的笑容。她还挺机灵的嘛。

为了买到能在酒馆那种乌烟瘴气的环境下不掉色的油漆，红眼专程回到了银背镇。不过在秋天微冷的天气中走走路还让他舒服不少。而等到他从银背镇回来，他已经基本上摆脱宿醉了。现在他感到神清气爽，专心致志，随时可以开工了。

那时刚入夜，酒馆里已是座无虚席，除了内特尔斯在酒馆后面的专属位置。红眼把桌子推到一边，这样就有更多位置供他作画。

"你确定这样没问题？"普林经过时问道，两手各拿着三杯酒。

"她今晚不会过来啦。"红眼胸有成竹地说道。

他知道，内特尔斯正在给他一点空间，她说到就会做到。可能她内心深处也有一点内疚，担心红眼会因菲勒的死而责怪她。不过红眼想起了菲勒在三杯酒馆起义中枪后，红眼也在深深地自责，当时菲勒却罕见地生气了。"为圆环而战是我的选择。"他这样说道，"你敢把它夺走试试？"毫无疑问，菲勒也是因为同一个原因而选择了支持内特尔斯。这说明他相信自己所做的事是正确的。如果红眼连这份荣誉也夺走了，他算什么兄弟？所以他不能责怪内特尔斯。

不过，能有一点空间画画还是挺好的。而且他那时候唯一想做的事就是画画。首先,他把整面墙都刷了一遍,花了好些功夫才把表面的油烟和污渍擦干净,不过这样后面画画的时候会更轻松,而且也没那么容易掉色,这才是重点。等他擦完的时候,酒馆也差不多打烊了。红眼的肩膀酸得厉害,便坐到内特尔斯的位置上休息。这时,他发现有好些顾客都好奇地往这边瞟,却没人敢光明正大地看。

自从回到圆环以后,红眼就不是很喜欢这里的氛围。太压抑了。先是三杯酒馆起义,然后是全城的暴动,紧接着又被皇兵袭击,一年后内特尔斯和她哥之间又爆发了一场惨烈的帮派斗争。这里的人们经历得太多,付出的代价太大了。努力从伤痛中走出来的,不止红眼一个人。这让红眼感到接下来要做的事情更加迫切了。

等普林把最后一个客人打发走,红眼便开始作画。他决定先画比较疏远的人,再画一些稍微没那么亲近的,最后慢慢过渡到他真正想画的人。反正整幅画的核心要大。甚至大于生命……

于是,红眼开始凭着记忆把吊带玛琪画了出来。说实话,他画得也不是十分像,不过现在也没几个活人还记得她到底长什么样儿了。红眼把她画得难以置信地高大,个头几乎到了屋顶。只见她用严肃的脸和庞大的身躯居高临下地笼罩着一切,正如红眼小时候的感觉一样。

在玛琪的一侧,红眼把莎蒂画了上去。她还是红眼第一次遇到她时的模样,邪恶,粗暴,散发出一种诡异的喜悦。她穿着她最得意的船长帽和船长外套,脚上蹬着长靴,是红眼和菲勒一起偷给她的。

在吊带玛琪的另一边,红眼把菲勒画在了让他感到最开心的地方:一个铁匠炉旁。在那里,他可以尽情地挥霍蛮劲,还是一位细心的手工艺人。只见他脱去了上衣,手握铁锤,在铁砧上敲打着一块铁器。虽然他那大汗淋漓的肌肉外形确实是稍微夸大了一些,但一想到以后过来喝酒的人,不论男女,都赞叹地盯着菲勒强壮的二头肌,红眼心里就感到说不出的愉快。

他一开始打算画到这里就算了，只有这三个画像。不过当他回过头看这幅画时，他就知道画还没完，而且那面墙还有很多空间可以画呢。于是他就拿了一块地方画上了死脸德廉，依然还是一双死鱼眼，面无表情。在他身边还有布拉克森，有一半身体已经变成了那恶心的怪物；还有同样有一半身体变成了虫子怪物的兰金。在三人的上方，红眼画上了一个穿着兜帽白袍的鬼魅身影，明眼人一看就心领神会，因为圆环人对生物法师的恐惧和仇恨永远都不会消失。

但光有这些还是不够。于是红眼来到墙的另一边，把所有他还记得的逝者画了上去：曾经的黑帮头目大力士吉克斯；吉莉的妈妈，贾茜；莎蒂的死对头巴克斯，他是老死的，这在圆环极少发生；还有萝卜人，红眼和内特尔斯曾经打劫过的面包店和肉店老板。画完这些人之后，墙上还有一点空间，于是红眼就把人们在三杯酒馆暴动的整个场景画了上去。他很意外自己竟然能记住这么多人的脸孔。而这些脸庞，从此将会永远被铭记心中。

粉色的晨曦洒在窗前，红眼终于把整面墙都画满了。他瘫倒在内特尔斯专座的椅子上，双手沾满油漆，又酸又累，便趴在桌子上渐渐进入了梦乡。

――✦――

"红眼，是时候起床了。"普林温柔地说道，轻轻拍了拍红眼的肩膀。

红眼缓缓睁开眼睛，但随即被下午的阳光刺痛，于是他连忙躲开，从口袋里翻出他的烟熏黑眼镜。

"我睡了一整天？"他慢慢坐起来，脖子僵硬得很，还感到脸颊被桌子的木纹印出了一道道皱褶。

"你不是熬了一整夜嘛，所以我就让你多睡会儿。不过，呃……"她紧张地看了看红眼身后，"我想她要把位置要回来了。"

红眼点头表示明白，揉着酸痛的脖子站了起来，转过身。只见内特尔斯就站在旁边，两侧又是瘟鸡珀克西和帽盒先生。维德顿则坐在吧台那边，正喝着一杯麦酒。其他客人也开始陆陆续续地坐到其他位置上，辛苦了一天后准备来喝上一口。

"大家看啊。"内特尔斯盯着壁画说道，脸上还是读不出一点表情。

"看到没，帽盒先生。"瘟鸡珀克西说道，声音比几年前红眼听到的更阴森嘶哑。她向壁画走近一步，双手指尖贴在嘴唇上继续说道："这才叫真正的艺术，像你我这种人很少有机会看到的。"

"确实感动人心。"帽盒先生阴沉地同意道。

"我跟你说啊，里希。"瘟鸡友好地拍了拍红眼的肩膀，"我实在太庆幸当年菲勒没有让我把你杀掉了。对于我这个同行艺术家来说，这杰作简直是醍醐灌顶啊。"

红眼清楚她所谓的"艺术"大部分都跟她的受害者的手指有关，苦笑道："谢了，瘟鸡。"

然后他转向了内特尔斯。跟大多数艺术家一样，他经常一副不在乎别人怎么看自己的作品的样子，也跟大多数艺术家一样，他知道这都是瞎扯淡。"你觉得怎样？"

内特尔斯没有马上回答。这里人那么多，红眼知道即使她喜欢，她也得表现得若无其事的样子。天堂圆环的老大可不能因为一点小小的艺术作品就变得娘里娘气的，不管是谁画的，或者是为什么。

终于，她清了清嗓子，看着红眼说道："我想，圆环现在也正好需要多一点这样的东西来调剂一下。"

红眼意识到，这是她所能说的最贴近"我想你，我想你留下来"的表达了。看来她也许还没有完全被自己心中的黑暗所吞噬。

"我还有事情要办。"红眼回道，"其实我在找希望和布力加·林。你知道她们在哪儿吗？"

内特尔斯听到后，变得更感兴趣了，但她还是谨慎地问道："你要找她们两个？为什么？"

"有任务吧，可以这么说。"

"看来是个大任务。"

"确实。"红眼说道，"而且还危险。不过我的雇主出手很阔绰。"

"根据你坐的马车还有你屁股上的枪来推断，你应该没有扯淡。"现在她越来越感兴趣了。不过不是朋友间的那种感兴趣，而更像是在谈生意。红眼意识到现在和他说话的已经不是内特尔斯了，而是真正的黑玫瑰。

红眼作态腼腆地笑道："我混得还行啦。"

"我们坐下来聊会儿。"内特尔斯对红眼说道，然后对瘟鸡和帽盒使了个眼色，"确保一下周围，别让其他人听见。"

"至少给他留个位置呗？"红眼问道，用下巴指了指维德顿。

"随便你。"黑玫瑰说道，"他是你的人，不是我的。"

这时，瘟鸡珀克西和帽盒先生站成一排，把黑玫瑰的专座和酒馆的剩余部分隔了开来，所有的顾客也马上识趣地把目光转移到了别的地方。

等黑玫瑰和维德顿以及红眼三人坐了下来，她说道："所以，你的雇主到底是谁？"

"女王殿下，琵瑟琪皇后。"红眼故意用一种夸张的漫不经心的语气说道。

黑玫瑰毕竟是个人物，即便是心里惊讶但也隐藏得很好。"是吗。"

然而维德顿一听到红眼说的话就呛得开始咳嗽起来，花了好一阵子才缓过气来。"抱歉。"他对红眼喃喃说道。

红眼继续看着黑玫瑰，说道："我说啦，我在里面交了些朋友嘛。"

"这么说你现在是什么，秘密皇兵之类的吗？"黑玫瑰问道。

"事情不是我们想象的那么简单。现在已经不是我们跟富翁和皇兵之间争来斗去那么肤浅了。其实所有人都在和生物法师作斗争啊。"

"生物法师不是效忠国王的吗。"黑玫瑰说道。

红眼摇摇头，道："不，正好相反。至少过去的二十年左右都是这样。又或者是直到希望和布力加·林在黎明曙光破坏了他们的阴谋之前都是如此。现在生物法师已经慢慢失去对国王的控制了，因此也对整个帝国失去了控制。皇后想趁着这个时机把生物法师除掉。所以她才需要希望和布力加·林的帮忙。"

"一个没有生物法师的帝国？"黑玫瑰问道，"这就是你的皇后给你的酬劳？"

"听着，"维德顿说道，似乎被冒犯到了，"她也是你的皇后——"但话还没说完，就被红眼一下踩在脚上打断了。

"当然了，还有钱。"红眼对黑玫瑰说道，"只要你知道她俩在哪里。"

"我不知道希望这些日子去了哪里，不过我可以准确地告诉你应该去哪里找布力加·林。她也许会更清楚希望在哪里。"

"确实是有用的情报。"红眼说道。

"钱我不要了。"黑玫瑰申明道，"安排我和这位皇后见上一面吧。"

维德顿看着张嘴就要反对，但红眼马上警告性地瞪了他一眼，他便只好把嘴巴闭上。

"我安排不了。"红眼对黑玫瑰说道，"不过我可以介绍一个能做到的人给你。到时就要看你能不能说服她了。这样可以吧？"

黑玫瑰沉思了片刻，点了点头。"没问题。"

"棒极了。"红眼说道，"那你能告诉我了吗？"

"灰头盖维斯有一艘走私船，叫轰雷电闪号，他一直在帝国东边运好些东西，不过他的大本营在凡斯港。我最后一次听人说到，布力加·林和吉莉也在他的船上。他们回到凡斯港后会住在灰影区的一间旅馆里面，叫遗忘往事旅馆。"

"那阿拉斯呢?"红眼问道,"我听说他好像也在凡斯港啊。"

"没听人说过。"黑玫瑰说,"不过凡斯港那么大,他在那里也不奇怪。"

"还有希望呢?"红眼继续追问,"有什么关于她的情报吗?"

"盖维斯告诉我他最后一次看到希望时,她正从黎明曙光那里朝北方驾船而去。她走的时候就一个人,手里没有那把宝剑。"

"好吧,"红眼说道,想起那三十来个正在追杀她的文成武僧,"那就糟了。"

第二章

"战士"乃是挑起战争之士。其名既已昭然若此,那一个战士能否寻找真正的和平?我既是一名战士,亦是一位崇尚和平之士,我猜这个矛盾最终将会达到顶点,而我的信念亦将受到考验。不过从许多方面来说,我渴望这一天的到来。因为只有这样我才能确定,我是否找到了新的道路。

——狡猾者河洛的秘密手记

9

布力加·林的大师曾经说过,生物法师是学无止境的。

而最近,布力加·林又有了一个新发现:她真的很喜欢做爱。

她喜欢忘情地亲吻灰头盖维斯那长满胡楂的嘴唇,感受他的须根狠狠地刮蹭自己的脸颊。她喜欢伸进他白色的水手衬衫里,用力揉捏他精瘦有力的手臂,然后猛地把打底薄棉衫撕开,他结实的胸膛早已大汗淋漓。她喜欢搂着他的腰,一点一点地用指甲划过他的皮肤,留下一道道红印,直到双手十指紧扣,感受他背部肌肉不住地颤抖。她喜欢他用那长满硬茧又宽厚的手掌温柔地握着她胸前那团柔软,一边亲吻她颈部细腻的肌肤,一边用他下面的坚硬紧压在她赤裸的大腿内侧。她喜欢淘气地摆弄着他的下面,看着它急切地上下抽动,感受着他慢慢由喘息变成了急速的呻吟。

她喜欢和他赤身裸体紧紧相拥,任由满身潮汗把他们粘成一体,片刻后又把他推开,听皮肤分离时发出嘶嘶的声音。她喜欢跨坐在他的身上,用力按住他的胸膛,感受他每一次粗犷的呼吸。她喜欢把他的坚硬放进身体时小腹的炽热,继而吞没他,包围他,挤压他,直到完全占有他。她喜欢骑在他身上疯狂摇晃,感受与他身体激烈的碰撞,有时又会提起蜜臀,直到快要与他分离时又猛地坐回去。她喜欢坐着向后弯腰,双手撑在他壮实的大腿上,十指挖进肉里。不过随着他的动作愈加猛烈,她又会马上收腰俯身,看着他的脸。因为她最喜欢的就是看着身下这位疲倦、厌世的海盗在高潮喷射时变得脆弱无助的样子。而很多时候,也正是这一点最能让她到达高潮。

可是一旦她高潮过后,那种脆弱感很快便会占满她全身。布力加·林从来不会怀疑或自我反省,但最近她的心房却逐渐被这两种情感渗透。随着时间一天天过去,她便愈发感到不安。也许是因为希望的突然离去,以及这个唯一让她感到归属感的团体正在分崩瓦解。也可能是因为那些变幻莫测的未来,那些关于她在乎的每一个人的模糊不清的未来,正不断地在她脑海里闪现,让她感到无比困惑。不过不管是什么,总之这一切都让她感到焦躁不安,失去了目标。只有做爱才能平息这种不安,但也仅仅是短暂的。

现在,她和盖维斯躺在一张窄床上,盖着布满疙瘩的被子,房间狭小不堪,所在的旅馆也是污秽肮脏。银色的月光洒落在窗前,清凉的晚风把他们裸体上的汗水和爱液渐渐吹干。

"我这副身体以前是个男人,你不介意吗?"布力加·林静静地问道。

"干吗要介意?"盖维斯反问道,"我以前也跟男人滚过床。"

"真的?你男人女人都喜欢?"

"你们这些富翁啊,就喜欢想太多。"他说道,"开心就是开心,我们这些普通人啊,能开心一天就开心一天,毕竟这样的机会不多嘛。"

"那以你的标准来看,我算是富翁吗?"

"你生来的条件就比别人好,对吧?有漂亮的房子住,又可以去上学,诸如此类的?"

"大概吧。"

"那你就是富翁。"盖维斯用实事求是的口吻说道。接着他扭过头,看着布力加·林咧嘴笑道:"你可比大多数富翁都有用多了。"

"你是指滚床呢,"她问道,"还是指我可以帮你打劫?"

"当然是两样都是啦。所以你才会是我在这个世界上最喜欢的人嘛。"

"比你之前那位黑玫瑰还喜欢?"她揶揄道,但语气里却隐藏着一点忧怨。布力加·林以前也从来没有妒忌过,不过似乎其中情感是伴随着怀疑而来的。

"黑玫瑰啊,我把那个生物法师干掉之后,我和她就算翻篇了。我是念在对她的旧情才那么做的。不过那是我为她付出的最后一次了。现在她已经完全变了个人,我早就不喜欢她了。而且作为一名出色的海盗,我知道什么时候该向前看,去寻找更快乐的草原啊不是。"

"你居然把我比喻成草原?"布力加·林伸出指甲划过他的胸膛。

盖维斯用宽敞的手掌压在了布力加·林的小腹上,继续说道:"嘿嘿,我倒是很喜欢在你这片草原里种草呀。"

"你们海盗的玩笑真粗鄙。"她说道。

"这正是咱们的魅力。"他回道。

"那可未必。"

这时,传来一阵试探性的敲门声。

"最好是好消息。"盖维斯朝门外喊道。

"对不起,船长。"门外传来菲斯蒂的声音,"你之前说猎物一靠岸就马上告诉你的。"

灰头盖维斯叹了口气,回道:"没错。我们马上出去。"

"好的,船长。"菲斯蒂说道。

盖维斯慢慢坐起来,用手梳理了一下过早发白的头发。"咱该起来了。"

"我们现在去哪里?"布力加·林旋转身体,赤着脚踩在了冰凉的木地板上。

"不去哪里,其实。作为一名出色的海盗,我知道有时候让猎物自动找上门来会更好。"

"我们就在凡斯港动手？这里的警卫不是出了名的森严吗？"

"不被抓住不就行了呗。"盖维斯一边穿裤子一边说道，"咱又不会被抓。"

"这么说你有计划？"

"那是当然。"他提起破碎的衬衫，严肃地看着布力加·林。"你的生物魔法应该不能修好被你弄坏的衣服吧？"

"只对活的生物有效。"她噘起嘴继续道："如果你喜欢，我可以让你的体毛长成一件衣服的样子。"

盖维斯打了个冷颤。"不用了，谢谢。"

"你有一半伙计都不穿衣服的，"布力加·林指出道，"你干吗不学学他们呢？"

盖维斯露出一副受伤的表情。"我是船长。我至少怎么也得比其他人稍微体面一点儿吧。"

——◆——

一切都很好。

吉莉发现最近自己老是这样暗示自己。她有一群可靠的水手伙伴，其中有很多人，包括船长，都是天堂圆环的老乡。她也不用再假扮男生了，而且想喝酒的时候就喝酒，没有人会管她喝多少。她还可以随意说脏话，没有人会骂她粗鄙。更重要的是，她所属的船队现在是东半帝国最臭名昭著的走私团伙之一。只要是在凡斯港到乞丐的祈祷岛范围之内，谁要是想偷偷地把货物运到任何一个地方，找极速闪电号就对了。是个人都知道这一点。有这样的名声大部分原因是盖维斯船长拥有极强的领导能力，他一下子就看出了吉莉的可用之处。而且他从来不会把她当成小孩一样呵护她，保护她。他给她的，是尊重。他对其余的人都是这样。

不过她也不会因为这一点而把其他事都完全落下。她现在依然是布力加·林的学徒。布力加·林是世界上最厉害的女人之一,而她正把她所知道的一切都教给吉莉。或者说将会教,等她有空的时候。

每当吉莉回顾过去时,她都认为自己的人生特别完美,特别棒。可布力加·林却很少体会到棒的感觉,这让她很困惑。

跟凡斯港灰影区的其他旅馆一样,遗忘往事的一楼是酒馆,二楼才是客房。这种布局真的是太棒了。即使喝得昏天黑地,客人也总能回到自己的床上。当然了,吉莉不会喝得那么醉,只是她的伙伴偶尔会这样。而且他们的房间那么近,她也从来不用扶他们回去。这对于吉莉来说是极好的,主要是因为她实在不喜欢拖着他们臭气熏天、东倒西歪的身体到处走。然而时间久了以后,他们看她的眼神却渐渐地变了味。他们不再单纯地把她当成同僚或者伙计,而是一个含苞待放的女人。有一两次,其中一个人甚至还下手调戏了一下她,但吉莉都是用刀来给出了回答,于是大家很快就明白,她是搞不得的。话虽这样,如果可以,吉莉也不想弄伤自己的伙伴,所以她很庆幸自己可以尽量避免尴尬发生。

现在,吉莉坐在一张桌子旁,旁边是一个寡言少语的高瘦男人,叫斯雷克。还有一个叫弹珠子眼的男人正好相反,话一直说个不停。

吉莉喝了一口麦酒,突然看见菲斯蒂匆匆忙忙地跑下楼梯,从坐满了商船水手或者海盗这类人的酒桌一路挤了过来。不管是什么来历的人,遗忘往事旅馆都会欢迎。

"赶紧把酒喝完,伙计们。"菲斯蒂说道,一边坐到他们的桌子边,"船长和冰姬要下来了。"

"她也去?"弹珠子眼问道。他的眼睛一直都是凸出来的,看上去就像是脑袋被人安了两颗玻璃球一样,所以才有的这个外号。

"那还用问?"菲斯蒂回道,"你也不想想,冰姬多少次把咱那贱命救了。要不是她,咱这会儿还在空虚峭壁呢,甚至早就挂掉了!"

"我想也是。"弹珠子眼承认道,举起杯长长咽了一口麦酒。"不过,一想到和自己干事的是一个生物法师,我就一身鸡皮疙瘩。"

"船长说她已经不是生物法师了。"斯雷克说道,"被逐出门了。"

"哎。"弹珠子眼说,"依我看,这不就是表明着连普通的生物法师都害怕她吗?"

"等咱真的遇到真正的生物法师,你就得感谢老天爷了。"菲斯蒂说道。他看了看静静在一旁听着的吉莉,又对弹珠子眼说:"再说了,冰姬和这位吉莉是一对儿的,你不会是想咱最喜欢的魔法小贼没了吧,啊?"他开玩笑地把吉莉的头发弄乱。

吉莉一把拍掉菲斯蒂的手。"我偷东西才不是靠魔法。"她说道,"是技术。"

"那你还挺多才多艺的嘛。"弹珠子眼说道,"你们说这女人怎么这么走运?有天堂圆环的红眼教她偷东西,又有海军舰长教她怎么开船,然后还有生物法师教她魔法,这还不算,居然还有文成武僧教她打架!"

"差远了。"吉莉几乎是想都没想就脱口而出,语气里带着苦涩和难堪。她一直想弄明白为什么贝恩船长要抛弃自己。她真的想不通。不管别人怎么安慰她都无法减缓她心中的刺痛。贝恩曾答应过要当吉莉的导师,但仅仅一个月后却独自离开了。文成戒律的荣誉也不过如此嘛。

菲斯蒂清了清嗓子,道:"呃,不管怎么说,吉莉对极速闪电号都是一种福气,大伙说是吧?"

"是。"弹珠子眼说道。

斯雷克点了点头,举起酒杯。

吉莉感到自己脸上一红,说道:"靠,别像个娘炮似的,伙计们。咱今晚还要干活儿呢。"

"说得没错。"菲斯蒂说道,"快喝吧。"

等灰头船长和布力加·林从楼上下来的时候,他们刚好把酒都喝完了。布力加·林一身蝴蝶袖兜帽白袍,气质一如既往地优雅。而灰头船长则显得有点不修边幅，而且不知道为什么，他船长大衣下面竟然什么都没穿。

"哎哟哎哟，这不就是那位生物法师的御用大屌嘛！"

说这话的人叫净人科夫，之所以叫"净人"，是因为他是凡斯港最靠谱的销赃高手。就算是最可疑的赃物，他都有办法把皇兵的疑虑洗得一干二净。他个子不高，秃了顶，长得毫不起眼。不过这也正好合适他的身份，不然外表太出众的话就干不了销赃这行当了。他在走私圈内很有名气，所以所有走私犯都不想冒犯他。同时，跟很多人一样，他十分痛恨生物法师，痛恨得甚至上升到了信仰的程度。

只见净人科夫站在吧台旁边，仅剩的几束头发整齐地耷拉在秃顶上。他打招呼时故意提高了嗓门，好让所有人听见。

"跟我说说呗，灰头，"他继续道，"作为生物法师的奴仆，你和你的伙计是不是就不用担心被带走啦？还是说，只要你还能让她高潮，你们就没事？"

"我之前就告诉过你了，科夫。"灰头用似好非好的语气说道，"冰姬不是生物法师。"

"不是吗？"科夫反问道，向其他客人摆出一副怀疑的模样。当然了，大部分人其实都在听他们的对话，只是都在装成心不在焉的样子。"那我怎么听到有人说，只要挥一挥手，她就能把枪给弄炸膛了？"

"当然不只是挥一挥手那么简单，这点我可以保证。"布力加·林说道，表情阴森。"还是说我应该——"

盖维斯按住她的手，笑着对科夫说道："哎，你搞错了。你怎么还是老样子啊，老铁。你上次也是这样，竟然把辣椒当成珊瑚香来卖了。"

科夫的脸唰的一下红了。"那是你！是你陷害我的！"

"你当然会这么说了，老铁。"盖维斯轻声道，"当然会了。"

"虽然我们一直合不来，灰头，但包庇一个生物法师简直是贱出新高度了，即便是你。不过你听好了，你这样会连累我们所有人的。"

"随便你怎么说，科夫。"盖维斯说完，对吉莉、菲斯蒂、弹珠子眼和斯雷克所在的桌子点了点头，便和布力加·林径直往门外走去。

"都看到暗示了吧。"菲斯蒂静静说道，所有人便一起站起来跟着他走出了酒馆。

盖维斯和布力加·林正在酒馆外面等着他们，盖维斯看到吉莉的时候咧嘴笑了。他凑过去悄悄问道："我让你找的东西拿到了吧？"

吉莉回笑道："拿到了，船长。"

"那就好。希望那屌毛以后都别再找我们麻烦了。"灰头说完，转头又对菲斯蒂说道："把其余的伙计叫回来，咱在码头会合。有活儿干了。"

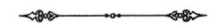

❖

"我他妈的不干！"菲斯蒂抗议道，"别怪我直接啊，船长，我可以为你去死，这你也是知道的！不过你要我跟生物魔法扯上什么关系，就算劈死我也不干！"

那一晚，布力加·林，盖维斯，斯雷克，菲斯蒂，弹珠子眼，吉莉，还有剩下的所有船员一起挤在码头西北岸的一间仓库里。凡斯港的面积比斯通匹克和新列文都小得多，但得益于沿岸庞大的靠泊系统，这里能容纳的船只不比那两个地方少。这里的码头像辐射一样从小岛向四面八方延展，码头与码头之间互相交错，各为分支，从空中往下看的话就像是一张巨大的蜘蛛网。有的码头十分长，伸出海面可达四分之一里。没有人知道那些架起整座码头的桥塔是怎么打到海底里去的。跟往常一样，人们猜测那一定跟生物魔法有关，不过也没有人再深究下去。

布力加·林觉得很好笑。因为人们很容易就接受生物魔法带来的好处，却仍旧对她恶言相向。她怀疑是不是因为他们亲眼看过生物魔法的恐怖才会有如此阴影。这样想来的话，她也不能完全怪他们。因为就连她自己也曾是这样。当她还是小孩的时候,她第一次看见大师施展法术时也感到非常不安。而且当时大师施的还是小法术,只不过是让一条鱼脱水这么简单而已。但就是不知怎地让她手上突然寒毛直竖。当然了,只有小孩子才会有这种反应,可惜皇宫以外的大部分人对生物魔法实在了解太少,在生物魔法面前他们就是个孩子,当然会表现得很不理智了。

"别这样,兄弟。"盖维斯劝道,"你不也让她对其他人施法了嘛。"

"那是其他人。不是我。我的底线就在这里。"菲斯蒂说道。他扫视了剩余的船员,"而且我知道不止我一个人是这么想的。"

很多人立即猛地一阵点头,就是没有人摇头说不。

盖维斯揣度着大伙儿的情绪,一脸痛苦。然后他回头对菲斯蒂说:"你不是相信吉莉吗?她说那是完全没有危险的。她甚至之前都亲自试过了。"

"就是我老娘说没有危险我也不干。我是绝对不会让人往我身上变鱼鳃的!"菲斯蒂坚决反对道。

"咱的猎物可是停靠在码头的尽头呢,"盖维斯说道,"我总不能带着大伙儿直接走过去吧。他们一发现咱们就会发出警报的。所以溜上那艘船的唯一办法就是从水底过去了。"

"那咱就叼根管子,抹上油潜过去啊,用我们的老方法啊。这才是正确的做法啊。"

"可是,菲斯蒂,兄弟啊,你不觉得我的法子更好吗?老法子不是不好,但还是会有风险啊。"

"咱愿意承担这样的风险,对不对啊兄弟们?"菲斯蒂对大伙儿说道,而大部分人都点头或是喃喃地表示赞同。

布力加·林不喜欢让灰头盖维斯替自己说话。事实上,就生物魔法这件事来说,她不喜欢任何人替她解释。可是她想起之前和内特尔斯说起生物魔法时,大家都闹得很不愉快,便有点担心如果让她自己来说的话也只会让问题恶化,特别是当你的说话对象都是社会下层的人。不过,她还是觉得灰头盖维斯妥协得太快了。

他注视着他的船员们。月光从仓库的窄窗投射进来,把一个个文了身的、渗着汗的黝黑身体照得发亮。一对儿对儿紧拧的眉毛认真地回看着盖维斯。

"既然你们都这么想,那咱就用老法子吧。"盖维斯勉强地咧嘴笑了笑,"再说了,偶尔冒一下险也正常,只要值得。而就这一次来看的话,伙计们,值大发了。"

所有人都咧嘴笑了,眼神明显透露着一种解脱。其实这些人非常爱戴他们的船长。可能他们在担心布力加·林对他的影响太大了吧。担心她正在改变他。如果是这样的话,那他们可没有布力加·林那么了解他们的船长。因为灰头盖维斯是绝不会为了任何人改变自己的。这是她喜欢他的地方之一,即使这有时会让她很沮丧。

"那样的话,马上派人去船上搞点油过来,"盖维斯马上发号施令,"咱还有很多事要准备,月亮已经出来了。"

"是,船长。"菲斯蒂拍了拍两个水手,让他们跑回船上。他们的船在几个码头以外呢。

"弹珠子眼,你和金蒂去岸边割些芦苇回来,用来做呼吸的管子。"盖维斯又道。

"是,船长。"弹珠子眼答道,两人便匆匆离开。

"你还要不要我跟着去?"布力加·林看着盖维斯问道。

"这样,巫婆小姐,不如这一次你就算了吧。"他说道,不是很敢对上她的眼睛,"如果我们发现船上有什么……样子古怪的死尸,那可能就和原计划相反了,懂木?"

"懂了。"

他整张脸都亮了,这回是直接看着布力加·林说道:"不如这样。这次的收尾就由你来完成吧。"

"是怎样的收尾呢?"

盖维斯拿出一把手枪,枪柄上镶嵌着一朵石英玫瑰,枪身抛光得像镜子一样亮。"等我发出信号,我们就会带着战利品潜回海里。你说过你会隐身是吧?"

"我可以扭曲光线,这样就很难被人发现。"

"对。你就把光……扭曲掉,然后把这把枪放在那艘船附近的船桥甲板上,越明显越好。"

"伪造证据啊。"她说道。

他露出鼓舞的笑容。"没错。而且也是你告诉我的,在这里驻防的皇兵对除恶惩奸可是痴迷到了发疯的程度。等他们发现这里出事了,他们一定要找一个人来关进监狱,不然他们是不会善罢甘休。所以咱要确保他们找到的不是咱们,好吧?"

布力加·林听罢,心说他知道这样做到底有多下三滥吗?曾经,她还梦想过要成为生物法师委员会的一员,后来又梦想自己成为革命的最先锋。但现在呢?她甚至连一个像样点儿的罪犯都算不上。她已经堕落到成为一个海盗的情人,还要帮他栽赃嫁祸。

然而,她发现自己还是呆滞地点着头,从盖维斯手上接过了手枪。因为除了照办,她还能干什么?

—— · ——

这是吉莉第一次实实在在地以海盗的身份去潜入一艘船。一开始有很多人都反对让她一起行动,好在盖维斯还是把他们摆平了。不过她觉得他这样做完全是为了讨好布力加·林,因为她明显还在为大伙儿不让她使用生物法师而恼火呢。然而吉莉接到这个任务之后心情实在太兴奋了,她告诉自己还是尽量不要想太多。她要让这帮海盗看到自己不仅仅是一个放风的小毛贼那么简单，她要向他们证明自己不仅可以应付这一次任务，还能做好任何他们让她办的事情。

这时，菲斯蒂从极速闪电号搬了一桶黑油过来，于是所有船员都开始把衣服和鞋子脱掉。当然，吉莉是不打算袒胸露背了，因为她好不容易才长出点值得去遮住的东西。所以她脱掉外衣，只留一件无袖的棉内衣，然后高兴地把布力加·林坚持让她穿的尖头靴踢掉。

她仔细地观察着其他水手把黑油涂在自己的脸上、脖子、肩膀以及前胸上，又用黑油把头发往后梳。完了之后，她便依葫芦画瓢地做了一遍，还认真地把内衣的白色肩带涂黑。吉莉心里清楚，布力加·林知道后肯定又会责备她把衣服毁了，并且会催促她赶紧买一件新的。不过吉莉还是想确保这一次任务万无一失。再说了，她在盖维斯的带领下已经攒了一点小钱，买一件新内衣是没问题的。特别是干完这票之后。

弹珠子眼抱着一大捆芦苇回来了，给每人分了一根。水手们接过后各自把它割成脚掌的长度，又把不能通气的部分去掉。

"准备好了吗，伙计们？"盖维斯静静地问道。

一张张油黑的脸纷纷痞气地咧嘴一笑，点了点头。在吉莉眼里，那时的场景就像是一群白色的眼珠子和牙齿在黑暗中上蹿下跳，好不诡异。接着，大伙儿便一个接一个地从船坞的边缘滑入黑暗的水中。吉莉在入水之前回头看了一眼还站在仓库旁的布力加·林，心里突然感到一阵内疚，心想是不是不应该把自己的大师抛在后头。不过她转念一想，提醒自己布力加·林在这次任务中也有一个重要的角色扮演，就跟大家一样，于是便"扑通"一声静静地跳进水里。

水手们小心翼翼地在码头下面无声地前进着，一路来到他们的猎物——停靠在码头远端的一艘大型商船下方。虽然商船的船身伸出海面极高，但经过希望一系列的攀爬训练，吉莉自信很快就能爬上甲板。事实是，她很可能比其他人都更快地爬上去。

不过首先他们得经过船和码头之间的空海区域，芦苇就是为了这个时候准备的。于是一个接一个地，海盗们把头淹在水下，把芦苇一端含在嘴里，另一端伸出水面，这样就能在水下保持呼吸，然后慢慢地继续前进。

盖维斯没有跟上去，而是留在码头底下看着大伙儿向商船进发。最后码头下只剩吉莉和盖维斯了，她大吸一口气，沉下水面。就在这时，盖维斯抓住了她的手臂，把她拉了回来。

"你爬上去码头，留意有没有皇兵巡逻。"

吉莉难以置信地瞪大了眼睛。"可是，船长——"

盖维斯瞪了她一眼，把食指堵在她的嘴唇前面。接着他头也不回地潜入水中，游过空海向猎物靠近，只留下吉莉一个人在生闷气。他就没打算让她上船。他一定早就设计好了。就让她来放风。又一次。

吉莉爬上码头桥塔，生气得要紧咬牙关才不让自己大声地骂出来。她爬到靠近顶部的一根横梁上坐了下来，在那里刚好能从边缘瞟到码头上面的情况，还能把整个码头看得一清二楚。如果有皇兵巡逻，她肯定能率先发现他们，不给他们任何机会看到自己或者正在靠近商船一边的伙伴们。

她回头朝商船那边瞥了一眼，立即被他们笨拙的攀爬技术吓得一缩脖子。他们就像一只只爬树的笨熊，几乎全靠刀和蛮劲把身体拉上去。那里不是有很多支撑点和落脚点吗？吉莉离这么远都能看到，他们却浑然不觉。

她又快速地瞄了一眼码头，确认没有巡逻队接近后，又回头看着商船。谢天谢地，大伙儿终于都爬上甲板了。只见他们动作笨拙地在船上走动，逮到谁就把谁割喉干掉。他们怎么不好好利用船上随处可见的隐匿处，悄无声息地从猎物身后把他们干掉？相反，他们似乎更喜欢使用震慑、速度和纯粹的武力来解决问题。这根本不是她预期中的那种优雅无声的犯罪事件。事实上，这一切都丑陋无比，粗鲁鄙野，简直无聊到了极点。

等杀光商船上所有人后，海盗们把赃物分了，这样回码头的时候就不会有人因金币的负荷太重而游不起来。这时，盖维斯用一块小镜儿的反光向等候在码头远端的布力加·林打了个信号，示意是时候栽赃了。接着，所有的海盗都陆续地爬回海里，游回到码头底下。

吉莉继续待在横梁上，低头看着大伙儿在底下经过。她本以为大家怎么着也至少会向她点头致谢帮忙放风吧，没想到大部分人连她在哪里都没发现，别的就更不用说了。

海盗们继续在码头底下往存放衣服的仓库走去，盖维斯则在后头示意吉莉可以下来了。爬下去的时候，吉莉一直生气地瞪着盖维斯，一眼都没看抓手和落脚的地方，就是为了向他展示攀爬对她来说有多轻松。盖维斯痛苦地回笑了一下。笑容里似乎还有点歉意。

"干得好，小兄弟。"他轻声道。

"简单得很。"吉莉冷冷回道。

"哎呀，别这样嘛。"盖维斯说，"再怎么说，我总不能让世界上第一个文成生物法师像一个毛头小贼一样在船上到处杀人吧。"

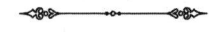

———✦———

世界上第一个文成生物法师……

开什么玩笑。

吉莉是个聪明的女孩。她一定是的，不然她也不会活到现在。可能她识字没有红眼厉害，而且她也承认她总是看不懂布力加·林给她的书，不过她看人可不含糊。她很了解他们。有时候比他们还更了解他们自己。而现在，她终于想通了为什么她总感觉事情没有自己想象中那么好了。

是因为所有她信任的人都辜负了她。首先是贝恩抛弃了她，其他人也是。莎蒂和菲勒死了。芬恩也不知道哪里去了。维德顿跟着老亚米离开了。就连阿拉斯,在布力加·林和盖维斯船长开始滚床后,也跟着不见了。这一切她早就知道了,而她也一直在安慰自己,心想至少布力加·林没有抛弃她。

可是现在,随着她和灰头盖维斯以及布力加·林坐在遗忘往事酒馆的酒桌旁,她看着她的"大师",终于明白到原来抛弃一个人,不一定要离开。

"大师,我什么时候才能开始去实战一下啊?"吉莉问道。

"嗯?"布力加·林之前一直在盯着红酒杯发呆,有点没反应过来。

"这么久了,我一直都只是在看书。"吉莉说道,"我在想,我们是不是可以去一个没有人的地方,然后你就可以教我一些法术了。"

"我们马上就要去火焰港了。"灰头说道,"我们可以中途放你下来,回来的时候再接上你。路上有很多从瓦尔塔分离出来的群岛,而且那些鼹鼠也只在主岛上面有。"

"我给你的上一本书都看完了吗?"布力加·林问道。

"呃,还没……"吉莉坦诚道,"可是——"

"那你还是花时间把它看完吧。"

这根本就是瞎扯淡吧。早在几个月前,她就把《生物魔法大典》读完了。后面的所有事感觉就是在浪费时间。不过吉莉跟布力加·林在一起也不是一天两天了,她知道公然对她不敬是不会拉近她的距离。于是她低着头,敷衍地说道:"是的,大师。"

酒桌突然陷入了一阵尴尬的沉默,不过布力加·林似乎没有察觉。灰头船长马上给吉莉一个抱歉的表情。吉莉虽然心里也表示感激,不过她也越来越感觉到,他似乎只会给她这个表情了。吉莉郁郁不欢地喝了一口麦酒,看着邻桌的人在玩石子游戏,不过没有认真地去看,只是呆呆地看着石头被人们的手移来挪去。

半晌之后，一列皇兵踏着正步，整整齐齐地踩进了酒馆的前门，顿时整个酒馆都安静了下来，人们明显感觉到了一股紧张的气氛。

"看来他们终于都发现了。"盖维斯静静地说道。

其中一个皇兵表情严肃地往前站了一步，其黄金肩章表明了他小队长的身份。"我在找一个叫净人科夫的人，你们谁见到他了吗？"

酒馆里所有人顿时静静地松了一口气。当然，除了科夫以外。他坐在靠里的一张桌子上，抬头一看，发现突然间所有人的目光都看向了自己，顿时脸上闪过了一丝慌张，但很快就强行拧成讨好的笑容。

"哎，这位官爷，小的能为您做点什么吗？是不是需要一个商人代表帮您运点什么私人物品呀？"

"荒谬。"小队长嗤之以鼻道，"抓住他。"

语毕，几个皇兵立即从酒桌间推了过去，直接抓住科夫的胳膊把他生生提了起来。

"我啥也没干！"科夫抗议道，同时腰间被铐上了铁链。

小队长举起一把枪柄上镶了一朵石英玫瑰的手枪，正是吉莉上周从科夫身上偷来的。"有好几个人都跟我确定了这把独一无二的枪就是你的。"

"哎哟，你听我说啊，官爷。"科夫说道，"我知道像我这么普通的老百姓不应该有枪，不过也没有哪门子法律规定我不可以有枪嘛，对吧？再说了，这把枪是我一个重要的客人送给我的嘛。"

"这么说你承认这把枪是你的了？"队长问道。

"是啊，不过——"

"前几天晚上，尊贵的梅泽尔顿先生的船被打劫了。全体船员包括船长都被残忍地杀害，船上名贵的货物也被抢劫一空。而你的枪就在现场。"

科夫瞪大了眼睛。"肯定是有人嫁祸我！那把枪是从我身上偷的！"

小队长似乎对科夫说的话毫不在乎。他简练地对架着科夫的皇兵点点头。"收队。"说完潇洒地用脚跟转过身，离开了酒馆。

科夫被皇兵拖着经过吉莉，布力加·林和灰头船长的酒桌，嘴上还在不停地大喊。

"枪是偷的！我对老天爷发誓，我是被陷害的！"

"你当然会这么说了，老铁。"盖维斯狡黠地笑道，"当然会了。"

科夫本来还惊慌失措的，听到盖维斯的话后整个人顿时炸开了。"是你干的！我操你十八代祖宗，灰头盖维斯！你这个生物法师的大屌，我早应该料到你也会跟皇兵暗中勾结的！"

说完，他猛地向盖维斯扑去，但被其中一个皇兵用他的枪柄狠狠地砸中了后脑勺，便马上晕倒过去。两个皇兵只好把他抬出了酒馆。

等皇兵和科夫都离开后，酒馆渐渐地恢复如初，盖维斯扭头对布力加·林说道："嘿嘿，我们赢了。"

"嗯？"布力加·林问道，目光这才从酒杯上抬了起来，似乎刚才发生的一切她都没有注意到。

"你绝对是完全打败他啦，船长。"吉莉挤出一个兴奋的笑容，虽然心里并没有感觉到。之前，把枪偷走用来栽赃是绝妙的计划，妙得像魔鬼一样。不过现在看着皇兵们的恶劣行径，她心里总觉得很不妥。她不禁在想，如果是希望，她会对这个计划有什么看法？她瞄了一眼布力加·林，只见她又盯着酒杯出了神，于是又想她的大师是不是也有同样的感觉。可是她们又能怎么办？是希望抛弃了她们。把两个人都抛弃了。

吉莉突然明白到，布力加·林也许也和自己一样，正在为希望的背弃而感到伤心。

于是她伸出手，握住了布力加·林的手。布力加·林冰冷地看着吉莉，以前那种傲慢又稍稍回来了。吉莉已经准备好被拒绝了。可是布力加·林只是叹了口气，摸着吉莉的手，点点头。

就在这时，吉莉知道了，自己其实并不是孤独一人。

10

斯蒂芬从来不觉得自己是受庇护的。就在今天之前，他对这个词的理解是"免受艰苦的困扰"。而作为一个贵族家庭中最年轻的儿子，他的童年确实是受到庇护的。不过自从他在十二岁被送到盖尔默尔之后，他就经历了种种困难。特别是莱克洛克成为大宗师之后，他的人生基本上除了戒律就是痛苦。所以，如果有人问他，他绝对会回答自己并没有受到庇护。如果是昨天的话。

而现在，随着他和海克特里走在凡斯港灰影区的大街上，斯蒂芬意识到自己可能要拓宽他对庇护一词的理解。或许他要拓宽的还不止这一点。

灰影区是帝国有名的商人天堂。在这里，出身和背景都不再重要。只要你有钱，没有什么是买不到的。欲望和满足似乎是这里最重要的。不管你是美食家还是大胃王，品位是高是低，在灰影区里总有合适你的地方。整洁的高档餐厅隔壁就是肮脏的酒馆，在卖黑玫瑰和珊瑚香的黑店旁边，你又能看到售卖从帝国边疆的岛上采回来的名贵草药与香料的名店。那里还有各种各样的"极乐宫"，里面都是上了橙色粉妆、打扮得跟皇宫夫人一样高雅的女人等着成为你的"伴侣"。而在对面，香艳的妓院又随处可见，当你经过的时候，裸着上身的火辣女郎会把乳房贴在窗户上让你大饱眼福，但如果你不赞美她们，她们又会朝你破口大骂。

那里甚至还有专门为有同性癖好的男顾客而设的特别场所。

"简直恶心。"海克特里经过一个这样的场所时说道。

斯蒂芬看了一眼店面的橱窗，发现一个年轻强壮的男人正优雅地坐在里面，用一把削皮刀吃着橘子，身上只缠了一条腰带。但斯蒂芬觉得，这样的搭配特别有种说不上来的魅力。

"斯蒂芬？"海克特里催促道。

斯蒂芬把视线从那衣着暴露的男人身上拉了回来，心里暗暗祈祷着自己别盯了太久。"是啊，恶心死了。"他喃喃地回道。

斯蒂芬知道自己喜欢男人。他也不知道自己为什么会这样，但经过长期的内心挣扎和苦思冥想，加上每当夏天午后和兄弟们赤裸上身练功时内心感受到的躁动，他已经无法否认自己的感觉了。幸运的是，因为加入文成后要宣誓终身贞洁，要隐瞒这个秘密还是挺简单的。不过这件事其实挺讽刺的，当初他是被父母强迫来加入文成的，现在他反而有了不结婚的完美借口。他心里清楚，如果不是去了盖尔默尔，他妈妈肯定会没完没了地催他结婚，就像她催他的哥哥们一样。现在，他再也不用担心让妈妈伤心了。

不过，身处灰影区的堕落环境中，斯蒂芬多多少少还是感到有点不适。但当他转头去看海克特里时，发现他这位朋友的表情更多是嫌恶。只见他的眼珠子四处乱转，手一直摸着剑柄的圆头，仿佛随时都会被一个嗑了药的男妓袭击似的。"我知道为了满足平民的各种口味，这种地方也许是必要的。"海克特里嘟囔道，"但他们有必要搞到这么……厚颜无耻吗？"

"从生意的角度去看吧，"斯蒂芬说道，"所有店家都在抢客人啊。"他伸手指了指附近的一家店铺，上面张扬地标明了那里是卖珊瑚香的。灰影区的所有房子都油上了亮色的彩漆，但就那一家店的紫色特别鲜艳，绝对不是来自自然的颜色,斯蒂芬肯定那是生物魔法的结果。"在这种地方,只有最抢眼的店才能赢到生意。"

海克特里闷哼了一声,继续警惕地看着四周的花天酒地。几分钟后,他说道:"不过,为什么我们要来这里?"

"因为有传言说有一个女生物法师的老巢在这里。"斯蒂芬答道。

"我们不是先要去追那个亵渎者吗?"

"她们很可能是一起行动的。就算不是,大宗师也跟委员会承诺过把布力加·林也顺便除掉的。既然有了她的线索,我们就得追查下去。"

"可是我还是不明白,生物法师的烂摊子干吗要我们去收拾啊。"

"我想这是一种政治手段吧。河洛之前一直警告我们不要触碰的那种。"斯蒂芬说道,"大宗师莱克洛克想要恢复武僧团在皇宫的应有地位,回到真知玛纳伊把武僧团迁到盖尔默尔之前的光荣日子。生物法师委员会也承诺过,只要我们把布力加·林除掉,他们就会帮忙。"

"嗯。"海克特里若有所思地回道,"那这样还算值得吧。"

斯蒂芬却不太确定。他同意大宗师要把文成武僧团重返世界的理念,但他暗地里却支持老河洛,认为武僧团应该超脱于政治与所有的权力纷争之上。而且他也暗暗担心傲慢的大宗师到底是否适合宫廷的生活。而就这段时间他在凡斯港对待人的方式来看,斯蒂芬心想恐怕是不会顺利了。

"终于到了,警察局。"海克特里说道,松了一口气。"污秽中的一片净土啊。也许他们会有女生物法师的线索。甚至可能还会知道亵渎者的一点信息。"

从外表看上去,这座警察局确实有给人一种安宁的感觉。它楼层不高,但十分庞大,暗灰色的外墙与周围鲜艳的建筑显得格格不入。斯蒂芬看到,警察局仅有的几扇窗户都是窄窄的,很难看清里面的情况。整个地方散发出的气息庄严得让人睁不开眼睛。

但当他们走进前门后,海克特里的表情从解脱立马变成了惊骇,斯蒂芬好不容易才让自己憋着不笑出来。这个警察局的里面,完全没有纪律可言,特别的不庄严。

那是一个空旷而开放的房间,房顶上的汽油水晶吊灯时明时暗。随意摆放的桌子和椅子占据了大部分空间,穿着白金制服的警官坐在位置上,有的在写报告,有的则在审犯人。房间的最里面是一排牢房,里面的囚犯不停地在大喊大叫,搞得警察们也得张开喉咙说话才能让同事或者受审的人听见。被审的人五花八门,从穿衣得体的商人,到肥腻的海盗,再到不同妆容的妓女,甚至有的人打扮得实在太另类,斯蒂芬都无法分辨他们究竟是什么人或者干什么的。总而言之,那里就是一派嘈杂喧嚣喧闹的景象,混乱得让斯蒂芬只能呆呆地站在那里,对眼前的一切望而生畏。而海克特里看上去更是痛苦不堪。

在房间的正中央有一张比其他桌子都要高的办公桌。桌子后面是一个穿着白色制服大衣的人,肩上戴着一个黄金肩章,正板着脸在一个很大的笔记本上写着什么,似乎对周围的嘈杂一点都不在意。

"那个应该就是局长了。"斯蒂芬喊道。

海克特里沮丧地点点头,迈步朝那张高桌走去。

虽然屋里充斥着狂乱而无意义的事情,但当两位穿着黑皮甲的文成武僧踏过房间时,屋里的音量明显降低了。人们虽然还在忙各自的事情,但眼睛却不停地往两人身上瞟。斯蒂芬心里琢磨,这到底是人们对曾经的武僧团仅剩的一点尊重呢,还是只是纯粹的好奇。

斯蒂芬和海克特里在局长的位置前停下了脚步。不过局长并没有抬起头,而是继续一丝不苟地写着密密麻麻的字。

站了一会儿之后,斯蒂芬终于忍不住了,于是把手往桌子一放,按在了局长的视线范围内,然后礼貌地清了清嗓子。局长不耐烦地抬起头,等看到两人的皮甲打扮之后,表情则稍微变得好奇起来。他把笔放在一边,双手交叉架成一个三角形。

"两位先生有什么事吗?"局长问道,声音毫不费劲地就把周遭的嘈杂盖了下去。

"我是文成武僧团的,我叫斯蒂芬。这位是我的武士兄弟,海克特里。我们是奉大宗师的命令来这里向你打听一下情报的。请问在过去几个月的时间里,有没有看到一个打扮成一个生物法师模样的女人?她的身材十分高挑,十有八九是穿着白色的兜帽长袍。"

"就我所知,咱牢里没有一个人是符合她的特征的。"局长说道。

"那有没有看到一个全身穿着黑皮甲的南方妹?"海克特里追问道。

"也没听说过。不过你们可以自己去看。"局长摆摆手,随意地往牢房的大概方位指了指。

"我觉得你们不太可能抓得住那两个女人。"斯蒂芬说道,"她们都身怀绝技,可以说跟生物法师和文成武士一样厉害。不过我们还是希望你会知道她们在哪里,可能其他犯人会有关于她们下落的情报……"

局长的脸明显变得很不友好。斯蒂芬这才后知后觉地意识到,局长听到他说警察们没本事抓住他们的猎物,可能是心里有点不爽了。

"这么说你们是靠生物法师的传闻来办案咯?"局长不悦地说道,"这么跟你们说好了,愣头青。在这里,生物法师的传闻就跟鬼故事没什么两样,都是人幻想出来的。"

"注意你说话的语气。"海克特里回道,手已经游向自己的剑柄。

斯蒂芬安抚性地按住了这位文成兄弟的肩膀,回头对着局长挤出了一个淡淡的笑容。"我看咱们还是按你的说法去办好了,我们会亲自去问问那些囚犯。"

说完,他简练地转过身,向最近的牢房走去。

"竟然如此无礼……"海克特里喃喃道,跟了上去。

"武僧团在世界的舞台上已经消失了好几个世纪了,海克特里。"斯蒂芬说道,"我们不能奢望人们的态度还会像以前那样。我们必须用一贯的荣誉和礼仪来向人们证明,我们依然值得他们的尊重。"

海克特里哼了一声,没再说话。

于是,两位文成武士便挨个牢房去走,向愿意开口的人打听消息。正如局长所说的那样,几乎所有囚犯都有一个关于生物法师的故事,而且他们所讲的大部分故事都只是从别人那里听回来的传言。不过,斯蒂芬还是对每个人都尊重有加,而他因此得到的,起码是人们试着以尊重回报。有好几次,他都不得不按住海克特里的脾气,不过他也知道不能怪他兄弟如此沮丧。尤其是随着他们走的牢房越多,得到有用情报的机会就越小。

直到他们问到了一个自称为净人科夫的囚犯。只见他是一副商人的打扮,穿着还算高档,头发稀疏,脸上挂着酸酸的笑容。

"你是说女生物法师?嗯,我知道她。"科夫说道,一边端详着两位文成。

斯蒂芬和海克特里交换了一下眼神,心里萌生起一丝谨慎的希望。

"你知道些什么?"斯蒂芬问。

"个子高,奶子大,总是一副贵族人高冷的做派。很多人都管她叫'冰姬',但我偶尔也会听到她的伙计叫她布力加·林。就我说吧,这名字听着就非常生物法师。"

听到科夫的话,斯蒂芬的心跳猛地加快了,不过他缓缓地深吸了一口气,小心地把心中的狂喜隐藏下来。这家伙一看就知道精明得很,如果被他发现他们有多需要他的配合,他肯定会趁机勒索一把。

不幸的是,海克特里却没有那么克制。

"就是她!把你知道的都告诉我们!"

科夫打量了他们一阵,点头道:"没问题,我会把我知道的都告诉你们。她在哪里,她的同伴都有谁,都告诉你们。前提是你们把我从这里弄出去。"

"什么?"海克特里觉得难以置信。

"兄弟……"斯蒂芬又一次安抚性地按住了他的肩膀,但这一次海克特里猛地一抖肩,把斯蒂芬的手甩掉。

"你没有资格跟我们谈条件!"海克特里朝牢房里怒吼道。

科夫又往里退了几步,远远地离开牢门。"刚好相反,我觉得我非常有资格。"说完,他一屁股坐在了那张小木床上,身体往后靠在墙上,同时把脚往前伸了出来,一副十分惬意的样子,再一次对他们露出酸酸的笑容。

"好!"海克特里咆哮道,转过身大步朝局长的位置走去。

"等一下……海克特里……"斯蒂芬追了上去。

"把那个囚犯交给我们。"海克特里厉声要求道,手指着还在偷笑的科夫。

船长冷冷地说道:"谁授权的?"

海克特里的眼珠子瞪得快要蹦出来了。"当然是文成武僧团了!"

"皇家行政系统里有这个官衔吗?没听说过。"局长淡淡地说。

海克特里气得咬牙切齿,脸都涨红了。

斯蒂芬则还是尽量让语气和举止都保持理智。他说道:"文成武僧团自从克里摩顿的时代起就一直是帝国的右手啊。"

"是吗?"局长反问道,"那就奇怪了,我为帝国效力了那么多年,怎么就没看到过你们?"

局长的这句话进一步激怒了海克特里,但他所说的事实却像一把锋利的刀狠狠地扎进了斯蒂芬的内心。文成武僧团避世实在太久了。在他们缺席的这段时间里,是局长这样的人勤勤恳恳地辛苦了一辈子才勉强让帝国保持着表面上的和平和秩序。说句真的,理应是斯蒂芬和海克特里多给这个男人一点尊重才对。在这里,他们根本没有任何话语权。

不过，斯蒂芬毕竟还是有任务在身，所以他决定最后再争取一次。

"我们是奉生物法师委员会之命过来办事的。他们是什么级别你应该清楚吧。"

"我当然知道。"局长说道，"如果是生物法师过来要人，别说一个了，他就是要把这里所有犯人都带走，我也不会有任何意见。可惜啊，你们穿错衣服的颜色了。"他动作夸张地把笔拿回手里，目光又回到笔记本上，说道："你们没什么事的话就请回吧，我还有一大堆活要忙呢。"

斯蒂芬听罢，拉着海克特里的手离开了。"走吧，这里我们搞不定了。"

"可是那个科夫知道她在哪里！"海克特里说道，一边任由自己被拉着往门口走去。"我们不能就这么……放弃啊！"

"想要摆平这事儿，我们需要大宗师的智慧。"他回道。

不过斯蒂芬对于"智慧"一词还是说得有点过于轻率。因为他已经对即将发生的事情有了一种不祥的预感。

斯蒂芬和海克特里回到凡斯港的贸易区，大宗师莱克洛克正在那里等着他俩的调查结果。贸易区与灰影区的差别非常大，斯蒂芬有点适应不过来。作为帝国最重要的贸易站之一，在这里交易的金钱和货物多得几乎无法计算，而且每一笔交易都进行得庄重得体，而且稳定高效。斯蒂芬心想，在这里做生意的商人和那些在灰影区花天酒地的人是不是同一批人？如果是，那他们知道自己是这么表里不一吗？

两位文成武士回到了大宗师的临时住处，斯利弗港湾大酒店，并把刚才的经过一五一十地汇报给了大宗师。等他们说完后，大宗师站了起来，腰间别着悲歌剑，淡淡地说了一句："带我过去。"

当斯蒂芬和海克特里领着大宗师走过灰影区时，两人既期待又紧张地不停交换着眼神。可能海克特里心里更多的是期待，而斯蒂芬则是紧张。虽然他们已经证明了自己这次办事不力是有客观原因的，不过大家都知道大宗师莱克洛克对那些他认为比自己低级的人一向都是零容忍的态度。而世界上能让他觉得高级的人的人数，也几乎是零。

这时候天色已经不早了，而灰影区的混乱程度却是有增无减。到处都能看见不同的商人醉瘫在店铺的门口，还胡乱地大喊大叫；打扮各异的情侣在街上做着各种各样的勾当，有的也会暧昧地走到巷子里；半裸和全裸的人很快就走得到处都是。不过令人意外的是，大宗师莱克洛克似乎对这一切都视而不见。他的眼睛一直向着前方，步伐稳健，表情冷漠，路过的人看到他都慌忙地让开了道路。

等他们来到警察局，里面震耳欲聋的吵闹依然没有影响莱克洛克。就连走向局长办公桌时，他都不曾放慢脚步。

"我是正义者莱克洛克，文成武僧团的大宗师。立即释放犯人净人科夫。"

局长抬起头，当他看到又一个文成武僧站在面前时，他丝毫没有掩饰脸上的鄙视。"我已经跟你的下属说过了，文成武僧团在这里没有任何权力，皇家行政——"

话还没说完，悲歌剑便破鞘而出，在空中划过一道寒光，从局长的眼睛刺穿了他的脑袋。

刹那间，整个警察局沉寂了下来，只有宝剑的悲鸣在空气中不断回荡。大宗师把剑拔了出来，局长的尸体随着惯性重重地向前倒在了桌子上，鲜血把他的笔记都染成了红色。

片刻之后，皇家警察终于反应过来，慌忙地去掏手枪，死寂终于被打破。可能如果他们不这么做的话，那一天就不会有更多人被杀死。可怜了这些装备简陋的警察，他们只是在自我防卫啊，难道斯蒂芬还要怪他们吗？

然而第一把手枪还没离开枪套，悲歌剑便已经再次发出神秘的嗡鸣。

只见莱克洛克高高跃起,身材虽然庞大,却依然敏捷矫健,刹那间便把第一个军官拿着枪的手砍了下来。没给敌人反应的时间,莱克洛克接着又把第二个警察的肚皮划开。宝剑继续起舞,每到之处均是血肉横飞。警察局里再一次陷入了一片吵闹之中,只不过这一次充斥的是人们的惨叫声,还有宝剑恐怖的嗡鸣。

没过几分钟,那里就只剩下了一个警察没有被杀死。只见他躺在地上,脸色惨白,身体不住发抖。莱克洛克虽然不高,但身影却显得十分巨大,宽敞的肩膀随着呼吸慢慢起伏。他用浸满鲜血的悲歌剑指着警察的脸,冷冷地说道:"放了那个犯人,马上。"

警察抽搐似的连忙点头,连滚带爬地爬到局长的桌子。他颤抖着伸出双手,拉开其中一个抽屉,把一串钥匙拿了出来。接着,他又爬回莱克洛克跟前,颤颤巍巍地把钥匙递了出去,钥匙因抖动而发出清脆的声音。

"斯蒂芬。"莱克洛克简练地说了一句。

目睹了自己的大宗师残忍地把毫无防备、手无寸铁的人屠杀掉,而且里面很多都是无辜的,斯蒂芬一度震惊得目瞪口呆。他极度厌恶这种毫无意义的肆意屠杀,更别说是出自文成之手。虽然心里依然十分矛盾,但他还是快步来到莱克洛克身旁,从唯一幸存的警官手上接过了钥匙,然后匆匆把科夫的牢门打开,站到一边。

莱克洛克踏进了那间小牢房,举起血迹斑斑的宝剑,指着蜷缩在角落发抖的科夫。

"我是正义者莱克洛克,文成武僧团的大宗师。把你知道的所有关于布力加·林的事都告诉我。"

科夫照办了。他滔滔不绝地把她所乘坐的船的名字,她同伙的名字和外貌特征,她经常去的那间旅馆的名字和地点,都一五一十地告诉了莱克洛克。

"她的身边有没有出现过一个来自南部群岛的金发女子?"莱克洛克追问道,"她可能穿着跟我相似的黑皮甲,有没有印象?"

科夫抽筋似的猛摇头。"没、没、没有,大……大宗师大……大人。我没见过那样的人。"

莱克洛克点头,把染血的宝剑收回剑鞘。"也许我们最好还是一次对付一个。"

莱克洛克从斯蒂芬手上夺过钥匙,丢给了幸存的警官,然后门也不关地离开了科夫的牢房,毫不在意自己刚才的大屠杀,淡定地走出了监狱。斯蒂芬和海克特里急急忙忙地跟了上去。

11

"你说他干了什么?"梅里韦尔·翰碧斯特夫人难以置信地问道,声音就像用刀划在玻璃上一样尖锐。

穆克顿队长不安地看了梅里韦尔一眼,马上又低头盯着手中的金头盔。

"那个文成首领把他们杀光了,夫人。只留了福尔尼恩一个活口。他第一时间汇报了情况。他们现在亟须补充的军队进驻,我们得马上腾一个营出来。"

"那是灰影区,而且经过了那样的事件后,我估计要两个营才行。"梅里韦尔分析道,"虽然我不认为我们可以腾出那么多。"

"没错，夫人。"穆克顿赞同道。

穆克顿是梅里韦尔新招募的新人。一般来说，她是不相信普通士兵的。因为以他们的能力一般很难处理同时作为士兵和间谍这两种身份之间微妙的忠诚关系。因为军队和皇政的办事理念往往都不一样。不过前任帕斯汀纳斯勋爵强烈推荐他了，虽然红眼不是当间谍的料，但他看人的能力还是比大部分人都更靠谱。

梅里韦尔把目光从队长的身上移开，看着窗外蔚蓝的天空。斯通匹克的天气总是晴空万里，梅里韦尔很早之前就看腻了，觉得这就跟新列文连绵不断的阴沉天气一样糟糕，索然无味。不过，看着如此空旷的天空总能让她感到一丝平静和清醒。

"我觉得凡斯港要出大事了。而且很快。"她说道，"我需要你混在补充营里面。我知道这样你就要和家人分开很长一段时间，不过放心，我一定会照顾好他们的，而且我保证只要眼前的风浪平息后，我就会第一时间召你回来。"

"谢谢你，夫人。"穆克顿回答。

"今天下午我去和卓玛斯特伯爵会一会，然后把事儿都安排好。你现在最好是马上回家通知家人和收拾行李吧。就像你说的，我们要尽快召集起补充营，恢复凡斯港的秩序。"

"如你所愿，夫人。"穆克顿恭敬地鞠了个躬，转身离开了。

梅里韦尔扫了一眼她简朴的会客室，然后举步走到书房。她在书桌后坐了下来，看着在面前打开的一封信。那是昨天从新列文寄过来的。

亲爱的翰碧斯特夫人：

我要向你介绍一个青梅竹马的朋友，黑玫瑰。她现在是天堂圆环的老大,而且非常支持我们的事业。她说她有兴趣加入我们,希望能担任更直接的角色。因为她相信以她的能力和手中的资源,一定会为我们的事业带来很大的帮助。需要指出的是,在最近发生的黎明曙光事件中,是她提供了关键的支持。现在,黑玫瑰现在已经准备好了为我们提供更多的支持,而她要求的回报,只是一个和琵瑟琪皇后会面的机会,以天堂圆环的好百姓之名和皇后陛下直接对话。如果你对她这个联盟感兴趣的话,请回信给帽盒先生,地址是新列文天堂圆环落汤鼠酒馆。

至于我,我得到的线索似乎都指向了凡斯港,我会继续查明的。

致以最美好的问候,
红眼

梅里韦尔把信合上,从抽屉的缝隙里塞了进去。虽然她相信红眼的判断,但这份信任是否足以让她把一个黑帮招入麾下?她不确定。特别是这个黑玫瑰竟然要的不是钱,这让梅里韦尔感到更加不安。不过话又说回来,如果这个女人在黎明曙光事件中对生物法师的打击起到了重要作用,那她也是一个不可错失的联盟啊。她必须慎重地考虑这件事,而且既然它事关皇后本人,可能她还是直接咨询一下皇后为好。

此外,红眼提到了要去凡斯港,而文成武僧也刚好在那边追捕同样的人。照这样发展下去,凡斯港肯定要出大事。这也是为什么她需要派更多她的人到那边。要达到这个目的,她就必须请求新任军事长,卓玛斯特伯爵的帮忙。上一任军事长戈马特勋爵是一个很难相处的老头,他在梅里韦尔出生之前就一直是军事长了。虽然和他合作一直都不算很愉快,但只要不给他造成太多麻烦,他就会允许梅里韦尔把她的人安排到需要的地方。而作为回报,她需要把相当数量的情报分享给他,帮助他在应付皇家警察、士兵和海军的大规模管理时能轻松一点。

梅里韦尔希望能和卓玛斯特达成类似的共识。他们在社交场合的关系还算不错，他为人傲慢，而且对云玻璃极为沉迷，虽然有点讨厌，但梅里韦尔还是觉得他是一个聪明能干的人。而且要和他达成共识就意味着梅里韦尔需要把她的真实身份和政治立场告诉他，不过这也是没办法的事。

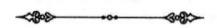

———— ◆ ————

现在早上才过了一半，梅里韦尔知道勋爵通常都是中午时分才会起床，于是她决定先去探望一下大使。她已经有好几个星期没去看过奥克邦塔的大使尼雅·安妮波拉了，不过这段时间里她倒是听到传言说她的公寓里总是会传来奇怪的声音。

她敲了敲门，开门的是卡汀·米菲缇，大使的贴身保镖。卡汀十分高大，身长六尺五寸有余，发达的肌肉让他显得更加魁梧。和所有奥克邦塔人一样，他拥有一身黝黑的皮肤和浓密的黑卷发。卡汀喜欢把头发剪得极短，他那坚毅的脸庞在短发的衬托下显得更加轮廓分明。总之，他就是一个堪称模范的魅力男性，如果可以利用的话，梅里韦尔早就去勾引他了。可惜的是，卡汀另一个最明显的品质是他对职责的绝对忠诚。

当然了，虽然勾引他没用，但不代表她不可以和他调调情嘛。梅里韦尔发现奥克邦塔人都相当拘谨，所以让这位大个子出一下糗还是挺有意思的。

"卡汀，你说我怎么总是那么高兴见到你呢。"她像猫儿一样咕哝道，伸出一只手摸在了卡汀其中一块硕大的胸肌上。

"欢迎，夫人。"卡汀回道，努力地掩饰着心中的不安，"我想你是来找大使的吧？"

梅里韦尔夸张地叹了口气。"哎，我猜你一定很忙吧。那我去看看尼雅最近怎样吧。"

"好的，夫人。"他僵硬地转过身，"请跟我来吧。"

自从来到这里的几个月以来，卡汀的帝国语进步得非常快，现在他几乎已经跟大使一样适应这里了。来这里的大多数奥克邦塔人也换上了帝国的传统衣服：直腿裤，亚麻衬衫，还有长外套。梅里韦尔心想卡汀的这一身装束让他的身材更突出了，比他宽松的本土装扮吸引人多了，不过她也有点怀念奥克邦塔传统衣服那种棉料的轻柔触感。

梅里韦尔随着卡汀穿过公寓，这里是雷斯顿王子特意为大使和她的随从腾出来的，空间相当宽敞。经过厨房的时候，梅里韦尔看见艾切尔·金斗正弓着腰，在吧台上用他的装置在倒腾着什么，但被他遮住了。

"你在做什么呀，艾切尔？"她调皮地问道。梅里韦尔很久之前就看出来了，这位很容易就非常激动的科学家也许是大使的随从之中最容易攻破的，于是从那以后她便一直循序渐进地在他身上花心思。能确定的是，色诱在他身上是行不通的，但只要她表现得对他的研究很感兴趣，她就能获取他的好感。

艾切尔从吧台上扭过身子，脸上是眉飞色舞。虽然没有卡汀帅气，但在这位古怪的小家伙身上依然散发着一点说不清的魅力。他的头发比卡汀的要长一些，卷成一撮一撮的向各个方向凸出。他也穿上了帝国的服饰，但细节没有理好。一如往常，他的衣袖和衬衣下摆都露出来了，随着动作不停飘动。

"翰碧斯特夫人，我有了一个十分喜人的发现！"他一只手举起半只被榨干的橙子，另一只手拿着一杯橙汁。"橙子还有另外一种吃法，就是把橙子汁挤到杯子里，做成一杯特别新鲜的饮料！"

"是呀，艾切尔。"梅里韦尔赞同道。

艾切尔的脸顿时消沉下来了。"你们早就发现这个了，对不对。"

"几百年前就发现了。"梅里韦尔说道。

艾切尔吃了一惊。"我得说明一下，我们奥克邦塔都没有可以榨汁的水果啊。"

"我完全可以理解。来吧,不如你把这个发现告诉大使吧?我保证不会说一个字的。"

他不确定地看着梅里韦尔。"她很快也会发现啦。"

"毫无疑问。"梅里韦尔说道,"不过有机会接受赞美就不要浪费嘛。毕竟像我们这样卑微的仆人,主人的赞美是对我们最大的奖赏呀。"

"你知道的,我不想骗大使啊。"艾切尔瞟了站在门口的魁梧的卡汀一眼。

"我知道我们两个都骗不了大使啦,不过试试也挺好玩的嘛,不是吗?"

艾切尔的笑容又回来了。"我也觉得是。那好吧。"说完,他把橙子丢到垃圾桶里,快步走上前去带路,手里拿着那杯橙汁。

梅里韦尔静静地跟在两位男士后面,穿过大厅向公寓里面的一个房间走去。那个房间本来是仆人的宿舍,不过大使从来都不会把她的人当成仆人,并坚持让他们每人都住一个房间。就梅里韦尔所知,这个仆人宿舍根本就没用过。

但随着他们靠近房间,梅里韦尔闻到了一系列不寻常的气味。她说不准是什么,但所能想到最接近的就是枪油的气味。除此之外,房间里还传出一阵阵叮叮当当的声音,就像用金属敲打金属的声音一样。住在同一层的那些八卦勋爵和夫人们也说过他们听到了同样的声音。

等梅里韦尔走进仆人宿舍后,她发现所有的床铺都被挪到墙边了,中间腾出的空间摆放了一架巨型的机械装置。装置上面布满了各种各样的金属棒、杠杆、管道和齿轮,让人眼花缭乱。坐在装置旁边的是德莉莎,她是一名机械师。德莉莎对于梅里韦尔来说还是一个谜,这很罕见。她身材不高,矮矮壮壮,会说的帝国语也不多,只会一点日常用语,而且说得也不流利。她也是唯一一个还穿着奥克邦塔服饰的随行人员,连裹头发的丝巾也没摘。相比她的其余伙伴,他们可是一来这里就把头巾脱下来了。通常情况下，德莉莎都会穿着一件宽松的深蓝色短外套，宽松的收脚绿色长裤。但现在她穿着一件大码的米色帆布罩衫，戴着一双厚厚的皮手套。罩衫和手套甚至她的脸上都沾满了黑色的污渍。除此之外，她还戴了一副镜片是弧形的眼罩，似乎是用来放大视线的。最后就是，她手里还拿着一把大号的扳手。

"所以说，这就是我一直听说的其中一个机器咯？"梅里韦尔问道。

奥克邦塔在机械技术上比帝国领先了好几十年，这已经不是什么秘密了。他们在这个领域的知识也是奥克邦塔和风暴帝国联盟提议的条件之一。作为交换，帝国必须为奥克邦塔提供关于生物魔法的详细知识。而作为友好的象征，大使委派了她们的机械师——德莉莎，去把她们带来的这件机器改造成适合皇家舰艇使用。到目前为止，大使还没有要求什么回报，不过这样也好，因为梅里韦尔还没告诉她要生物法师把知识分享给委员会以外的人都是极不可能的，更别说是奥克邦塔的人了。毕竟谈判条约不是梅里韦尔的职责嘛。

"是的，翰碧斯特夫人。这是一个机器。"大使说道。

除了皇后之外，尼雅·安妮波拉大使是梅里韦尔见过的最有君威气质的人了。梅里韦尔觉得很有意思，因为毕竟奥克邦塔并不是君主制的。不过可能他们的大议会知道帝国里的人们对贵族的尊顺习俗，所以才特别选了一个有贵族背景的代表过来谈判。即使是像现在这样穿着跟德莉莎一样肮脏的帆布罩衫和皮手套，也没有人会觉得尼雅只是一个普通人。她的黑皮肤娇嫩细腻，没有一点瑕疵。她额头、颧骨还有下巴的曲线都相当优雅，有如雕刻般精致。还有她那丰满的双唇和明亮的眼睛，是如此地令人陶醉，难怪雷斯顿王子会对她一见钟情了。

不过梅里韦尔已经明白，美貌和身姿并不是大使最大的天赋。虽然不愿承认，但梅里韦尔逐渐意识到尼雅拥有着与自己不相上下的聪慧、智谋与才能。更重要的是，尼雅已经知道梅里韦尔是皇后的间谍长了，现在她们两个之间已经隔起了一层纱,即使是最随意的聊天也难以避免一种拘谨和防备之意。

梅里韦尔兴致勃勃地看着那台机器。"看起来复杂得很恐怖啊。"

"都是必要的。"尼雅一边说一边把手套脱下,"德莉莎,我们歇会儿吧。"

德莉莎点头,从机器上滑下来,然后快步从梅里韦尔身边经过,向厨房走去。

"大使,这杯是刚做好的新鲜果汁,辛苦了一天正好可以解解渴呀。"艾切尔充满期待地把那杯橙汁递给了大使。

"这是什么?"尼雅接过杯子时问道。

"是我从橙子上挤出来的果汁。"

尼雅的眉毛扬了扬。"你真聪明。"她举起杯,端庄地喝了一小口。咽下去的时候她不由自主地合上了眼睛,嘴角微微上扬,露出了浅浅的微笑。"非常可口。谢谢你,艾切尔。"

"我的荣幸,大使。"艾切尔笑着说道。

尼雅转向梅里韦尔。"是什么风把你吹来啦,翰碧斯特夫人?"

"我最近听到有人说你的公寓里有奇怪的声音,于是就想过来找找是什么啦。"她示意了一下那台机器。"然后我就找到啦。"

"但愿我们没有打扰到邻居们吧?"

"不会啦。"梅里韦尔说道,"我觉得更可能是那些无聊的贵人们实在是没事情干呀,所以就把耳朵贴在墙上使劲听,看能不能听到一些绯闻。老实说啊,关于奥克邦塔的自由政治现在已经有很多很有意思的传言了。我估计有好大一部分的贵族都相当感兴趣。"

"感兴趣总比心怀敌意要好。"尼雅说道,又喝了一口橙汁。

"确实是。"梅里韦尔赞同道。其实尼雅说的两种情况都一样存在,但梅里韦尔还是决定不要说出来为好。

"夫人还没尝过艾切尔新发现的果汁吧?"卡汀说道,一脸坏笑。

"你看我真是太粗心了。"尼雅说道,"夫人,不如我让他再去弄一杯吧?还说你之前已经尝过啦?我知道这种果汁用来配早餐最美味了。"

"大使!"艾切尔垂头丧气地叹道。

"公民金斗呀,"尼雅开玩笑地责备道,"你觉得自己可能在这么短的时间内就了解一个新的文化吗?还说帮他们发明了一个可以改善生活的东西呀?"

"这都是我的鬼主意啦。"梅里韦尔坦白道,"是我怂恿他这么做的,我真是个坏人呀。"

尼雅笑了,笑容依旧那么温暖,但梅里韦尔捕捉到她眼神里闪过了一丝不悦,估计是介意自己的人被愚弄了。"其实还挺有意思的。"

"不会有下次了,我向你保证。"梅里韦尔说道,当然她也不确定自己说的是不是真话,毕竟她正在测试自己现在对大使随从的影响可以到哪种程度,而且她确信其实尼雅也知道。

梅里韦尔往机器前凑了凑,更加仔细地检查起来。不得不说,这台机器的确让人神往。只要有足够的时间,她应该可以掌握它基本的运作原理吧。

"夫人,不知道你能不能跟我说说我的朋友红眼最近怎样吗?他现在在哪里?"尼雅轻轻地问道,装作不是在打探政府的机密似的。

"我得到最新的消息是,他现在还活得好好的,而且还在不断转移。"梅里韦尔回道,"很抱歉不能再向你透露更多了。"

"尽管这样,我还是很感激。你也知道他对我来说很重要。"

梅里韦尔点点头,眼睛却还在观察着机器的布线。"以后我一收到他还活着的消息就马上转达给你,如果这样能安慰你的话。"

"谢谢,夫人,感激不尽。"她顿了顿,继续道,"王子殿下也非常担心。"

"自然是。"梅里韦尔说道,"你……有没有经常见他?"

尼雅的笑容又回来了,这次梅里韦尔在她眼睛里捕捉到了一瞬疲倦。"王子殿下对我的照顾十分周到。"

"毫无疑问,因为他非常渴望和你们签订条约。"梅里韦尔轻轻地说道。

"毫无疑问。"尼雅坚定地笑着说道。

梅里韦尔知道红眼之前怂恿过王子,既然喜欢人家就要不断地展开追求攻势。曾经有一段时间他的努力似乎是奏效的,但现在红眼不在了,王子又开始退缩了。可能只是因为红眼的离开,雷斯顿觉得身边没有一个亲近的人吧。不过即使真是这样,梅里韦尔也对王子有些不可言喻的担忧,担心这位王位继承人除了一个罪犯和一个外邦人之外就没法喜欢上其他人了。对于他未来对帝国的统治,梅里韦尔的心里有点没底儿。虽说她已经想出了好几种方法去改善王子的性格缺陷,但皇后已经明确地禁止她去搅乱王子的个人生活。所以她们只能等着以后看他成长为什么样子了。再怎么说,他总不会比现在的国王差吧。

聊了没多久之后,梅里韦尔就离开了大使的公寓。当她在门口和卡汀挥手道别的时候,雷斯顿王子过来了,不过她也没感到意外。王子虽然比卓玛斯特起得早,但早餐却吃得很磨叽,而他吃完早餐第一件事自然就是过来看尼雅了。

随着王子越走越近,梅里韦尔停下脚步行了个礼。"早上好,殿下。"

"啊,翰碧斯特夫人啊。我刚好有事找你。我能占用你一点时间吗?"

"只要是能为你效劳,我都非常乐意,殿下。"

王子眯起了眼睛。"只要不和母后委派你禁止我做的事相冲突就行了,对吧。"

梅里韦尔露出优雅的笑容。"正是如此,殿下。很高兴我们能达成共识。"

王子以前总是一副轻松的模样,仿佛全世界都会支持他。不用说,这是因为他从小就养尊处优,有一个管教不严的父亲,还有就是,梅里韦尔个人觉得,有一位对他过度保护的母亲。但自从红眼离开后,雷斯顿的身上似乎发生了一点变化。很明显,他最近对穿着打扮越来越不耐烦了,仿佛在赶时间似的。他的头发和衣服总是一反常态地凌乱不整,还有意无意地避免化上贵族圈子最流行的橙色粉妆。最明显的是,他的眼神总是流露出一种失落。也难怪,他的朋友突然从他身边被带走了,而且也没有任何解释。梅里韦尔估计这是王子第一次体会到世界是多么的反复无常。

"里希邓特朗在哪里?"雷斯顿说,语气更像是在质问,而非征询。

"现在吗?我真的不知道。"梅里韦尔回答。

"那你知道他要去哪里吗?"

"我知道他现在的计划目的地。"

"他在为你办事,对不对?"

"恕我冒昧,殿下,他正在做的事是为了整个帝国。"

"但是是你选择他去做的。"王子的沮丧已经开始演变成愤怒。

"再次冒昧,并不是。是他自愿的。因为他和我都清楚,这个任务只有他可以胜任。"

"可这让他的爵位没了!荣誉也没了!"

梅里韦尔冷酷地盯着王子。"真的,王子殿下。如果你觉得他会在乎这些东西,那么你根本没有我想象中那么了解你的朋友。"

梅里韦尔的这句话让王子一下子语塞了。只见他涨红了脸,但很快又收拾好情绪,说道:"你说的是没错,但你也不能说他做这些事是出于爱国或者对皇权的忠诚。"

"这一点您说得很对,殿下。你说的那些都是我的动机。而他的就私人多了。"

雷斯顿想了一会儿，突然瞪大了眼睛。"是因为他的那个文成女人对不对！那个希望！"

梅里韦尔和蔼地笑了，轻抚着王子的脸颊说道："非常好的推理，殿下。"

"那个女人有什么特别的？为什么值得他如此冒险？"

"她还有她的同伴，布力加·林，居然让帝国最厉害的那帮人都害怕得即使是不择手段也要去阻止她们。你不觉得把这两个女人拉拢过来是非常值得的事吗，殿下？"

"我也听说她们不是很喜欢帝国的皇权。你觉得她们会加入我们吗？"

"我不知道。"梅里韦尔承认，"但如果有谁能说服她们，恐怕也只有你的好朋友里希邓特朗了。你不觉得吗？"

雷斯顿苦笑着说道："我想也是。"

梅里韦尔屈了屈膝。"殿下，如果您不介意，我要去处理一件关乎前帕斯汀纳斯勋爵安危的急事了。关于他的事，我想你应该也跟我一样在乎吧？"

雷斯顿叹了口气。"我也不想妨碍你处理那么至关重要的事，翰碧斯特夫人。不过之后我还要找你谈今天这事儿。"

"期待跟你细聊，王子殿下。"梅里韦尔说道，优雅地离开了。

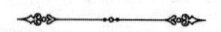

卓玛斯特伯爵的公寓在四十六层。虽然没有明文规定说住得越高，地位和权势就最高，但由于王子是住在四十九层，而国王则住在顶楼五十层，所以所有贵族都是这么认为的。梅里韦尔的公寓位于谦卑得多的三十二层，比前帕斯汀纳斯勋爵还要低好几层。毕竟，即便是新列文的一个小勋爵也比一座小岛的夫人强多了，更别说那座岛只是因上面的木材而出名。当然了,这刚好也是梅里韦尔真实身份的绝佳掩护,经过多年苦心经营,她现在在别人眼中无外乎就是宫廷里又一个急着想靠结婚上位的无名夫人。也正是因为这个伪装,她才能神不知鬼不觉地游走于各个阶层的贵族之间。不过,有一部分人是知道她的真实身份的。皇后就不用说了,还有皇帝,不过他即使知道也不感兴趣。还有在她麾下替她办事的人,比如休姆,穆克顿,还有红眼。至于雷斯顿王子,让他知道自己的真实目的是有必要的。还有大使,向她揭底牌也是无奈之举。除此之外,唯一一个可以知晓梅里韦尔在政府里扮演的角色的人,就是现任的军事长了。

梅里韦尔轻快地敲了敲卓玛斯特伯爵的公寓大门,过了一会儿,一位年轻的女仆开门了。梅里韦尔已经来过这里好几次了,却对这一位仆人没有任何印象。不过这也不算奇怪,卓玛斯特换女仆的频率相当快,而且以他对待她们的方式来看,梅里韦尔很意外到目前为止居然还没有一个人趁他睡着的时候捅他一刀。

"我是翰碧斯特夫人,我有急事要找卓玛斯特伯爵。"她对女仆说道。

"好的,夫人。"女仆说道。只见她穿着一件袒胸露肩的紧身女服,不自然地行了一个屈膝礼。这也是卓玛斯特要求她这样穿的。"请进,夫人。我去看看伯爵是否方便见客。"

"谢谢。"梅里韦尔说完,跟着女仆走进了客厅。客厅的装潢十分华丽,有豪华的皮毛地毯,多得离谱的华贵家具,还有许多裸女的画像。梅里韦尔坚信,从一个人的居家氛围可以反映出那个人的思想状态。她一直都在琢磨这种凌乱无序和享乐至上的氛围到底能反映出卓玛斯特的什么特质。不过反正不是什么好东西,这是她唯一能肯定的。

"夫人请坐,我先去找伯爵了。"女仆伸开手掌指着一张松软的红色沙发,梅里韦尔看到上面有几处非常可疑的污渍。

"谢谢,我还是站着吧。"梅里韦尔说道,淘气地对着女仆一笑。

女仆似乎被吓了一跳，但很快笑容又回到了脸上。"如您所愿，夫人。"说完便匆匆忙忙地跑到寝室去叫伯爵起床。

卓玛斯特伯爵当然不会急着出来。他又像往常一样，让梅里韦尔等了他好一阵子。最后，他终于穿着一件丝绸长便袍，懒懒散散地走到了客厅。如果不是他的头发已经整齐地梳理过了，梅里韦尔还会以为他才刚睡醒呢。卓玛斯特有很多缺点。粗鲁，傲慢，沉迷赌博和云玻璃，喜欢咬指甲，随便举例就是一大堆。不过他可不笨，所以就算他不知道梅里韦尔真实身份的全貌，他也猜到了她肯定不止表面看上去那么简单。

"啊，翰碧斯特夫人。"他重重地坐倒在那张厚沙发上，然后伸手去拿边桌上一个装着云玻璃的木匣子。"很荣幸又能见到你迷人的身姿啦。我有什么可以帮到你吗？"

"很抱歉，因为最近发生的几件事，我不能再和往常一样和你耍花腔啦，大人。"梅里韦尔干脆地说道。

"是什么事呢？"卓玛斯特问道，拿起一根小勺，小心翼翼地从盒子里舀起一点白粉。

"什么？当然是你在凡斯港的部队被屠杀这件事了。"梅里韦尔说道，语气里不无尖刻。

"噢，那件事。"他平静地说道，然后把勺子提到鼻子下，按住一边鼻孔，把白粉狠狠地吸进了另一只鼻孔里。

"没错，那件事。"梅里韦尔不紧不慢地说道，"你什么时候加派军队过去，我要把我一个线人安插进去。"

"你的一个线人？"卓玛斯特小心翼翼地用手帕擦了擦鼻子。

"是的，大人。希望你的线人没有忘记告诉你，我的身份不只是宫廷里一个无聊的夫人。既然现在你已经是军事长了，我可以告诉你，我的真实身份是间谍长。我认为为了帝国，我们两个部门最好可以继续保持通力合作，就像我和你的前任一样。"

"是吗？"卓玛斯特说道，似乎有点被逗乐了。同时，他的眼神已经开始变得如玻璃般呆滞，瞳孔也逐渐扩大。"我知道有间谍长这么一说，我也知道你平常只是伪装。不过老实说，我从来没想过这两者能联系起来。"他轻轻笑了笑，继续道："真的，这就能解释很多事情了。"

梅里韦尔认真地盯着卓玛斯特，但后者却只是看看自己被咬得参差不齐的指甲。卓玛斯特只会在有足够安全感的情况下才会表现得如此无所谓。可能是云玻璃的药效给了他这种不实的自信。也可能是他知道梅里韦尔不知道的情报。

"是的。我所担心的是，生物法师似乎把不得了的东西——更准确地说，是把某些人放到凡斯港了，而且这些人不是他们可以控制得了的。"梅里韦尔终于说道，"我要安插一个人到新驻军里，收集更多情报。"

"噢，你说的是文成武僧团啊。"卓玛斯特镇静地说道，"我倒不是很担心他们。已经有人向我保证了，这件事虽然很不幸，但是是必要的，而且局面已经被控制下来了。就把它当成是叛乱者搞的小吵小闹吧，完全在控制范围内。"

"我懂了。"梅里韦尔说道，"这么说你认为在这场小吵小闹里损失了四十个皇家士兵也是可以接受的？"

"每一个士兵在入伍的时候都知道，为了帝国，随时都要有牺牲的心理准备。"卓玛斯特说得好像这就能解释所有疑问似的。

梅里韦尔很少会感到意外或者吃惊。可能是因为她太自信自己对人情和状况的准确判断了。但如果这是她的其中一个弱点，那她还有一个强项，就是一旦她发现自己的判断有所偏差，她就能马上对状况作出适当调整。现在她对卓玛斯特的看法不一样了。以前梅里韦尔把他看成是一个令人厌恶的同僚，但现在在她眼里，他更偏向于一个敌人。

"这像是生物法师会说的话。"梅里韦尔说道，还保持着轻盈的语气。

"他们其实没那么坏啦，一旦你了解他们。"卓玛斯特说道。

"这么说你很了解他们咯?"

"作为军事长,必须跟生物法师团团长密切合作啊。"卓玛斯特说,又咯咯地笑了笑。"现在帝国最不需要的,就是我们和生物法师的目的相违背。"

"确实是最不需要的。"梅里韦尔淡淡地说道,"我完全可以理解,大人。如果您认为没必要进一步调查,我当然会相信您的判断。"

"这是当然。"卓玛斯特说完,突然觉得自己可能有点太过了,于是又马上加了一句:"如果这件事牵连到你的人,我也可以帮你照办。"

"感谢您,大人。"梅里韦尔说道,"好,如果您不介意,我有其他事要处理了。"

"没问题。我会让你继续躲在暗处观察的。"他友好地说道,"谢尔碧会送你出去的。"说完仰起头喊道:"谢尔碧!"

梅里韦尔若有所思地看着女仆急匆匆地小跑到客厅,再一次很不自然地行了个礼。然后梅里韦尔对卓玛斯特说道:"与您见面一直都是我的荣幸,大人。如果您需要,我愿意随时效劳。"

"希望用不上吧,不过谁知道呢。"卓玛斯特说道,又伸手舀了一小勺木匣子里的云玻璃。

"请……请随我来,夫人。"谢尔碧犹豫地说道。

"谢谢,请带路吧,亲爱的。"梅里韦尔说道。

等她们来到公寓的门口,梅里韦尔转身对女仆说道:"谢尔碧,对吧?"

"是的,夫人。"

"你有没有兴趣和我一起保护帝国呀?还有丰厚的报酬哦?"

12

希望和尤特尔朝西北的方向航行了一周的时间，然后掉转船头一路向北，穿过西边凡斯港和东边断崖岛之间的广阔海域。他们的船坐起来一点都不舒服，比海怪猎人号差远了。这艘连名字都没有的船只有一根桅杆，一面小小的主帆，一面三角帆。船舱是单人设计，而且矮得离谱，坐进去连腰都挺不直，宽度又窄，只能勉强容得下两个人。它的唯一用途就是在他们睡觉的时候能挡一挡恶劣的天气。虽然船很小，但南部群岛以北的这片海域变幻莫测，而且希望只有一只手，驾驶起来还是有点吃力。幸好希望已经把一些基本的航海知识教会了尤特尔，而他也比希望预料中更能帮上忙。事实上，在这趟去瓦尔塔的漫长旅途中最难克服的是怎么让尤特尔不感到无聊。

自出海以后，希望也没停止教他读书。虽然她没有特别为他打包什么书，但幸好她还有河洛的日记，于是就让尤特尔读里面的内容。让她意外的是，听着尤特尔大声把日记的内容读出来，她居然悟出了不一样的东西，虽然这本日记她早就翻过了无数遍。希望眯着眼睛，迎着阳光，手掌着舵，兜帽放下，任由海风吹拂着自己的金发，一边听着尤特尔用稚嫩的声音结结巴巴地念着什么期盼美好的未来，心中领悟到了之前没有理解的意义。

可是尤特尔也不可能一整天都在念书。读完书以后，他们还有好几个小时的时间，一边看着无边无际的大海，一边缓慢地向北进发。时间久了之后，尤特尔会变得烦躁不安，而在这么小的船上，一旦有什么闪失，导致的可能就是翻船。希望对男孩子的脾性也不算陌生了。小时候，她就看过河洛和文图是怎么处理那些刚被送到盖尔默尔的不听话的男孩子的。男孩子天生就好动，所以即使会耽误行程，但希望每天下午还是会放下船锚，给尤特尔上游泳课。直到希望认为他可以独自游泳了，她就让尤特尔自己绕着小船游上几圈，一直到他累得几乎爬不上甲板为止。这样做虽然会耽误两三天，但希望认为这样起码会让旅途更愉快些。

不过就算让他的精神和身体都得到足够的训练，到了晚上尤特尔还是经常难以安静下来。之前文图一直有给他说睡前故事的习惯，可是希望真的不知道说什么故事好，所以她只好跟尤特尔说自己的往事。说也奇怪，她不自觉地就开始说起自己村子被屠杀的种种细节。她曾经发过誓不会再提起这些回忆，但她已经不记得自己当初为什么要发这样的誓了。也许是她渴望把自己从中抽离出来，以为只要不说出来，心中的恐惧就会随记忆淡去。当然了，结果并没有如她所愿。而现在，经过了这些年以后，希望很庆幸自己还没有忘记。世人应该知道事情的真相。她故乡的事应该被写入历史书，即使只是一个脚注也好。等她说完暗淡希望的悲惨故事后，希望跟尤特尔说了她是怎么去到盖尔默尔的，然后又说到在女士诡计号的经历，最后说到在新列文的所见所闻。

当她说到莎蒂的时候，希望不禁在想，比起自己，这位老妇人肯定可以把尤特尔带得更好。不过现在她已经十分厌倦什么小事都要责怪自己了。既然不是当母亲的料，那她就尽力做到最好。当然了，最重要的还是要保证这位她监管的小孩不会再把谁杀掉。

等瓦尔塔最南边的附属岛进入视野时，希望已经记不清他们航行了多少天了。那座岛的面积比希望观念中的附属岛大多了，足足相当于几个街区那么大。不过四个方向的附属岛都被归为是瓦尔塔的，而且在每一个附属岛上面都能明显看到生物法师留下的用来警告的标记。实际上，这些标记以固定的间距围满了整座小岛，不管你从哪个方向靠近，你都能看到。希望从来都没见过生物法师竟然会花这么大的心思去防止别人靠近。可能是因为这里比其他的隔离岛都靠北得多，也可能是在瓦尔塔上面有他们不想被发现的东西存在。

"这些标记是什么意思？"经过第一个附属岛时，尤特尔问道。

"有这些标记就意味着生物法师曾经在岛上做过实验，那里已经变得不安全了，人们没办法在上面居住了。"

"跟他们在你岛上做的一样吗？"尤特尔继续问道。

"没错。那里还插着这样的标记呢。"

"上面的图案好像一只鱿鱼哦。"他说道，"就是我们之前看书看到过的，那种会喷墨水的。"

"我想它应该是代表海怪吧，有的人会说它是生物法师最伟大的创造，也有的人说是最恐怖的。"

"海怪是什么？"

"我也只是听说过一些传闻。"希望坦白道，"水手们总是喜欢听一些深海怪物的故事，所以很难说它到底是真是假。不过我听说的是，那其实是生物法师创造的一条巨型乌贼，又或者是章鱼。他们把它放到帝国的北海边境，以防止外国的入侵，所以他们又把它叫做守护者。据说，它的体形有这些附属岛那么大呢。"

"那么大？"尤特尔吃惊得瞪大了眼睛，看着右舷船首那边的第二座附属岛。

"人们是这么说的。"希望说,"不过就算他们真的可以创造出那么大的怪兽,这些传闻都已经是一百年以前的了,所以很可能它已经死了。"

尤特尔听到之后似乎感到十分失望。"噢,好吧。"

希望歪着头对他笑了笑。"你还想看到一只,对吧?"

尤特尔猛点头。"我要让它做我的朋友。"

希望试着想象如果尤特尔控制了这么大一头海怪,那他们得带来多大的破坏啊,心中不由得升起一股寒意。"我想你恐怕不会有机会了。"

他们继续经过第三和第四个附属岛,希望仍旧看不出它们为什么会被隔离了。岛上都能看见一些小树丛和几片草地,这就表明了那里的生态系统是十分健康的。可能这里跟她的故乡一样,隔离只是因为担心那些幼虫跑出来。不过隔离南部群岛的一座岛是一回事,瓦尔塔可就另当别论了。那里可是帝国的中心,地理位置价值极高,不可能只是为了以防万一就把整座岛封闭起来。希望再次有一阵不祥的预感,心说这里肯定有什么猫腻。

刚下午的时候,他们终于来到了瓦尔塔主岛的岸边。与其他较小的附属岛不同,这里一看就知道岛上肯定有问题。那里一棵树也没有,植被也非常少。从这一点来看的话,这里和黎明曙光非常像。不过黎明曙光大部分都是平地,而瓦尔塔看上去就像被上帝高高举起,然后狠狠地摔到海面一样,整座岛都被震得七零八落,沟壑嶙峋。

"哇。"尤特尔从船舷边上望着破碎的地貌,不禁感叹道。

"感觉不是很欢迎我们,是吧?"希望说着,小心翼翼地把船开到岸上。

等他们踏上陆地后,希望看得更清楚了。在岛上支离破碎的地面上,到处都是一个个巨型的土堆,而每一个土堆的中间都有一个直径大概两三尺的窟窿。

"这些肯定就是鼹鼠洞了。"希望淡淡地说道。

"鼹鼠是什么?"尤特尔问道。

"你不记得啦?我们还在盖尔默尔的时候在书上读过的。还是说你只是对那些又粘又黏的海洋生物有兴趣?像乌贼之类的?"

尤特尔咧嘴笑了。"我更喜欢那些。"

希望也忍不住笑了。"怎么说呢,就像它们的名字说的那样,鼹鼠看起来就像鼹和老鼠的合体一样,有又长又尖的门牙。它们身上一点毛都没有,而且眼睛几乎是看不见东西的。"

"听起来也没那么可怕嘛。"尤特尔说道。

"普通的鼹鼠是不可怕,但生物法师把它们都变大了。正常的鼹鼠不过几寸长,几两重,但这里的却有七尺那么长,体重超过两百磅。据说,它们的嘴巴力量非常大,一下就能把一个人的手咬下来。"

"到时我们就给你装个金属的。"尤特尔信心满满地说道。

"我还是留住这只正常手好了。"

"为什么啊。"他不解地问道,"我超喜欢你的金属手的。"

"也可以啊,那到时开船的事就得全靠你了。"希望说道,"还有做饭。还有搞卫生。"

尤特尔做了个鬼脸。"那你还是留着那只手吧。"

"谢谢。"希望苦笑道,"好了,现在起要保持安静。我们要绕过那些洞。通常来说,鼹鼠不会经常爬到地面上,特别是在白天的时候。运气好的话,在我们找到阿拉斯并离开这里之前也不会碰上一只鼹鼠。"

"对我来说就不走运了。"尤特尔嘟囔着。

于是,两人便小心翼翼地在崎岖的地上前进着,向着岛中央进发。走了一会儿之后,希望发现了远处有一座木头高塔,粗略估计大约有二十尺之高。高塔的顶部有一个平台,而平台上则搭了一个破破烂烂的帆布篷顶。她看见了平台上有动静,但距离太远看不清具体是什么。

"我要去木塔那边看看。"希望静静地说道。

一想到有可能见到阿拉斯,希望的心跳就猛地加快了。而这时她才意外地明白到,原来自己比想象中更挂念他。她希望能走快一点,可是离高塔越近,地势就越崎岖险峻,无奈之下只能一步一步走了。

随着他们逐渐靠近,希望看出来在平台上面的是一个人,而且很可能是男性。可是篷顶挡住了大部分的视线,所以她还是不能确定那就是阿拉斯。

"你认识那个人吗?"尤特尔突然大声地说道,忘记要压低音量了。

高塔上面的人突然一扭头,朝着尤特尔的方向看了过来。然后他走到平台的边上,探出脑袋看着下方零落的地面。

"船长?是你吗?"高塔上面传来的正是阿拉斯清脆而响亮的声音。

"阿拉斯!"知道上面的是自己的朋友,希望也不再收着脚步,在破碎的地上奔跑起来,尤特尔则期待地跟在后面。

"等一下!"阿拉斯大喊道,"你们要——"

话还没说完,希望脚下的地面突然发出"咔嚓"一声巨响,把阿拉斯的声音吞没了。地面开始裂开,紧接着就像突然被拔掉塞子的水渠,地上的泥土开始不断地从希望脚踝下流走。希望见状,立即伸手把尤特尔抱到自己的怀里。下一秒,两人瞬间就被泥石流淹没了。

转眼间,两人的身体已经完全埋在泥土之下,没有光,没有空气,只有深深的恐惧。可是他们无法挣脱,只能任由自己被泥石流往下游冲走。突然,他们身体一空,双双掉进了一个漆黑的隧道,又好像是什么小洞穴。还没反应过来,两人就重重地跌在了土堆上面。但这还没完,更多的泥土继续从头顶倾泻下来,眼看就要被瞬间活埋,希望连忙抱紧尤特尔,然后转动身体滚到一边。虽然暂时从泥石瀑中脱身了,但在绝对的漆黑之中,希望没料想到隧道居然还没到底,又从边上坠了下去。隧道十分陡峭,两人滚得飞快,几乎是自由落体地下坠了一段时间,终于到达了底部，重重地摔在了坚硬的泥土上。

周围完全仍旧是漆黑一片，他们就那么躺在那里，尤特尔紧紧地抓住希望的长袍，不住呜咽。

"没事了。"希望说道，努力让自己的声音听起来比内心更自信。

"我不……不想被……被活埋！"他一边说一边哽咽着，小手紧紧地握住希望的上臂。

希望从来都没见过他害怕成这样。她心里琢磨，被活埋是不是他被灵化的其中一个仪式？她希望自己能问清楚，不过现在还不是时候。现在，她必须确保这里是安全的。

"尤特尔，我保证会带你出去的。但现在我们看不见东西了，所以我要靠耳朵来弄清楚我们现在在哪里。所以，我需要你尽可能地安静下来，你能做到吗？"

"我、我试……试一下。"他努力了好一会儿，终于平静下来。"对不起。"他说道，但声音还是有点颤抖。

希望抚摸了一下他沾满泥土的头发。"你做得很好。好了，现在让我来搞清楚我们在哪里，然后一起出去吧。"

说完，她闭上了眼睛。虽然这样做完全没有意义，毕竟现在一点亮光也没有，但她就是不喜欢就这样呆呆地看着黑暗。一开始，她只能听到他们刚才坠下来的隧道上面有泥土掉落的声音。过了一会儿，声音终于停止了，但希望还能听到不断减弱的回声，这表明他们现在所处的位置离地面相当深。同时希望判断，既然地表如此不稳定，那么这里整个区域肯定是布满了隧道。

不知道落土堆得够不够高，让他们可以直接爬回地面。如果是这样的话，他们需要做的就只是向上爬而已。

"好，尤特尔，我们站起来吧，不过要慢一点。这里的空间应该足够我们直立的，不过为了保险起见，你还是把手举起来，保护一下脑袋吧。"

于是，两人慢慢地站了起来，什么也没磕到脑袋。希望感知了一下周围的环境，很快就找到了他们掉下来的地方。希望摸索了一下，发现那里几乎是垂直的，而且积土也很松，如果没有抓钩之类的东西借力就肯定会打滑。按这种情形来看的话，徒手爬上去是不可能了。

"现在怎么办啊？"尤特尔问道，声音还是止不住发抖。

"安静。"

希望忽然听到了隧道下面有动静。是刮东西的声音。希望又仔细听了听，发现那就是鼹鼠挖洞时发出的声音吗？

"是什么？"尤特尔问道，没控制自己的音量。

突然，刮东西的声音停下来了，紧接着，希望听到了爪子爬地的声音，而且声音离他们越来越远。可能是尤特尔的声音把它吓跑了，不过也有可能是去叫增援。如果是后一种的话，那就是最糟糕的情况了。不过没有必要告诉这个小男孩。

"尤特尔。"希望说道，语气尽量保持镇定，"你口袋里有没有锋利的东西？"

"没有啊。你说过我不能再偷——"

"我知道我说过。而且你确实不应该再偷锋利的东西了。不过如果这一次你又偷了，而且现在还放在口袋里的话，就这一次，我不会怪你。"

"呃，希望，就是，每次我们抓到鱼之后，你不是有一把用来杀鱼的刀吗？"

"嗯哼？"

"我就是觉得它太漂亮了，又锋利又什么的，所以——"

"它现在在你身上吗？"

"是的……"

他说得十分内疚，这是好事。他真的不能再偷锋利的东西了。不过现在有一把刀倒是好事，所以希望心里的一块大石放下了，但她不能让尤特尔看出来。

"给我吧。"希望说道。

"干吗？"

"我要用它来在隧道上刻一些抓手和落脚的地方，这样我们就可以爬出去了。"

那是一把很小的锯齿刀，用来在土上挖落脚点肯定不方便。再加上那里又黑，希望只能一个人摸索着下手，所以进度非常慢。等挖到站着也够不着的地方时，他们的进度就更慢了。于是希望就摸索着让尤特尔站在自己的肩膀上，让他帮着去挖。再够不着的时候，他们就只能边爬边挖了。

"开始爬之前我们先休息一下吧。"希望说道，一边帮尤特尔从肩膀上下来。

"好。"尤特尔回道，跟希望一样疲惫。

于是，两人便坐到地上休息起来。希望还是看不见任何东西。在如此深的地底下，连一丁点儿的光线也没有。这就意味着她需要更加依赖其他感官了。现在，她的嗅觉已经被两人身上散发的汗味还有浓郁的泥土气息霸占了；触觉的话她也只能感到身旁这位不断发抖的瘦小男孩，还有无穷无尽的层层泥土。至于听觉，她听到的只有尤特尔和自己的呼吸声。直到……

"你听到了吗？"尤特尔紧张地问道，声音比之前更尖了。

之前希望听到隧道下方的爪子摩擦声音时，她很肯定那时只有一只动物。但现在，她听到的是一群。更糟糕的是，这些声音是离他们越来越近了。

希望猛地站起身，同时也把尤特尔拉了起来。她谨慎地把刀握在手中，说道："上我的肩膀来，然后爬到刚才挖的最高的抓手处。"

"好、好的。"

"爬上去后,你要继续挖抓手和落脚点,就像我们刚才那样。但是这次你要自己做,而且要一直向上爬,不要停下。"

"那你呢?"尤特尔问。

"努力避免另一只手被吃掉。"希望冷冷地回答道。

等尤特尔开始边爬边挖后,希望就站在黑暗中静静等待。在她身后,她能听到男孩用小刀挖土以及慢慢地在隧道里向上爬的声音。而在她前方,她听到了许多鼹鼠正以惊人的速度"嘎吱嘎吱"地向他们逼近。

蒙眼对战是文成武僧必修课之一,不过这个训练的目的是以尽可能快的速度解决袭击者,而这是希望不想做的。她不确定自己不杀戮的誓言是否也包括动物,不过以现在这种情况来看,希望知道,不管是不是故意的,她才是这里的侵袭者。那些鼹鼠只是在捍卫领土而已。她希望可以不用杀死任何一只鼹鼠,就能给尤特尔争取到足够的时间,然后和他一起爬出去。

随着鼹鼠逐渐逼近,希望尝试着把声音进行梳理,以便把每一只鼹鼠都区分开来。可惜它们的来势太汹涌了,而且希望对这些声音一点都不了解,她甚至连它们有多少只都听不出来。三只,还是四只?还是更多?

"希望!上面有东西在下来!"头顶上的尤特尔大喊道。

希望心里咯噔了一下,恐惧瞬间灌满了全身。难道是上面又来了一群把他们包围住了?

"你看到什么了吗?"希望喊道。

"看不见!"他的声音因恐惧而变得异常刺耳,本来刚才在下面的时候他早就处在临界点了。"我只听到挖洞的声音!"

如果真的是鼹鼠,他必须远离。可是他能去哪里?下来和她会合?不行,下面的鼹鼠已经快扑上来了。

"你……你待着别动!"最后她对尤特尔说道。

希望的话音刚落，鼹鼠就以迅雷不及掩耳的速度扑了上去，庞大的躯体带起了一阵强风。希望本能地马上举起义肢钳迎击，只听见义肢上的金属发出刺耳的声音，随即应声而裂。

紧接着，希望眼前突然火星四溅，一张苍白的鼠脸在火光中露了出来。只见它皮肤皱巴巴的，瞪着珠子似的黑眼睛。它的每一颗牙齿都有一尺多长，正紧紧地咬住希望的义肢钳子，看样子是要把它咬下来。

这是一个好机会。希望再一次进入了浓缩时间的空间，趁着尚未熄灭的火花，她终于看清了周围的一切。那里一共有五只鼹鼠，只见它们一只叠着一只，正争先恐后地向希望袭去。最下面的两只已经伸出了獠牙，准备攻击她的脚踝；两边的洞壁上各有一只，张着利爪准备爬到后面完成包抄。而希望正对面的那一只，尖牙已经咬进了希望的义肢钳一半。

直到现在，在浓缩的时间里移动身体还是相当困难，但经过几个月的特训，那种感觉已经不再像是在泥土里移动了，而是更像在水中运动。虽然还有阻力，但已经比之前小很多。

义肢钳已经被獠牙咬进了一半，已经没有希望挽救了。于是希望摆动另一条手臂，让自己的拳头对准了鼹鼠的下巴。

然后，她稍稍转动了被咬住的那只手，这样被咬断之后挥手的方向就会改变。

希望的眉宇间已渐渐被汗水浸湿，使用浓缩时间能力所带来的负担已经开始在她的身体蔓延。现在，就连最简单的动作都会使她的肌肉抽动不已。

但是她还不能停止下来。她开始弯曲膝盖，把双脚抬起来，然后把脚跟蹬向前下方。现在的空气对希望来说就如同水中的阻力一般，她不能跳起来很久，但也足够了。

希望继续拼命调动身体的每一寸肌肉，努力地把头顶偏到了左边。

这时，希望终于达到了极限。时间"啪"地一声又恢复了流动。

刹那间,她的拳头狠狠地击中了前面那只鼹鼠的下巴,使它的嘴巴猛地合上,义肢断裂后的碎片随即刺入了它口腔。随着手臂摆脱了束缚,希望顺势挥动支离破碎的义肢,精准无误地打在了右边鼹鼠的脸上。同一时间,她的脚后跟也重重地砸在下面两只鼹鼠的头顶,并借力向上猛地一蹬身子,头顶稳稳地撞中左边鼹鼠的喉咙。

这时,火星终于熄灭,一切又回到了漆黑一片。

希望听到鼹鼠们因吃惊和疼痛在不断嚎叫,但只持续了一会儿它们就恢复了。只听它们窸窸窣窣地退了回去,又重整队形,准备再来一次攻击。希望硬着头皮,准备第二次进入浓缩时间。不过她心里明白,这一次就算发动了能力,她也是身处在黑暗之中,她需要的更多的是运气,而不是技巧。

"上面有东西要穿下来了!"尤特尔在上方尖叫道。

就在这时,洞顶突然裂开一道缝隙,一束阳光射进了隧道。希望被突然而来的亮光照得眯起了眼睛,但阳光对鼹鼠的影响更深。只见它们发出了刺耳的嚎叫,五只纷纷退到了光线照射不到的地方。

"我说,朋友们呀!注意上面!"阿拉斯的声音从上面传了下来。说完之后,一条绳梯"唰"地垂了下来。

"尤特尔,快爬上绳梯!"希望大喊道。

"但那是谁——"

"马上!"

尤特尔吓得脖子一缩,慌忙抓住绳梯爬了上去。希望见状也连忙跟在后面,但只有一只手爬起来实在不易,特别是她的义肢已经碎得七零八落,很多锋利的铁片刺了出来,希望生怕会把绳梯割断。来到靠近阳光直射眼睛的地方时,希望爬得就更费劲,最后等她够到绳梯顶端时,她已经完全睁不开眼睛了。

这时,一只强壮的手抓住了她的手臂,一下就把她拉上了某种木质的平台上。

"你有没有受伤,希望女士?"阿拉斯关切地问道。

希望坐在那里缓了一阵,理顺了呼吸之后才慢慢地睁开眼睛,等适应了午后刺眼的阳光,才开始打量周围的环境。她发现自己坐在一个木质平台上,中间有一个硕大的四方形窟窿。平台的四个脚立在地上,四方形窟窿正好对着洞口。阿拉斯刚才正是从这里破土把他们救出来的。

阿拉斯单膝跪在旁边,一脸担忧地看着希望。有点奇怪的是,希望脑海里闪过的第一个念头竟然是觉得阿拉斯真的很好看。他的长发扎成了一条马尾,胡须下的皮肤已被太阳晒得黝黑。他不再穿着以前的富翁夹克和领结,取而代之的是一件朴素的开领棉衬衫。希望还发现,他的肌肉比她记忆中更结实了,不过他的脸还是跟以前一样亲切,真诚。

"希望女士?"

希望疲惫地笑了笑。"我没事。呃,除了这个以外。"她举起了那只残破不堪的义肢钳。

阿拉斯皱着眉头检查了一下钳子。"我的老天,它们的咬合力还真的挺厉害的,是吧?"接着,他对希望笑着说道:"不过,没什么我们修不了的,是吧?"

"这也是我们来这里的原因。"希望说道。

"哦?"

"我们晚点再说吧。尤特尔,你没事吧?"

只见男孩蹲在平台的边缘上,一反常态地听话和小心。虽然在鼹鼠洞的时间不长,但也已经把他吓得心神不宁。

希望一点一点地挪到尤特尔身边,说道:"傻瓜,现在没事了。来,我跟你介绍一下,这是我的朋友,阿拉斯。他也是你的朋友哦。"

"朋友?"尤特尔谨慎地问道,抬头看着阿拉斯。"你能确定吗?"

以前的尤特尔为了交朋友可谓是绞尽脑汁,但现在他居然这么不情愿，希望感到有点意外。

"当然确定啦。"希望温柔地说道，拨走他雪一样的头发上的泥土。"他刚刚不是救了我们吗？"

男孩的表情稍稍缓和了一点。"确实是……"

"不如这样，"阿拉斯说道，"尤特尔，是吗？"

"嗯。"

"不如我们先回去庇护所吧，那里安全多了。到了那里之后，你再告诉我你想不想和我做朋友，怎么样？"

"好吧。"尤特尔说道。

"太好了。"阿拉斯又转向希望，"很抱歉我只有一双鞋子，所以你们得坐在平台上了。"

"你说的鞋子，是什么意思？"希望不解地问道。

"噢，是这个。"阿拉斯在平台边坐下，举起两片体积更小、更薄的木板，上面还绑着粗粗的麻绳。"哎，岛上最大型的鼹鼠群就在我们的脚下了，而且它们最喜欢打洞，所以地面就变得非常脆弱。"说着，他开始把木板绑到自己的脚上。"为了减少坍方的风险，呃，就是你和尤特尔刚刚经历的，我要用它们把我的体重尽可能以最大的面积分摊出去。"

"所以这个平台也是同样的作用？"希望拍了拍身下的木头问道。

"正是。我就是靠它才能近距离研究鼹鼠的，这样就不用被活埋或者被它们咬成碎片啦。"

"那你要怎么移动它？"她问道，"这块平台之前不在这里。"

"噢，其实很简单。"阿拉斯穿好了宽大的木鞋后，直接踩到地面上。接着，他弯下腰捡起两根粗绳圈，绳圈的一头系着平台，另一头则被阿拉斯穿过手臂挂在了肩膀上。一切就绪以后，阿拉斯回头对希望说道："我先道个歉。坐在上面可能不会很平稳啊。"

说完，他开始拉着平台在坑洼的地面移动起来，尤特尔和希望还坐在平台上面。

"哇，他好壮哦。"尤特尔一边说一边向希望身边靠了靠。

"是啊。"希望说，"阿拉斯，你什么时候变得这么……健壮了？"

阿拉斯不自然地笑了笑。"哎，我已经一个人在这里好一段时间啦，我经常要拉着这个平台走来走去的。很多时候还要装着装备拉呢，所以大概自然而然就这样了吧。"

就这样，希望自己安稳地坐在后面，看着阿拉斯一个人把所有事情都包办了，这种感觉着实有点奇怪。然而，经过与鼹鼠短暂却紧张的战斗之后，希望也已经筋疲力竭了，加上现在她只有一只手可以用，又没有那双特制的鞋子，她也实在是帮不上什么忙。于是她躺了下来，尽量让自己舒服些。想想也挺有意思的，真的。她一开始是为了救阿拉斯才来这里，没想到反而被阿拉斯救了。此外，看到阿拉斯能在这么短的时间里成长那么多，希望心里还有一种难以名状的兴奋。因为既然阿拉斯可以，那任何人也可以。

━━━━━❦━━━━━

阿拉斯拉着他们向前推进，希望坐在平台上感觉就像在破碎的土壤上航行一样。等来到瞭望塔时，这种感觉就更强烈了。只见阿拉斯把平台系在其中一根柱子上，对他们伸出手，说道："欢迎上来，船长。"

接着，他们从固定在塔一侧的爬梯攀了上去，等他们爬到顶点时，希望意外地发现那里还挺有家的感觉的。在一边角落的地上，铺着一张跟文成武僧用的差不多的睡毯，另外一个角落则放了一张书桌，上面堆满了一叠叠的笔记本、羊皮纸以及一些奇怪的小工具和小仪器，希望想起了他在帕斯汀纳斯庄园的那间工作室。此外，在帆布篷顶的四条边上挂着一串串漏斗，漏斗的底部全都连接到一个大木桶。希望看了看，里面大概装的都是雨水。而在最后一个角落里则是一个金属锅，架在一小堆黑色石头上面。

"那些是煤吗?"希望问道。

"是啊。"阿拉斯回道,"岛上没什么木头,你也知道了。你现在看到的所有木材,都是我从凡斯港运过来的。一开始我也不知道自己会不会做饭,有一段时间多多少少只能吃冷的食物过日子。不过后来我发现鼹鼠的栖息地上常常堆着很多煤石,研究后才发现原来是鼹鼠从地底下挖出来的,目的是为了给它们自己腾空间。"

希望单膝跪下,更仔细地检查着那些煤。"我从来没亲眼见过,以前都是在书上读到的。"

"我也是。"阿拉斯说道,"我也花了好一会儿才知道怎么把它们当成燃料用。坦白说,直到现在我也觉得自己只是刚刚掌握了它一点点的潜力。它释放出来的能量远远大于木头啊。真是让人感到震撼。"

尤特尔还是很谨慎,不过好奇心还是占据了上风,慢慢地,他从希望的身边一步步挪到了摆满了各种古怪小工具的桌子上。

"尝一下吧?"阿拉斯问道,把一个瓦壶递给了希望。"这是我用鼹鼠吃的块茎酿的饮料。"

"谢谢。"希望接过瓦壶,抿了一小口,发现竟然意外地甜。"还不错。"

"是挺好喝的,我已经爱上它啦。"说完,他又给自己倒了一杯,慢慢地品尝。

"阿拉斯,你为什么要来这里?"希望问道。

阿拉斯苦笑了一下。"我可以跟你说是因为我对自然科学又重新燃起了兴趣。不过你可能更想听听我的理论,生物法师之所以要培育巨型鼹鼠,是因为它们的生理机能很可能是延长人类寿命的关键。"

"这两个理由听起来都……不怎么有说服力啊。"希望说道。

"哎,它们确实是我特别选择来瓦尔塔的理由,至于我离开凡斯港的原因嘛……哎,主要是因为我受不了看着她和那个海盗好。"

"啊。"希望恍然道。

那个"她"显然说的是布力加·林，阿拉斯从一开始就喜欢着她。然后那个"海盗"很可能就是灰头盖维斯，极速闪电号的船长。希望还记得在突袭黎明曙光的时候，他曾经支持过布力加·林。这个走私犯虽然爱奉承，又自大，但确实有一定的魅力。按内特尔斯的话说，就是乍看之下还不错。另外，他也没有阿拉斯那么敏感，而布力加·林正好就是不喜欢这样的品质。

"那你呢？你来这里做什么？"阿拉斯问道。

希望笑了。"老实说，我还以为我要把你从恐怖的鼹鼠中救出来呀。"

"你知道吗，所有的这些可怕的传言都是错的。"阿拉斯反驳道，"它们一点都不嗜血，也没有攻击性。它们甚至都不吃肉的。只有在它们的族群受到威胁时它们才会攻击人。"

"就像我今天做的那样。"她举起残破的义肢，继续道，"除此之外，我还要你帮我重新弄一下这个。"

"我看出来了。"阿拉斯把义肢抬高了一些，认真地检查起来。

"其实在它坏掉之前就想要你帮忙了。"希望补充了一句。

"哦？我以为你喜欢那样。"

"之前是。不过……我的首要需求变了。我想要它变得更合适日常生活使用。"

"没问题，我肯定能帮到你的。"阿拉斯一边说一边更仔细地检查里面的机械零件。"不过如果要从那个方向设计的话，恐怕会影响你用剑哦。"

"没关系。"她说道，"因为我不打算再用剑了。"

阿拉斯把目光从义肢上拉回来，盯着希望说道："再也……不了？"

"没错。"

"好吧。我……"他挠了挠脏兮兮的脸，很是困惑。"我只是几乎把悲歌剑当成你身体的一部分了，所以让我接受这个还有点难……"

希望等着阿拉斯说下去。她知道，对于自己宣布放弃剑道，迟早都会有人反对的，说她这样不仅不实际，而且很危险之类的。特别是现在世界上最厉害的人都要她死，她怎能放弃这条能保命的道路？这个问题她也问过自己无数次，而每一次她总会得到同一个答案，就是如果她要完成她导师的夙愿，为文成寻找一条新道路，她就必须接受几乎所有大胆的梦想都是建立在危险重重、不切实际的选择上的事实。不，不是接受，而是拥抱。就算没有人会这么做。不过，这就是她感到最害怕的时刻。她害怕自己抱着这些荒谬的理想，一头栽进文图和亚米一直没有道破的冷酷现实之中。

"怎么说呢……"阿拉斯纠结了一阵，突然笑着说道："我觉得这很了不起。"

"你……是这么觉得的？"

"当然啦。我不是跟你说过很多次了嘛，我讨厌暴力。"

"确实是。"以前她一直都对他的这个想法不以为然，可是现在，她却要下决心证明它是可以实现的。

"它也不算太疯狂的想法啊，对吧？"阿拉斯问道，仿佛知道她一直以来的想法似的。接着，他又继续研究希望的义肢。"嗯，毫无疑问，我们需要详细地讨论一下新的设计，不过在我们决定怎么做之前，在瓦尔塔这里肯定是干不了什么了。不过幸好，凡斯港有一个铁匠欠了我一个人情。"

"你不介意回去那里？"希望问道。

"她很可能都不在那里了。"阿拉斯的脸上渐渐露出紧张的神情。"他们大部分时间都是在海上的，天知道他们在干吗。就算他们在凡斯港，他妈的也会待在灰影区。我的铁匠在贸易区，那里的氛围太勤勉、太高尚了，根本不是那个海盗待的地方。"

"如果你介意，"希望说道，"我们可以去别的地方。"

阿拉斯摇摇头。"别在意啦，希望女士。"然后他转向尤特尔，发现他正拿着一个滑尺之类的东西玩得兴起。"还有你，尤特尔先生。"

尤特尔听到后慌忙把尺子放回桌子上。

"你决定好要不要和我做朋友了吗？"阿拉斯问道。

尤特尔想了一会儿。"你对希望很好，"他说道，"而且你还要帮她修金属手。我觉得我们应该可以做朋友吧。"

阿拉斯帮希望把义肢上凸出来的金属片去掉，以免她误伤了自己和别人。等处理完毕之后，太阳已经快下山了，于是他们决定第二天早上才前去凡斯港。晚上休息的时候，瞭望塔上的位置不是很够，于是阿拉斯坚持让希望睡床上。

"反正一想到你要睡地板我就心神不安，肯定睡不着觉的。"他宣称道。

当希望躺到地铺上时，尤特尔挤了挤身子，紧紧地挨在希望怀里。直到现在他还是非常怯懦和忧郁，甚至是黏人，一点都不像平常的样子。两人就这么躺着，从篷顶的窟窿看着繁星点点的夜空，希望决定要和尤特尔谈一谈心。

"尤特尔，你今天表现得很古怪哦。"

"古怪？"

"就是不像你平常的样子。平常你总是很高兴，充满了活力呀。"

"噢。"

"你是不是不喜欢阿拉斯？他是不是吓到你啦？"

"不是啊，他看起来还可以。"

"是不是鼹鼠洞的事？"

尤特尔沉默了很长一段时间。最后，他终于颤抖着声音哭诉道："我不想被埋掉。我不喜欢。"

"你之前是不是被人活埋过?"

"嗯。"

"是谁干的?"

"我的领主。"

"维克玛·布鲁尔?他为什么要活埋你啊?"

"因为我被灵化了,被灵化就要被活埋。他们逼我喝那些难喝的东西,然后又把难闻的油浇到我身上。然后他们……然后他们……"

希望能感到尤特尔在浑身发抖。她本来还想问他被埋了多久,不过转念一想,这孩子可能根本就不知道,而且让他回想这件事估计只会让他更加痛苦。是几小时吗?难道是好几天?更别说还要忍受死灵法师给他喝的神秘药水。这一切痛苦,几近让这位男孩几度在生死边缘徘徊。他们都要忍受你我都想象不到的痛苦和折磨,而且还是连续好多天。大多数小孩最终都死了。因为他们的身体再也承受不了这般折磨,最终放弃了。这是海鸥之啼的长老马尔兹的原话。希望不禁惋惜,如此幼小心灵是怎么承受得了这种折磨的?也许根本不能。

想到这,希望伸出手臂,紧紧地把尤特尔抱住,任由他在自己怀里战栗。然后,她把破碎的义肢举在了空中,看着银白色的月光出神。

"有时候,有的东西坏了就是坏了,再也无法恢复到以前的样子。"她说道,"不过也许我们可以让它重新完整起来,以不一样的方式。"

希望说这句话是为了安慰尤特尔,不过她心里明白,她其实是为他们两人种下了希望。

渐渐地,尤特尔不再发抖,慢慢地进入了梦乡。不久之后,希望也睡着了。

13

过去，布力加·林觉得航海是一件让人兴奋的事。曾几何时，当她看着那开阔的海面，她心中总会充满一种无法言喻的情感。释放？自由？可能性？可能其中一种吧。又或者全部都是。以前，她总会和希望默默地站在海怪猎人号的艏楼，一站就是好几个小时。言语已经不再重要，因为她们心里都清楚，当她们眺望大海时她们的前方是什么：一个更好的明天。

可是现在，她孑然一身，再也看不清前方是什么。眼前的这一片苍茫海水根本触动不了她的内心。

看着那青灰色天空，铅灰色大海，布力加·林心中一片怅然。这时，她突然意识到后甲板那里似乎起了什么争执。极速闪电号虽然是一艘小船，但即便这样，后面的声音要想在巨浪的拍打下传到船头，那里的家伙还是得扯着嗓子吼她才能听得见。不过现在的音量还不足以让她听清楚他们在吵什么。不过反正她也没心思去听了。

几分钟后，灰头盖维斯出现在了她的身边，看上去是在暗暗生气。他生气时都是这样子的，眼睛瞪得直直的，脸颊涨红，鼻孔撑圆喷粗气。每次布力加·林看见他摆出这副表情，他也从来不会告诉她为什么生气，而她也从来不问。

盖维斯花了好些时间才冷静下来，然后开口说道："我觉得你可能让吉莉失望了。"虽然他用的是轻松的聊天腔调说话，但语气中还是听出了一点勉强。

"哦？"

"是的。她一直想你教她一些生物法师的训练。就你们两人在一座小岛上。"

"在进行实操练习之前，她还有很多书要读。"布力加·林说道。

"话是这么说。"灰头沉默了一会儿，继续道："不过，最近几个月过得也不容易，你就给她一点特别关照也无妨吧，对吧？我觉得她其实更想要的是这个，而不是什么学习。"

"如果你是想激发我的母性，你还不如去激发你的船员，可能效果比我更好。比起我来，他们对吉莉的关注可多得多。"

"这才是让我觉得烦的地方。"灰头说道。

"想让我因为对她不够关注而感到内疚也是一样徒劳的。"布力加·林回道。

"不，不是这个。"灰头的脸又涨红了，鼻孔看着就要喷火。"我只是……"他紧闭双唇，过了好一会儿，终于说道："算了。你说得对。我没资格说你怎么教学生。我不会再来烦你这件事了。"

说完，他转身大步走过甲板，回到自己的船舱，头也不回地把门关上。

等盖维斯走后，布力加·林又继续呆呆地望着大海。看着看着，一个念头如同一池焦油里的气泡一样慢慢地在她心头浮了上来。难道让灰头心烦的其实另有其事？刚才他之所以这么别扭，其实是因为他在想用什么方法告诉她？布力加·林忽然意识到，作为他的情人，自己是不是应该哄他说出来？

她叹了口气，转身穿过甲板，向盖维斯的船舱走去。反正也要下雨了。

当她经过厨房外的走道时，她听到了什么东西，不由得停下了脚步。

她站在那里，想弄清楚自己听到了什么。是措辞。是言语。是几个船员在说话。他们说了什么？她不确定。这种既听到又听不到的情况真是奇怪。不过她唯一能确定的是他们在粗鲁地笑，还提到了吉莉。

布力加·林抬头看了看船帆。和往常一样，吉莉懒洋洋地坐在索具上，一只光脚丫无所事事地在半空荡着。这丫头怎么那么快又把鞋子弄丢了？

不过既然吉莉在船帆上面，那就说明下面那些粗人不是在和她说话了。他们在谈论她。

布力加·林继续站在过道上，开始仔细听下面的人到底在说什么，一阵局促与不安渐渐压在了她的胸口上。

"哎，我太了解那种诱惑了。"下面传来菲斯蒂的声音，他似乎在赞同什么。"不过你也知道，那样会让冰姬生气的。让冰姬生气就是让船长生气，咱都不想这样吧。"

"冰姬生不生气关我屁事。"斯雷克说道，语气里尽是酸酸的蔑视。"从一开始船长就不应该让她上船。就算他再怎么否认，那女人就是一个生物法师。你们也看到她那态度了，跟生物法师有区别吗？好像我们连屁也不是的一样。"

"你知道我是这么想的。"弹珠子眼说道，"冰姬对船长的影响太大了。她必须得走。"

"这么说你想让船长赶走冰姬，同时又留下吉莉？"菲斯蒂问道，"那那个呢？你要怎么说服船长啊？"

"我们就告诉船长她多么能干。"弹珠子眼说道。

斯雷克大笑了出来。奇怪的是，布力加·林从来没听过他笑。他的笑声是那么丑陋，像在抽搐一样。"而且一旦没有了冰姬，她会更能干。"

"那小妞确实是嫩，我都能闻到她的体香啦。"弹珠子眼说道，声音里充满淫秽。不过转而又恳切地说道："可是别忘了她会使刀子。上一次我抓她奶子就被她割到大腿了,到现在还没好呢。"

"会使刀子不是更好玩吗?"斯雷克说道,"就咱俩说说啊,我说咱一定能办了她。不过我要先上啊。我从第一眼看到这小妞开始就想吃掉她了。"

布力加·林站在船舱上面,一动也不动。雷声在远处翻滚,雨点也开始越来越大。

溺水通常发生得非常快。一个人只要掉进水里,不出几分钟他就会开始缺氧,肺部充水,直到死亡。不过有一种疾病,叫做水手肺,至今也没有人知道它的病因。不过一旦患上这种病,人的肺就会慢慢地积水,直到几个星期后就会被溺死。这是慢性溺水。

奇怪的是,大多数得了水手肺的人,直到自己的肺充满水之前是没有一点反应的。可能这个过程实在太慢,所以虽然他们吸入的空气在逐渐减少,但他们也逐渐习惯了,根本就没有察觉。到了水手肺病的晚期,想要把病人救回来就必须采取一些极端的措施,比如用一根空心针把肺部刺穿,把里面的水都排出来。

布力加·林这几个月以来正是经历了慢性的溺水事件。不过充满她肺部的不是液体,而是时间。老亚米之前已经警告过她,不过由于她之前的傲慢,她天真地以为自己可以应付得来。毕竟她花了如此多年的时间去感受身边的一切生灵,可她没料到的是,她一直没有真正地体会到原来除了感知现在以外,同时感知过去与未来的压力是多么大。一直以来,她都拼命地让自己保持浮在水面以上,但自从希望离开,原来的伙伴各奔东西以后,她已经不知不觉地沉没在了时间的巨浪之下。

不过现在她被某种东西拉回了水面。是某种坚硬、锋利和清晰的东西。某种让她精神凝聚,让脑袋清晰的东西。它虽然痛苦,却让她摆脱了水手肺的折磨。它虽然钻心,却让她终于醒了过来。它就是纯粹的、热切的愤怒。

布力加·林把兜帽戴上，从狭窄的楼梯一步一步地往下走到厨房。菲斯蒂、弹珠子眼还有斯雷克正懒散地围坐在一张小桌旁，每人手里拿着一杯格罗格酒。当他们看到布力加·林的时候，所有人都站了起来，表情显得很别扭，仿佛要勉强自己做什么绅士礼仪似的。

"夫人……"菲斯蒂不安地说道，"有什么事要搭把手吗？"

布力加·林微笑着缓缓走向他们。她举起两条手臂，长长的衣袖滑落露出了她那修长优雅的手掌。大部分时间，她都是从远处施法的。不过，偶尔弄脏一下自己的手也不错。

"夫、夫人？"菲斯蒂慌忙躲到一边。另外两人则被堵在角落，眼神表明了他们准备迎战，但免不了感到一点恐惧。

还不够恐惧。

布力加·林现在觉得海盗们喜欢不穿上衣真的是太方便了。她把双手向前弹射出去，左右手分别按住了弹珠子眼和斯雷克裸露的胸膛。就在她的手碰到他们的一刹那，他们被触及的那一片皮肤，肌肉和骨头立即软得像奶冻一样。两人开始不停地胡乱挥舞着双手，试图摆脱布力加·林的攻击。而这时候，布力加·林却把手掌一点一点地压进了他们的胸腔。在挣扎的过程中，斯雷克还设法扯断了布力加·林的几根头发。鉴于他们正在经历几乎让人意识麻木的极度痛苦，斯雷克的反应还是挺值得称赞的。

然而也不过如此。下一秒，布力加·林的十指一紧，手臂一收，生生地把他们的肺扯了出来，两人双脚一软，轰然倒地。

布力加·林缓缓地转身，一手提着一对滴血的人肺。菲斯蒂瞪眼看着她，嘴巴大张，脸色煞白。随着布力加·林走过来，他吓得身子猛地缩了起来。不过什么也没有发生，他便呆呆地看着布力加·林缓缓经过自己，踩着木楼梯回到甲板上。

回到上面后，布力加·林继续踩着她那从容不迫的步伐，来到船长的休息室。这时雨下得更猛烈了，昏沉的天空烧过一道道闪电，忽明忽暗地把她的身影投射在了门上面。

"灰头船长。"她没有叫喊，声音却如钟声般清脆。

灰头盖维斯把门打开，立马吓得瞪圆了眼睛。只见布力加·林双手一松，把两对人肺扔在了他的跟前。人肺掉落在木板上时发出了潮湿的响声，鲜血立即被倾盆的大雨冲得蔓延开去。

"谢谢你一直以来的收留，不过我和吉莉是时候离开了。"布力加·林告诉他道，"等回到凡斯港，我们就各走各路。在那之前，如果再给我看到任何一个船员靠近吉莉，到那时，他们就不会死得这么痛快。"

她转过身走了几步，又停下来朝肩膀后方看去，半边脸隐藏在兜帽里面。

"你应该感谢我现在明白了你之前在担心吉莉的安全。不然的话，你现在已经在求我杀了你。"

雨下得很大，不过吉莉一点都不在乎。她坐在她最常坐的那根横杆上，闭上眼睛，举起脸对着天空。几年以前，当她第一次出海，第一次在暴风雨中来到横桅索上面时，甚至可以用悲惨来形容。那时她还叫自己吉伦，还打扮成一个男孩。那时候，一个老水手觉得她可怜，就把诀窍告诉了她。他说，不要害怕雨。不要反抗它，觉得自己可以打败它。因为你永远都不可能打败一场风暴。相反，你要学会拥抱它，还有随之而来的所有混乱。于是从那时起，她就一直照着老水手的话来做。强逼自己待在上面，即使在最恶劣的风暴中也不例外。虽然这很不容易，但她却从此学会了一点。她学会了如何拥抱风暴。

吉莉叹了口气，任由雨点拍打着脸庞，然后顺着下巴淌下去。

可是忽然间，她的孤独感被打破了。吉莉感觉到另外一个人的存在。

她睁开眼,发现原来是布力加·林。她还发现,她导师的白袍上有一点血迹,虽然已经被雨水冲淡了许多,但依然能看得见。

"大师?"吉莉猛地坐直腰,仿佛觉得就算这么高的地方,布力加·林也会批评她如此不雅。

"你好啊,吉莉。"布力加·林在她旁边的横桁上坐了下来。

"我从来都没见过你上来这里的,大师。"吉莉说道,"我是说……我都不知道你能不能上来这里。"

"穿着裙子是有点不方便。"她的大师承认道,"不过我之所以从来不上来这里,是因为我不想。说句老实话,我觉得这不是一个淑女该做的事。"

吉莉还想等她继续说,不过布力加·林只是坐在那里,看着雨幕中汹涌的灰色大海,任凭雨水从兜帽的边缘不断滴下。

"我也没见过你在风暴天气还会出来外面啊。"吉莉说道,心中越来越不安起来。"以前你至少会撑着伞啊。"

"你这么了解我,我实在很欣慰。"布力加·林说道,"不过,我之所以来风暴了还上来这里,其实是为了你。"

"为了我?"

"我有一些事要告诉你,一些你不喜欢听的事。所以我就觉得,如果在你最喜欢的地方跟你说,至少会好一点吧。如果可以,我是想等到天气好一点再说,可惜不能等了。"

"好吧……"吉莉说道,胸口被一阵强烈而冰冷的恐惧灌满。布力加·林是不是不想再教她了?可能她还是觉得吉莉读书不够聪明。她大概觉得吉莉已经无药可救了吧。这也就解释了为什么她一直都不愿意教她真正的法术训练。

不过吉莉很快镇定了下来,心里已经做好了最坏的打算。她一定可以承受下来的,就像她接受之前的所有坏事一样。毕竟,人是打不赢风暴的。

"等一回到凡斯港,"布力加·林开始说道,"我们就离开极速闪电号。直到那以前,你不准和任何一个船员说话,也不可以靠近他们任何一个人。明白了没?"

吉莉直愣愣地瞪着她。"不、不,大师。我完全不明白。"

"我知道你喜欢船上的人,不过他们不是你的朋友。"

"呃,可能也不算是真正的朋友啦。不过我们都是哥们呀。"

"不。你们不是。吉莉,他们打算强奸你啊。"

吉莉盯着她的导师看了好一段时间。她知道布力加·林是不会撒谎的,所以肯定是别有原因。"我想是不是可能……误会了。是有一天晚上他们其中一个人喝醉了,然后对我动手动脚的,不过我用刀捅他了。所以事情已经解决了。我们现在都相安无事啦。"

"你以为事情这就算完了?"布力加·林的目光中流露出一点怜悯,仿佛在跟一个天真的小孩说话似的。"他们这么愚蠢这么傲慢,你以为他们能受得了这种挫折?吉莉,我听到他们说话了,就在刚刚。他们在密谋着对你下手。"

"可是……"吉莉不知道为什么听到这一切后会这么伤心。为什么感觉这么像被背叛。她的心里已经乱成了一团麻。

这时,布力加·林伸出手,轻轻地放在吉莉湿透的肩膀上。吉莉意识到,这是她的导师第一次接触自己。"世界上是有好人。但这艘船上面的人并不是。"

"连灰头船长也不是吗?"

布力加·林疲倦地苦笑道:"对我们来说还不够好。"

❧──────❧

红眼一直以为世界上没有哪个地方能像天堂圆环一样对性交、毒品和暴力如此包容。但随着他和维德顿穿过凡斯港灰影区的街道时，他心中不由得升起了一个念头：和这里比起来，他的故乡只不过是在玩过家家一样，业余得不能再业余了。起码在性交和毒品这两个方面确实是这样。在暴力方面，圆环也许还能略胜一筹，每一个街区都能看到暴力的影子。但灰影区的妓院和毒窝简直是随处可见，多得让人瞠目结舌。而且他们还不羞于遮掩自己的生意。每一家店的门口都挂着色彩鲜艳的招牌，有的店甚至还会用上插画来招揽生意。

他看着前面的一张招牌，上面写着"恶果的小天堂"，旁边还画着一幅简单的插画，内容大概是一个女恶魔正把她的尾巴插进了一个男天使的屁眼里。隔壁一家店也是妓院，招牌叫"都喝尿去吧"，插画是一个裸女正蹲着撒尿。再隔壁一家店的招牌则写着"双雄鸡斗"，不知道它是专门给男同性服务的妓院呢，还是斗鸡的赌场，由于这一家没有插画，所以貌似两种情况都有可能。

"这里有那么多店，怎么就没有一家倒闭的？"红眼问维德顿。

"灰影区在帝国是出了名的。只要付得起钱，你想要什么这里都能满足你。"维德顿回答道。

"我肯定天堂圆环也可以。"红眼抗议道。

"嗯，不过复杂的程度不一样。"维德顿说道，"在灰影区，商人们都把自己当成是堕落的贵族。"

"有哪个贵族是堕落的？"红眼问道，"我遇到的那些，他们连性交都不好意思说。"

"当然有了。只是他们在皇宫时不表现出来罢了。来吧，旅馆应该在这边。"

"你以前去过那里？"红眼一边问一边跟上去。

维德顿摇了摇头。"我只是知道它的名气。遗忘往事旅馆在凡斯港是出了名的，那里是走私犯的老巢，它在整个帝国里也是名声在外。至少，在我们这些大半部分海军生涯都在缉拿走私犯的人当中很有名。"

"说回来,你怎么会离开海军的?"红眼问道。

"我没有。"维德顿回道,"是它们抛弃了我。说具体点,是把我抛弃在空虚峭壁等死了,为的就是不让我把贝恩船长的消息——我是说,把希望重创我们舰队的消息传出去。"

"他们干吗要掩盖这个消息?"红眼不解地问道。

"我也不确定,不过我猜是因为他们自尊心作祟吧。海军和生物法师他们都喜欢维持一种无敌的形象。要他们承认自己被打败了,还是被一个女人,而且名字还叫戴尔·贝恩?"他摇摇头,"这种事只有两种结果,要么引起恐慌,要么就是让一些胆大的人起了反叛的心。老百姓有多讨厌他们,他们不至于蠢到连这个都不知道吧。"

"所以你觉得这样会让他们有时间去想怎么应付老百姓啊。"红眼说道。

"你觉得那些有权势的人是通过担心他人对自己的看法才爬到那个位置的吗?"维德顿反问道。

"雷斯顿就很担心这个。"红眼回道。

维德顿觉得好笑。"那你认为这位王子实际上有多少权力呢?"

"问得好。"红眼说道,"不过终有一天他肯定会有实权的。"

"希望如此吧。"维德顿说道,"我们到了。"

在这个每家每户都在想方设法夺人眼球的街区,遗忘往事旅馆相比起来就逊色得多。红眼心想这么臭名昭著的地方大概是没有宣传的必要了吧。

走进去以后,红眼发现里面也不是很特别。按常理来说,现在这里应该已经坐满了人,但这里蔓延着一种异样的气氛,红眼几乎闻到了人们紧张的气息。像风暴前夕。

"让我来。"他告诉维德顿道。

红眼走到酒保跟前,那是一个长得还挺英俊的老头子,双眼依然炯炯有神,仿佛在说开一个酒馆当走私犯的老巢就是他的退休愿望似的。红眼把一只手放到吧台上,手指张开,把每一个指缝间的金币露了出来。

"嘿,老铁。"他故意轻松地说道,"你最近见过一个特别高的女人吗?可能还穿着白色兜帽长袍的?"

酒保垂眼看了看金币,然后又把视线移回红眼脸上,眯眼看着他的烟熏眼镜,仿佛在揣测眼镜下面的眼神的用意。

"可能吧。"

很明显,这个老头并不相信他。在这种地方也正常,有的东西,比如名声,比几个金币重要多了。如果他以为红眼是过来闹事的,那就没戏了。

红眼记得内特尔斯和吉莉也有跟布力加·林他们出海的,也许只要让酒保知道自己认识他们,他就会放下敌意。"她应该和一个小女孩在一起的。大概八岁?"

"十二岁。"维德顿更正道,"吉莉已经十二岁了。"

红眼的眼睛都瞪大了。"那么大了?"

"这么说你们认识吉莉?"老酒保问道,表情友善了许多。

"认识她?"红眼反问道,"她知道的一切都是我教的。"

"才不是。"维德顿反驳道,"航海是我教的。"

"这样的话……"老酒保重新打量了他们一眼,然后耸耸肩。"吉莉的朋友就是我的朋友。她十天前跟那位巫婆夫人坐着极速闪电号出海了。"

"知道她们什么时候回来吗?"红眼问道。

老酒保撇起嘴说道:"之前盖维斯说不会很久,所以应该随时会回来了。"

"那我们要一间房吧,等到他们回来为止。"红眼说道。

"我得告诉你,你们不是唯一一个等他们的人。"老酒保说道。

"噢?怎么说?"红眼问。

"那天有一个人过来了。不过他只问了巫婆夫人的事,没有问吉莉。不过我一点都不信任他。我跟他说我什么都不知道,不过我马上就知道他也根本不信我。自从那天起,他每天都会过来,只是坐在后面,占着位置又不喝酒。"

红眼听完后,心里有一丝不祥的预感。因为就他所了解的,另外要找布力加·林的只有那一群人。"这个人……他有没有什么不一样的地方?比如说穿着什么奇怪的黑皮甲之类的?"

酒保看起来非常惊讶。"是啊。就装成一个文成武僧还是什么似的。"

"去他的。"红眼喃喃骂道,维德顿也皱了皱眉。过了一会儿,红眼才对老酒保说道:"他不是装的。"

"什么,你是说他真的是一个文成?在凡斯港这里?"老酒保问道,脸上更多的是警觉而不是惊讶。"这么说传言是真的咯。"

"什么传言?"红眼继续问道。

"最近大伙儿都在说一件事,说一个文成把皇兵的一整个总部都剁掉了。我之前还以为是瞎扯淡呢。"

"剁掉?是什么意思?"红眼问道。

"我是说他把那里所有的皇兵都干掉了。他有一把什么魔法剑,挥一挥就会发出瘆人的声音,听得人骨头都会发凉。"

"等等,悲歌剑他娘的在他手上?"红眼厉声问道。

"什么东西?"老酒保有点听不懂。

红眼晃了晃脑袋。"算了。我们要一个房间。不过先来几杯黑麦酒。"

在老酒保向杯子里倒麦酒的时候,维德顿悄声地问道:"你真的觉得自己对付得了那帮文成?"

红眼咧嘴笑了,把手放在了手枪上。"你没听说吗,老铁?我可是暗影恶魔。"

对于一个最近才被抹去了所有执法机关的社区来说，灰影区的秩序简直是出奇地整齐。当然，性交、嗑药、醉酒和暴力还是充斥着整个社区，不过一切都进行得十分商业化，没有一点混乱。因为这一切基本上就是灰影区的生意本身。

不过红眼还是能看到一些问题的迹象。比如说街头上的暴力事件比性交更多一些，几家店铺被人破门而入，当然了，还有文成的身影。整个灰影区到处都是文成武僧，还有人在贸易区看到他们的身影。突然间有这么多传说中的人在社区里晃来晃去，让人们觉得很不舒服，尤其是皇兵总部的传言被证实以后。

红眼看着一个文成穿着发亮的黑皮甲，趾高气扬地走进了酒馆。"就像流动的闪电一样"，红眼记起来第一次看见希望时自己就是这么想的。不过眼前这个文成则远远没有那种魅力了。

"红眼。"维德顿拿着酒杯轻声道。

"我看到了。"

已经好几天是这样了。虽然每次过来的不是同一个文成，但都非常年轻，而且一定是一大早就过来，一直坐到晚上酒馆关门为止。还有，不管是谁过来，他都会坐在后面的同一张桌子上，同样都对酒馆的顾客毫不在意，连看都懒得看。他从来不会点什么东西，也不和任何人说话。

至于今天这一个，他的身上散发着一种傲慢，仿佛光是坐在这个声名狼藉的地方就让他觉得恶心。红眼心想希望以前会不会也是这副模样。有可能。不过他们相遇的时候，希望已经在一艘商船上待过好些年了，估计和普通人相处了那么久之后，做派多多少少会有点变化。不过即使是这样，他最开始的时候也觉得她有点孤傲。可是和眼前这个文成比起来，希望那时的傲慢简直是不值一提。要是说老实话的话，红眼真想给他一枪以解心头之痒。而且先发制人是最有效率的策略。在他有所准备之前迅速把他撂倒。等他看向别处的时候给他脑袋来一枪,就这么简单,他们就少一个文成需要担心,而在布力加·林身上的压力也会减少一些。要是放弃这么好的机会,他就是傻子。因为现在的情况就是这样。好机会……

"红眼?"维德顿低声道。

红眼一下子僵住了,这才发现自己的手已经在摸着手枪。暗影恶魔又悄悄地占领了他的思想,而他却一点都没有察觉。

"现在还太早了,不觉得吗?"维德顿静静地说道,"文成那帮人还不知道我们也在找布力加·林。我们得好好利用这一点,让他们措手不及。"

红眼点点头。"你说得对。"

于是他们就这样又坐了一天。其他的酒桌满了空,空了满,客人们从午餐,到下午休息,再到吃晚饭,来来往往,络绎不绝。但红眼、维德顿还有那位文成却连动都没动过。两张桌子暗流涌动,像两颗不定时炸弹一样,一旦有符合布力加·林外貌特征的人走进酒馆就会马上爆发成暴力冲突。

只是事情不会按这样的节奏发生。因为红眼有一个巨大的优势掌握在手中。那个文成只知道布力加·林的外貌描述,但是红眼还认得出她的声音。而且,他实在太熟悉吉莉的声音了,就算不用增强听觉,他也能轻易地在合唱中认出吉莉的声音来。而那天晚上,随着红眼坐在那里,喝着酒馆关门前的最后一杯麦酒,他听到了一个聪明伶俐的声音从酒馆前门外传了过来:

"你看到我刚才是怎么打中它了吗,大师?三十步以外啊,至少!"

"掷得好,吉莉。"是布力加·林的声音,清脆之余略显疲惫。

红眼想也没想就是一扣扳机,文成随着枪声倒在了桌子上,死了。

整个酒馆像被按了暂停键一样,所有人都盯着那个挂掉的文成,然后又把视线挪到了红眼和维德顿身上。

"怎么回——"维德顿张口正要说道。

"走。"

红眼一把抓住维德顿的手臂,拉着他朝门口走去。片刻之后,布力加·林和吉莉走了进来。她们愣愣地看着红眼好一会儿,接着吉莉的脸上绽开了一个灿烂的笑容。

"红眼!是你!"

红眼连忙把她们调转身子,推着她们走出门外。"咱得离开这里。马上!"

布力加·林从肩膀向身后瞟了一眼,马上皱起眉头:"那桌子上的文成是死掉了吗?"

"是的,那就是我们要走的原因。"红眼说道。

随着被红眼推回大街上,布力加·林不解地看着红眼问道:"红眼,很高兴见到你,不过到底发生什么事了?"

"长话短说,生物法师让文成来追杀你。他们肯定已经查到了你在哪里住,因为他们派了一个人在那个酒馆伏击你。他已经被我干掉了,不过附近肯定还有更多。"

她惊讶得瞪直了眼睛:"文成?和生物法师联手了?"

"我知道听上去很疯狂,不过我晚点再跟你解释。"红眼说道,"现在我们得去别的地方。随便哪里都行。"

"去我的船上。"维德顿说道,"东南岸船坞,四十二号码头。走吧。"

说完,四人便开始赶路。这时吉莉把头扭回来看着维德顿。"船长?你现在和红眼一起了?"

维德顿笑了笑。"亚米让我去哪里我就去哪里。"

"她怎样了?"布力加·林问道。

"不肯说。你也了解她的为人。"维德顿说道。

布力加·林点点头。"嗯。现在更清楚了。"

四人正要转到一条小巷里面，布力加·林却猛地停下了脚步。"不是这边。"

"可这里是——"维德顿还没说完就被打断了。

"相信我。"布力加·林说道。

维德顿似乎马上看懂了布力加·林的眼神，点头道："那就走别的路线。"

于是他们又回到大街，继续赶路。就在这时，红眼看到在刚才那条小巷的屋顶上有几个黑色的身影。

"是文成武僧！他们发现咱了！"红眼喊道。

听到红眼的话之后，四人跑得更快了。红眼借着余光，看到屋顶上有跟过的黑色身影在追赶他们。

"他们肯定是埋伏在那条小巷里了。"他说道，"你是怎么知道的？"

"我跟亚米……学了点技能。"布力加·林边跑边说道。

红眼觉得那是一件既可怕又让人赞叹不已的事。不过最重要的是，他明白了他刚刚可能因此而得救了。一两个文成对他来说不是问题，但所有人一起伏击他就不一样了。红眼和他的三个朋友继续拼命地跑，绕过一个个集市，超过一辆辆货车，推开一个个行人，但红眼还是看到更多的黑色身影出现在屋顶上，而且越来越近。

红眼不喜欢在这么多人的地方火拼，但似乎也没有选择的余地了。他抽出一把手枪，朝最近的一个文成开了一枪。谢天谢地，那个人并没有把子弹挡开，但他立即躲在了屋顶上的凸露后面，轻松地避过了子弹。红眼希望他只是运气好才躲了过去，但连续打偏了好几发子弹后，他不得不承认那些文成身手实在敏捷，而且障碍物也太多了，想打中一个人实在很难。

"我们来不及去船上了。"红眼说道，在人堆中挤了过去。由于枪声的关系,现在街上已经开始陷入了恐慌。"我们得改变策略。"

"比如停下来把他们都杀掉?"布力加·林提议道。

"我喜欢你的想法,哥们儿。不过为了发挥我最大的作用,我需要一个空旷的地方,这样我就能打中他们。"

"我知道一个地方。"布力加·林说道,"跟我来。"

14

希望低头盯着她的新义肢。坏掉的钳子已经用三根内弯的爪子代替了,爪子的尖头在顶端汇合成一个点。连着跟腱的铁线被调整成用来控制爪子了,所以虽然现在不能像以前那样旋转义肢,但每一根爪子都可以单独控制。

她试着开合爪子,听到它们发出了微弱而奇怪的"咔哒咔哒"的声音。

"我已经调整过你义肢的机制了,现在它和你之前用来控制真手的肌肉差不多重合了。"阿拉斯说道。他们在锻铁炉的隔壁房间,围坐在一张巨大的工作台边。虽然和锻铁炉之间有一墙相隔,但热气还是从房间的厚皮门帘外透了进来。"不过你应该还是需要一点时间来适应。"

"好轻啊。"希望说道,上下掂量着新手。

"那些爪子不是纯金属做的。"阿拉斯说道,"它外面是金属,但里面是鲸骨,硬度依然非常高,而且比金属轻多了。"

"金属还有骨头？"尤特尔问道，一边撑高身子趴过去看，眼睛都瞪大了。他终于恢复了以前那活泼激动的样子了，面对阿拉斯也不再腼腆。相反，当他看到阿拉斯认真地为新义肢设计草图，然后又和铁匠加勒特把设计变成真手之后，他对阿拉斯的态度渐渐变成了敬畏。

"你不能用它来挡子弹。"阿拉斯告诉希望，"不过用来挡几下剑还是没问题的。"

"你做得很出色。"希望说道，"我欠了你一个大人情。我向你保证，我会带你回到瓦尔塔继续研究的。送完你之后，我和尤特尔再回盖尔默尔。"

阿拉斯听到之后相当意外。"为什么？"

"什么意思？"希望有点不安地问道。

"我是在躲着布力加·林，不过那是因为她的意思多多少少是让我离远点儿。不过你既然都来了，至少要去看一下她吧。还有吉莉啊。当初你离开……我觉得她们是最受打击的。"

阿拉斯的眼神里突然充满了悲伤，希望发现自己根本无法直视，只好又垂下眼睛检查着新义肢。

就在这时，希望仿佛被闪电击中似的，整个身体猛地一颤。她一直都要求自己不能逃避可怕的事，就算人生再糟糕，她都要求自己亲眼见证。这可能已经成为了让她自觉骄傲的事情了。可是现在，她却无法直面阿拉斯的目光。

"我确实一直在逃避这件事。"希望静静地承认道，"还有她们。我就是不能……"她的声音越来越小，最终把话哽咽了下去。即便过了这么长时间，她还是无法用言语表达心中复杂的情感。愧疚，悔恨，羞耻，厌恶，困惑，难堪……

阿拉斯握住了希望的新手，在她眼前举了起来。他的手经过长期的劳动和日光照耀，已经变得黝黑而强壮。但他的声音依然还是很温柔。

"她们不在乎你是人王之王戴尔·贝恩,还是亡命文成暗淡·希望,还是其他什么身份。她们就是想念你了。"

这一次,希望命令自己接过阿拉斯的目光。她发现他在笑。而且不知怎地,他的笑容渐渐地穿过空间,印到了她的脸上。

这时,铁匠加勒特的脑袋从皮门帘后冒了出来。他的脸和光秃的脑壳都热得红通通的,还冒着汗珠。不管从哪个角度看,他就是一副典型铁匠的模样,不过他是希望见过的最阳光的铁匠。

"嗨,老伙计。"他对阿拉斯说道,"外面有人想见你。"

"谁?"阿拉斯问道。

"就是你那个海盗朋友。"加勒特回道。

阿拉斯快速瞟了一眼希望。"海盗朋友?"

加勒特耸耸肩。"反正我记得以前见过他咯。你要我去叫他滚吗?"

阿拉斯摇摇头。"不用了。我去看看是谁。"说完他露出一个绝望的表情,苦笑道:"没想到现在已经不能光靠'海盗朋友'这样的描述来认出是我的哪个熟人了。"然后他又对希望说:"我很快回来。"

说完,阿拉斯站起来跟着加勒特走到了铁匠铺子里。

"你觉得——"尤特尔刚要问,希望就举起手示意他不要说话,安静听。

她听到了阿拉斯的声音,有点不爽又有点好奇地说道:"是你啊,盖维斯。"

"感谢苍天你还在这里啊,老兄。"外头传来了灰头盖维斯的声音,希望从来没听过他如此绝望。

"呃,其实我是几天前刚回来的。"阿拉斯一板一眼地纠正道,"怎么了?"

"我知道咱俩处得不好,不过我希望你能暂时把成见放到一边。因为咱们的女人摊上大事了,而且还没有人愿意帮她啊!"

希望一下子就跑到了门帘外，其速度之快，肯定是在无意识的情况下压缩了时间，因为阿拉斯、盖维斯和加勒特看到她时都吓了一跳，仿佛她是不知道从哪里突然冒出来似的。

"布力加·林有危险了？"她严正地问道。

看到希望后，盖维斯宽阔的脸瞬间放松了下来。"船长？你回来了？这样她这次应该能逃过一劫了！"

"她在哪里？"希望的爪子急切地开合着，"还有，是谁要害她？"

斯蒂芬心想，如果说凡斯港的灰影区是堕落和享乐主义的漩涡，那么幻梦广场一定就是漩涡的中心。在广场边缘的外面就是灰影区最大型、数量最多的妓院和毒窝，更别提还有各种各样的店铺卖着各色各样的奇怪商品，比如什么"稀有动物货品"，"进口机械设备"等等。不过广场本身却维持着一种异样的宁静。

那里空间十分开阔，地上铺满鹅卵石，间以一圈圈的绿色草地。广场中心有一座雕像，雕的应该就是那个叫富尔顿·布拉斯的男人了，正是他在一百年以前构建了这个灰色区域，还让它合法化。如果说灰影区的人有什么信条的话，布拉斯就是那种信条的始作俑者。在斯蒂芬的想象中，这个人应该长得膀大腰圆，肥头圆脑，有一双锐利的小眼睛，脸上的笑容不怀好意。然而雕塑所刻画的却是一个优雅的形象，外貌特征几乎可以用精致来形容，一头长长的卷发，整座石像如一座小山屹立在一块更大的石墩上，散发出一种睿智而富有梦想的气质。雕塑上，很多小孩正兴高采烈地爬上爬下，而在附近的长椅上则坐着各色人群，有的在喝酒，有的在玩石子游戏，有的单纯地在聊天，还有一些画家则在画架上作画。而在雕塑的另一边，一个街头艺人正用小提琴拉着一首轻盈伤感的歌曲。总的来说，广场上大概有差不多五十个人，而在人群的正中间的，正是那个女生物法师。

这时，以莱克洛克大宗师为首的文成武僧团已经在附近的一家屋顶上会合，众人在远远地审视着目前的形势。只见布力加·林悠闲地坐在一张长椅上，在她旁边的是一个穿着精致打扮的男人，看上去像是斯通匹克的贵族，但他的枪法却是斯蒂芬见过最厉害的。

"大宗师，戴黑眼镜那个人的枪法似乎异于常人。"玛尔武说道。

"就是他杀了法拉奇。"海克特里冷酷地说道。

大宗师点了点头。"这个人是生物法师委员会训练出来的刺客。我最近从阿蒙·塞特那里得到消息，他已经叛变了。"

"你……派法拉奇过去的时候已经知道了？"海克特里问道。

"当然。"莱克洛克回道，目光仍旧锁定在广场下的猎物身上。

海克特里没再说什么，但斯蒂芬看到他朋友的脸色十分纠结，大概是意识到了他们的大宗师竟然如此麻木地就抛弃了他们兄弟的性命。

"另外两个人又是谁？"拉文托问道，"那个老男人还有那个女孩？"

"不知道。"莱克洛克说道，"不过看起来都构不成什么威胁。"

"您觉得他们为什么要挑在广场中心这里？"斯蒂芬问。

"显然是因为这样我们就不能直接从屋顶上攻击了。"莱克洛克说道，开始对接二连三的提问感到不耐烦。"因为这样那个刺客就能轻松击中我们，而且这样那个女生物法师也能在我们攻击之前看到我们的行动。首要目标还是女生物法师。她能远距离施法，所以你们要一直保持在她的视线范围之外，直到我拿下她的狗命。在此之前，你们必须控制好广场，不能放任何人出去。"

"连那个老男人和女孩都不行？"玛尔武问道。

"所有人。"莱克洛克厉声道，"我们无法知道那个女人有没有对这些人施法，或者是否已经控制了他们。"

"如果那些无辜的人要出去呢？"斯蒂芬问道。

"杀了他们！当然是！"莱克洛克怒吼道。

"可是大宗师！"海克特里瞪大了眼睛，"你不会是——"

悲歌剑闪电般地从剑鞘里飞出，发出瘆人的嗡鸣，把海克特里的头整齐地从脖子上切了下来。海克特里的尸体倒在了屋顶上，他的头则从边缘掉了下去，落在下面的鹅卵石路上，发出了让人恶心的碎裂声。十秒之后，终于有人发现了那颗头颅，发出了撕心裂肺的尖叫。

莱克洛克怒瞪着眼睛扫视一遍剩下的文成。

"还有谁反对？还是说你们已经准备好完成使命了？"

斯蒂芬愣愣地盯着这个他叫了好几年的大宗师。他盯着悲歌剑，剑刃还淌着他战友的鲜血。不，对斯蒂芬来说，海克特里不仅仅是一个战友。随着他继续盯着他的挚爱的鲜血，听着楼下的人因绊到他挚爱的头颅而慌乱尖叫，斯蒂芬感到内心深处有什么重要的东西遗失了，而他已经不知道自己是否还能把它找回来。

吉莉挨着红眼坐在长椅边上，盯着幻梦广场外围屋顶上聚集起来的文成武僧。

"他们干吗还不攻击我们？"她问道。

"因为他们不笨。"红眼说道，"在这么开阔的空间，我和布力加·林都处于优势。只要我们在对方靠近之前把他们一个个干掉，战斗就结束了。我有十二发子弹，而对方只有十五个人。"他对坐在另一边的布力加·林咧嘴一笑，继续说道："我觉得你干掉剩下的三个绝对没问题的。"

布力加·林冷酷地回了红眼一眼。"总比你打偏了强。"

红眼摆出一副伤心的样子。"打偏了？我哦？"

"你来这里的路上确实是打偏了几发。"坐在后面的维德顿指出，这位老海军当然不会像个没事人一样坐在对峙的双方之间。

"那是因为他们当时有掩护啊，老铁。"红眼轻描淡写地说道，"现在，他们再也躲不掉我的子弹了。"

上面的文成似乎起了什么争执，突然间，其中一个人拔剑把另一人的脑袋削了下来。吉莉看着那颗头颅从屋顶上"啪"地一声掉在了街上，心里十分惊讶。

"他刚才是不是……"

"正是这样，老伙计。"红眼说道。

过了一会儿，一个穿着长袍的年轻女人匆匆走过，等她看到那颗头颅的时候，整个人吓得尖叫了起来。她惊恐地四处张望，发现眼前没有危险之后，又匆匆地走了。类似这样的情况接下来发生了一遍又一遍。吉莉发现，灰影区里的所有人几乎都是同样的反应，这让她觉得很有意思。不管是老人，小孩，商人，毒贩子还是妓女，所有人看到那颗头的时候都表现得非常震惊，但却没有一个人报警。没有人选择进一步了解状况。一旦他们确定了这件事对自己没有直接的危险，他们就认定那跟他们毫不相干，然后继续该干吗干吗。

"他们行动了。"红眼说道。

吉莉把注意力从发现头颅的路人身上拉回到屋顶上的文成武僧那里。只见他们开始在屋顶上散开，直到把整个广场都包围起来。

"他们不打算突袭我们了？"吉莉问道。

"至少不会凑在一起攻击咱了。"维德顿说道，"同时从不同方向攻击确实更加合理。他们没有枪，所以不用担心会误伤自己人。"

然后，所有的文成都从屋顶上跳了下来。

"准备了。"红眼简练地说了一句，站起身拔出手枪。

然而他们却没有攻击他们，而是迅速地躲到了街市摊位、小巷以及门栏后面。

"他们在玩什么把戏……"维德顿喃喃道。

吉莉扫视了一遍广场,发现有一个文成正在向他们走来。他很矮,但肩膀很宽,正是砍了别人的头的那个文成。吉莉发现他手里握着的剑十分眼熟。

"快看!"她喊道。

红眼转过身,顺着吉莉指的方向看了过去,脸上马上变得十分难看。"是莱克洛克。"

"那把是不是悲歌剑?"布力加·林问道,语气里突然充满了担忧。

"似乎是。"红眼冷冷地说道。

"操。"布力加·林骂道。这是吉莉第一次听到她骂脏话。"我就知道我们不应该把剑就那么留在黎明曙光。"

"那时候这样做是正确的。"维德顿淡淡地说道。

布力加·林只是冷哼了一声。

"那把剑对你有影响吗?"红眼道。

"生物魔法对使用那把剑的人完全无效。"

"连你的也不行?"

"连我的也不行。"

"我操。"

"就是。"

"看来只能靠我来干掉他们的首领了。"红眼一边说,一边把枪栓拉上。"放心,我会让你多干掉一些小喽啰,这样就平衡点儿了吧。"

说完,他对准莱克洛克就是一枪。

然而,大宗师却把子弹挡了下来。

"噢,对了。还有这一招……"红眼喃喃道。

这时,广场上的人终于被枪声惊吓到了,开始纷纷四散而逃。而莱克洛克则继续慢慢地靠近他们,视线一直没有离开布力加·林的身上。只要有谁挡了他的去路,莱克洛克就毫不犹豫地把他干掉,被杀死的人也只能自认倒霉了。

"他总不能全挡掉吧？"红眼说道，"对吗？"

说完，他又连续开了几枪。这一次，莱克洛克不仅是单纯把子弹挡下，还把它们打到附近的人群里面。刹那间便有好几个人或是惨叫，或是倒在鹅卵石街上。

"维德顿，带吉莉走。"布力加·林说道，"晚点儿再跟你们会合。"

维德顿点点头，抓起吉莉的手臂就走。

"等一下！"吉莉反抗道，但维德顿丝毫不退让，直接拉着吉莉朝最近的巷口走去。而布力加·林和红眼则做好准备迎击莱克洛克。

"你觉得自己已经能和那个对抗了吗？"维德顿厉声道，一路拉着吉莉离开。"布力加·林想你活命，这就是我现在在做的。好了，走吧。咱要走到他们的视线之外，这样她就不会因为你而分心了。"

他说得对。以敌人的实力来看，吉莉更多只会成为拖累，根本就帮不上忙。吉莉任由自己被拉着向小巷走去，心里不停咒骂自己怎么会如此没用。走了一段路后，他们和其他惊慌失措的路人会合了，大家都在慌忙躲避着那些乱飞的子弹和那把挥舞的利剑。

突然，一个年轻的文成武僧不知道从哪里冒了出来，挡住了大家的去路。只见他紧握着长剑，一副不容退让的模样。但是他的眼睛却红得肿胀，似乎是刚哭完不久。

"谁也不能离开。"他扯着嘶哑的嗓子说道。

刹那间，吉莉之前因自己的无能而产生的愤怒和沮丧全部都转移到了这个愚蠢的文成武僧身上。她甚至连想都没想，就抓起匕首刺向了他。

文成武僧干净利落地用剑挡开了吉莉的突击，然后用另一只手抓住了她的手腕，用力一扯，把吉莉拉了一个踉跄。接着，他对准吉莉的双腿用力一扫，吉莉便重重地摔倒在地，匕首也脱离了掌握，飞了出去。

文成武僧用剑尖指着吉莉的喉咙，动作几乎有点温柔。"求你了。别逼我杀你。"

吉莉紧闭双眼,一阵难以形容的羞耻在胸口沸腾,眼泪再也止不住地顺着脸颊流了下去。她实在太没用了。

"好了,我们知道了。"维德顿说道,"让她起来,我保证不会让她再惹什么麻烦的。"

吉莉感到剑尖离开了喉咙。她睁开眼,看到维德顿正向她伸出了手。

"太鲁莽了。"维德顿一边把吉莉拉起来一边说道。

吉莉点了点头,把泪水擦干后便回头看着广场。只见红眼和布力加·林正对抗着莱克洛克一个人。其他文成则负责防止所有人离开广场。吉莉定睛细看,发现他们应该还杀了几个想逃出去的人。不过除此之外,所有的文成都没有去帮助他们的大宗师的意思。

莱克洛克的大部分注意力都在布力加·林身上。显然,由于拥有了悲歌剑,现在只有他才能与布力加·林匹敌,所以只有先把她铲除掉,其他文成才能加入战斗。不过虽然布力加·林无法直接攻击,但她也不是毫无防备。既然生物魔法对莱克洛克无效,她就把法术用在了自己身上。只见她双手轻轻一挥,双臂立即变得如钢铁般坚硬,在莱克洛克攻击的一刹那,她直接举起手臂挡下了他疾风般的猛砍。一轮防御之后,她抓住空隙又还了几招,仿佛手臂就是她的利刃一般。不过论剑术,她根本不是文成武僧的对手。

然而,当听到悲歌剑因为别人而不是希望而发出嗡鸣时,吉莉心里总觉得哪里不对劲。也许是她自己的幻想,她觉得悲歌剑的音调更黑暗、更冰冷了。莱克洛克的每一次攻击都异常凶狠,几乎可以说是毫无人性。虽然他身材粗犷,但他的动作却如灵兽般迅捷。如果没有红眼,吉莉肯定布力加·林早就被杀死了。

不过幸好有红眼在,只见他不断地击发手枪干扰大宗师的行动,直到打光了所有子弹,又抽出飞刀继续阻挠。吉莉不知道红眼在斯通匹克到底发生了什么,只觉他的动作像变了一个人一样。他以前那种的表现欲消失不见了,取而代之的是冷酷而精准的高效攻击,光是看着都让吉莉感到可怕。那个文成虽然把红眼的所有攻击都挡下来了,但每次他不得不去防御的时候,布力加·林都有了一丝喘息的空间。

不幸的是,红眼的飞刀很快也用完了,于是他只好抓起最后两把飞刀,不得已加入了近身战。只见三个身影你来我往,兵刃相接。文成武僧在两人之间,黑色的皮甲随着他不断回旋攻击而发出油亮的光芒。布力加·林则刚好相反,每每摆手,白色的长袍都随着动作舞动飘扬。而红眼则穿着整洁的灰色礼服,与布力加·林左右各自一边对莱克洛克发起攻击。虽然两人协力抗击都没占着什么便宜,但也没有处于下风。至少,暂时还没有。

终于,布力加·林的防御被莱克洛克突破了。只见她的白色衣袖上突然出现了一道长长的鲜红口子,紧接着,受伤的手臂便垂了下来。布力加·林表情十分痛苦,开始节节后退。这时,红眼站了出来,顶在了布力加·林的身前。这大胆的行为虽然吸引了莱克洛克的注意力,但也让他的防御暴露了。莱克洛克举起剑用力一挥,用之前那个文成对付吉莉时使用的招式向红眼发起猛击。红眼立即往后一缩身体,及时躲过了悲歌剑的利刃。但让他没想到的是,这一击过后,莱克洛克并没有收起手臂,而是顺着力道继续挥动宝剑,握剑的拳头在空中画出了漂亮的弧线,突破红眼的防御,重重地打在了红眼的面门上。

红眼被打得往后踉跄了几步,立即眼冒金星,鼻血直流。可是,莱克洛克并没有乘胜追击,只见他立即转回身,重新对愈加衰弱的布力加·林发起进攻。虽然布力加·林已经趁着空当治愈了伤口,但身体还是由于失血过多而变得虚弱。

"他们坚持不了多久了。"维德顿静静地说道。

吉莉抬头看了他一眼,虽然很想反驳,但心里明白他说的是对的。

于是她只好紧闭双唇，把目光移回对决上面。就在这时，她的余光捕捉到广场另一边的屋顶上似乎有动静。定睛一看，发现前一秒什么都没有的屋顶上，现在却站着一个身影，正低头看着幻梦广场上的战斗。

吉莉笑了。"我觉得他们不需要再撑了。"

屋顶上的身影不是穿着黑皮甲的文成武僧，也不是穿着华丽大衣的船长，但那个人毫无疑问就是希望。只见她穿着一件朴素的黑色长袍，正好跟生物法师的打扮相反，兜帽往后放下，金色的头发在晚霞中闪闪发光。虽然看起来她似乎没有任何武器，但她脸上的表情却是吉莉见过最让人惧怕的。

"莱克洛克！"她对着下面怒吼道。

莱克洛克整个人顿时僵住了，布力加·林和红眼趁机退到了安全的距离以外。只见莱克洛克猛地一甩悲歌剑，把剑刃上残留的布力加·林手臂的鲜血甩到了鹅卵石路上。

"希望。"他一字一句地吐了出来，仿佛这个名字是一个诅咒似的。

"你玷污了文成武僧团的荣誉！不出河洛所料，你的恶行天理难容！"希望的声音响彻整个广场。"虽然我不是一个真正的文成，但你的所作所为实在令人发指，现在我不得不阻止你了。"

"终于啊！"莱克洛克展开双臂，像是要拥抱希望一样。"下来和我决斗！你这个亵渎的农村婊子。带领文成武僧团走向崭新的荣耀之路是我的使命。你的同伙今天是必死无疑，现在挡住我去路的就只剩下你了！放马过来吧！让我看到你至少值得荣誉地去死！"

15

希望从屋顶上纵身一跃,黑色的长袍便在空中翩翩起舞。她降落在了文成武僧团的现任大宗师的跟前,抬头看时,无辜的路人已经恐惧万分地在广场的边缘聚集了起来,被文成武僧阻止离开。希望一开始不明白为什么人们要被囚禁起来,直到她看见远处的吉莉和维德顿。想必莱克洛克是不想让所有跟布力加·林有关的人逃跑吧。

此时,布力加·林已经因伤势而十分虚弱,但还算没有大碍。不过让希望没想到的是,红眼竟然也在这里。当她看到他时,她一时间就僵住了,不得不把红眼暂时从自己的脑海中推出去才反应过来。她快速地看了他一眼,确认他没有受到致命伤后,才把注意力完全放回了莱克洛克身上。

刹那间,过去被莱克洛克虐打的记忆又清晰地浮现在希望的眼前。那时她只是一个小女孩。多少个晚上,她都被噩梦与恐怖的记忆纠缠,醒来后已是冷汗满身。

但更让她感到意外的是,即使回忆如此不堪,现在也已经不会再让她感到恐惧。虽然当初被虐打的时候确实很痛苦,但也正是因为如此,她才会迈出成为战士的第一步。比起被虐打时的痛苦,让她更铭记在心的是当时河洛对她的教导。他教导她不要成为痛苦的受害者,而是通过痛苦让自己变得更好。这是河洛教她的最重要的一课，同时也让她终于从痛苦中解脱出来。而她确实也变得更好了。每一次，当她面对新的挑战时，她都命令自己不能退缩，也不能逃避。而现在，她已经成长了。她不会再害怕眼前这个男人。

当然，她也会感到困惑。自从她离开黎明曙光的战场、舍弃了悲歌剑以后，这种困惑就一直存在。不过她从来都没想过把心中的困惑排挤出去。相反，希望把它当成了一种警示，用来时刻提醒自己不能再像冒充戴尔·贝恩那时一样，让自我被自负吞噬。而现在，她心中的困惑在告诉她，她能战胜莱克洛克的可能性非常低。毕竟，莱克洛克手中握着的是悲歌剑，而她却是赤手空拳。可是，她淡定地接受了这个事实，心中没有一丝恐惧。她会找到一个更好的方法去战胜他。如果不行，那就让她在努力的过程中牺牲吧，正如河洛所说的那样。

于是，希望就这么稳稳地站在莱克洛克的面前，独自一人，手中无剑，脸上只有微微的笑容。

希望的笑容似乎激怒了莱克洛克。只见他那宽厚的肩膀不断地上下起伏着。"我要杀了你，亵渎者！"

"你可以试试。"希望回道。

莱克洛克的进攻只能用剽悍来形容，招招致命。只要被砍中一下，尤其还是悲歌剑，希望就会马上毙命。他的动作迅猛异常，就算希望用了压缩时间的能力也未必能躲过他的攻击。

不过随着莱克洛克挥舞着宝剑，出乎她意料的事情发生了。当悲歌剑低吟着它独有的夺命曲斩向希望的时候，她竟然听懂了这首悲歌。

也许是因为在她曾经拥有这把剑的岁月里，她已经习惯自己的神经系统和它直接融为了一体，这首歌已不仅在她耳旁鸣起，更是融入了她的每一个细胞里面。以前那种刺痛又爬上了她的前臂。希望发现，这首悲歌不仅告诉她剑刃在哪里，还告诉她它即将会斩向哪里，仿佛在提醒她一样。

因此，她轻松而优雅地躲过了莱克洛克的斩击。

莱克洛克当场愣住了，剑停在空中，似乎不能理解自己怎么会打偏了这么一个手无寸铁的目标。这时，附近有好几个文成都惊讶地吸了一口气。当莱克洛克听到众人的惊叹声后，他愤怒地把眼睛拧成了一条细缝。这时，两人之间的决斗正式开始了。

莱克洛克确实是一个强大到令人生畏的对手。即使有悲歌剑不时地低声提醒希望，要躲开莱克洛克的攻击还是相当勉强。说句老实话，希望着实有点被莱克洛克那精确无比又残忍至极的攻击方式震慑到了。没有一个动作是多余的。每一次攻击都对准要害。他如飓风般地挥舞着剑刃，密集的攻击有如雨点，不断向希望袭去。而希望或是后仰，或是侧身，有时弯腰，有时起跳，不断躲避着莱克洛克的剑刃，被他逼得节节后退。

然而，当希望还是八岁的时候，莱克洛克就已经是一个成年男人了。虽然不知道他现在具体几岁，但希望看出来他的体力已经大不如前了。不过莱克洛克似乎没察觉到这一点，依然用尽全力发起进攻。虽然他把希望逼得在广场上连连后退，但他的动作却越来越慢了。很快，莱克洛克已是满脸通红，大汗淋漓，而且他的攻击不仅更慢了，而且变得有点拖沓。希望等的就是这一刻。

此时，宝剑正画过一条长长的弧线，再一次向希望劈来。希望一直等到剑刃靠得非常近的时候，立即发动了压缩时间的能力。就在那一瞬间，她向后退了一步，避开了剑刃攻击的范围，同时向前伸出新的金属手，用那三根爪子捏住了悲歌剑的剑尖，然后轻轻地往剑来势的反方向轻轻一推，抵消了它向前的动力。

接着，时间流动又恢复了正常，宝剑的嗡鸣停止了。希望站在那里，捏着悲歌剑的剑尖，凝视着莱克洛克的眼睛。

莱克洛克瞪眼看着这把史上最强大的宝剑，满脸一副又被背叛了的表情。也许他怀疑的没有错。又或许其实是他背叛了悲歌剑。

希望握着剑尖，趁着这一点空隙提身就是一招回旋踢，折断了莱克洛克的前臂。

接着，她松开手，就在宝剑跌落地面的一刹那，莱克洛克抽出另一只手抓住了它的剑柄。

"对付你还用不了我两只手，臭婊子！"莱克洛克厉声喝道，重新对希望发起攻势。然而，他的动作却因为暴怒而失去了平衡，精准度已远不如前。现在，他的攻击已是漏洞百出。

希望冷静地一一避开莱克洛克的斩击，心里已感受到他的武艺在不断退化。紧接着，她再一次抓住了剑刃，用同样的方式把他的另一只手也踢断了。

这一次，莱克洛克再也无法抓住悲歌剑了，宝剑"哐当"一声，掉在了鹅卵石路上。莱克洛克愣愣地站在希望面前，双手毫无生气地垂在两侧。他歇斯底里地发出愤怒的咆哮，脸部的肌肉扭曲得已经不再像一个人。

她可以杀了他。只要撕破他的喉咙，他的气管就会被扯断，尤其是用爪子的话。不过杀戮已经不再是她的信条了。相反，她提脚把莱克洛克扫翻在地。从清脆的碎裂声来看，他的一只脚踝大概是被踢断了。

莱克洛克躺在地上，嚎叫声中充满了痛苦、愤怒和耻辱。接着，他像一只海豹一样翻过身，怒视着其他的文成。到了这时，所有的文成已经离开了自己的岗位，任由人们从广场上逃离。他们在广场上聚在了一起，看着已经结束的战斗。

"你们还在等什么！"莱克洛克尖叫道，"快杀了她！"

只有守着吉莉和维德顿的那个文成没有上前。可能他知道自己守着的人是布力加·林的朋友。他甚至可能知道他们是希望的朋友。只见他把手放在了剑柄上。希望清楚，就算她压缩了时间，她也没办法在他对吉莉下手之前赶过去阻止，尤其是她面前还有那么多文成挡住去路。不过这不等于她就要放弃尝试。

就在这时，那位年轻的文成说道："这是两位荣誉战士之间的荣耀对决。如果我们插手就会玷污你的荣誉，以及我们自己的荣誉。这比你给武僧团带来的耻辱更加难以忍受。"他紧紧地握着剑柄，似乎随时准备拔剑。"不过如果你选择死亡，而不是被你的死敌打败后继续苟且，我会很乐意满足你的心愿。"

年轻的文成继续抓着剑柄，等待着回答。

"叛徒……"莱克洛克呻吟着，"背信弃义的家伙……是你们毁了武僧团！"

希望缓缓地向那位年轻的文成走过去。所有的文成不安地向两边让出了一条路，像犯了错的学生一样，所有人都不敢接过希望的目光。

等希望来到说话的那位文成跟前，她轻轻地把手放在他握剑的手臂上。

"你叫什么名字，年轻的兄弟？"

"斯蒂芬。"他回答道，眼神警惕。

"斯蒂芬，不管戒律上是怎么说的，但我的经历告诉我，所有无谓的死亡都没有任何荣誉可言。"

"虽然你的话让我很困惑，但你说的没错。"他生硬地说道，同时把手从剑柄上松了开来。

希望温柔地对他笑了笑。她以前说话也是这么生硬的吗？应该是吧。她又看了看其余的文成。这些懵懂青涩、缺乏经验、茫然不安的年轻战士，虽然他们外表坚毅、训练有素，但他们现在显然需要一些安慰。他们一定都在为大宗师的所作所为而感到羞耻。

"我不认为你们毁了武僧团。"希望对他们说道，"也许，你们也会和我一样,找到新的道路。"她张手示意着不远处躺着的尸体。"这一切确实玷污了文成的荣誉,但这条路会让你们挽回文成名声。"

"哎哟妈呀。你什么时候变得那么会讲话了?"

听到这个声音后,希望心里猛地一紧。虽然已经一年没有听过了,但她依然马上认了出来。这是一个让她深切思念,同时又感到彻骨的恐惧的声音。

希望转过身,看到声音的主人就站在自己的面前。他穿着贵族的衬衣夹克,头发更长了,姿态也更加谨慎。他的鼻子有点肿,大概是骨折了。但只有那双火红的双眼,还有那狡黠的笑容,她绝对不会认错。

是红眼。

真的是红眼吗?普洛格·伯恩说过他已经被改造了。而且她深知生物法师不会说谎,这让她更加痛苦了。布力加·林曾经解释过。他们不是不能说谎,而是说谎话和违背誓言会削弱他们掌控生命的力量。生物法师只有一点永远不会变,那就是他们决不会放弃力量。

所以她眼前的到底是谁?是她过去一年里朝思暮想的那个人,还是披了他外衣的生物法师的走狗恶魔?

红眼心里却毫无疑问。那就是希望。

上一次见她已经是一年前了。红眼记得当时自己看着她和布力加·林跌跌撞撞地离开了皇宫,那真的是不堪回首的一夜。和那时相比,她变了好多。她身上穿着的不再是黑皮甲,而是一件黑色的兜帽长袍。她的断手处装上了某种奇妙的机械装置,十有八九是阿拉斯做的。而且,她那双深蓝色的眼睛也有点不一样了。当然,它们还是那么深邃而不可测,但它们没有以前那么冷酷了。相反,它们散发着一种宽容,有一种只有经历过各种痛苦才会产生的同情感。红眼一想到她经历了那么多,心里就一阵酸痛。更要命的是，他竟然没有陪在她的身边。

尽管有那么多不一样的地方，但她还是她，红眼也还是一看到她就情不自禁地向她傻笑。

可是她却没有回以笑容。相反，她用那双蓝眼睛凝视着红眼，金色的头发在微风中飘扬。她看上去很担忧。甚至有点害怕。

"希望……是我啊。"红眼支吾地说道。这样说蠢极了。他还能是谁？

可是希望却反问了一句："是吗？"

"什么意思？必须是啊！"红眼向希望走进了一步，但看到希望僵住了之后，他停了下来。

这时，布力加·林说话了。"普洛格·伯恩告诉我们你被……改变了。他说你不再是我们认识的那个人。"说话时，她的手已经摆好了姿势，大概随时准备好了将红眼弄个稀巴烂，这对她来说也只是一扭手腕的事。

红眼无助地来回看着两位女士。这完全不是他所期待的重逢。可恶的普洛格·伯恩，人都死了，还要搞事情。

"你们两个在这瞎扯什么。"这时，吉莉走了过来，保护性地站在红眼旁边。"他就是那个红眼。永远都是。他刚才还和布力加·林并肩作战。要我说，他刚才还救了她一命。"

"吉莉，你也知道生物法师不会说谎的。"布力加·林说道，"有可能这个红眼只是为了博取我们的信任，方便以后执行任务把我们杀掉。"她的目光又回到红眼身上。"可能连他自己也没意识到自己已经被控制了。以普洛格·伯恩的能力，这种让人心神分离的伎俩并不难做到。"

红眼之前还想着把所有有关暗影恶魔的事抛诸脑后，只字不提的。可能这样有点不诚实，但他不想让希望知道自己曾经沦为了生物法师的走狗，为他们做了不法的勾当。毕竟这些事在以前并没有像现在那么重要。可是现在暗影恶魔已经消失了。嗯，可能不能说消失，但也已经在控制之中了。但不管怎样,现在唯一能说服她们,让她们相信他已经回归本我的方法,就是把整件破事的来龙去脉告诉她们。

"普洛格·伯恩告诉你们的时候确实没有撒谎。"红眼静静地说道,"我当时确实被他们控制了。"

"红眼?"吉莉抬起头看着他,慢慢挪开身体。可能她自己也没意识到。

"就像你说的那样。"红眼对布力加·林说道,"白天的时候我是我自己,但到了晚上我就变成了另外一个人。"他摇了摇头,"甚至不能说是人。是……怪物。变成怪物的时候,我做了很多可怕的事情。我也不知道这种情况持续了多久。可能是几个星期,也可能是几个月。我也很难确定,因为我对这些根本没有记忆。我现在知道的都是别人告诉我的。"

希望绷紧了脸,表情十分焦虑。她的双手抱在胸前,好像心里在痛。红眼已经忘了她有多美了,尽管在不笑的时候,她也依然迷人。她肌肤胜雪,坚毅而柔滑的脸上,一双樱唇如天鹅绒般丰满。她那长长的睫毛优雅如丝,素淡的雀斑点缀在精致的鼻子两旁。红眼刚刚见证了她把帝国最可怕的战士打败了,而且是赤手空拳。可是现在,看着她矛盾而不自信的样子……红眼真的很想冲上前去把她抱在怀里。但是他心里明白,现在这样做绝对是最坏的选择。

于是,他说道:"不过我已经脱离了他们的控制。那个怪物已经不会再出现了,我发誓。"

"你是怎么摆脱的?"布力加·林问道,语调出奇的中立,"对宿主注入第二个人的灵魂是非常复杂而且艰难的,你不可能像扔垃圾一样把它丢掉。"

"说实话,我也不知道它到底是怎么弄的。"红眼坦白道,"当时,我的一个朋友带我去见了这么一个……女先知吧,在乐沙巴希塔岛上的。她差不多就跟老亚米一样,就是没有老亚米那么和善。她让我做了一些事情，我猜她应该同时也对我做了什么吧。虽然说句老实话，在我看来她就只是坐在那里，什么也没做。后来我晕过去了。等我醒过来的时候，我就没事了。等我回到斯通匹克后，生物法师又想控制我去做一些事情，可是已经没用了。我自由了。我不知道怎么去证明，但我说的都是真的。"

他央求地看着希望。"你要相信我。"

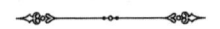

希望觉得自己的心脏在一点一点地被绞得越来越紧，就像用来起锚的绞盘一样。她知道布力加·林的谨慎是当下最明智也是实际的做法。不过当她看着红眼的时候，她的心里就只有红眼。就算他现在感到沮丧和害怕，他的声音还是像一池清泉一样滋润着希望那发烫的肌肤。她实在有太多话想对他说了。有太多事需要和他讲了。现在，他就在这里，经历了那么多之后，他终于站在了她的面前。可是他看起来却伤心透了，希望从来没有见过他这样。

当然了，他完全有可能只是在演戏。毕竟布隆说过他是一名出色的演员。可能布力加·林考虑的就是这一点。

可是如果他不是在演戏的话，那么她现在所做的无疑会给他带来完全不必要的痛苦。她在伤害他。而这是她永远都不愿意做的事。

可是她又怎么分辨他是在说真话还是在撒谎？她到底要怎么做？是选择相信他，但却有可能换来一个冷血的生物法师杀手？还是选择不信任他，却有可能把她在这个世界上最在乎的人的心摔得粉碎？在经历了那么多以后，命运似乎对他们还是如此不公。在种种聚散离合之后，命运给两人留下来的却是这么一个简单却无解的谜题。

经验教会了希望一个道理，就是世界总是不尽如人意，而且从来就不怎么公平。但智慧教给她的，是有时候我们怎么看待这个世界，世界就是怎么样的。如果这个谜题真的"无解",那么也许希望唯一的选择就是遵从自己的感觉去做。

希望慢慢地走向红眼。她发现他的眼睛在微微颤抖着,希望从来没见过他会这样。是因为害怕被揭穿而引起的痉挛吗,还是因为她没有马上奔到他的怀里而伤心不已?她不知道。也许她很快就会发现到底是什么了。

希望轻轻地把她完好的手放在红眼的脸上。他最近没有刮胡子,胡楂摸在手上十分粗糙。在触碰到他的脸的一刹那,红眼缓缓闭上了眼睛,把头依偎在希望的掌心里。这时,希望感到他的全身开始不断地发抖。

"我相信你。"希望静静地说道,"不是因为我被你说服了,也不是因为我被你迷住,觉得完全没有风险。我相信你是因为,我渴望你再次回到我的生命之中,而你值得我去冒这个险。"

红眼继续闭着眼,微微张开了嘴巴。湿热的呼吸从他的唇间吹起,温暖了希望的小腕。他的嘴唇比普通人更丰满,也更富于情感、善于表达。这也是为什么他的笑容看起来如此夸张邪魅的原因。可是当他不笑的时候,他的嘴唇又展现出了另外的魅力。它们在欢迎她。当希望看到他柔软的嘴巴微微张开,她心中就有一种难以名状的感觉,似乎她和红眼之间那短短的距离活了过来,轻柔而温暖。

希望从来没有吻过别人,这个念头甚至都没有在她脑海里出现过。当然,她也曾经感受过情感的躁动。拉拉手、拍拍肩膀,不过那是战友间粗犷的喜爱。这些她都十分清楚。但是现在,她所感受到的感情冲动却更柔润、更脆弱,却依然在她心中燃起了熊熊的烈火。在这种冲动面前,希望根本毫无防备,完全束手无策。作为一名战士,她应该时刻警惕周围,然而她身边的一切似乎都在不断消失,直到只剩下一股强烈的吸引力将她拉向红眼。那是一种横跨整个帝国的渴望,在过去的一年时间里,它坚韧无比,从不曾间断,可是现在,它再也不愿和他相隔哪怕多一秒、多一厘米。她决定了,自己其实没必要一直坚强。

所以她伸出手,把红眼搂了过去,轻轻地把嘴唇印在了他的双唇之上。那一瞬间,她感到了他胸膛的炽热,感受到他的困惑和恐惧被一股和她一样的强烈渴望所取代。她从未和他贴得如此近,他身上散发着朴实而野性的气味,让她陶醉的意识渐渐模糊。当两人的嘴唇分开,红眼搂在希望腰间的手抱得更用力了,希望感受到从他嘴里喷出的呼吸愈加温热,于是她也紧紧地抱住了红眼,用尽了她所有的力气。

希望了解时间。她知道时间是有弹性的,既主观又神奇,而且无法计量。不过她却不知道原来时间还可以变得完全没有意义。现在,她和红眼再一次紧紧地连成一体,两人经历过的所有快乐与悲伤,此刻似乎都交织在一起,随着两人一同邀游在时间的长河。这种奇妙的感觉无以言表。不过希望就是希望,从来都没有变过。所以即使在情感至深的这一刻,在她脑海的某一个地方还是有一个声音在说:哈哈!这还真是全新的体验呀!不过这丝毫不影响她对红眼的感觉。现在,他终于回来了。不仅这样,他现在是属于她的了。如果说他还在受着生物法师的控制,那么就让她来把它一一撕碎吧,不管用什么办法。如果必要,她会凭借自己的热情,将那该死的诅咒用烈焰燃烧殆尽。因为她不会再让他离开了。永远不会。

不过既然时间可以伸缩,它最终也会恢复原样。在不知道过了多久之后,希望终于开始意识到自己和红眼正在大庭广众之下亲嘴,观众里还包括了一整队全副武装、不甚友好的文成武僧,甚至还有数具尸体。在正常的情况下,她本应会因自己的不当行为而感到羞愧难当,但这个吻来得实在是太晚了,而且说实话,太值得了。所以她只是温柔地收回身子,轻轻地对红眼微微一笑。

"我早该想到你有办法摆脱生物法师的。"

"说真的,我都快要感到有点生气了。"红眼说道,"希望你在之前的一年里没有太受影响吧？"

"偶尔还是会担心的。"她坦承。

接着一股强烈的愧疚感像一块巨石一样狠狠地砸中了希望的内心。她抓住红眼的手，在手心里细细揉着，然后说道："红眼，对不起。莎蒂和菲勒——"

"没关系。"红眼抢过话头说道，双手又反过来握住希望的手。"我知道了。内特尔斯把所有事都告诉我了。"

又是一阵愧疚。"内特尔斯她……"

"不是你的错。这一切都不是你的错，懂木？我们每个人都作出了选择，我们也要尊重他们的决定。再说了，我觉得咱们的老友黑玫瑰还有希望呢，指不定哪天她就会给我们一个惊喜。"红眼高兴地笑道，"有机会我要给你看看我给菲勒和莎蒂画的壁画。会有用的。"

"壁画？"希望好奇地问道。

红眼的双眼又亮起了标志性的不羁的光芒。"我又开始画画了。看来它似乎对人的心灵有好处。不管是画画的，还是看画的。"

"很期待。"说完，希望转过身看了看其他人。只见所有人似乎都陷入了不同程度的不自在当中，但都没有上前打扰。看来他们不是好心或者有礼貌，就是被震惊得不知所措了。

"大家，抱歉。"希望说道。

"亲够了没？"吉莉酸溜溜地问道。

"我也欠你一个道歉，吉莉。"希望说道，"你还有布力加·林。我们三个人曾经互相许下了承诺，但我却因为恐惧和困惑，违背了诺言。对不起。"

布力加·林摇摇头。"虽然我人没有离开，但我也违背了对吉莉的诺言。看来我们俩都是不称职的导师啊。"

吉莉的眼睛警惕地在两人身上来回转动。每当看到吉莉这样，希望才会记起她从小就是在新列文的街头长大的,被人辜负对她来说早就是家常便饭。而吉莉自己却对这样的世界观不以为然,这让希望感到难过。

"哎,算了。"最后吉莉说道,"我自己也是搞砸了一两次。念在你们都是第一次当导师,我就再给你们俩一次机会吧。如果你们还想的话。毕竟我还是很想成为世界上第一个文成生物法师的。"

"什么?"斯蒂芬诧异地问道。

"这轮不到你操心,孩子。"布力加·林以一种近乎轻蔑的语气说道。

"我要把我毕生所学都传授给她,包括由狡猾者河洛教我的文成之道。"希望用尽量诚恳的语气告诉斯蒂芬,"不过当然了,理论上说她不会成为一个文成。"

"没错。"布力加·林接着说道,"所以她不会受你们文成的短浅目光和歧视女人的思想所束缚。"

让希望感到意外的是,斯蒂芬听到后的反应更多的是伤心,不是生气,而他也没有试着为自己或者武僧团辩护。其他的文成似乎已经向他看齐了,所以也跟着什么都没说。这些人看起来都那么年轻,心中充满了困惑。

"那些老一辈的文成兄弟呢?"希望问道,"兄弟耶塔和兄弟肯迪斯呢?我离开的时候应该没这么少人。"虽然她和她提到的那些人算不上朋友,但她还记得他们。毕竟过去有好几年的时间里,她都看着他们练武,还为他们洗衣做饭。

"他们跟着我们离开了盖尔默尔。"斯蒂芬说道。

"除了老兄弟文图。"另一个文成补充道。

斯蒂芬点了点头。"没错。他留下来了。现在想起来,他可能在那时就料到莱克洛克会因为权欲而变得疯狂。你说的那些老一辈兄弟后来就跟我们分道扬镳了,就在莱克洛克决定和生物法师联手之后。我也不知道他们去了哪里,不过我觉得他们会回到盖尔默尔。很羞愧,我们走的时候毁掉了寺庙。当时我们都觉得那是一个重要的象征。对于莱克洛克的狂热，我们实在陷得太深了。"

"真知玛纳伊建的寺庙挺坚固的。"希望说道，"它还没有完全被你们毁掉。我和兄弟文图也对它进行了一点修复。剩下的修复工作可能还很漫长，不过只要有足够的帮手，还是可以完成的。"

"即使在这件事上，你都证明了自己是一名更出色的文成。"

"斯蒂芬，你这样说……是对武僧团的亵渎啊。"又一个文成说道。

"是这样吗，玛尔武？"斯蒂芬反问道，转过身直面着他的兄弟。"我只不过是赞许了一个修复了文成武僧团的家园和寺庙的人，不管他是男是女，你就觉得这是亵渎吗？"

玛尔武不说话了。

"我知道你们讨论的事情很重要，"这时维德顿说道，"不过咱在别的地方聊好么？咱总不能一直站在这堆满尸体的广场吧？"

"虽然现在应该是不会有皇兵来找麻烦了。"红眼说道，"感谢你们那边的那位。"他扬起下巴指了指已经昏迷不醒的莱克洛克，"这里已经没有几个皇兵了。不过咱今儿是闹得够大了，免不了引起不必要的关注。"

"我们要先把这边的人埋掉。"斯蒂芬静静地说道。

希望知道，在她来之前有四个镇民在混乱中被杀害了。"你们为这些无辜百姓处理身后事，这很好。"

斯蒂芬直视着希望，说道："我是说我们的人。"

"你们的人？"希望问道。

"噢，呃……"红眼突然有点不好意思地说道，"我可能不小心把他们的一个人干掉了，在我们从遗忘往事旅馆逃跑的时候。"

"那个是法拉奇。"斯蒂芬说道，"还有海克特里。"

他指了指不远处的房子前的一小堆东西，希望花了一阵子才意识到那是一颗头颅。

"他……剩余的部分在哪里？"希望问。

斯蒂芬默默地指了指房顶上的一具无头尸体。

"是谁干的？"希望看了看布力加·林和红眼，不过那不像是他们会干的事情。

"他干的。"斯蒂芬看着莱克洛克，脸上充满了愤怒。

"他……杀了自己的学生？"希望问道，还是不敢相信。作为老师，对学生严厉是很正常的，有时候要求甚至很残酷。但再怎么说，只有在犯下了滔天大罪的时候才会惩戒以死亡，比如河洛收希望为徒这种异端行为。"他到底做了什么？"

"他反对莱克洛克滥杀无辜。"斯蒂芬的语气有点苦涩，但现在似乎更多的是在生自己的气。也许他在后悔自己没有像自己的兄弟一样提出反对。

"好了。"红眼利索地搓了搓手，"所以，一共是四个镇民，两个文成。还有，我们还得拖着那个老不死的残废离开，如果你们不打算杀了他的话。吉莉？维德顿？咱们去找一辆马车吧，会需要的。"

等红眼他们三人离开后，所有的文成都在低声交谈，十有八九是在讨论该怎么处置莱克洛克，还有要不要信任希望。他们现在估计都困惑极了。

就在他们还在讨论的时候，希望走到悲歌剑旁边，跪了下来。她轻轻地把剑刃上黏稠的血液擦干净，没有理会昏迷不醒的莱克洛克。她把剑鞘从他的腰带上扯了下来，然后把悲歌剑轻轻地推回它的归宿之处。

"对不起，我的老朋友。"希望轻声道，"现在你终于可以休息了。"

她站起身，把入鞘的宝剑递给了斯蒂芬。

"我希望你永远都不要轻易地使用这把剑，或者毫无荣誉地挥舞它。它会很痛苦的。"

"一把剑怎么会感到痛苦？"

希望摇了摇头。"我也不知道。这把剑和我一起经历了很多,我可以告诉你的是,悲歌剑不仅仅是一个名字而已。"

"你就这么……简单地把它交给我了?"

希望点点头。"我爱这把剑,它也教会了我很多。不过我不能再走这条路了。"

斯蒂芬郑重地鞠了个躬,从希望手上接过了剑。当他捧着剑的时候,他脸上突然露出一丝忧虑的神情。

随他去吧。希望心想。

在等红眼回来的时候,希望问了其他文成的名字,对他们又有了一点了解。正如她所料,他们都十分年轻,而且都没有什么经验。斯蒂芬似乎成为他们的首领了,虽然更多是因为他为了死去的兄弟而愤怒,而不是什么实际的领导能力。但也是时间的问题了。不过很奇怪的是,希望对他们产生了一种保护的欲望,感觉她能引导他们走上一条比莱克洛克的理念更好的道路。

"嗯,这辆应该够大了。"远处传来了红眼的声音,只见他正开着一辆马车走进了广场。他坐在前面,手里握着缰绳,咧着嘴笑。吉莉坐在他的旁边,同样也是一副得意的样子。希望早就想到他们肯定不是通过正常的方法得到这匹马和马车的,不过她也知道,让红眼别偷东西就等于叫布力加·林不要用可怕的方法把惹怒她的人杀死一样。可是说真的,这样对比起来,偷东西也不算什么了。

"好极了。"她说道,"现在我们需要的就只剩下一条船了。"

这时,维德顿从空马车的后面慢慢地举起手,说道:"我想这次轮到我出场了吧。"

16

红眼知道富翁们喜欢把逝者埋在地下,但这样的埋葬方式总是让他觉得很难受。可能他只是不习惯吧,毕竟他从小生活的地方就没有这么多可以用来埋死人的土地。而且一想到把自己喜爱的人埋在脏又湿的泥土下面,让其爬满了虫子之类的东西……他的胃就开始翻江倒海。

尼雅曾经告诉过他,奥克邦塔有一个地区的习俗是举行天葬。听她说,他们那里的树木都长得又高又密,在树根盘缠的土地上挖一个洞是不可能的。加上,他们那里方圆二十里也没有那么大的水域用来举行海葬,所以,那里的人就会带着他们爱人的遗体爬到他们所能找到的最高的一棵树上,然后把遗体平放在树枝上面,就像躺在摇篮里一样。接着,他们会说一些祈祷的话,说完之后就会爬回地面,让鸟儿和昆虫接手剩余的事。红眼听完后,觉得天葬也还不错。而且把遗体留在天空俯瞰世界,这还有一种奇妙的爱意在里面。

不过就像纯正的圆环人一样,他还是觉得海葬是最好的。让结束的生命轻轻地回到生命伊始的地方。回到风暴起源的地方。回到那个缓慢、黑暗而宁静的地方。等自己死去,那里就是红眼所希望的归宿。

当他开着马车载着尸体穿过灰影区的时候,他和大伙儿说了这件事。大家听了之后,都觉得海葬是最好的,红眼心里就觉得很高兴。当然了,他们也不可能征求那些死去的镇民的家人或朋友的意见,毕竟他们现在可是在仓皇逃跑中,这也是情有可原。反正他们也没其他选择了。凡斯港的码头比其他地方都要多,而且那里也没有哪一棵树是超过十尺的。

在天堂圆环,人们通常就是把死人在码头往海里一扔就完事了。但正式来做的话,海葬是要在远离陆地的海面上进行的。这样做的其中一个原因是为了避免那些发涨的尸体在一两天之后漂到几里外的下游岸边。还有一个原因就是,在真正的海葬里,遗体要永远地沉没到湛蓝的大海之中,并在触到海底之前完全消失。除非附近有鲨鱼或者海豹,否则那里的海域必须足够深,好让遗体在下沉的过程中被体形较小的海洋生物慢慢分解掉。

红眼他们费了一些力气才把一具具尸体搬到马车上,又费了好些力气才把那具无头尸用绳子从屋顶上吊下来,但就这么把他从屋顶上扔下来又好像不太尊重。后来他们又去遗忘往事把那具文成尸体抬走,而酒保是连连称谢,因为终于把这麻烦事弄走了。当众人装车的时候,大家都懒得把莱克洛克和尸体分开,他们就这么把他绑起来丢到后面,管他是不是骨折了还是什么。莱克洛克似乎还在被心中那无尽的痛苦折磨着,大部分时间都是昏迷不醒的。但众人还是留着心眼不要把他和其他尸体一起扔到海里。大概吧。

现在,红眼驾着马车慢慢地朝维德顿的船所停靠的码头开去,其余的大部分人则走在马车的旁边。反正马车也快不到哪里去,毕竟只有一匹马,车上却载着七具尸体,还有红眼和吉莉。

主码头很宽,而且也建得很稳固,马车开过去一点儿问题也没有。可是开到后面的一个分码头的时候,马车就过不去了,而之后的路那才真的叫累人。好在红眼设法从一些码头工人那边借来了两辆独轮推车。当然了,他没有告诉工人们他们到底要运什么。然而就算有了手推车,每一辆一次最多也只能运两具尸体,所以红眼他们在摇摇晃晃的分码头上来回了好几次才把所有尸体搬到了维德顿的船上。可是另外一个问题又来了。

"你管这个叫船？"希望幽幽地说道，和众人一起愣愣地盯着那艘小小的单桅帆船。"我最多只能说它是舟。"

"别挑剔了。"维德顿奉劝道，"坐得下。"

"就是不舒服。"布力加·林说道。

船还是太小了，把所有尸体堆在船尾是不行了。为了把翻船的风险降到最低，只能尽量均摊重量。于是众人就把尸体从船头到船尾地平均平铺到整艘船上。这就意味众人也不得不平均地坐到尸体与尸体之间。幸好，那些人只是死了几个小时，尸体才刚刚开始腐烂，尸臭味还不算太难闻。不过就是这样，船上所有的人，不管死的活的，其重量也还是把小船的速度拖慢了。于是众人只能缓慢地从码头把船开到了海上。

让红眼没想到的是，近距离和死尸待那么长时间比他预料中难受多了。过了不知道多久，等凡斯港终于变得只有豆粒儿大小的时候，希望认为开得足够远了，可以把尸体投到大海了。

说起来，红眼现在真不知道该怎么评价希望了。很多方面，她还是和他记忆中的一模一样，比如她的严肃，她对其他人的同情，她对自己信念的坚持，还有她的荣誉感。如果说有不一样的地方，就是她经过一年的历练之后变得更美了。但除此之外，红眼还在她身上觉察到了某些让人意外的东西，比如她拒绝再用剑，还有她不愿再杀生了。他不知道她是怎么会有这种决心的，不过他心里清楚，等她准备好之后，她就一定会告诉自己的。另一个改变的地方，就是她对于领导指挥变得得心应手了。不管是朋友还是文成，她都能自然地发号施令，仿佛她从小就在斯通匹克长大似的。就连布力加·林对她也是言听计从。不过在希望身上却没有一点看不起大家的意思，相反，她对每一个人都充满了敏感与尊重。红眼不得不承认，看着希望这样，真是太性感了。

"干吗?"希望问道。她发现红眼在盯着自己看。

但红眼没有回答,只是笑着摇了摇头。希望眯起眼看了红眼一会儿,便用同样的笑容回敬了红眼。

这又是她和以前不一样的地方。她正在以她所理解的方式和红眼调情。红眼倒不是要抱怨什么,事实是,当他开始帮尸体解绑,准备送他们最后一程的时候,他发现自己心里比以前任何时候都要开心。在那种场合下还感到高兴可能有点自私和不该,毕竟在一堆尸体旁边调情怎么说也太怪异了。不过红眼就是控制不住自己的心情。在失去了那么多朋友之后,现在他终于能够和他以为再也见不到的那个人在一起了。

"有人要对逝者说点什么吗?"希望扫视了一圈,但似乎所有人都没有什么想说的。最后,她把目光停在了红眼身上。"你来?"

"那我就说两句吧。"红眼跳到船舷上,一只手抓住侧支索。他看了看在船上聚集的这群奇怪的组合,其中有他根本不认识也完全不信任的人,也有一些是他最近才认识的,剩下两个则是他认识已久的。

"《风暴之书》里说过,几千年以前,我们人类是生活在海底的。但因为在水里面无法交谈,所以那时的我们是没有语言的,那就意味着那时的我们没有像样的文明。直到有一天,上帝唤起了世界上第一场风暴。风暴的力量惊人,把很多岛屿都卷上了海面。被卷上来的,还有岛屿上的我们。就是从那时起,当我们在海上生活之后,我们才发明了文字,语言,文化,船,还有一切能将我们定义为'人'的事物。到此为止还是挺好的。但有好就有坏。随着文明而来的,是残忍和不公。所以我觉得,死亡是有一种公正的意味在里面的。当我们死去后,我们就可以把这一切都抛诸脑后,回到大海的摇篮,回到那个更单纯的时代,回到人类就只是人类的时代。谁知道呢? 也许天堂就是那个样子的。"

众人沉默了良久。红眼发现,有的人垂下头看着自己的脚,有的看着逝者,还有的则看着船外那翻滚的大海,但就是没有人说话。

终于，希望说道："谢谢你，红眼。好了，咱们开始吧。"

于是，大伙儿谨慎而敬重地把逝者一个接一个地送回了大海。那里不会再有权欲熏心的剑客和生物法师以及乱枪射击的杀手去残害他们了。当仪式结束后，船上的空间宽裕多了，所有人都各自找了一个地方，独自陷入沉思之中。维德顿也默默地调转了船头，往凡斯港驶去。这时，天空已被日落的余晖染得万紫千红，而凡斯港也只剩晚霞下的一点轮廓了。

等大家回到码头时，天色已差不多全黑。

"你们要怎么处置莱克洛克？"希望向斯蒂芬问道。

"帮他接骨吧，这是肯定的。但除此之外，我们也不知道。"

"这么说他需要好些日子才能康复。既然这样，我想在此期间和他谈谈。"希望说道，"可以吗？"

"当然可以。"斯蒂芬回道，"你们住在哪里？"

"海盐路的舷侧旅馆。"希望说道。

"好的。等他稳定下来后我派人过来叫你。"斯蒂芬承诺道。

红眼看着所有的文成行军离开了码头，莱克洛克则躺在一张用两根旧船桨和一点帆布临时改造的担架上，被武僧团带走了。都这个时候了，他们竟然还保持着完美的队形，红眼心想，难道他们都不知道像这样走在大街上有多傻吗。嗯，估计是不知道了。

这时，希望转脸对红眼说道："咱也是时候回去咱住的旅馆了。得去看看你的表哥和尤特尔相处得怎样。"

"尤特尔是谁？"红眼问道。

"别告诉我们，你又捡了一个流浪汉？"布力加·林也问道。

"你是说我是一个流浪汉？"吉莉又问道。

"我知我是一个流浪汉。"维德顿说道。

希望笑了。"说来话长。咱边走边说吧。"

等希望把尤特尔的事情告诉大家之后,布力加·林又继续问了她很多问题,什么灵化啦,死灵法师和豺狼领主之类的。红眼觉得自己有点被忽略了的感觉,而且不仅是因为在她们和真正的豺狼领主对峙时他没在场。希望和布力加·林的谈话方式表明了她们之间拥有着一段紧密而轻松的友谊,而正是这一点让红眼清楚地认识到,布力加·林和阿拉斯与希望实际相处的时间比自己的多多了。

一想到这,红眼的心中就泛起一股酸酸的妒忌。他一点都不喜欢这种感觉,于是为了转移自己的注意力,他转头与吉莉和维德顿聊起天来。"所以说你们俩是怎么认识的?是因为希望吗?"

维德顿摇了摇头。"我还是皇家舰艇的船长的时候,吉莉是我的手下。"

"他们会让女生上皇家海军的船?"

吉莉得意地笑了。"肯定不会啦。是我假扮成男生了。"

"真的?"

"连我都被她骗了。"维德顿承认,"不过现在你应该不能再装了吧。这一年你长大了很多。"

"当然还可以。"吉莉坚持道,"只要我想,我基本上什么都能干。"

红眼哈哈地笑了。"这才是我的小蜜蜂。"

吉莉仰脸对红眼咧嘴笑了笑,但很快又收起了笑容。"你知道菲勒和莎蒂的事了吗?"

红眼点点头。"内特尔斯告诉我了。"

"她……还好吗?"

"不好说。我不知道她为了成为天堂圆环的黑玫瑰放弃了多少自我。"

"有时候放弃自我也是有好处的。"这时维德顿说道,"跟我还是守护者号船长那时比起来,我觉得我现在变得好多了。"

"起码是好相处一点吧。"吉莉说道。

"但愿黑玫瑰也会这样吧。"红眼说道,"至少会变得更好吧。好相处是不可能了。"

"她要是变得好相处,那才叫诡异。"吉莉赞同道。

不久之后,他们来到贸易区的一家旅馆,招牌上面写着"舷侧旅馆"。这家旅馆很小,但胜在整洁干净,一看就知道是希望会选的那种。

红眼发现自己总是迫切地想抓住一切跟希望有关的事物,表明自己还了解她。他也不清楚为什么自己需要这种安慰感,更不喜欢它背后暗含的不安全感。希望都说了他俩之间没问题。妈的,希望甚至还吻了他来证明爱意了。那他究竟在担心些什么?

当大家进入旅馆大厅时,希望看了一眼坐在柜台后面的老板,又看了看正在一张小桌上静静聊天的老夫妇。

"咱一起去我的房间吧,还是不要叫他们下来了。"希望说道,"咱这么多人,这里会有点儿挤。而且万一尤特尔变得太……想交朋友的话,我还是不想冒险让无辜的人受伤。"

"你担心他可能会杀人?"布力加·林问道,"就他这个小毛孩?"

"我想我应该调教好他了。"希望说道,"基本上。"

"或者你不要给他武器呢?"维德顿建议道。

"我没有!"希望有点生气地回道,"不知怎的,他老是可以自己找到武器。不管我们去到哪里,他总是可以悄悄搞到锋利的东西。昨晚吃完饭的时候他就在一个女仆那里弄来了一根叉子,又想把她变成自己的'朋友',为的就是想让她给他再上一份甜品。"

"听着像是一个知道自己想要什么的家伙。真想马上见到他。"红眼说道。

"你不要鼓励他。"希望严肃地说道。

于是,众人便随着希望走上楼梯,穿过走廊,最后在一扇干净整洁的木门前停了下来。希望用指节敲了敲门。

"阿拉斯,尤特尔,我回来了。"

"一切都好吧?"阿拉斯在门后喊道。

"都好。尤特尔,我带了一些新的人过来,他们已经是朋友了,所以你不用再干什么了,直接打招呼就好。明白没?"

"你确定他们是朋友?"屋内传来一个稚嫩的声音。

"确定。"希望肯定地说道,"我们现在进去啦。"

希望推开了房门。里面是一个小房间,有两张床,地上铺着一张垫子和一个枕头。阿拉斯坐在其中一张床上,手里捧着书。跟红眼上一次见他相比,阿拉斯变了很多。简单说就是变得健康和强壮了,似乎是干了很多体力活。在他身边是一个瘦小的男孩,皮肤和头发都白得发灰,就跟希望描述的一模一样。他穿着一件朴素的米色罩衫,双脚蹬着一双大码黑靴子。他一看到大家便跳了起来,"噔噔噔"地跑了过去。

"有好多朋友噢!"尤特尔高兴得啾啾叫起来。

"不如让大家进去吧?"希望提议道。

尤特尔站到一边,一边仰着头看着布力加·林。"你是女王吗?"

布力加·林听到后低沉地笑了。"我不是女王,小子。不过我已经喜欢上你了。"

"这是我们的好朋友,布力加·林。"希望介绍道。接着,她又指着红眼说道。"这位也是我们的好朋友,他叫红眼。"

"你的眼睛真好玩。"尤特尔对红眼说道。

"谢谢。"红眼回道。

"这位是维德顿船长。"希望继续介绍道。

"这些日子也不算什么船长了。"维德顿说道,"不过很高兴认识你。"说完,他对男孩伸出了手。

男孩疑惑地看着维德顿的手,似乎不知道要怎么办。不过很快,他的视线就飘到了吉莉身上,然后突然之间其他人对他来说似乎都变得无关紧要了。

"你是谁?"尤特尔问道。

"我叫吉莉。"吉莉警惕地回答道。

"我们是朋友吗?"

"是吧。"吉莉说道,"不过我比你大,所以你要听我的。"

"好啊!"尤特尔开心地说道,"你要我做什么?"

"嗯……"吉莉愣了一下,"现在没什么。不过到我叫你的时候你最好给我记住了。"

"好。"他答应道,"你见过鲸鱼吗?我就见过。好大的!一开始我还以为是一座岛呢。它就有那么大!"

尤特尔似乎很想给吉莉留下好印象,于是不断地给她讲鲸鱼和其他海洋生物的事情。这时,红眼转脸看向阿拉斯。他的表哥和布力加·林之间绝对是有什么事情发生了,红眼能明显感到一种浓重的紧张气氛在两人之间蔓延开来。

"林夫人。"阿拉斯从床上站了起来,僵硬地对布力加·林鞠了个躬。

"阿拉斯……"她心里似乎在掂量着什么。"对不起,我——"

"道歉的人应该是我才对。"阿拉斯抢过布力加·林的话头说道,"是我让你这么尴尬的。我保证以后绝对不会了。"

布力加·林奇怪地看了阿拉斯一眼,点头道:"谢谢。"

希望看了看在狭小的房间里挤在一起的众人,苦笑道:"看来我们要多租几间房子了。虽然不便宜,但在决定下一步怎么办之前我们总得需要一个地方落脚啊。"

"房租钱就不要担心了。"红眼说道,"包在我身上。"

"哦?"希望好奇地问道,"是不是你离开斯通匹克的时候在哪个富翁身上顺来的?"

"才不是。这是我正正经经挣回来的。"红眼说道。

"你竟然有工作?"吉莉惊讶道,"干吗的?"

这个话题解释起来确实有点复杂,而红眼心里也十分清楚,他们能接受到什么程度对整件事情影响很大。所以他要慢慢地跟大伙儿解释清楚。"好吧,你们都知道帮我摆脱生物法师控制的那个朋友吧?"

"知道。就是带你去见那个'女先知'的那个人吧。"布力加·林说道。

红眼点了点头。"所以我是欠了她一个人情,这么说大家都没问题吧。"

"当然了。"希望说道。

"嗯。所以当她要我帮她做事的时候,我理应要答应她,对吧。"

希望眯起了眼睛。"所以……她是做什么的?"

"她是皇家间谍长。"

希望盯着红眼好一会儿。"什么?"

"间谍长?"维德顿问道,"我一直都以为那只是个传说。"

"我也是。"布力加·林坦承。

"等等。你们俩都听说过这个人?"希望问道。

"算是吧。"布力加·林说道,"民间一直都有这么一说,甚至在生物法师之间也流传过。说是有那么一个躲在暗处的神秘人物,在背后捣腾着各种各样的阴谋。不过之前我一直都觉得不太可能是真的。"

"每一次杰尔马特伯爵给舰队下达一个不太寻常的任务的时候,大伙儿都会猜他是被什么皇家的间谍机构施压了。不过跟布力加·林一样,我以为那只是船长之间的闲聊而已。"

希望再一次面向红眼。"是真的有这个人的,对吧?而你就是给她做间谍?"

"一开始是。"红眼说道,"不过后来事实证明低调和细心并不是我的强项。"

希望的眉毛扬了起来。"我是真没想到啊。"

"你是在取笑我吗?"

希望笑着耸了耸肩。"所以,你意识到自己不适合做间谍,然后呢?"

"她叫我来找你和布力加·林。"

希望的表情突然间冷酷了起来,"为什么?"

红眼早就料到希望不会喜欢在皇权的体制下做事。毕竟现在她对大局的了解程度还不如红眼。不过红眼知道她会喜欢最终的目标的。"想请你们帮咱们彻底摆脱生物法师,一劳永逸。"

"咱们?"她似乎没有抓住他说的重点。"这么说你已经和这个……间谍长结盟了?"

"我说过了,她是一个真正的朋友,帮我摆脱了一个我自己摆脱不了的局面。你现在是没抓住我的重点。"

"哦?"希望的眼睛现在已经变得如寒冰般冷酷。红眼刚才绝对是说错话了。"那你觉得我没抓住什么重点?"

"就是我们要协力把生物法师的问题永远地解决掉。"

"不,这部分我听到了。"希望说道,"听起来就像是国王对他最心爱的玩具已经失去了控制,现在又想让我们去帮他擦屁股。"

"不是这样的。"红眼说道。虽然他自己这么说,但他自己也不得不承认事实确实是有点像希望所说的那样。国王确实早已失去了控制,不过是几十年以前,而不是最近。不过说这些也没有用。"听着,国王什么的已经无关紧要了。他都老得卧床不起了,什么都干不了。是皇后希望我们这样做的。"

"是一个女人允许生物法师如此为非作歹?"希望反问道,"那样更糟。"

事情完全没有按照红眼预料的那样发展。他突然想起在斯通匹克的那个酒馆,他还劝希望不要席卷皇宫。当时他已经知道自己再怎么说也没用。但现在不能再重蹈覆辙了。他不允许结果是这样。不管怎样,他都要说服她。

"我以为这是你想要的。除掉所有生物法师。"

"我确实想阻止他们滥用权力。"希望说道,"但是为了这样就要和另一股虐待百姓的势力结盟?这一点儿道理都没有。尤其是布力加·林和我早就在和生物法师抗争了。"

"而且还取得了不错的成功。"布力加·林补充道。

红眼赞同地点点头。"我知道。但是你们想想,要是和皇后合作,这项事业就可以更快地实现啊!"

"代价是什么?"希望问道,"她要我们妥协什么条件才能达成结盟?"

"没有条件!"红眼说道,"皇后只是想要你们的帮助。非要说的话,你们甚至可以找她要酬劳!"

"只要我们照她的方式去做对吧。"希望说道,"那是帝王的方式。直到现在,我从来都没见过他们对普通百姓的诉求有过哪怕一丁点儿的关注。"她摇了摇头,继续道,"我真是不明白,你怎么能忍受这一点?为什么偏偏是你?"

"因为我了解这些人。在我看来,他们并不是冷血的权力象征。他们也是实实在在的人,他们只是在努力想办法解决历史遗留下来的难题啊!"

希望转身对布力加·林说道:"你也被邀请加入这个……联合了。你是怎么想的?"

"我想说的你大概都说完了。"布力加·林告诉希望,"只是你说的态度比我好。"

"你们两个都想偏了。"红眼说道,努力让自己的声音保持平静,但心知自己已经快要绝望了。这一切仿佛又回到了那个酒馆一样。

"噢,我们对这件事的想法是错的?"布力加·林问道,语气几乎有种戏谑在里面。"你真好心啊,告诉我们。"

"我不是这个意思……"他怎么就把事情搞得一团糟?

希望环视了一下房子。所有人都挤在一起,没有人可以逃避这个话题。"你们怎么看？"

"我不知道啊，表弟。"阿拉斯略带歉意地看着红眼，"但他们有那么多人不选，偏偏派你来做说客，在我看来确实有点……操纵利用的意味了。"

"我已经被帝国背叛过一次了。"维德顿表明道，"我是不会再让同样的事情发生的。"

吉莉内疚地看着红眼。"我是说，别这样啊红眼。和皇兵结盟？怎么看都不对吧，是吗？"

红眼看了看众人。所有人都这样？除了那个疯疯癫癫的白发男孩，他十有八九都不知道到底发生了什么，所有人都反对结盟？

"我不敢相信。"他静静地说道。

希望转过身重新对着红眼。她的眼神充满了哀伤，但坚定无比。

"对不起，红眼，我很高兴帝国终于下决定处理生物法师，但这不代表他们可以抹去他们几十年来对权力的滥用。我们会要了生物法师的命，但是是以我们的方式去做，不是他们的。"

17

梅里韦尔·翰碧斯特夫人很喜欢听音乐。嗯，可能用听字来形容不是很恰当。更准确地说，她喜欢待在有音乐演奏的房子里。

自从红眼离开后，雷斯顿王子便倾注了大部分的精力去怂恿贵族同伴们去欣赏高雅艺术，就像他的朋友红眼一样。后来安妮波拉大使又提到皇宫里缺少了一些音乐演奏会，受到启发的他便更加积极地在社区里把艺术文化搞起来。显然，奥克邦塔的大国会不仅会经常邀请音乐家去表演，还对一些美术家、表演家和音乐家进行了资助。她的国会认为，文化才是衡量一个社会的标准。不用多说，雷斯顿马上就接受了尼雅的提议。很快，他便出钱赞助在城里举办了几次艺术展，其中一次还展出了红眼离开前几个月画的那些恐怖的油画。此外，王子还开始邀请一些小型的管弦乐队到皇宫表演。虽然他没有强制要求贵族们参加，但凡是想巴结帝国的未来统治者的人都不会放过任何一次机会，所以每一次演奏会基本都是座无虚席。

梅里韦尔对音乐并不是很懂，也没有多大兴趣。举办第一次音乐会的时候，她是出于好奇才去的，顺便去看看有谁想拍王子马屁。出乎意料的是，她发现自己还挺享受的。一开始，她并没有意识到自己在关注那些音乐，但每个星期，当她与另外二三十个勋爵和夫人坐在舞厅里，听着由小提琴、中提琴和大提琴共同交织出来的那轻柔而复杂的旋律时，她发现自己的思维开始发散开来，还能取得意外的收获。不知道为什么，音乐可以让她暂时摆脱习以为常的实用主义思维，转而去思考一些突破常规的想法。

比如说，那一晚，随着管弦乐队演奏的最后一个音符逐渐退去，梅里韦尔正在思考治理帝国的本质，心说要和大使好好聊一聊代议民主制度到底是怎么一回事。

演奏会结束后，她便随着其他观众陆续地离开舞厅。这时，雷斯顿王子走到了她的身边。"翰碧斯特夫人。"他一边说一边伸出了手臂。

梅里韦尔把手滑过王子的臂弯，说道："晚上好，王子殿下。今晚的音乐会也是令人陶醉呀。"

"很意外你也会感兴趣呀。"王子说道。

"我就是喜欢给人惊喜嘛。"她回道。

"有没有里希邓特朗的消息?"

"自从上一次和您聊天之后就没有了。"

"你觉得他们在追捕他吗?就是呃……"他扫视了周围一眼,想装出低调的样子,但失败了。然后他轻声地继续说道:"就是那些生物法师。"

"我知道你说的是谁,殿下。"梅里韦尔说道,"我的答案是否定的。我不觉得他们在主动追捕他。"

"噢,那是好事,对吧?"

"要是他们在密谋什么更糟糕的计划,那就不是什么好事了。"梅里韦尔说道,心里马上想到他们的新宠物,军事长卓玛斯特勋爵。

"他们还会在密谋什么?"

"等我发现了我会告诉您的。"她告诉王子道。

雷斯顿似乎很意外。"你会吗?"

"你是说告诉您?迟早会的。"

王子的眼睛垂了下来。"等我当上国王以后吗?"

"差不多吧。"

"那你至少可以让我知道里希邓特朗最近在做什么吧?"

"只要是允许范围内的,我都会告诉您。"梅里韦尔说道。

"我最多就能问那么多了对吧。"

"从我身上是的。"她说道,"但您随时都可以去问您的母亲呀。"

"我觉得她更加不可能告诉我任何实质性的事情了。"

"大概是。"梅里韦尔高兴地同意道,"看来您只能依赖我啦,殿下。好了,先失陪啦,我有事要忙啦。"她恭敬地行了个礼,转身就要离开。

"翰碧斯特夫人。"雷斯顿说道,一反常态的严肃。"你有没有想过,你们这样自以为是地保护我,其实反而给帝国带来更大的风险?"

直到这一刻前，梅里韦尔确实从来没意识到这一点。但当雷斯顿问出这个问题以后，她就知道自己需要好好考虑一下。

等回到公寓，梅里韦尔打算看一看情报网络反馈回来的最新报告。自从文成武僧团回归之后，整个帝国都在讨论文成的事。莱克洛克屠杀灰影区警察局的事情已经流传开来，以至于很多人，尤其是下层社会的人，都把事件看成是一种反帝国的宣言。有的人甚至还认为文成武僧团在鼓动人们公开反抗国王。鉴于梅里韦尔对莱克洛克的了解以及他最近与生物法师结盟的举动，梅里韦尔认为流言所说的都不可能是真的。但是就算这些流言不是有人为了号召人们起义而故意传出来的，它们的影响力也足够大了。而在这种非常时期，帝国的皇权最不想看到的就是满大街的暴动。除非……

梅里韦尔推开公寓的正门，发现休姆正站在里面等候。一般人可能看不出来，但从他起皱的眉毛和紧闭的双唇可以看出，休姆现在是焦虑到了极点。

"晚上好呀，休姆。"梅里韦尔把围巾递给了休姆，"一切都好吧？"

"会客厅里有……一个客人正在等候，夫人。"休姆告诉梅里韦尔，"我已经请客人稍后再来了，因为我不知道您具体什么时候回来。不过他坚持要留下来。"

"哎呀，"梅里韦尔说道，"这位客人是谁呀？"

"他说他自己是阿蒙·塞特，生物法师委员会的主席。"

"这样啊。"梅里韦尔说道，"不用多说，你已经给他斟酒了吧？"

"嗯。不过他拒绝了，夫人。"

"好吧，我倒是很想喝一口。给我倒一杯红酒吧，我去见见咱们的客人。"

"马上去办，夫人。"

等梅里韦尔走进会客厅后，马上觉得这个生物法师的存在实在是太不协调了，几乎到了可笑的程度。她向来喜欢简洁朴素的装修风格，她挑选的家具和墙上仅有的几件挂饰确实是十分精致而且富有美感的。但这一切都被阿蒙·塞特的形象给毁了。在他身上完全没有一点精致和美感可言。

这位生物法师委员会的主席坐在一张由乐沙巴希塔原木打造的高背椅上，干枯破裂的手平放在膝盖。他的白袍沾满了灰尘，兜帽却是放下来了，露出皱巴巴的光头。生物法师的力量越强大，其外表受到的影响就更大。就梅里韦尔所知，阿蒙·塞特是当今世上最强大的生物法师。她第一次来到皇宫的时候是在少女时期，那时的阿蒙·塞特看起来还挺正常。但是现在，他活脱脱就是一块被雕刻成人形的砂石。他的脸就像是未完工的雕塑，双目如同染色的玻璃，牙齿仿如一颗颗云母石，舌头则像是一块僵硬的石英。这么多年来，梅里韦尔从来没见过他表露出任何的表情，也不知道他还能不能做表情了。他说话的时候下巴一上一下的，仿佛上了铰链一样。梅里韦尔一直想知道，阿蒙·塞特是不是还得把颚骨分离开来才能继续说话。这听起来就像是他会做的事。

通过多年对生物法师团团长的观察，梅里韦尔了解到一件事，就是阿蒙·塞特为了达到目标会不择手段。她不得不承认，他确实是一个可敬的对手。直到这一刻之前，阿蒙·塞特还不知道他们俩是对手，这对梅里韦尔来说是不可多得的奢饰品。但是现在，她怀疑阿蒙·塞特可能已经发现了什么。

"翰碧斯特夫人。"阿蒙·塞特用干涩沙哑的声音说道，连站起来都懒得。

"阿蒙·塞特。"梅里韦尔轻轻地行了个躬，"你能光临寒舍真是我的荣幸呀。"

"荣幸？我看未必。"他说道，"不过，不得不说，我和生物法师委员会实在是太小看你了。"

"每个人都是呀。所以我不会怪你的。"梅里韦尔说道,从休姆手中接过红酒。"谢谢啦,休姆。你先退下吧。"

休姆点点头,匆忙地离开了。当然,他只是退回了隔壁的房间,好听清楚所有的对话内容。和同一个人长时间共事的其中一个好处就是,梅里韦尔和休姆已经形成了良好的默契,两人不必再多说什么。如果赛特过来是要杀梅里韦尔的,估计他们俩都没什么办法阻止。不过,休姆会立即赶去日落角通知皇后,好让她制定应对计划。

"我想也是。"阿蒙·塞特说道,"你的策略就是装成一个肤浅的、爱慕时尚的、很想出嫁的贵族夫人。"

"爱慕时尚这一点倒不是假的。"梅里韦尔说道,"我们怎么也得有缺点才是呀。"

这时,赛特的嘴里传出淡淡的笑声,他硬石般的嘴唇微微向上倾斜了一点。梅里韦尔心想难道他这是在笑?

"不得不说,"赛特说道,"我觉得很失望。不管是我还是委员会的成员竟然一直都没有被告知你在政府中的重要角色。"

梅里韦尔迷人地笑了笑。卓玛斯特把她的身份透露给了生物法师,但他们可能还没有怀疑她正在和他们对着干。她要想办法把答案套出来。

"普洛格·伯恩对我的行动就很清楚呀。"她说道。

她其实并不知道伯恩是否知道自己是间谍长,不过她十分确定就算他真的知道,他也不会告诉别人。跟她一样,伯恩是一个城府很深的人。而城府深的人从来都不会白白把情报透露出去,即使对方是所谓的盟友。此外,她推测阿蒙·塞特也了解伯恩是这样的人。

"原来如此。"赛特说道。听到这句话后,梅里韦尔就知道自己果然没猜错。

"其实我一直都想知道他到底有没有把我的事告诉委员会。"梅里韦尔说道,"不过当然了,那都与我无关。所以我一直都在尽量避免我的行动和你们委员会扯上任何关系。"

"这就解释了我们为什么一直以来都没有机会合作。"阿蒙·塞特说道,"我必须说这着实让人沮丧。有了皇家情报网的辅助,委员会一定可以做得更好。"

"我没想到原来我还可以帮到你们。"梅里韦尔说道,"以后只要你们和陛下提出正式的请求,我会很乐意去考虑的。"

"你应该知道国王现在已经卧床不起,连话都说不了了吧。"

"是的,我已经听说了。"梅里韦尔说道,"不过他肯定会康复的,就像以前那样。"

"这一次可能不行了。"塞特说道。

"噢。"梅里韦尔回道。她在想这是不是意味着他们终于肯让那个可怜的老人死了。不过就算如此,他们肯定也已经部署好了下一步的计划,确保他们的力量不减。这个计划应该就是西弗特·梅克之前提到过的"终极牺牲"了吧。

然而阿蒙·塞特还没有说出任何可以表明他在怀疑梅里韦尔在和他作对的话。也许她需要更大胆一些……

梅里韦尔失望地叹了口气,瘫坐到阿蒙·塞特对面的椅子上。接着,她对塞特会意地笑了笑,说道:"呵呵,如果可以继续维持现状就好了,你说是不是?哎,看来我最好还是得重新习惯一下有人对我发号施令啦。"

阿蒙·塞特沉默了很长一段时间。他那石化的脸和玻璃珠子一样的眼睛透露不出任何信息。他上钩了吗?

终于,他说道:"拥有自主权力的感觉很不错,对吧?"

"你能赞同我实在太高兴了!确实,我很久都没有从国王那里接受过直接的命令了。而皇后嘛……你也懂的,帝国的明珠虽然很美丽,但却非常脆弱呀。"梅里韦尔故作神秘地往前靠了靠身子。"而且说句实在话,我觉得少了他俩瞎搅和,我成就的事情多多了。"

"我们其实可以不用放弃之前成就的一切,翰碧斯特夫人。"阿蒙·塞特说道。

"哦?"

"我详细地研究过人类历史,在我看来,唯一能确定的是没有什么是永恒的。改变迫在眉睫。"

"你是在说奥克邦塔最近的外交举动吗?"

"某种意义上吧。"赛特谨慎地说道。

梅里韦尔俯过身,轻轻地拍了拍赛特那粗糙龟裂的手,感受不到任何的温度或人性。"这方面嘛,你可以不用太担心。"

"怎么说?"

"因为这种事情嘛,确实是在我的管辖范围之内。我和几个线人早就获得他们的信任了。关于他们的一切,从他们的真实政治经济动机,到更……个人的情报,我都一清二楚。"

"是吗?"阿蒙·塞特的头歪到一边,似乎在表示他对此越来越感兴趣。

"当然了,对待他们必须要巧妙谨慎一点。"她笑道,"要是闹出什么国际事故那就不好了,你说是不是?"

"当然。"赛特说道。

"你知道吗?竟然有人愚蠢到要刺杀大使,还是两次。简直是蠢到家了。"梅里韦尔摇着头说道,"真的,要是给我查出是谁干的好事,我一定要跟他们好好聊聊,我向你保证。国家之间的关系是不能用这么粗暴的方法处理的。它需要一定的狡猾手段,还有大量的尔虞我诈。"

阿蒙·塞特再一次沉默了。"我听说你有很多时间都和大使在一起。当我知道你是间谍长的时候,我还十分担忧,因为你让我感觉你的立场是在帮她。"

"这样看起来就对了。"梅里韦尔说道,"说明我的工作做得相当好。"和真相十分接近的谎言是最高明的。事实上,她确实把大使看成另外一个潜在的对手,不过这是在她把国内目前的问题解决之后。"和间谍打交道的时候有一点是雷打不动的:凡事皆不可貌相。"

"我开始有点懂了。"阿蒙·塞特说道,"说不定……你我真的可以合作一番,为了对大家都好的未来。"

"我确实喜欢建立联盟。"梅里韦尔回道,"但和我打交道后你就会发现,凡事对我来说都是一次交易。如果说你们那边对大使很担忧的话,我可以给你们提供一切关于她和她的随从的情报。比如说,她伪装的动机和她真实的动机。不过我肯定会向你们索取同等价值的回报哦。"

"难怪你和普洛格·伯恩那么合得来。"阿蒙·塞特说道,"没问题。那你想要什么同等价值的回报?你还在为文成在凡斯港闹出的那件事烦恼吗?卓玛斯特告诉我了。"

梅里韦尔不屑地摆了摆手。"不管怎么说,最后的管辖权还是在他手上。我在意的只是为他提供相应的服务,好和这位新任军事长建立起一个积极的业务关系而已啦。"

"你真的是一头政治野兽啊,我说得对不对,翰碧斯特夫人。"阿蒙·塞特说道。

"过奖了,阿蒙·塞特。"她向前俯了俯身,笑道:"好了,我知道国王玛塔卡斯很快就要让位于他的儿子,雷斯顿。我真正想知道的是,在这个过渡期间,你有什么计划来确保咱们的自主权?"

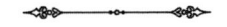

※

梅里韦尔像平常一样冷静地听完阿蒙·塞特的计划。一直等到他离开,她才敢真正让自己感到震惊和恐慌。阿蒙·塞特想要做的事其规模和胆量实在大得太惊人了。不过几分钟之后,她便让自己恢复冷静。如果要拯救帝国,她必须马上采取措施。第一步是要写一封信:

致天堂圆环的黑玫瑰：

  我们的共同朋友，红眼，建议我与您取得联系，以便共同商讨结盟的可能性。首先请允许我由衷地感谢您在黎明曙光事件的贡献。虽然事件已经过去了数月，但直到现在我的工作还会因此次事件而受益。倘若那最可憎的项目主谋，普洛格·伯恩没有死，我现在新发现的机遇就不可能发生。

  我也很高兴像您这样受敬重的社区领导愿意一同对抗生物法师的暴虐无道，为建设一个更安全的帝国而付出更多的努力。我能理解您想要和皇后会面作为回报的用意。根据我对您的过去和事迹的初步了解，我多少能猜到您想和皇后讨论什么。碰巧的是，我自己的立场也跟您一样。所以请您放心，我定会全力为您提供支持。

  现在，我正式向您发出邀请，希望您能尽快直接前往日落角与皇后会面。日落角位于斯通匹克的西北岸半岛，皇后大部分时间都在此地。现在发生的事件关系到我们所有人，而且时间非常紧迫。同时，我希望您可以尽可能把所有红眼所说的"真汉子"一同带来，等您到达时我会亲自向您解释原因，但请理解这样对我们都有好处，对了，还要带枪。越多越好。

  如果您同意的话，请立即通知信使，并将您到达日落角的大概日期告知我。

最诚恳的，
梅里韦尔·翰碧斯特女士

  梅里韦尔看了看信纸，又检查了几遍内容。她实在不情愿和黑帮头

目扯上关系。皇后那边她也要圆滑地处理，尤其是如果她没猜错黑玫瑰想要交换的条件。但现在可不是回避大胆措施的时候。

派出疾行使者坐上快船的话，应该几天内就能到达天堂圆环了，但梅里韦尔无法预料黑玫瑰需要多久才能召集一支小部队并起航到达斯通匹克。一周？两周？那样就离阿蒙·塞特的计划时间太接近了，她不喜欢这样。不过，现在这种情况她也是无能为力。

梅里韦尔封印好信封，按响了桌子上的小铃铛。

下一秒，休姆便出现在门口旁。"夫人？"

"请务必尽快把这封信直接交到天堂圆环的黑玫瑰手上。告诉信使，必须马上带着答复回来。"

"我会派出最可靠的信使，夫人。"休姆说道，凝重地接过信封。他看着信封，又把目光移回梅里韦尔身上。"需要转达的只有这一个吗？"

阿蒙·塞特的计划休姆也全都听到了，梅里韦尔明白他在说什么。真的，休姆现在越来越像前帕斯汀纳斯勋爵了，这挺可爱的。他的担心让梅里韦尔很感动。

"红眼去到凡斯港之后还没有让我们去联系他的意思。"梅里韦尔说道，"不过我也不知道把情报告诉他对他有没有帮助。恐怕现在凡斯港发生的事情连他也控制不了了。事已至此，我们不能再指望他，或者他承诺的增援在接下来的斗争中能发挥什么作用了。就算他们还能活下来。"

18

据说，乞丐的祈祷上的壁画石窟是帝国的一大奇迹。小岛本身没什么可看的。远远望去，这座岛就像是一坨又粗又矮、崎岖多山的土墩，上面零零散散地点缀着瘦瘠的小树和灌木。只有当你进入小岛南边的海岸，看到洞窟的入口之后，你才会明白自己之前看到的只不过是这座岛真面目的外衣。

隐士恩托克是唯一一个住在乞丐的祈祷岛上的人。布里姆不太清楚恩托克的故乡在哪里，只知道他是一个贵族，还有他曾经在皇家学院里学习过美术。很多人都觉得他是疯子。布里姆也觉得是这样，只不过没有像大家说的那么疯。绝大部分的人都不能理解怎么会有人选择过隐居的生活，还是独自一人。不过布里姆已经和足够多的烂人打过交道了，所以他能明白这种选择是有一定的吸引力的。

布里姆第一次来这座岛大概是在五年前。那时正值长夏，当时他还是个商人。抱着出去玩玩的心态，他决定带着他的妻子儿女坐上他的快艇，请他们到著名的壁画石窟参观一下。不过路途可不轻松。小岛所处的海域刚好在暗黑之海和黎明之海的交汇处，洋流变幻莫测，时而暴风骤起，时而风平浪静，随季节变化而定。坦白说，布里姆自己对石窟是没什么兴趣的，不过他十分准确地推断，那里的美景足以让他的妻子儿女在接下来的几个月都心情舒畅。而他没料到的是，他竟然在那里糊里糊涂地达成了这辈子最赚钱的交易协定。

当布里姆第一次看到石窟的时候，就算是像他这样的人也不由得被眼前的美景所震撼。随着他的舵手把船驶进狭窄的海湾，布里姆和他的家人只能愣愣地站在船头，看着巨型的石窟入口逐渐靠近。洞窟之大完全可以让他的快艇直接进入，连桅杆和船帆都能一一容纳。不过要调头出来则有点麻烦，所以他们索性就在入口外面抛锚停船。

接下来，布里姆就划着小艇，载着家人走完了剩余的路程。他们缓缓地穿过入口，终于靠到洞内那石子儿嶙嶙的岸上。布里姆把大部分的手下都留在船上观察入口了，因为有传言说海盗有时候会躲在洞窟里偷袭，而他是不会拿他小商船队中最快的一艘快艇冒险的。他也不会拿家人和自己的性命冒险，所以除了妻子、儿子和女儿之外，他还把大副蹩脚乔带上了，还有足够所有人用的步枪，以防在探险的过程中遇到海盗。

可是等一进入到石窟之后，他们马上就把步枪忘掉了。里面一点都不暗，这有点出乎布里姆的意料。事实是，有的地方甚至亮得有点儿刺眼。由于许多洞壁上都长满了一片片巨大的水晶，所以就连从洞顶缝隙里透进来的一点点微光也立即被折射放大了好几倍。布里姆发现，大多数水晶都是透明的，偶尔会有几片呈现出红色、蓝色、绿色，甚至还有紫色。显然，这些水晶就是壁画石窟这个名字的由来。由于光的折射，一些洞窟的墙壁被照得光彩夺目，光和影的结合变幻莫测，比斯通匹克的寺庙还要神奇。

布里姆和家人在洞窟里漫无目的地逛了好几个小时。后来当他们走过一个拐角的时候，众人惊讶地发现，在前方一个被映成翠绿色的小洞窟里坐着一个穿着一身破烂长袍的男人。只见他背对着众人，似乎在聚精会神地画着一幅画。

"你好啊，先生！"布里姆友好地喊道，没想到那位画家却吓了一大跳。好不容易让他平静下来后,布里姆了解到他的名字叫做恩托克,一年前为了避世逃到这里,从此只做一件事,就是画画。

"我以为准备的颜料和画布至少够我用好几年的。"恩托克说道,遮掩在长发长须里的眼睛充满了悲伤,"但这个地方实在美得让人窒息啊,我实在控制不住自己了。我现在只剩下几张画布和一半颜料了。"

"反正我觉得你很快又要回归社会的。"布里姆说道。

恩托克摇了摇毛发杂乱的脑袋。"我愿意不惜代价留在这里,只以作画度过余生。"

布里姆看了看绘画架上那幅小油画。他虽然不怎么懂艺术,但直觉告诉他那幅画画得相当好。它不仅捕捉到了鲜艳的色彩,还把光画进去了,看着画仿佛就像看着实景一样。

"你现在肯定画了很多了吧?"布里姆问道,"其他的都这么好吗?"

恩托克兴致勃勃地跳了起来。"跟我来!我带你去看看!"说完,他便匆匆地往一条小通道走去。

布里姆和他的家人跟在那位古怪的画家后面,很快就来到了一个昏暗的大洞里面。只见洞窟的每一面墙上都堆满了油画。里面有一些是洞窟的写实画,跟之前在翡翠绿的洞穴里看到的那张一样。其他的则画了人或者动物在上面。

"平常很多人过来这里吗?"布里姆指着一幅画问道。只见那幅油画画的是刚才布里姆经过的那个粉红色洞窟,一家人正在中央的小水池旁边野餐。

"从来没有。"恩托克说道,"所以我才会被你们吓到。"他点头指了指那幅画,继续说道:"那是我做的一个梦。可能有时候我也会感到孤独吧。寂寞的时候我就会梦到一些人。把他们画出来之后,我暂时就不会感到孤单了。"

布里姆的注意力又被旁边的一幅画吸引了过去。那是一幅画面感十分丰富的画，洞窟里被红色、蓝色和紫色的光彩填满，两个人似乎正在以剑决斗。"这一幅又是什么？"

"哈！这一幅画的是历史！"恩托克说道，"那天我偶然来到戴尔·贝恩和狡猾者河洛进行最后决斗的洞窟了。当时我觉得他们俩仿佛就在我眼前一样，所以我就想我必须得把它画下来。"

布里姆把画拎起来，在昏暗的光线中更仔细地观摩起来。只见戴尔·贝恩赫然耸立在那个精瘦的、身着黑衣的文成武僧面前，但整个人都是灰色的，看起来十分疲惫，与围绕在他身边的缤纷色彩形成了鲜明的对比。

"画得很好。"布里姆告诉恩托克道，"我应该可以帮你在斯通匹克卖个好价钱。"

"我对金钱没兴趣。"

"哈，我可感兴趣了。这样，我帮你卖掉这些画，然后用赚来的钱给你买颜料和补给，当然了，要除去我的佣金和把补给运给你的车马费。"

恩托克听到之后眼睛都亮了。"你是说你会定期给我送颜料和画布，我只是待在这里就可以了？"

"只要你不断地给我提供画作，让我赚到钱，我可以一直做到你不想画为止。"

恩托克咧开嘴笑了，浓密的胡须底下露出两行意外洁白的牙齿。"我接受你的好意！"

布里姆知道这些画肯定能卖个好价钱，只是没想到会卖得这么好。很快，恩托克的作品就成为了斯通匹克的最抢手的画作之一。后来，他也问了恩托克要不要利润分成，毕竟一个人能买的颜料和画布也只有这么多，而布里姆也很自豪自己能成为一个可以让孩子敬仰的诚信商人。不过恩托克却委婉地拒绝了。于是，在过去的五年里，布里姆慢慢地攒下了一笔财富。当然，其间也有其他商人想分一杯羹，打算直接从恩托克手上买画,但那位隐士都一一拒绝了。他们不知道怎么和恩托克沟通。他们不理解对于恩托克这种人来说,画画就是一切。虽然布里姆不懂艺术,但他具有博大的胸怀,自己也愿意去理解那些和自己毫无关系的观点。很难想象这样的品质竟然会使他成为了帝国最成功的艺术品商人。

每隔一段固定的时间,布里姆就会来到乞丐的祈祷。除了颜料和画布之外,他还带了一瓶威士忌。不过不是给恩托克准备的,这位隐士似乎只要有雨水、地衣和鱼就满足了。不过在和恩托克合作的这五年里,布里姆养成了一个习惯:每次来石窟的时候,他都要在那里过上一夜。隐士聊的话题通常都很匪夷所思,但只要喝一口香浓的威士忌,布里姆就觉得还挺有意思的。

那天晚上,两位男士又像往常那样躺在了贮存油画的洞窟里,在他们身下是恩托克耐心栽培出来的苔藓床。这时,一束阳光从洞顶的缝隙里透了进来,照亮了还在画架上晾干的最新画作。

"这又是你做的梦吗?"布里姆握着酒瓶指了指油画,喝了一小口。

恩托克露出了标志性的平静笑容,摇了摇头。"不是。这是我那天亲眼看到的。"

布里姆一下子被呛到了。咳嗽了好一会儿之后才挤出一句:"什么?"

"很壮观,对吧。"恩托克神情恍惚地说道。

布里姆膝手着地地爬了过去,好让自己看得更清楚。这一次他画的不是石窟内部,而是一幅从石窟入口看向海岸的画面。只见岩岸从两旁伸出海湾,远处就是开阔的大海。一个庞然大物冒出海面,乍看之下就像是一座突然间形成的附属岛。不过那并不是一座岛。那是一颗巨大的、半露出海面的球状脑袋。在海平面之上,一颗暗橙色的球体裹着一层薄薄的黑色矩形正恶狠狠地瞪着油画外的人。而在脑袋后面,几根粗壮的柱状物体也从海底里举了起来,那是大得可怕的巨型触手。

"这个难道是……海怪克拉肯?"布里姆难以置信地问道。

"我不知道它还能是什么了。"恩托克说道,"能看到它我真是太走运了!"

布里姆浑身发起抖来。"不管它要去哪里……它所到之处的人绝对就不走运了。"

第三章

　　到了最后,我终于明白,原来我最大的错误就在于以为自己必须独自把所有负担背在身上。但是进步从来都不会只落在一个人的肩膀。相反,只有当很多人为了同一个目标而团结起来的时候,进步才会发生。

　　然而不幸的是,在这个伤痕累累的帝国里,我实在想象不到还能有什么悲惨的事情能让人们团结起来。那会是多么荣誉却多么悲伤的一天啊……

　　　　　　　　　　——狡猾者河洛的秘密手稿

19

在吻红眼之前,希望从来都没怎么想过有关接吻的事。可能是她以前太执着于报仇雪恨了,以至于她整个少女时期都没有机会体验爱情。不过就算出现了这样的念头,她也一直觉得这些事都相当琐碎,根本不值得自己花精力去追寻。

不过现在她已经尝试过了,心里就一直在回味吻红眼的事。他那坚定而柔软的嘴唇,他紧紧抱住自己的双手,还有他的温热和亲密……如果她任由自己沉浸在回忆当中,她的脑袋就会开始发晕,内心深处涌起一股朦胧不清的、折磨人的渴望,她想要更靠近红眼。这几乎变成了一种生理需要。

但以现在的情况来看,这种渴望是不可能被满足了。看得出来,因为希望拒绝加入他和皇后的联盟,红眼现在非常伤心。不过他并没有表现得郁郁寡欢,但他开心的样子一看就知道是装出来的,而且在他的眼睛背后现在已经筑起了一道墙。

希望明白这一切对他来说都是很个人的事。他十分关心这些人。这也不奇怪,因为他就是一个很有爱心的人,虽然他一直都想表现得若无其事。而且他和那位翰碧斯特夫人以及雷斯顿王子相处的时间跟希望与布力加·林以及阿拉斯的一样长。希望只是不明白为什么他竟然会觉得她会同意加入这种结盟。难道他真的有那么不了解她吗？不过也许是因为他看待事物的观点已经改变了，他已经忘了自己以前是怎么看待这个世界的。是从下往上看。

不过，不管怎样，他的确变了。甚至变得比希望预想的还要多。在他的身上多了一种从来没有过的专注，仿佛他终于找到了一个人生目标，不再局限于泡妞、游戏和打劫有钱人。另外，他也不再像以前那样老摆出一副轻佻的样子了。希望觉得这两种改变都令人钦佩。甚至很有魅力。不过希望还发现，在他身上还多了一种对王权的忠诚。她根本无法理解这种忠诚的缘由，更不用说要自己和王权扯上关系了。但是最让人抓狂的是，即使是这样，红眼对她的吸引力还是一点都没有减少。

一开始，希望还担心自己拒绝之后红眼就会离开。这是说得过去的，毕竟他的任务就是招募她们，而他却失败了。按理说，他应该回到间谍长那里汇报。但是他留下来了。这既让希望松了一口气，同时又让她隐隐感到担忧。一方面，她不知道自己能否接受这么快就要和他再一次分别。另一方面，她担心他留下来是因为他觉得还有机会劝她们加入。

希望坐在舷侧旅馆的大厅，望了望旁桌正在和吉莉玩石子游戏的红眼。这也是她第一次看到红眼如此有爱的一面。她很感激他终于愿意把自己最真实的一面展示给她看了。但是……

希望叹了口气。这种渴望与不信任之间的拉扯实在太费精力了。但她却控制不住自己。

她看了看桌子上那封叠好的信。那是早上刚送来的。上面的字迹虽然写得很认真，但还是有点乱。

亲爱的希望，

你之前提到，等莱克洛克稍微恢复之后你就要和他说说话。虽然他现在还身受剧痛，而且近期内也无法活动，但我觉得他已经足够清醒，能和你谈话了。我们不会在凡斯港待很久，所以如果你还想和他说话的话，我建议你方便时尽快过来。

——斯蒂芬

希望重新把信折好，放到长袍的其中一个口袋里。接着，她站起来走到红眼和吉莉玩石子游戏的那一桌旁。

"其他人都去哪里了？"她问道。

"阿拉斯和维德顿在船上干活。"吉莉说道，"布力加·林在我们的房间，在教尤特尔冥想什么的。"

"去叫布力加·林下来。"希望说道，"等我们出去后，我需要你帮我看好尤特尔。"

"我？"吉莉有点垂头丧气地说道，"我想跟你们去啊！"

"我们要去文成武僧那里。到时事情会变得很紧张，更别说要带尤特尔一起去了。所以我需要你和他在这里。"然后，希望嘲弄地对吉莉笑了笑，继续说道："加上，他都把你当成是大姐姐啦。"

吉莉却呻吟了起来。"我才不想要这个小弟弟呢。"

"快去。"希望严厉地说道。

"是的，老师。"吉莉猛地从桌子上站起来，噔噔噔地从楼梯跑了上去。

希望继续站在那里，红眼则坐在桌子旁摆弄着那些标了数字的石头。这种尴尬的沉默是她最不喜欢的。

"想我陪你一起去吗？"终于，红眼开口问道。

希望看着他。"我一直都想你陪着我。"

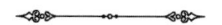

斯莱斯港湾酒店，众文成落脚的地方，让希望感到有点儿意外。它应该是凡斯港最奢华的住所，一共六层高，占地面积也是最大的，有数不清的楼宇，数不清的棚架，数不清的阳台，比她在堕落谷看到的大多数庄园大宅都要豪华。整间酒店给人的感觉就是，只有那些为了享受贵族待遇的富商才会住进这里。

希望停下脚步，盯着酒店好一会儿。

"文成不应该都是苦行僧吗？"红眼喃喃道。

"是的。"希望回道。

"我是不是……对这个词的理解有些误会？"

"并没有。"她厌恶地摇了摇头。"咱们别站在这里了。进去吧。"

没想到，酒店里面比外面还要奢华。有上好的家私，精致的水晶吊灯，还有各式各样的挂毯，其华丽程度简直与托里斯顿和他妻子在银背镇住的日落酒店不相上下。

"我们怎么不住在这里？"布力加·林问道。

希望不赞许地看着她。

"怎么了？"布力加·林无辜地说道，"也许文成的确要誓守清贫和贞洁，但是相信我，生物法师并不会。"

希望穿过大堂来到前台，一位穿着夹克戴着领结的贵气老男人正在用一种很不欢迎的目光看着他们。希望估计是他们看起来并不像是有能力在这里消费的那种人吧。也有可能他看谁都是这样。

"不好意思，你们是不是走错路了？"他尖酸地说道。

"不是。"希望喃喃道，"不过显然其他人是。"

"我不是很明白你的意思，女士。不过如果你们是要住宿的话，我需要验明一下——"

"我们是受文成邀请过来的。"希望打断道,"他们在哪里?"

"噢,他们。"老男人酸酸地说道,"当然是他们了。"他嫌弃地压低了头,指了指最后排的三条楼梯。"从那里走上顶楼就看到他们了。"

"哎,他们还算是有一点收敛嘛。"布力加·林说道,"一般来说顶楼都是最不受欢迎的。"

"我说啊,这可能就是他们选择住这里的原因。"红眼说道,"这家酒店是这里最高的,我看跑这么多层的楼梯也算是很好的锻炼嘛。"

希望翻了翻白眼。"试试不就知道了。走吧。"

只不过是六层距离相同,还铺了绒毛地毯的楼梯,这对希望来说不算什么锻炼。起码不足以证明文成武僧们选择这家酒店的原因。走过最后一层楼梯之后,他们来到一个很短的平台,平台末端是一扇巨大的、装饰夸张的木门。希望用她的金属爪用力地在门上敲了敲,根本不管这样做会不会刮花了木门。

等了一会儿之后,其中一个文成把门打开了。希望不是很清楚他的名字。只见他上衣已经脱了,只穿着皮裤皮靴。

"哇噻。"布力加·林惊叹道,赞赏地看着他那光滑而结实的腹肌。

"我们是受邀过来的。"希望告诉那个文成。

"是的。"文成说完,侧身让开了道路。

于是希望便走进了屋内,红眼和布力加·林则跟在后面。屋里面的门廊很窄,但走过门廊之后便是一个宽敞的、装饰极尽奢华的客厅。但就在如此堂皇的地方,却有一帮严肃冷酷的文成武僧半裸着身子,不是在打磨刀剑,就是在抛光皮甲,这幅画面看着就有点别扭。

"啊,你们来了。"斯蒂芬一边说一边站起来,把皮马甲套在薄薄的亚麻衬衫上,并开始把皮带一一扣上。他点头对刚才开门的半裸文成说道:"谢谢,拉文托。"然后又把脸转回希望那边。"我还以为你不想来了。"

"嗯……"希望扫了一眼客厅。"你们找的房子还挺精致的。"

"噢。"斯蒂芬别开脸，脸微微地红了。"是莱克洛克挑的。他说……呃，现在听起来有点傻，但他说在真知玛纳伊之前，文成是没有清贫之誓的，还说我们应该回到以前那样。当时，呃，我们都觉得挺有道理的。"

"我猜也是。"希望本来还想好好教育一下他们的，但看到斯蒂芬脸上那真诚的羞愧之后便打消了。

"真的吗？"这时红眼好奇地问道，"在真知玛纳伊之前文成的生活真的是很奢华的？"

"是的。在他们还住在皇宫的时候。"希望回道，"我猜玛纳伊之所以带他们离开斯通匹克就是为了逃离那种奢侈的生活，还有政权间的你争我斗。这些都会让文成分心，从而忽略了真正应该关注的东西。"

斯蒂芬忧伤地笑了笑。"你的话让我想起了河洛。"

"狡猾者河洛。"玛尔武说道。他穿着一件亚麻衬衫，坐在旁边给自己的黑皮甲上色抛光。"我们都应该重新称呼他的正名，因为他将会被铭记在文成的历史上。"

希望听到后，疑惑地看着斯蒂芬。斯蒂芬又露出了尴尬的神情。"莱克洛克试图破坏狡猾者河洛的名声，并将他从文成历史上抹掉。"

"抹掉他？"希望再也不客气了。"你们都忘了他为了武僧团、为了帝国、为了我们所有人所付出的一切吗？"

所有人都沉默了。每一个都是。希望看着所有人，没有一个人敢接过她那愤怒的目光。他们都知道那是不对的。但他们太害怕莱克洛克，所以没有人敢反对。

"你们的大宗师能和我说话了吗？"她终于问道。

"残酷者莱克洛克已经不再是我们的大宗师了。"拉文托坐下来，用一块磨石打磨剑刃上的一处刻痕。

"我们投票决定的。"玛尔武赶紧说道，"完全是根据戒律的指示做的。"

"他已经醒了。"斯蒂芬说道,终于有人回答她的问题了。"我带你去见他。"

"谢谢。"希望说道。

于是,斯蒂芬便带着希望众人来到其中一个房间里,莱克洛克躺在一张四柱大床上,两只手一条腿都夹上了夹板,一根铁链从他身上连到了大床上。当众人进去的时候,他眼神憔悴地看着他们,但并不意外。

"你是来幸灾乐祸吗?亵渎者!"他咆哮道。

希望从他面前走过,来到窗户旁。她背对着他,用指尖捻着蕾丝窗帘说道:"作为羞辱,你的选择还挺奇怪的。你不是一直都很恪守文成戒律的基本准则吗?"

"我们理应得到和地位相符的荣誉和待遇!而不是像南方农民一样卑躬屈膝!"莱克洛克说道。

希望沉默了一阵,继续细看那设计精致的蕾丝。然后她说道:"我以前一直在想,你最讨厌的到底是我的农民背景还是我的性别?"她转过脸,面向莱克洛克。"现在,我已经不在乎了。我不是来幸灾乐祸的。我是来打听情报的。"

莱克洛克哼了一下。也许他是在笑。"你觉得我会告诉你?"

"如果你还想看到武僧团在经历你的野心之后还能存活下去的话,那么是的,我觉得你会。"

"你以为自己是什么,武僧团的救世主吗?"他讽刺地问道。

"你知道吗,"希望说道,仿佛没有听到他的话一样,"至少有一点,你我都是赞同的。"

莱克洛克眯起了眼睛。"哦?"

"跟你一样,我也认为文成武僧团应该重归世界,不能再归隐一隅了。"

"真的?"莱克洛克看起来相当惊讶。

"虽然我能理解真知玛纳伊让武僧团退隐到盖尔默尔，远离皇宫的腐败风气的原因，但这样做却让武僧团变得不思进取，停滞不前了。"

"没错！"莱克洛克挣扎着坐起来，因突然涌现的热情完全忘了身上的铁链和受伤的手脚。所以马上他就因为剧痛又重新掉回床上，不过眼睛却还是发着光。"我们不能再这样下去了！如果继续待在南部群岛那个破地方，等待我们的就只有荒废和死亡！"

希望点了点头。"不过这不是我们要离开盖尔默尔的唯一理由。过去几百年以来，因为文成武僧的缺席，生物法师已经变得为非作歹了。他们像对待牲口一样对帝国的老百姓肆意掠夺。文成武僧必须重新回归使命，成为百姓的守护者。"

莱克洛克的身体像突然泄了气一样，他的热情也随着那道气消失不见，取而代之的是苦涩的嘲笑。"我懂了。这么说你想要的是像照顾婴儿一样娇惯弱者啊。我收回之前说你没资格作为文成弟子的话。你的确是河洛最好的学生啊，我说得没错吧。"

希望笑了。"不管你是在表扬还是侮辱我，你说的只对了一半。几年前我就偏离了河洛的教导了。他确实教会我很多事情，但我对世界的看法绝大部分都是从我离开盖尔默尔后通过经历形成的。"她怜悯地看着床上这位受伤的老文成。"而你对这个世界的了解，不过才刚刚开始。"

莱克洛克闭上了眼睛。"你滚吧。我已经看腻你了。"

"我想帮助武僧团适应这个世界。帮助他们在这里发芽开花。"希望说道，"告诉我，你都给他们达成了什么结盟，向谁承诺过什么，这样我至少可以知道自己将要面对的是什么。"

莱克洛克没有张开眼睛，双唇却再一次露出苦涩的笑容。"我们承诺杀掉你和那个生物法师女巫，这样我们就可以重新成为国王的右手。所以拜托你，务必保持武僧团的荣誉，完成那个承诺吧。"

"你是直接向国王承诺的？"希望质问道。

他不出声了，用瘀青的嘴唇嘲弄地笑着。

"他没有向国王发誓，只是跟生物法师而已。"红眼说道，"他在和委员会谈判的时候我就在现场。"

"这样的话问题就不是很大了。"希望说道。

"看到没？"红眼的笑容显得很不自然，"有时候有自己人在内部不是挺好嘛。"

他又在试图说服她加入"内部"了吗？还是只是在证明自己在内部干得还不错？希望不知道。她很想问，但不能当着莱克洛克的面。

"你一直都很帮忙，红眼。"她对红眼说道，"我已经没话跟这个可怜的老头说了。我们去和其他的文成谈谈，看他们下一步想要怎么样吧。"

当他们回到客厅之后，希望发现所有的文成都已经整理好着装了。皮甲已经穿好扣紧，武器也入鞘收好。

"那，"希望说道，"你们现在有什么打算？"

他们都不确定地互相看了看。

"应该是回去盖尔默尔吧？"玛尔武说道。

"文图师兄一定很欢迎你们回去的。"希望说，"但你们有没有想过留下来？"

"什么意思？"拉文托问道。

"我知道你们不认同我是真正的文成，我也不会反驳什么。但如果你们允许我提点建议的话，我认为躲在盖尔默尔的时代已经结束了。你们是年轻一代的文成，现在正是你们改变帝国的好时机。去赢回人们曾经对武僧团的尊重。"

斯蒂芬却摇了摇头。"现在已经太晚了。知道我们的人都恨我们，其余的对我们根本毫不在意。也许莱克洛克是对的，文成武僧团已经完了。也许我们的结局就应该这样。除了过去的荣光之外我们还有什么？现在就连这个都被我们糟蹋光了。"

"真可悲。"布力加·林说道,"我一直以为所有文成都是有骨气的,从不轻易言败。她就是这样。"布力加·林指了指希望,"难道你们要告诉我她是唯一一个?难道你们所有人都只是任性的小孩?一遇到挫折就吵着要回家?"

"布力加·林……"希望说道。

"不,不。"布力加·林继续说道,"事实就是这样,我看到你们就想吐。我已经厌倦了这帮……"

希望把手按在了布力加·林的手臂上。"我知道你想帮忙,不过现在用这种方法不合适。相信我。"

布力加·林翻了翻白眼,不再说什么了。

"你们就考虑留下来吧。"希望对这帮年轻人说,"你们可以为帝国贡献很多。就算再也挽回不了武僧团以前的声誉,但也已经足够了,不是吗?"

没等众人回答,希望便朝门口走去。

"没了?"红眼轻声地问道,"就这样走了?"

"他们需要时间消化。"希望说道。

这时,拉文托从椅子上站了起来,匆匆地跑过去把门打开,表现出来的恭敬有点突然,又有点意外。

希望正准备走出门外的时候,一声震耳欲聋的巨响突然间充斥了整个房间。那个声音就像一声巨大的雷响,只是持续的时间异常的长,把窗户上的玻璃震得都抖动了起来。

等到声音慢慢平息下来后,红眼才说道:"刚才那个他妈到底是什么?"

没等有人回答,又传来了第二声巨响。这一次连地板都开始颤动了。这一次伴随巨响而来的是远处的人们因为恐惧和受伤而发出的凄厉尖叫。

"声音是从东边传过来的。"希望说道。

大家连忙向露台跑去,红眼猛地把阳台门拉开,让希望先走了出去。

其他的人也纷纷跟着她走到了面积狭小的露台上。希望刚想让众人都往后退一点，但这时她的目光投向了灰影区的海岸，就在那像叶子一样展开的庞大码头群中，她看到了那个极其恐怖的东西，让她把其他所有念头都忘光了。

是海怪。

"天啊。"她低声道。

那头名叫守护者的海怪头颅无比巨大，上面布满了藤壶，像一个大得离谱的气球耸立在城镇边上，连最高的房子也相形见绌。在它头部的表面插满了锈迹斑斑的长矛和船锚之类的金属。这些东西都能轻易将一个成年人刺穿，但这头海怪却根本没事，毫不在乎。它有八根触手，每一根都有单桅帆船的船身般粗壮，比街道还要长。只见它挥舞着触手扫过占据了凡斯港大部分面积的码头群，像拔草一样把木桩连根拔起，扔向镇里。一时间，木头桩子便像下雨一样砸烂了楼房的屋顶，或是把街上恐慌不已的行人砸伤。

"我确实有听说过海怪的事。"红眼说道，声音里充满恐惧，"但老实说，我没想到它竟然是真的。"

"生物法师委员会居然把守护者放到人口这么密集的地方。"布力加·林说，"这……这简直闻所未闻。这里面完全没有研究的意义，除了肆意破坏之外，我实在想不到其他的理由。"

"可能生物法师知道我们放弃任务了，所以他们要自己动手把你们干掉。"斯蒂芬猜测道。

"如果他们只是想要我们死的话，他们大可以选择一个更有效率的方法。"希望说道。

"尤其是我们只是坐在这里，"红眼补充道，"这里已经差不多是岛中心了，就算是海怪也不能扔得那么远吧。"

"阿拉斯！"布力加·林突然抓住了希望的手臂，"他和维德顿还在那艘破船上！他们就在那里！"

说完，她推开一个个的文成武僧，朝门口跑去。

"布力加·林，等一下！我们需要有一个计划！"希望喊道。

但布力加·林完全没有理会，也不在乎什么计划，只想快点赶到码头。

希望马上对红眼说："跟上她。别让她害死自己。"

红眼凝重地点点头，快步跟了上去。

希望又转向依然挤在她周围的文成。"你们要帮忙吗？"

"这样的怪物，剑有什么用？"拉文托问道。

"现在已经有成百上千个平民百姓受伤了，而且还会有更多。你们能帮助他们。这在勇者萧克的时代，这是每一个文成誓要遵守的使命。"希望回道。

所有的文成都面面相觑。

"去灰影区，"希望劝说道，"尽自己所能，能救多少就救多少。赢回人们的信任。去告诉他们，文成武僧是站在他们一边的，不是什么敌人。"

仿佛要将希望的话灌进众人的脑袋一样，又有一声巨响在外面传来。那声音听上去就像整栋楼都坍塌了。紧接着，更多充斥着恐惧和痛苦的惨叫声夹杂在建筑倒塌的巨响透了过来。

最后，是斯蒂芬先表态了："如果你带领我们，我去。"说完，单膝跪下。

"我也是。"拉文托说道。

"我也是。"玛尔武说道。

一个接一个地，所有的文成都单膝跪了下来，恳求希望领导他们。

要是希望现在否认自己心中的那股满足的感觉，那她就是撒谎。她感到的甚至还有一种成就感。多年以来，大家一直都说她不如他们，而且永远也不能像他们一样优秀。但现在，也正是这一群人，承认了她是最出色的。

但这一幕让希望想起了自己在空虚峭壁招募战友时的情景,所以她绝不能欣然接受这种感觉。因此,在那股成就感的背后,她小心翼翼地偎依在她从黎明曙光事件中获得的自我怀疑和谦卑的明珠旁边。她要把这颗明珠时刻铭记心中,以便随时提醒自己,领导众人并不意味着光荣,而是要对她领导的人负责任。

"好。"她静静地说道,"在危机过去之前,我会领导你们。现在,让我们去告诉世界,文成武僧不仅能除恶杀敌,更能救死扶伤!"

20

"真的十分抱歉,你和国王的面谈又要推迟了。"

梅里韦尔·翰碧斯特夫人坐在一张高背椅上,飞快而熟练地织着一条大概永远不会戴上的褐红色长围巾。

尼雅·安妮波拉大使则坐在对面一张同系列的椅子上,腿上搁着一把吉他。

只见大使偏着头,静静地在琴弦上拨出轻柔的旋律。"好沮丧啊。不过国王的健康还是最重要的。你觉得,他会不会很快就康复了?"

"我觉得他好不起来了。"梅里韦尔说道。

尼雅停下了演奏。"怎么会?"

"他差不多一百五十岁了。"梅里韦尔友好地说道,"就算是生物法师也不能一直创造奇迹呀。"

"我想也是。"尼雅小心翼翼地说道。

这时，梅里韦尔对尼雅笑了。"放心，大使。如果一切都按照我的计划发展的话，到时你面谈的时候就会顺利多了。"

"那真是……让人欣喜呀。"尼雅说道。

"不过，我得先提醒你一下，在情况好转之前一定会变得更糟哦。"梅里韦尔保持着轻松的语气说道，听起来甚至有点顽皮。"不过事情就是这样的啦，我们除了尽责任之外也无能为力了，你说对吧？"

"我一直就是在努力这样做。"尼雅赞同道。

很明显，大使其实很想进一步追问下去，但是克制住了。她是出于好意吗，还是在害怕自己会发现什么，还是说她确实如梅里韦尔所料的那样精明？知道一旦问出口就相当于暴露了自己的弱点：她需要梅里韦尔的情报。可是不好好利用情报的话又会显得很傻。可怜的大使啊，竟然陷入了两难的境地。梅里韦尔觉得还是给这个可敬的对手一点有价值的情报为好吧，毕竟她们之间的冲突在未来几年之内都不会爆发。而在目前正在发生的冲突当中，梅里韦尔希望大使可以成为一个有价值的盟友。

"下午我要去和皇后见面。"她告诉尼雅，"一个人，骑快马。"

"那应该是很紧急的事吧。"

"紧急得不能再紧急了。"梅里韦尔同意道。

"这么说你现在是不会告诉我详情咯。"尼雅说道。

"没错。"

"所以你为什么要告诉我？"

"等我出发以后，你最好把你所有的人都留在你的公寓里。以防万一。"

"怎么说？"

"还有，如果你们有什么防御措施，赶紧用上。"

"防御措施?"

"是的。"梅里韦尔说道,"还有武器。如果你们没有武器的话,回去的时候就找休姆要。他会给你们足够的武器。以防万一。"

"梅里韦尔,告诉我到底要发生什么事?"

梅里韦尔假装想了一会儿,继续说道:"还有补给。没错,一定要备好足够的补给。大概一周的分量?"

尼雅露出严肃的表情。"以防万一?"

梅里韦尔笑了。"没错。谁也不知道什么时候或什么地方会突然发生暴力,而且随你信不信,就我个人来说,我真的十分喜欢你啊,大使。"

尼雅睁大了眼睛。"夫人,你不会是说——"

"今晚就到这里?没错。"梅里韦尔说道,一边把织了一半的围巾放了下来,任由衣针滑到一边。"你一定要坚持三天,直到我带着帮手回来。"

"你这么大的礼,我要怎么回报你?"尼雅问道,神情依然警觉。

"哎,既然你提起了,那我就不客气了。我希望你能把王子带在身边。我不想他被敌对阵营抓住,而且他一直也很喜欢你,所以他一定会乖乖跟着你的。"

"敌对阵营?"现在的尼雅已经到了恐慌的边缘了。

"是的,大使。准确来说,是生物法师。你应该听过他们吧?除了他们以外,很有可能还有大部分的皇家军队。"

想让尼雅感到惊慌可是千年一遇的事情,梅里韦尔实在忍不住要细细品味尼雅脸上震惊的表情。接着她笑了。

"现在恕我失陪了,我要准备行李启程了。"

梅里韦尔骑着马在斯通匹克的西郊穿行。她很感激有这一趟路程，因为这样她总算有时间好好思考一下了。而且她一直都不喜欢出海，但却十分钟情于骑马。她在广阔的草地向西前进，急切的马蹄声像雷鸣般在她身下响起。她没有功夫做发型了，只是简单地扎了个马尾。另外她也不再穿着礼裙，而是选择了更实用的骑马夹克，马裤和长靴。要感谢老天的是，她发现自己穿着骑马服也还是挺迷人的。

事情发生得比她预料中还要迅猛，她不喜欢这样。她本想在生物法师进行下一步动作之前就把黑玫瑰拉拢过来，但没想到他们下手这么快。所以，她不得不极尽谨慎地把一切都安排好，并祈祷她的人还有大使可以应付得了接下来将要发生的事。而现在，她正快马加鞭赶往日落角，准备在可能是最坏的条件下和黑玫瑰进行谈判：她们的筹码实在太少。如果黑玫瑰也跟红眼一样感情用事的话，话就好说了。但如果她更精于算计的话……那事情就会变得很复杂。

梅里韦尔离日落角越来越近，当她看到小码头空空如也的时候，终于松了一口气。她一直在担心黑玫瑰会比她先来，还在没有她的情况下开始和皇后谈判。梅里韦尔十分敬重皇后，这是毫无疑问的，但皇室人员根本就不理解什么叫代价，所以他们谈判的结果通常都非常糟糕。还有，皇后和黑玫瑰之间还有一个不大却十分中心的问题：阶层隔阂。所以，如果谈判的时候有一个中间人的话会相当关键。而且现在红眼人在凡斯港，就算他没有被海怪吃掉，梅里韦尔也只能靠自己了。不过当然了，三个臭婆娘，万事有商量，即便是极端如此的事件也难不倒她们。

梅里韦尔骑着马三步并作二步地穿过皇后家的庭院，然后拉了拉缰绳，停了下来。

"夫人。"说话的是皇后的家仆总管科登姆，他穿着无可挑剔的白色制服恭敬地站在前门。"请立即到皇后殿下的书房,您的马就放心交给我吧。"

"哎,我一路都催得它很紧,真是过意不去呀。请您特别照顾一下它哦。"梅里韦尔说道。

"遵命,夫人。"

梅里韦尔把缰绳递给科登姆,便急急忙忙地跑到屋内。

皇后家的设计也非常简洁,梅里韦尔就是受到皇后的启发才把自己的房子布置成那么简单。这两位女士都喜欢整齐和极简的风格,但皇后的装饰大多都是柔和的蜡笔画,主要以优美的曲线和流动的形状为主,这样的设计会给客人带来一种安详宁静的感觉。而梅里韦尔则是选择了棱角分明的几何形状以及色彩鲜明的对比设计,主要是因为她想给去她家的人一种朦胧的不安感。

翰碧斯特夫人快步穿过大宅,马靴踩在光得发亮的木地板上发出清脆的声音。来到书房的门前后,她不得不停下来缓了一会儿。毕竟来这里的路途还是挺不容易的。她理顺了自己的头发和衣服,然后用手帕把靴子上的灰尘都擦干净。等一切都整理好之后,她才静静地敲了敲门。

"是翰碧斯特夫人吗?"皇后平静地在里面说道。

"是的,殿下。"

"好极了。快进来吧。"

推门进去一看,皇后已经穿好正式的礼裙准备接见客人了。只见她站在窗边俯瞰着黄昏之海,看着大海在最后几缕余晖中若隐若现。她还是那么充满活力,完美地解释了什么叫做成熟端庄,温柔睿智。

"你觉得海对面是什么?"皇后静静地问道,目光还停留在大海上。

"但愿这个谜题可以在我们的生命走到尽头之前揭晓吧。"梅里韦尔说道。

"至少你还可以知道。"皇后阴郁地说道。

"哎呀呀，皇后殿下，"梅里韦尔温柔地说道，"这可不是您该有的态度哦。"

琵瑟琪叹了口气。"你说得对。估计现在我还不能把所有事都交给雷斯顿。"

"话虽如此，殿下，"梅里韦尔赞同道，"但我很高兴地向您汇报，他在最近几个月以来不知怎地变得更成熟了。"

"真是感谢上帝，我们需要这些小奇迹。"皇后把目光从逐渐昏暗的海面上移到梅里韦尔身上。"好了，说回手头上的事吧。一切都准备好了吗？"

"尽可能了，殿下。"

"嗯。还有，你真的认为生物法师的反应会这么迅猛？"

"恐怕他们已经被我们逼到了死角。现在已经是狗急跳墙了。"梅里韦尔说道。

"但是我总觉得……"梅里韦尔摇了摇头。"我实在难以置信他们竟然会这么不择手段。"

"我的经验告诉我，永远不要怀疑生物法师为了达到目的能做到什么程度。"

"但是为了拯救而进行毁灭？"琵瑟琪说道，"这根本就说不通。"

"经验还告诉我，永远不要指望他们的行为会非常理智。"梅里韦尔说道，"虽然以他们的角度来说，他们的所作所为确实有某种内在的联系。如果他们的前提是——"

突然间门被敲响了。

"十分抱歉，打扰您了，殿下。"科登姆的声音听起来一反常态地颤抖着，"外面有一个叫，呃，叫黑玫瑰的人，还有……跟她一起来的同伴想要见您。"

"谢了，科登姆。让他们进来吧。"

"您确定吗,殿下?他们有一点——"

"科登姆?"皇后似乎有点不耐烦地说道。

"遵命,殿下。马上去办。"科登姆慌忙回道。

门打开了。科登姆的脸十分苍白,看得出来他相当焦虑。打开门后,他快速地站到一边,深深地鞠了个躬,报道:"天堂圆环的黑玫瑰前来拜见帝国明珠,琵瑟琪皇后殿下。"

站在门口的女人身材矮小,但胸脯却相当丰满。她跟高雅一点儿都不沾边,但她身上的粗野却散发出一种特别的魅力,让人觉得"黑玫瑰"这个名字用来形容她确实是恰到好处。她身上的衣服跟梅里韦尔的骑马服很像,只是做工没那么精细,大概除了骑马之外还有别的用途。此外,她在腰间还缠着一根细细的铁链,梅里韦尔猜不出来她是把它当成是首饰,还是一种武器。

在她的身后还站着两个人。那是梅里韦尔见过让人感到最不舒服的两个人了。其中一个好像是女的,不过梅里韦尔不能肯定,因为她穿着一身不像样的破烂衣服,又脏又乱的头发还遮住了她大部分的脸。另外一个是一个穿着黑白正装的男人,还戴了一顶高帽。这样的打扮在半个世纪以前曾流行过,但现在肯定早就过时了。

只是双方的人谁都不说话,现场顿时陷入了一种紧张的气氛之中。显然,皇后在等着黑玫瑰行礼或者任何可以表示尊敬的仪式,只是黑玫瑰那边也在等,但等什么就只有老天知道了。

这就是梅里韦尔差点把她最喜爱的马催死了也要及时赶来这里的原因。皇后大半辈子都当惯了帝国最有权势的女人,而通过梅里韦尔之前跟她的交谈来看,她似乎就是不能理解怎么能把黑玫瑰这种人当成子民来看待。但梅里韦尔从红眼身上了解到,在下层社会和新列文的民俗当中,正是黑玫瑰这样的人才应该被当成受敬仰的客人来对待。梅里韦尔已经特别向皇后说明过了,可是现在呢,到了这种关键时刻,她在皇后心里小心搭下的一切思想准备在这次历史性会面的压力下全部轰然崩塌。成功与否就看梅里韦尔了。像往常一样。

"欢迎啊,黑玫瑰。"梅里韦尔开口说道,展现出完全不必的谦恭。"我们很高兴您能过来。"

"没错。很高兴能和如此敬重的社区领导见面。"皇后说道,反应一如既往地快。

"我还以为你是一个老太婆呢。"黑玫瑰冷酷而稳重地说道,"不过说句实话,就这么一看,你还不赖。"

现场又陷入了沉默。

梅里韦尔连忙对皇后说道:"黑玫瑰刚刚在赞美您的美丽。"

皇后听到后,热情地对黑玫瑰笑了笑。"您过誉了。我这只不过是经过精心粉饰的,但你的美就显得更加真实,更加野性。"

梅里韦尔听到野性这两个字之后吓得心里咯噔了一下。但她不知道黑玫瑰有没有生气,反正从她外表是一点儿都看不出来。

"还有你的同伴是?"皇后继续问道。

黑玫瑰扫了一眼默默地潜伏在她身后的两个怪人。"你说这两个?他们是我的手下。"

"噢,是你的保镖吧?"皇后问道。

黑玫瑰的脸马上沉了下来。"我不需要别人保护。"

"那当然了。"梅里韦尔赶紧接道。

"我把他俩带在身边,是为了保护其他人。"黑玫瑰继续说道,"要是我不看着他们,他们肯定会见一个就杀一个。"

"听到了吧?真是一语中的啊,帽盒先生。"女人说道,声音如其外表一样破烂。

"有知己者如此,也是人生一大乐事啊。"帽盒先生的声音也像他本人一样阴森。

"很感激你们的克制。"梅里韦尔告诉黑玫瑰,"以后有的是机会杀人,但现在还不是时候。"

黑玫瑰眯缝着眼睛说道:"是啊,不得不说,当听到你要我带一大帮纯爷们儿拿着武器过来的时候,我确实有点意外。"

"我们的共同朋友告诉我,您有事情想跟皇后说。如果皇后觉得您的请求合理的话,那么有一件事也希望您可以帮一下我们。"

黑玫瑰点了点头。"现在你说的才像样嘛。一物换一物,我喜欢。"

"所以你想要的是什么,亲爱的?"皇后问道,语气变成了王公贵妇喜欢的那种带着庄严和君威的腔调。梅里韦尔之前特别提醒过她不要在黑玫瑰面前用这种语气说话,因为那样显得太高高在上。在王公贵妇面前,皇后的确是处于居高临下的地位,但梅里韦尔很清楚,黑帮头目们并不这么认为。

黑玫瑰脸色难看地看着皇后很长一段时间。梅里韦尔突然意识到,黑玫瑰这样做可能并不是因为尴尬,而是要故意让她们感到难堪。梅里韦尔心里已经明白了一个事实:绝对不能小看眼前这个女人。虽然黑玫瑰没有什么教养,身材也很矮小,但她现在却拥有了极大权力。如果没有百分百的坚韧、残酷和智慧,这种事情是办不到的。

终于,黑玫瑰把视线从皇后的目光中移开,低头看着缠在腰间的那条锁链,爱惜地轻轻拍了拍。

"几年以前,我的朋友帮我做了这条锁链。他是世界上最铁的汉子。他真的很阳光,你们懂木?其实我一直都被他那束光芒照耀着,只是我自己没有意识到。但当他被残忍地杀死之后,我又被孤零零地留在了黑暗之中。后来我替他报仇了,但是我意识到,我使用的手段实在太残忍,现在我光是戴着它都觉得是对他的一种冒犯。所以我把它放到了一边,决下心意要生活在没有光明的世界之中。"

她突然看向了皇后,眼神冷酷。"因为圆环就是这样的。这种事我们迟早都要面对。"

皇后张开嘴巴想说点什么,却不知道怎么回应才好。说句心里话,梅里韦尔也不确定到底有没有合适的话来回应黑玫瑰的这段陈述。

过了好一会儿,黑玫瑰点了点头,把目光从皇后身上移开,似乎对她的无话可说很满意。接着,她转头看向了窗外。这时太阳已经不见了,只有几处波光在月光下若隐若现。

皇后疑惑地看向了梅里韦尔,但梅里韦尔还是一直看着黑玫瑰。现在她们最好的选择就是耐心等待和谨慎应对。

然而,让梅里韦尔料想不到的是,在黑玫瑰那乌黑而丰满的双唇上竟然渐渐地露出了笑容。

"真有意思。"这位黑帮头目的声音稍微温和了一些,"看来希望他们对我的影响比我想象中还要大啊。因为说句真的,尽管我再怎么努力地尝试,我还是没办法接受黑暗。我想再一次自豪地把锁链握在手心,用他所希望的方式。"她紧紧地抓住锁链,连指节都发白了。"不过我知道,要想实现这个愿望,我必须靠自己争取回来。"她又把目光转回皇后身上。"所以我需要你。"

"我还是没听明白。"皇后承认道。

"我要让天堂圆环变得比以前都要好。我要让那里除了舞厅和妓院之外还有更好的东西。我要让它变成一个健康的社区,就算是弱小的人都可以繁荣昌盛,感到安全。要实现这个目标,天堂圆环的人民就必须对社区的事情有合理的话语权。不仅仅是我,而是所有人都有。这样就算我死了,他们的权力也不会被夺走。"

皇后保持着神态自若的样子,但显然她并不明白黑玫瑰的请愿到底是什么。也许她不知道更好。

说实话,黑玫瑰的这个想法比梅里韦尔预料的还要大胆。她之前猜测黑玫瑰要的是合法的地位。像她这样已经拥有了财富和地位的人,为什么还要和像皇后这样德高望重的人会面?梅里韦尔认为这是最有可能的原因。但就算是这样,她还是以为黑玫瑰想要的是爵位和财产。她甚至已经开始考虑要不要把帕斯汀纳斯庄园赐给她了。红眼肯定是没有意见的。但她现在要求的……那已经不仅仅是一个爵位那么简单了。在某种程度上来看,那就是一场革命。平等的话语权,百姓自治,这让梅里韦尔想起了听演奏会的那天晚上,自己也曾经认真地思考过代议政制的好处。也是从那天晚上以后,她开始潜心研究这种政治制度的各种方法论,发现自己是越来越感兴趣。所以,对于黑玫瑰现在提出来这个要求,梅里韦尔感到十分兴奋。

然而她并没有表露出来,而是继续保持着中立的表情对皇后说道:"黑玫瑰希望可以代表天堂圆环的人民在皇宫拥有平等的发言权。"

"没错。"黑玫瑰说道,"不用特别待遇。只要有一个席位就行。"

皇后这才逐渐明白这个提议的全貌,眼睛不由得越睁越大。最后,她说道:"这真的是……"

"一个令人惊讶而意义深远的请求啊。"还没等皇后说完,梅里韦尔自然地接过了话头。因为她知道皇后一定会直接拒绝。说完之后,她又转脸对黑玫瑰露出了一个最迷人的笑容。"如果您不介意的话,我和皇后需要详细地讨论这件事。其间科登姆会为您准备好膳食和住宿的。"

黑玫瑰的嘴唇又闪过一瞬笑容。"得,没问题。我们可以先好好撮一顿再等你们的答复。我知道我要求的不是小事,所以我给你们一晚的时间考虑。"

"您真慷慨。"梅里韦尔说道,"科登姆?"

管家马上出现在门口,甚至都懒得掩饰自己其实一直蹲守在旁边,以防黑玫瑰突然翻脸。

"马上去办,夫人。"他对梅里韦尔说完后,又转身对黑玫瑰说道:"请随我来。"

黑玫瑰离开的时候，又对着梅里韦尔使了个会意的眼神。也许她已经猜到了梅里韦尔和皇后接下来的对话会是怎样的走向。又或者她根本就不在乎，只要她们给出的答复是她喜欢的。接着，她才让科登姆带路，和同伴们离开了房间。

"可以啊，梅里韦尔。"皇后冷冷地说道，美丽的双眼透露出来的是无比的愤怒。"你已经不是第一次如此无礼了。你觉得你最让我不能接受的是什么吗？"

"应该是在客人面前打断你说话吧。"梅里韦尔冷静地回道。

"你应该明白她提的要求意味着什么吧？"皇后严厉地问道。

"当然。"

"难道帝国面临的危机真的严重到要我们为了得到这个……罪犯的帮助而改变体制吗？"

"您还记不记得我给您说过，生物法师他们认为，想要拯救帝国就必须先让它毁灭？"

"你的提议不正是这个意思吗！"皇后罕见地失去了镇定。说实话，梅里韦尔还从来没见过她如此愤怒。

"是的，没错。"梅里韦尔回道，冷静地接过了皇后盛怒的凝视。"我明白，有些事情您自己是没办法知道的。所以只能靠我来告诉您。帝国现在已经危在旦夕了。您的子民已经处在水深火热之中了，他们穷困潦倒，痛苦绝望。而贵族们却活得好好的，受尽呵护，极尽奢华。老百姓们之所以还没有起义反抗，就是因为他们害怕生物法师。等到我们把生物法师彻底除掉之后，他们一定会发起暴动的。到时候，事态就轮不到我们来控制了。"

"而你的提议是为了安抚这帮暴民，我们要给他们一个……什么，成为政治代表的机会？"

"只是分给他们蛋糕中的一块，如果你愿意的话。"梅里韦尔说道，

"而且只是一小块。我们可以让他们选出自己社区的代表,然后我们给每个代表都赋予,比如说,跟勋爵一样的权力。"

"那要给他们什么头衔?"

梅里韦尔耸耸肩。"什么头衔都可以。"

"要是把乐沙巴希塔给了黑玫瑰这样的人,你难道会没意见?"

"坦白说,我觉得她根本就不想要。而且在乐沙巴希塔我也已经有了几个合适的平民人选了,只要在双方共赢的前提下,我愿意和他们合作。不过我也知道这个解决方案并不是所有贵族都愿意接受的,而且我们还有很多细节需要一一讨论,直到所有人都能接受为止。"

皇后是一边听一边摇头。"这听着越来越像奥克邦塔的大国会了。我实在想不通,背叛五百多年的历史传统又怎么能拯救帝国?"

"这是一个重大的决定,毫无疑问。"梅里韦尔说道,"不过我们要到明天才答复黑玫瑰呢,不如今晚就好好想想?"

琵瑟琪皇后眯缝起眼睛,说道:"又在拖延时间啊,翰碧斯特夫人?"

"如果我没猜错的话,我们很快就会知道结果了。"梅里韦尔说道,"我真心希望我是错的。不过可惜的是,我很少出错。"

趁着黎明的曙光,穆克顿队长终于赶到了。为了争分夺秒,他特意用两匹马轮着骑,以免它们累得完全跑不动。不过即使是这样,当穆克顿一路跑进庭院时,两匹马都已经累得站都站不稳了,光滑的棕色皮肤在寒冷的空气中甚至冒出了缕缕的蒸汽。

这时,梅里韦尔正从房间走向皇后的书房,刚好看见了两匹马的身影。昨晚她睡了几个小时,但是当仆人敲门的时候,她已经起床并且已经在品茶了。仆人先是道歉这么早就过来打扰,然后通知了梅里韦尔皇后要她马上过去。

当梅里韦尔走进书房的时候,她看见皇后还穿着睡袍,整个人瘫坐在一张高背椅上。这还是梅里韦尔第一次看到皇后如此泄气。只见她低垂着头,正用食指和拇指优雅地揉着太阳穴。穆克顿站在皇后的旁边,白金色的军服已经沾满了泥土和血液的结块。

"皇后殿下。"梅里韦尔说完,行了一个屈膝礼。

"告诉她吧。"皇后头也没抬,简短地说道。

穆克顿转身面向梅里韦尔。"夫人,你担心的事情发生了。玛塔卡斯国王昨晚驾崩了。就在他去世没多久,卓玛斯特伯爵无视继位的律法进行了夺权,并拥立阿蒙·塞特为新的国王。"

"啊。"梅里韦尔的内脏搅成了一团乱麻,内心感到无比冰冷和难受。尽管她已经尽力做好了心理准备,但当事情真的发生之后,她还是感到了无比沉重,仿佛那是一场意外。

"但他还没有完全控制住局面。"穆克顿继续说道,"几个小时以前,我离开斯通匹克的时候,两个阵营已经开战了,皇宫里和城市大街到处都是争斗的士兵。但是目前为止,其余的生物法师都还没有表态支持哪一边。"

"只要任由阿蒙·塞特慢慢取得政权,他们就相当于表态了。"梅里韦尔说道。

"怎么……"皇后抬起头看着梅里韦尔,"这怎么可能?生物法师曾经宣誓过——"

"是终极牺牲。"梅里韦尔说道,"之前红眼审问西弗特·梅克的时候,后者就是这么说的。红眼一开始误以为那是指死亡,但我从来没见过哪个生物法师是怕死的。从一开始,他们所做的事就一直有死亡的风险。不,他们害怕的是失去力量。所以当阿蒙·塞特违背誓言篡夺王位之后,他就牺牲了自己使用生物魔法的能力。现在他只是一个普通人了。"

"一个拥有整支皇家海军做后盾的普通人。"皇后苦笑道。

"也不完全是。"梅里韦尔说道,"我一直都在为雷斯顿王子在军队内争取支持。虽然他不成熟,可能也正是这个原因,有很多子民都喜欢他。当然了,一部分士兵会盲目地追随卓玛斯特,但只要我们回到皇宫,剩下的士兵就会投奔我们。"

"那你又打算怎样活着回到皇宫?"皇后问道。

"当然是靠黑玫瑰和她的伙伴了。"梅里韦尔说道,"所以我才会叫他们过来。"

皇后目不转睛地看着梅里韦尔。"只要我们答应给她成立政治代表的请求。"

"正是如此,殿下。"梅里韦尔说道,"试想一下,当她知道自己不仅仅是为了我们的事业,还是为了她的事业而奋战时,她会爆发出多么大的动力啊。而且,如果我听说的传言是真的话,那么她和她的'伙计'就是帝国最厉害的人物之一。除了她们,我们找不到更可靠的盟友了。"

琵瑟琪又沮丧地垂下了头。看到皇后这个样子,梅里韦尔感到十分心痛。一想到自己是始作俑者,心痛的感觉就更甚了。但帝国必须屹立下去,不管是以怎样的方式。比起几个贵族的自尊心,还有更多的事情危在旦夕。

"好吧。"皇后苦苦地说道,"你……你可以和我们的新盟友谈好细节吗?我……我昨晚一点儿都没有睡着,现在不能集中精神了。"

"一切都放心交给我吧,皇后殿下。"梅里韦尔说道。

21

布力加·林一直都为自己可以一直保持优雅而感到自豪。虽然她不愿意向任何人承认,甚至连希望也是,但这些年以来,除了不断练习远距离施法这个失落已久的生物魔法之外,时刻保持端庄大方则是她另一件想努力做到十全十美的事。不过凡事无绝对,难免会有那么几次她无法施展法术,而不得不亲自下手的时候。另一件事也一样,总会有那么几次她不得不暂时放下礼仪,卷起长裙死命奔跑的时刻。

随着她跑向灰影区的时候,她默默地告诉自己,内心因阿拉斯可能会被海怪压扁而感到的恐惧是出于自己对这个男人的一种可以理解的却毫不浪漫的好感。在海怪猎人号上的那段时间,她和阿拉斯之间逐渐形成了一种类似于知心伴侣的关系。因为船上除了海盗和流氓之外,就只有他俩是"富翁"了,所以两个人走得近也只算是自然而然。有时候,他们总觉得自己跟其他的船员十分格格不入,但他们都不想太过声张,只好悄悄地互相诉说着心中的不快和困惑。就连希望有时候也理解不了文化教养的许多好处。虽然布力加·林这位挚友在军事和哲学方面的教养比大多数人都先进很多,但她竟然却不知道喝汤时应该用汤匙,而不是直接提着碗大口吞下。每次看见船员们挖鼻孔和挠屁股的时候,也只有阿拉斯能够理解她内心的难堪之情。尤其是最开始的那几个月,布力加·林一直没有找到自己的位置，是阿拉斯的善意和耐心帮她调整过来的。

所以她会对这个男人产生好感也是正常的。就连在阿拉斯笨拙而尴尬地向她表白之后，这种好感也没有减少半分。不过她也承认，自己当时的回应确实没那么友好，毕竟他是那么温柔的一个人。倒不是说她很享受当着他的面嘲笑他，或看着他伤心到哭，可是他表白的时候太结巴又太笨拙了，荒唐得她当场就没忍住，自然而然就笑了出来。

现在他回来了，他再也没有向她示好，或者让她感到任何压力。他一直都是一个十足的绅士。他确实从来都是一个十足的绅士，不过自从和盖维斯在一起之后，布力加·林学会了从另外一个角度去欣赏阿拉斯的绅士特质。当然，让她感到欣赏的还有他的肌肉。也许她有点儿肤浅，不过他那一身新练出来的肌肉确实会让布力加·林觉得更想和他做爱了。不是说她就一定会和他做，因为她知道那种事对于像阿拉斯这么敏感这么浪漫的人来说实在太复杂了。他一定会马上得出她爱上他的结论。但显然她并没有。因为生物法师是绝对不可以爱上一个人的。

去维德顿的船的那边比布力加·林想象中还要困难，主要是因为当她朝着码头方向跑去的时候，几乎所有人都往相反的方向狂奔。她不断地把吓傻了眼的人群推开，心里很想直接把他们全都融化掉。不过她还是忍住了冲动。毕竟她要做的是去救阿拉斯，如果为了救他而把一大群人杀死，阿拉斯一定会不高兴。

但是当她来到一个大型的十字路口，眼看前面就是码头的入口了，把人群杀死或者至少把他们弄残废的念头又开始变得越发强烈起来。她愤愤地瞪着眼前那帮挤成一团的人群，只见有的朝着北方逃，有的向着南面跑，还有的则想方设法往西边穿过去，所有人都挤在了这个码头上，谁也不肯让谁先过。

"哎哟，这太糟糕了。"红眼突然说道。

布力加·林这才发现红眼跟过来了。"你来这里做什么？"

"希望让我过来帮忙的。还有别忘了，阿拉斯可是我的表哥啊。"

"假如我把一些人融掉，这样会不会很不好？"布力加·林指了指堵在前面的那群人说道。

"不用那么血腥吧，我有一个好办法。"说着，红眼抽出手枪，对着天空就是几枪。"都给我让开！别挡着皇家办事！"说完又开了几枪。

所有人都把头转了过来。当他们看见穿着兜帽白袍的布力加·林就站在面前的时候，整个十字路口瞬间就变得空荡荡的。

"还不错。"布力加·林承认道。

红眼咧嘴笑了。"那您先请，夫人。"

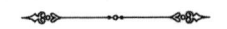

当第一次巨响传来的时候，吉莉就知道肯定是发生袭击事件了。生物法师不可能这么容易就放过希望和布力加·林的。于是她带着尤特尔爬到舷侧旅馆的屋顶，看看究竟发生了什么。

他们一上去就看到了。

"我靠。"她低声地骂了一句，眼睛穿过层层屋顶盯着那头巨型的海洋生物肆虐着灰影区。

"那个是什么？"尤特尔瞪大了眼睛问道。

"那个，就是海怪啊，老弟。"

"希望跟我说过！你之前见过海怪吗？"

吉莉摇了摇头。"维德顿船长有一次跟我说过，说那是大海最致命的生物。他说它很大，可是……"她盯着那头巨大的圆滚滚的怪物，像割芦苇一样把码头砸成粉碎。"没想到它竟然大得这么离谱。"

"你觉得它会和我们做朋友吗？"尤特尔问道。

"你傻啊。当然不会了！"

"等我们杀了它就会了!"

尤特尔那诡异的能力希望之前是告诉过吉莉的。她低头看着这个幽灵般的男孩,后者正期待地看着那头海怪,两只小手一张一合地,似乎已经等不及要去找锋利的东西了。

"那你打算怎么把它干掉?总不能让它自己笑死吧。"

"你还可以笑死?"尤特尔好奇地问道。

吉莉叹了口气,回头看着海怪又掀翻了一大片码头,并扔到了几个街区以外。"我敢打赌希望和布力加·林现在肯定在对付它了。她们知道怎么干掉它。"

"如果能问她们就好了。"尤特尔说道。

吉莉听到后笑了。"被你这么一提醒,我们还真可以问她们。虽然我还不是很懂生物魔法,可是我知道怎么做。"

说完,吉莉盘腿在屋顶坐了下来,发现尤特尔也学着她照做了。于是她闭上眼睛,让自己的精神集中起来。

"大师!你在哪里?"

啊。不要喊。我现在在码头那边。布力加·林的思想传了过来。

"我就知道!你是要去把海怪干掉,对吧?"

别傻了。

"什么,你不打算杀了它吗?"

布力加·林沉默了一阵。

说实话,我还不知道要怎么办。现在,我必须要确保阿拉斯和维德顿的安全。然后我们再来考虑之后怎么办。

"我可以帮忙吗?"

你要和尤特尔待在安全的地方。

"我已经不是一个小孩了!"

布力加·林严厉而不容置疑地回道:你这是在顶嘴?

"没有啊,大师!我只是……想帮忙。"

很好。那就帮我和希望建立连接吧。我们需要配合。

吉莉呻吟了一声,抱怨道:"又是这个?"

这么说你不想帮忙咯?

"不是不是,大师。"她连忙说道,"我现在就给你们建立连接。"

谢谢,吉莉。

吉莉睁开眼睛,扭头对尤特尔说道:"好,咱有任务了。"

"真的吗?"

尤特尔一副佩服的模样,吉莉决定好好利用一下。

"是啊,任务非常重要,所以咱可不能搞砸了。"

尤特尔期待地靠了过来。"我们要干吗?"

"我要通过生物魔法让希望和布力加·林可以互相说话,就算他们隔了一座山。"

"你还可以这样哦?"

"简单得很啦。"吉莉说道,装出一副不以为然的样子。

"那我要干吗?"

"这个会很费精力的,所以你要帮我准备点儿东西。比如说我饿了或者想喝东西了。"

"没问题!"尤特尔说道。

"很好。"吉莉在那屋顶的瓦片上挪了挪屁股。"第一件事,去咱的房间拿一个枕头给我垫着。"

❖━━━❖━━━❖

凡斯港东面的码头本来是一个类似于雪花形状的精妙设计,现在已经成了一片废墟。绵延几英里的木板平台被撕得粉碎,海岸上漂浮着一束一束的烂木条,但更多的碎片似乎已经被海怪扔到了镇上。布力加·

林好不容易赶到码头区的时候，悬着的心终于放了下来。看来海怪的袭击并没有殃及码头的东南边，而维德顿的船就正好停在那里。不过那两个人竟然还在船上，而且还不见他们要逃跑的意思，这让布力加·林是火冒三丈。要知道，现在海怪离他们只有不到半英里的距离了。

她连忙分开人群挤了过去。所有的人都抱着能带走的东西，惊恐万分地朝内陆跑去。起码这些人还有点智商。终于，布力加·林好不容易来到了船边，问也不问就爬了上去。

"你们两个还在这里做什么！"

"如果我们大老远赶过来发现他们不在这里，你会没那么生气吗？"红眼一边跟在布力加·林的身后爬上船一边喃喃道，"还是说会更加生气？"

布力加·林没有理会红眼，继续怒瞪着阿拉斯和维德顿。只见两人围着一张羊皮纸席地而坐，仿佛不远处正在靠近的海怪不存在似的。

"它不会放过任何一艘船的。"维德顿说道，继续低头看着羊皮纸，"跟着那帮吓坏了的人跑也没什么意义。"他含糊地摆了摆手，"所以我们多多少少是困在这里了。"

他们看起来非常专注，布力加·林的怒火也慢慢地转为了好奇。她靠近了一点，从两人的肩膀看了看那张羊皮纸。只见上面写满了奇怪的图表、手抄和各种计算公式。"你们两个在做什么？"

阿拉斯抬头看了一眼，似乎是才发现布力加·林的存在。"啊，你好啊，林女士。很高兴见到你。情况很险峻，你说是吧？"说完，他的注意力又回到羊皮纸上，皱着眉头用炭笔又在上面画了几个记号。

维德顿眯缝着眼睛看着阿拉斯刚刚写下的计算公式。"不是吧？要那么多？"

"如果想确保它行得通的话。"阿拉斯说道，"虽然还没有解决运输的问题。"

"阿拉斯,"布力加·林说道,又开始不耐烦起来。"告诉我是怎么回事。"

"噢,真抱歉,林女士!"阿拉斯说道,"我和维德顿想到了一个方法,不知道可不可以阻止或者杀了那头海怪。如果可以的话,大概需要多少炸药。"

"这个方法是,"维德顿补充道,"用一艘船装满炸药,然后让守护者吞下去,然后再想办法把炸药点燃。"

"你们需要多少炸药?"红眼问道。

"差不多三十桶吧。"阿拉斯回道。

"整个凡斯港有没有这么多炸药啊?"红眼又问。

"可能警察局有。"维德顿说道。

"不说这个,能不能让海怪吃掉这么多炸药还不一定呢。"阿拉斯说道,"你们看看。"

他指了指海怪的方向。现在海怪距离他们已经不到半英里了。只见它用两根触手卷起了一艘船,像掐花生一样把它压成两半,然后伸出第三根触手伸进船舱,把藏在里面的人卷了出来。

"说不定没等把炸药送进去,船就撑不住了。"红眼又说。

"正是!我觉得机会非常渺茫!因为海怪有时候还会把船扔到城里,那样的话就更糟了!为什么,因为那么多的炸药足够把整个街区都夷为平地了!"阿拉斯兴奋地朝大家笑了笑。又像往常一样,每当遇到一个技术问题的时候,他就会把问题所带来的恐怖后果忘得一干二净。

"这么说,你计算了这么久,最后你还是觉得这是一个傻主意?"红眼说道。

"噢,呃,是的,大概吧。不过你看啊,现在我们知道了——"

"如果用生物魔法呢?"维德顿打断了阿拉斯的话,抬头看向布力加·林,"你能控制这头怪物吗?"

"我估计已经有一个生物魔法在控制它了,而且就在凡斯港。"布力加·林说道,"我的理解是,海怪必须要有一个看守人才能确保它听指挥。如果真是这样的话,我就有可能把它的控制权抢过来。不过要成功的话,我就需要找出那个生物法师正在用哪一种法术。那就意味着我要逐一把可能的法术都试一遍,直到找对为止。这可能要花上好几个小时。甚至更久。"

大伙儿看着海怪又摧毁了一段码头,并沿着海岸不断逼近。

"看来咱们没有那么多时间了。"红眼说道,"要是我们……把这个看守人找出来呢?"

"那个人很可能还是费特莫尔·贝特。"维德顿说道。

突然间听到自己前大师的名字,布力加·林心中的震惊比自己预料的还要厉害。"你认识费特莫尔·贝特?"

"我之前在海军的时候是他的部下。后来他被任命为守护者的看守人了。"

"那是什么时候的事?"布力加·林不是很清楚看守人的事,但听起来这个简直就是为了费特莫尔量身定做似的。

"大概两年前吧,应该是。"维德顿回答道。

"那就是我在觉醒大陆闭关的时候。"布力加·林说道。

"这么说你只需要把这个费特莫尔·贝特除掉就行咯。挺简单嘛。"红眼说道,"交给我好了。"

"你怎么可能在这种情况下找一个人?"阿拉斯摊手指了指不远处乱成一团的街道说道。

红眼又露出了他最爱的潇洒笑容说道:"相信我吧,兄弟们。我会找到他的。"

"我需要他活着。"布力加·林说道,"如果你在我抢过控制权之前就把他杀了,法术失效的冲击会让海怪疯掉的。到时候恐怕情况只会变得更糟。"

阿拉斯抬起头，看着海怪又把一座桥塔从海上连根拔起，像扔长矛一样把它丢到离岸十条街远的一座房子的屋顶上。房子的墙壁立马开始不断倒塌，里面的人发出惊恐的尖叫，纷纷摔死在大街上。

"还会更糟？"阿拉斯问道。

"哈沃伦先生啊，事情总会变得更糟的。"布力加·林冷冷地说道。

斯蒂芬知道自己一直都在保护中长大，所以他特别感谢自己经历过的那仅有几次的挫折。他觉得，正是这些经历赋予了他一颗谦卑之心，他才会成为众多兄弟中第一个放下了莱克洛克灌输给他们的傲慢的人。他意识到，他们现在拥有的是一个多么非凡卓越的带领人啊。

"难道你不觉得吗？"斯蒂芬追问玛尔武道。他和玛尔武两个人正领着一群小孩，从一栋被海怪扔过来的碎片砸得摇摇欲坠的工坊中逃了出来。他不知道为什么大楼里只有小孩，连一个大人都没有，只能猜他们已经跟着第一批仓皇逃跑的人逃向了较安全的贸易区，把这些可怜的小孩都扔下了。斯蒂芬、玛尔武还有拉文托三个人一起费了好长时间以及好多的耐心才把孩子们从房子里哄了出来。他们的年纪实在太小了，根本很难让他们明白待在房子里其实比出去街上更危险。

现在，拉文托正带着大部分的小孩跑到他们在岛中央临时建起的避难所，而斯蒂芬和玛尔武则在后面赶着那些不情愿的跟上队伍。

玛尔武挺担忧地看了一眼拉文托，确定他在耳力范围之外后，又回头看着斯蒂芬。

"她在战斗中打败了莱克洛克。这毫无疑问。"

"连剑也没用！"斯蒂芬说道，"光这一点就很了不起了。不过我说的不止是她的战斗技巧啊。"

"我知道。"玛尔武似乎对此很不安。

"自从狡猾者河洛之后,她是我见过的文成中最文成的!"

"狡猾者河洛去世的时候我们才只是个小孩,"玛尔武说道,"你能记得住什么哦。"

"至少足够让我知道她是河洛最厉害的徒弟。我觉得她有很多可以教给我们。教给我们所有人。"

玛尔武又瞟了一眼队伍前面的拉文托。"小心你说的话啊,斯蒂芬。"

"我才不在意被谁听到呢。"斯蒂芬说道,"你知道为什么吗?因为如果是她带领我们而不是莱克洛克的话,法拉奇和海克特里就不会死。"

"就算咱们现在违背勇者萧克在几百年前就定下的文成戒律去拥她为大宗师,他们也不会活过来。"

"可是那样或许就可以避免你或者拉文托或者其他兄弟因为同样不荣誉或不必要的原因死掉。光是这一点就足以让我好好考虑了。"

这时,被他们催着走的一个小男孩不高兴了,速度又开始慢了下来。

"我不想走这边。"他告诉斯蒂芬,"我不可以过河的。"

"那边现在是最安全的。你可以晚点再回来。现在赶紧走吧。"

男孩生气地抬头瞪着他。"话说回来了,你们都是什么人啊?"

"我们是文成武僧。"斯蒂芬告诉男孩。

"谁?"

"正在救你小命的人。"玛尔武说道,"赶紧走,再说信不信我抽你屁股。"

"好啦,好啦!"男孩说着连忙跑到了队伍的前面。

"我们早就应该用这招了。"玛尔武打趣道。

"不过你听到没有?"斯蒂芬说道。"年轻一代根本就没听说过我们,连我们的传说都逐渐被大家淡忘了!现在正是我们自我救赎的最好时机啊!我们要重新和世界连接起来,就像希望说的那样。"

玛尔武刚想回答，两人就来到了一个十字路口，正好看见希望站在了一栋房子前。这时，希望刚好也看到他们了，于是便朝两人招了招手。

"斯蒂芬！还有玛尔武，对吧？你们能过来帮一下我吗？"

两位年轻人默默地看了对方一眼，然后斯蒂芬朝着希望那边大声喊道："没问题！"

还没等看清玛尔武有没有跟上来，斯蒂芬就穿过了十字路口。但是过了一会儿，他就听到了身后传来他战友的脚步声。

"谢谢。"等两人来到身边的时候希望对他们说道。"屋顶快要塌了，还有几个人困在里面。"她指了指堵在门前的那堆碎石，然后举起她那只奇怪的机械爪子，"这只手恐怕是举不起很大的重物了，所以要我自己清出一条路的话会很费时间。"

"你可太幸运了，我在盖尔默尔的时候可是连续三年的大力士比赛冠军！"玛尔武自豪地说道。

希望被逗乐了。"那咱们就祈祷自从你离开盖尔默尔之后，你的肌肉没有像你的谦虚一样萎缩掉吧。"

玛尔武听到之后，整个人都垂头丧气的，逗得斯蒂芬笑了出来，两人似乎对眼前紧急的情况相当从容。玛尔武等了斯蒂芬一会儿，但斯蒂芬还一直在笑。同一时间，两位小伙子已经开始把堵在门口的碎石逐一清走。

"你们还能听到我说话吗？"希望对着门口里面喊道。

"天花快要塌啦！我们没时间啦！"一个闷声闷气的声音从门内传了出来。

"我们差不多挖通了，让所有人在门口等着！"希望说道。

说完，三人加快了速度，把剩下的建筑碎屑搬走。碎屑主要是一些砖块和断掉的木桩，都是被一根有斯蒂芬身体那么粗的码头塔桥从旁边房子砸过来的。

"门不都是应该往里面开的吗?就是为了防止这种情况发生啊!"玛尔武嘟囔着说道,一边把一大块塔桥碎片扔到一旁。

"灰影区的建筑都建得很随便。"希望说道,"在整个帝国里面,到处都可以看到忽视穷人的迹象。这都见怪不怪了。莱克洛克应该从来没有提到这些吧,不过河洛认为文成戒律中,对穷苦的人保持善心和同情是最重要的信条。"

"同情穷人?但是我们自己也没有钱啊。"斯蒂芬问道。

"你说得没错。但是你们所受到的教育和训练也是一种财富,你们因此而获得的优势其他人可能根本连想都没想过。而且,如果我没搞错的话,你应该出身贵族家庭吧,可以说你已经是备受宠爱的一个了。"

虽然希望说得已经很温和了,但斯蒂芬还是觉得心里面有种愧疚的刺痛。于是他只好更努力地清除碎石,好让这种感觉稍微减轻一点。

最后,道路终于打通了,斯蒂芬使劲地把门拉了开来。他知道被困在里面的人肯定早就等不及了,但是当他看到他们几乎都是全裸的时候,心里还是没有防备。

这时,一个只穿着一条丁字裤的男人紧紧地抱住了斯蒂芬,斯蒂芬只能傻傻地站在那里,来不及反应。只见男人如释重负地哭了出来,连连说道:"上帝保佑你,先生!上帝保佑你!"

"好了,没事了。"希望一边安抚一边轻轻地把男人从斯蒂芬身上分开。"继续往前走,先让大家都出来。烈风街和皇家大道的拐角那里有一座旧寺庙,你们去那里避难吧。"

男人点了点头,便匆匆离去。

剩下的人几乎也都是一丝不挂地匆匆离开,看得斯蒂芬都傻眼了。他还在回味着被刚才的男人拥抱的感觉,脸上已经是火辣辣的。

他看了一眼希望。只见希望也带着探问的神色在看着他,这让斯蒂芬的脸是愈发变红了。

突然之间，希望哈哈地笑了出来，声音又沙哑又古怪，像极了一个海盗。她拍了拍斯蒂芬的肩膀，说道："你呀，还是不够接地气啊，斯蒂芬。"

———— ❖ ————

红眼心里清楚，想要在已经混乱成一锅粥的灰影区找特定的一个人肯定要费点功夫。布力加·林已经问了好几次他打算怎么办了，红眼心想她十有八九是在担心他只是在胡说八道，打肿脸充胖子。不过红眼倒不是很在意。就随便她怎么想呗，他还是喜欢给自己留一点秘密。倒不是说他不相信布力加·林，只是，怎么说呢，占有一个先机总归是一件好事吧，而且万一出什么乱子了，他还能用此法来对付布力加·林。

红眼的秘密就是，当有人使用生物魔法的时候，红眼可以听得见。或者说"感觉到"会更加贴切。准确来说，那其实不是一种声音，那种感觉更像是红眼的后槽牙在发疼。事实上，那种感觉也十分微弱，红眼花了好几个月的时间才察觉到它的存在，又花了好几个月才找到了它的源头。有趣的是，和其他所有的生物法师相比，布力加·林使用生物魔法的时候这种感觉尤其强烈。可能是远距离施法的缘故？红眼还没有完全琢磨透它的原理，但万一希望和布力加·林闹翻了，这个能力会很有用。

而现在，红眼需要利用这个能力去找费特莫尔·贝特。他降下步速慢慢前进，眼睛半眯着，以便减少狂奔的人群和身边土崩瓦解的房子对注意力的影响。在这种情形下，红眼的行为一定显得十分古怪。每个人都玩命似的逃离海怪的大规模破坏，害怕得瞪圆了眼睛，而他却慢悠悠地走着，眼睛几乎完全没有在看路，就像梦游一样。

他以齿间的痛觉为指引，慢慢地穿过社区的每一条街道。有好几次，他都失去了对生物魔法的感应，而每一次他都不得不停下来，完全闭上眼睛，把生物魔法的踪迹找回来。逐渐地，他离猎物越来越近了。

然而，当他一路来到码头东北入口的一栋房子前面的时候，他犹豫了。那种感觉似乎是从房子里面传出来的，可是当他透过窗户瞟进去的时候，却发现里面连一个人都没有。红眼知道有的生物魔法可以通过扭曲光线让自己隐身，可是在控制海怪的同时还有功夫施展这个法术吗？红眼不确定，但看上去似乎不太可能。

就在这时，他想到了另外一种可能性。于是他小心翼翼地从房子侧边爬了上去，心里惦记着暗影恶魔的那双柔韧的灰色鞋子。穿着硬鞋底的富人靴子爬墙肯定是不靠谱的，就算它们确实很好看。

终于，红眼爬到了屋顶。远离了混乱和尖叫的人们后，他发现上面安静多了。而在远处，他看到了正在肆意破坏的海怪。只见它已经几乎把整个东港口都毁掉了，现在正一点一点地朝南前进。有几艘停在北面的船试图离开港口往大海逃去，但海怪的速度更快，一下子就把所有的船都卷了起来。不过这一次它并没有把船上的人吃掉，而是直接把他们都扔到了镇上。接着，海怪又把触手收了回来，继续把东南边的码头一点点地破坏掉。虽然海怪引起了巨大的混乱，但它的行动看起来显得非常有条理。

十有八九，海怪的动作就是被那个站在三十步开外的穿着白色兜帽的人所控制的。只见生物法师正背对着红眼，手臂随着海怪的两只长触手不断挥舞，看上去就像那头逆天的怪物只是在模仿他的动作一样。而他似乎完全没有察觉到红眼的存在。

突然间，红眼心里涌起了一股强烈的杀人欲望。他很想就这么一枪把他打死，然后一了百了。红眼知道这是暗影恶魔在暗暗作祟了，而且布力加·林也警告过他，只是把那个生物法师杀掉会造成更大的灾难。然而，暗影恶魔的欲望实在太强烈了，红眼费了九牛二虎之力才勉强把自己压制住。那种感觉就像是拒绝了垂涎已久的美女，或者放弃一杯爽口的麦酒一样。他紧咬牙关,努力把有如巨浪般袭来的杀戮欲望排出体外。

等到他觉得可以信任自己了,红眼才静静地爬上了屋顶,然后抽出手枪,悄无声息地朝生物法师走过去。虽然没有打算用枪去射这个生物法师,但红眼这些年来的经验告诉他,只要有枪在,人们就变得合作多了。

"我知道你在这里,怪物。"费特莫尔·贝特突然说道,身体还是背对着红眼。

而红眼却整个人完全僵住了。

"不管你是什么,我都可以感觉到你身上的变化,我知道,你和我是一样的。"费特莫尔·贝特说道,"是阿蒙·塞特派你来的吗?等我完成任务之后就灭了我?"

红眼远远地绕着生物法师慢慢走向他的前面。"我不知道你在说什么啊,老铁。我不会再听阿蒙·塞特的命令了。实际上,我……"

等看到费特莫尔·贝特后,红眼的话再也说不下去了。这个男人的样子实在太骇人了。只见他的双目已经完全发白,从里面还在不停渗出让人恶心的粉红色液体。而他的长袍从前面敞开着,露出里面瘦弱的胸膛。红眼发现,他的皮肤几乎是透明的,皮肤下面的血管,肌肉和肌腱简直清晰可见。除此之外,他的腹部还多出了六根触手,左右两边各有三根。只见它们在不停地蠕动着,仿佛有自己的意识一样。

"我操。"

"我真的有那么难看吗?"费特莫尔·贝特问道,声音空洞,语气漠不关心。"看来我失明了也是件好事啊。我以前其实长得还挺好看的,没想到吧。可能就是因为我的虚荣心,他们才会选中我去接受成为守护者的看守人这份荣誉吧。"在他说的话当中,只有"荣誉"这两个字红眼是听出了一点点感情在里面。贝特几乎是咬牙切齿地把这两个字吐了出来,语气里还夹杂着多年的愤怒和怨恨。

"是他们把你变成这样的吧?是为了让你能控制海怪?"红眼问道。

"说起来可笑,一开始我还以为那是对我的奖励,褒奖我成功让鼹鼠的寿命延长。"他淡淡地笑了笑。"当然了,现在我已经对这种待遇不感兴趣了。我的生命已经成为了负担。我期待你快点把它终结掉。"

"我也不想让你失望,不过我真的不是阿蒙·塞特派来的。而且我也不是过来要你的命。"

费特莫尔·贝特皱起了眉头。"那是谁派你来的?难道说西弗特·梅克终于都有点骨气了,还是说是委员会里面的其他人?我还以为他们早就生化自己的意志给阿蒙·塞特了。当然了,除了普洛格·伯恩。不过他现在也死了,塞特终于可以实施他很久之前就在谋划的那件事了。"

"哦?是什么事?"

"推翻玛塔卡斯,自立为王。他认为只有这样才能扭转黑暗法师的预言,从而拯救帝国。算盘打得挺好的,对吧?"

"推翻国王?什么时候?"

"可能已经开始了。他们早就懒得告诉我任何计划了。他们都觉得我的思想和守护者连接得太深入,认为我的思维已经不再是一个完整的人类了。"他顿了顿,似乎在考量这个说法。"嗯,他们说得没错。"

"那雷斯顿会怎样?"

"你说王子?我认为他们不会让帝国的前继承人继续活着。"费特莫尔·贝特说道,"那是从实践的角度来看。要是你说阿蒙·塞特还有什么情感的话,我反正是感觉不到。"

"这样,"红眼看了一眼海怪,只见它继续跟着费特莫尔·贝特的动作摧毁着码头。"你可以……暂时先别忙着破坏凡斯港吗?歇一会儿,咱们好好聊聊嘛。"

"我也想停下来,可是我现在被阿蒙·塞特控制了,为了不让任何人离开这里。显然,他担心这里的什么人会破坏他的计划。"

"确实。"红眼承认道,"他奶奶的,我看就是连莱克洛克也会反对阿蒙·塞特自立为王啊。这样……能不能,我不知道啊,有没有什么方法可以摆脱他的控制?"红眼问道,"之前就有人这样帮过我。"

"可能吧,不过那就需要有一个十分强大的生物法师才行。即使有,我也不确定能不能行得通。"

"嘿嘿,算你走运,我刚好认识当今世上最厉害的生物法师。不如我给你介绍一下?"

"你的提议很好,可惜我不行。除非我死了,否则我根本没办法停下来。这就是他对我的控制。"

"好吧。那假设啊,"红眼说道,"如果你暂时失去了意识,海怪会怎样?"

"很可能会暂时停下来,沉到海底休眠吧。我们一路过来也没有时间休息过。"

"那好吧。"红眼随性地点点头,"你就慢慢在这里破坏到死吧。我先走了。"

当红眼经过费特莫尔·贝特的时候,这个生物法师还在不停地挥舞着两条手臂和六根触手。接着,当红眼完全走到他身后的时候,他突然用枪柄狠狠地砸在了生物法师的后脑勺上。费特莫尔·贝特闷哼一声,倒在了粗糙的石板瓦屋顶上。

过了一会儿,海怪停止了肆意破坏,接着慢慢地退了回去,缓缓地沉入海底,直到消失不见。

红眼低头看着这个失去意识的生物法师。只见他无比瘦弱,浑身长满了触手的样子,还散发出像是混合了死鱼和臭水沟的恶臭,红眼不由得深吸了一口凉气。"看来回去码头的路上有够我受的了。"

22

西弗特·梅克低头看着国王的尸体，惊讶于自己竟然感到了悲伤。他从来都不了解这个人，也不喜欢对他仅有的一点了解。然而，当他垂眼看着这个脸色毫无生气，皮肤薄如纸张的躯体被盖在设计奢华的刺绣毯子下时，他的心里感到十分沉重。帕斯汀纳斯之前跟他说什么来着？宁愿做个普通人，也不要做贵族的走狗。这位"国王"正是贵族当中的走狗。当了几十年的拉线木偶，只是一坨偶尔冒出来颁布法令的肥肉。当初想出来这个主意的时候，梅克就觉得很不是滋味，不过这是阿蒙·塞特和普洛格·伯恩少有的几次意见统一。

他们两个一直都是这样。阿蒙·塞特和普洛格·伯恩，两人一直在互相较劲，一边想方设法夺取委员会的控制权，同时又能为了保护帝国的共同目标而通力合作。从他们一开始明争暗斗，西弗特·梅克就一直静静地在一旁观察着，需要服从的时候就尽量服从，但从来不会站在谁的一边。

但这种状况现在已经结束了。伯恩死了。阿蒙·塞特也违背了最神圣的誓言，从皇室家族那里夺过了权力。人一旦失信，就不可能再指望别人会听你指挥。所以塞特已经失去了他作为生物法师的一切强大法力。

西弗特·梅克曾经告诉过帕斯汀纳斯，这就是终极牺牲，而阿蒙·塞特将会因此而被世人永远敬畏。说这话的时候，梅克对此是坚信不疑。可是现在，当他看着国王的尸体的时候，梅克心里却在犹豫自己是不是错了。塞特会成为可敬的人吗？他应该吗？

这时候，西弗特·梅克突然意识到，作为新上任的生物法师委员会主席，他自己的意见现在是有分量的。如果他反对阿蒙·塞特的策略，他有足够的力量和权力与他抗衡。这么多年以来，他一直都对塞特和普洛格·伯恩唯命是从，现在能自己做主了，他却有点不习惯了。不过，法师团的未来将会怎么样，现在由西弗特·梅克说了算。

他把国王前额的一缕白发拨开，心里默默地想着：我要为法师团做什么？要为帝国做什么？

"梅克！"阿蒙·塞特的声音从隔壁房间传来，"你还在那里做什么？现在可不是伤感的时候！"

这倒没错，西弗特·梅克心想。多愁善感和恋旧对未来没有任何好处。

"未来……"

西弗特·梅克默念着。他喜欢这个词。毕竟，在所有事情当中，他最看重的就是进步。

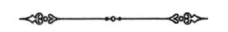

天堂圆环的黑玫瑰独自坐在船长室里，认真地抛光着她的锁链刀。其实锁链刀根本就不需要抛光，因为她已经好几个月没用过了，只是她乐意。那是一种很奇妙的感觉，真的。只是出于喜欢而去做一件事。这样的事她也好几个月没做过了。

过去半年左右的时间里，她一直迷失在黑暗之中。她甚至已经过于沉沦其中，以至于她开始忘了世界还有光。后来红眼出现了。他又像以前一样,把她内心紧绷的弦又重新松开。就是他画的那幅该死的壁画,比其他东西来得更有效。它就像一盏明灯,把一切都照得清澈明亮。突然之间,她又能看见前方了。

不过,她并不打算重新做回内特尔斯。身为内特尔斯的日子已经一去不复返了。但是现在,她至少可以在日复一日的生存斗争中憧憬远方。她能看到一个更伟大、更美好的东西等在前方。她能够找到一个方法让圆环的每一个人不仅可以活得真实而忠诚,同时还可以过得很开心。多亏她这几年来交的那些朋友——那些向她提出异议、拓宽了她的世界感的朋友——她现在拥有了之前的黑帮头目没有的东西。她拥有了远大的目光。所以,她下定决心不仅要把自己从黑暗中拯救出来,还要把整个新列文都拯救出来。

这时,门被敲响了。

"快到了,萝思。"露碧·罗说道。她的身材跟老鼠一样小,在黎明曙光的时候和希望是一组的。

黑玫瑰打算哪天要好好谢谢希望。她的伙计大部分在起义的时候都牺牲了。但回来的那些经过风浪的洗礼后都已变得是铮铮铁骨,能够以一敌百。

"谢谢。"黑玫瑰对露碧说道。

她把锁链刀重新在腰间缠好,起身从楼梯走上甲板。关你屁事号是一艘好船,体积比海怪猎人号大,速度比荣誉决心号快。船上有三根完整的桅杆——黑玫瑰的小舰队里的唯一一艘。虽然船上火力并不大,因为它毕竟只是一艘商船,而不是战舰,不过根据黑玫瑰所了解的情况,这一次的战斗更多是发生在陆地上,所以用商船的话正好可以把更多的伙计载过来。

现在,大部分伙计已经聚集在了甲板上。黑玫瑰走过的时候,所有人都露出了紧张而期待的神情。大伙儿都是过来杀皇兵的,现在已经等不及了。虽然众人都紧绷着神经，但黑玫瑰走过来的时候，大家都恭敬地让出了一条通道。

相对来说，后甲板就没那么拥挤了。木箱艾伦在掌舵，大下巴船长站在他的旁边。他们的块头都很大，都是十分可靠的伙计。不过他们现在却是一副不安的样子，甚至是有点害怕，这一切都是因为他们的客人，梅里韦尔·翰碧斯特夫人所致。

黑玫瑰发现梅里韦尔简直是一个谜。从外表上看，她是一个最像富翁的富翁，鼻子两侧上了只有富翁才会上的橙色的粉妆。但黑玫瑰察觉到了她那比钢铁还要坚硬的内心。她不懂一个人怎么可以同时具备这两种特质，但她却对梅里韦尔十分着迷，甚至还有点想和她滚床单的意思。

当然，她并不相信梅里韦尔。这个富婆总是带着一种公正无私的气场，有的人会误以为她是冷漠，但黑玫瑰猜测那是因为她已经比别人领先了十步。显然，她是一个彻头彻尾的阴谋家。倒不是说这有什么问题。一开始，黑玫瑰对于她在皇后面前那么支持自己还感到有点意外和不安。但和她交流了一会儿之后，黑玫瑰便发现梅里韦尔并不是出于什么同情或者可怜，而是因为她的想法刚好和梅里韦尔的计划不谋而合了。而正是这一点让黑玫瑰觉得这个人是可靠的。因为只要她们的目标还是一样，她们之间的合作就不会出岔子。

"咱很快就能看到外码头了。"大下巴说道。

"那里应该不会有敌人。"梅里韦尔说道，"不过一旦靠近了震雷门附近的内码头，我们应该会遇到激烈的阻击。"

"伙计们已经准备好了。"黑玫瑰说道，"你确定咱靠岸之后会有一部分皇兵加入咱们这边吧？我可不想与整座岛为敌啊。"

"只要一看到我，他们就会加入我们。"梅里韦尔说道，"一旦我们把王子救出来，我相信大部分皇兵都会追随他。"

"如果他还没死的话。"黑玫瑰说道。

"我在内部还有一个同盟在保护他的安全。"

"万一她失败了呢?"黑玫瑰问道。

"虽然概率很低,但如果王子真的被杀了的话,我们要么就自己发动政变,要么就去奥克邦塔寻求庇护。相信我,由阿蒙·塞特统治的帝国,绝不是你我想待的地方。"

"所以说救出王子是咱们的首要任务咯。"黑玫瑰说道,"不用考虑占领什么阵地,直接一路杀到皇宫,同时向老天祈祷你的同盟还在保护他。"

"计划不错。"梅里韦尔说道,"而且不用太担心我的同盟。经过多方面验证,奥克邦塔的大使绝对和我一样靠得住。"

黑玫瑰咧嘴笑了。"从你嘴里说出来的话,应该就是最高的评价了吧。"

"没错。"梅里韦尔承认道。

众人默默地看着海岸在左舷缓缓经过,终于,他们来到了港湾的入海口。只见港湾两侧密密麻麻地排满了坚固的码头,即使有更迅猛的海流也能扛得住。黑玫瑰上一次经过这里的时候,这里到处都挤满了帆船,可是现在,她连一艘船都看不到了。大概商人们都料到了这里将要发生什么,于是纷纷逃到了更安全的岛屿上。暂时安全吧,至少。

随着关你屁事号驶进慢慢靠近内陆的码头,城市的面貌也逐渐展现在众人面前。只见里面是战火弥漫,还不时传来交火的闪光。黑玫瑰接过大下巴的望远镜,探探里面的情况。

"有两队皇兵正在码头交火。"她说道,"这样看其中一方是我们这边的咯?"

"很可能。"梅里韦尔回道,"我安插了一些人在几支皇兵队伍里,他们会说服战友一起过来这里接应我们。"

"这样的话,我们就尽量不干掉他们。"黑玫瑰说道,回头又对大下巴说:"开一炮警示他们。但愿我们这边的聪明点,会自己散开。一旦他们散开,马上沿着那条大街发射迫击炮,让他们尽可能给我们开路。"

"是的，黑玫瑰。"说完，大下巴便回头大喊着对船员们发号施令。

几分钟后，关你屁事号的炮台发出一声震耳欲聋的响声。炮弹飞过海湾，重重砸在了一段没有人的码头上。士兵们听到动静后都顿了一下，看向来船。接着，左边的士兵突然集体撤退了，纷纷消失在附近的建筑里。

"好了，他们安全了。"黑玫瑰说道，"把剩下的给我往死里轰。"

大下巴又下了一个命令，紧接着是一连串的爆炸声，整片天空顿时像被点燃了一样。不出一会儿，所有炮弹都狠狠地砸在了那帮惊恐的士兵身上。迫击炮把敌人的数量消灭了一半，但剩下的一半并没有逃跑，只见他们纷纷站稳了阵脚，准备好把敌船击退。

"看你们的了，兄弟们！"黑玫瑰朝主甲板上的男女同伴喊道，"你们都知道我们为什么要过来这里，都知道我们来这里的目的。这一次不仅仅是为了我们自己，还有我们的孩子，还有我们孩子的孩子。这一次是为了所有的真汉子，不管是现在的，还是未来的。所以大家不要手软！"

站在舷缘的一排伙计举起步枪就是一轮射击作为掩护。在烟雾弥漫之间，整条船都倾巢而出。激昂的群雄纷纷涉水爬上码头，冲向敌人的阵地。

这帮家伙在船上实在憋得太久了，现在突然释放出来，所有人都像一颗炸弹一样。排列整齐的敌兵看到眼前的暴徒咆哮着向他们冲过来，顿时吓得踌躇了起来。而就是迟疑了那么一秒，他们就吃了大亏，天堂圆环的汉子们瞬间便来到了眼前。他们像一把奶酪刨一样把整队皇兵都撞散开来，站在最中心的是黑玫瑰，只见她指挥着众人向前冲锋，同时挥舞着锁链刀，只要是穿着白金制服的人都被她一一干掉。

不出一会儿，皇兵们便被打得屁滚尿流，幸存下来的就夹着尾巴逃跑了。就在这时，一直留在后方的梅里韦尔走上前来，用一把扩音银角喊道：

"依然追随雷斯顿王子的人啊,加入我们对抗生物法师吧!"

之前躲在附近建筑里的皇兵开始慢慢地走了出来。

"现在是时候让我们所有人,不管富贵还是贫穷,战士还是工人,共同团结起来,从生物法师手上拯救帝国了!"梅里韦尔从扩音银角喊道,"请跟随我们,把雷斯顿王子,风暴帝国的真正国王,拯救出来吧!"

皇兵们齐声高呼,像被施了魔法一样向梅里韦尔聚拢过来。

这时,黑玫瑰感觉到她的伙计开始有点不安起来。

"放松点,兄弟们。"她说道,"就像夫人说的那样,这一次咱和他们是一伙的。生物法师这次实在太过了,连皇兵都要站在咱们这一边了。"

她之前当然有跟大家说过,但等到实际发生的时候,大家看起来还是很难接受。

"你们都忘了吗?咱们和锤子角联手?这听着得有多荒唐啊?"她继续说道,"可是咱们不也都这样过来了吗?而且最后咱也没有损失什么啊是不是?我向大家保证,这一次也是一样的!唯一不同的是,这一次欠咱们人情的是皇兵了。这不是挺好吗?好了,大家跟我走吧!"

距离上次暴动还没过多久,黑玫瑰又一次成为了一群暴民的首领。只是这群暴民的人员更加复杂,矛盾更加深。可是这一次,大家的共同目标是那么清晰,那么真切,以至于没有一个人会感到疑惑。

"拯救雷斯顿王子!"梅里韦尔握着银角喊道。

"消灭生物法师!"黑玫瑰喊道。

"拯救雷斯顿王子!消灭生物法师!"众人齐声高呼道。

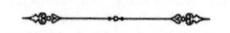

———◆———

虽然梅里韦尔这些年来扮演过很多角色,但指挥士兵还是第一次。不过士兵需要方向和目标,而梅里韦尔则有很多。加上黑玫瑰那天然而接地气的感召力,把士兵和盗贼们团结起来并没有费多少精力。

随着这支另类的军队朝着皇宫不断进发，他们遇到了几拨卓玛斯特的势力。每一次，梅里韦尔都会退到后方，让战士们去战斗，等到打败敌人之后，她也会继续鼓励大家，并带领众人继续前进。渐渐地，她发现她的队伍在不断壮大。卓玛斯特的士兵有一部分改变心意了，也许只是看到大势已经不可逆转才加入了他们。最让梅里韦尔感到意外的是，连普通百姓也拿起武器加入革命了。可能是梅里韦尔队伍的人员本来就够混杂了，所以大家才会觉得自己可以加入。当然，还有一个原因就是，斯通匹克的老百姓向来对他们亲爱的年轻王子颇有好感。到了这个节骨眼上，梅里韦尔觉得训练和技术已经没有绝对的人数重要了，所以加入的人越多就越好。

"我没想到会有这么多镇民加入。"她向黑玫瑰坦白道，领着大部队继续朝皇宫进发。

"你瞎了吗，梅里韦尔。"黑玫瑰从一开始就表明了她对头衔的不屑，只会直接叫梅里韦尔的名字。"到处都是烂掉的窗户和烧焦的石头，这些你都看不见吗？阿蒙·塞特早就派皇兵过来恐吓他们了。依我看恐吓的效果还算可以。不过他这样做相当于是给大家多一个理由来支持咱们了。对于一些镇民来说，他们只是在保卫自己的家罢了。"

在梅里韦尔眼里，斯通匹克镇上的房子一直都是肮脏破旧的，所以她没看出来有什么不同。不过现在既然黑玫瑰提到了，她才发现房子上新破坏的痕迹非常明显。梅里韦尔这才明白到，原来这个粗鄙的小女人身上还有那么多她可以学习的地方。这对她简直就是彻头彻尾的羞辱啊。不过幸好，梅里韦尔的自尊心还没那么脆弱，一点暴脾气她还是可以忍受的。

"说得好。"梅里韦尔回道。

黑玫瑰点点头。"我不明白的是，为什么生物法师还没有参战？就算咱们人多势众，他们要是来真的，咱怎么也会伤亡惨重的。"

"首先,他们现在已经没有以前那么多人了,这还得谢谢你的两位朋友暗淡·希望和布力加·林去年大大削弱了他们的势力。其次,所有的生物法师都宣过誓,要效忠国王。所以只要阿蒙·塞特的皇位还没有合法化,他们就不能插手,以免打破了他们的誓言。"

"那他们需要怎么样才能让阿蒙·塞特合法化?"

"需要有一个加冕仪式。但在这之前,其他所有的王位竞争者都必须被除掉。"

"就是说要干掉王子咯。"

"正是。"

黑玫瑰点了点头。"那我们得赶紧把他救出来咯。"说完,她回身对手下说道:"听好了,伙计们!咱得马上赶去皇宫!谁要是敢挡路,杀无赦!"

正如梅里韦尔所料,卓玛斯特的主力军果然还盘踞在皇宫里面。按照他和阿蒙·塞特的策略,现在他们应该是先要守住大本营,然后再集中精力扩张势力。等到他们拿下皇宫,并把雷斯顿杀死之后,他们就可以举行加冕仪式。只要仪式完毕,生物法师就可以名正言顺地效忠于他们,这样的话,拿下整个斯通匹克乃至整个帝国也只是时间问题。

"你应该计划好咱们怎么进去里面了吧?"黑玫瑰观察道。说话的时候,他们已经来到了紧闭的皇宫大门前面。

"当然。"梅里韦尔说道。

毫无疑问,星电门里的士兵肯定已经收到了不能给任何人通过的命令。幸运的是,这些士兵对穆克顿队长极度忠心,而穆克顿在赶往日落角之前早就对他们下了指示,让他们给梅里韦尔开门。

当梅里韦尔和黑玫瑰领着人员混杂的军队来到大门的时候,站哨的士兵马上就对他们招了招手。

"我们的队长怎么样了，夫人？"

"还活得好好的。"梅里韦尔向他喊道，"鉴于他的英勇，我给他指派了在战争期间保护皇后的光荣任务。"

"了不起的人受到赏识总是鼓舞人心的。"士兵说着，朝下面的看门人打了个信号，巨大的格状铁门便慢慢打了开来。

"有够简单的。"黑玫瑰说道。

"难的部分不在这里呢。"梅里韦尔指了指里面说道。只见足足有一整营的士兵正从庭院内匆匆忙忙地赶出来，一边穿着衣服一边手忙脚乱地给步枪装填弹药，嘴上还不停地咒骂着。

"咱们上吧，兄弟们！"黑玫瑰朝身后的众人大喊道，"这场战斗将会决定一切！"

所有人如潮水般地涌入大门，很快，庭院里便充斥着枪火的声音。双方的人都散落在各个地方，纷纷躲在了货车、马车车厢还有任何可以挡子弹的东西后面。然而，庭院里可以作为掩护的地方还不够一半人使用，所以很快，双方便有大量的伤亡。敌军一方组织性更好，但梅里韦尔可以感到他们心中的困惑和犹豫。既然国王已经死了，那他们到底是为了谁在出生入死？也许他们以为自己是在保护雷斯顿，还是说他们根本没有接到任何命令，只是在抵抗入侵？不管是哪一样，他们的神情都十分不肯定。

而另一方面，黑玫瑰一方则是自信十足，疯狂有余。她已经成功说服了大家这一次战斗将会是通往美好未来的关键，这不仅仅是为了他们自己好，还有他们的家人和爱人。他们坚信着，他们正在让整个帝国改头换面。黑玫瑰说得没错。

随着战斗越演越烈，士兵一方开始节节败退。事实证明，黑玫瑰的人不仅仅是一帮凶残的恶匪，他们使用火器的熟练程度丝毫不亚于皇家军队。天堂圆环到底是怎样的一个地方？竟然每一个人都知道怎么开枪？

梅里韦尔不禁想。如果这帮人以后能左右政治，那帝国将会变成怎么样？这个问题很值得深思，然而可惜的是，现在还有很多事情需要处理。

"和我一起带一组人去暗门。"梅里韦尔对黑玫瑰说道，"我们必须尽快保护好王子，要在所有人都死掉之前结束这场战争。"

黑玫瑰点点头。"瘟鸡珀克西，帽盒先生，跟我走。"

"就带这点儿人？"梅里韦尔惊讶地问道。

"想偷偷潜进去就要尽可能少人。如果情况有变，这俩就足够应付了。"

梅里韦尔看了一眼那衣衫褴褛的女人和那个鬼魅一般的男人，侧头对黑玫瑰说道："我相信你的判断。走吧。"

于是，四人便悄悄离开了战火弥漫的庭院。这时，敌军的其中一个队长已经赶到了，正冲着士兵们发号施令，让本是乱麻一团的士兵组成了一个楔式阵，看来是想把入侵的势力冲散成两半。看到皇兵们开始重整阵形，梅里韦尔不禁心头一沉，可是她已经没有时间去做什么了。保护王子才是首要任务。如果失去了合法继承人，一切就完了。

"暗门在这边。"梅里韦尔带着其余三人走进了庭院一侧的马厩。虽然那里已经一匹马都没有了，但马粪的味道还是相当浓郁。她一路带着三人来到最里面，一扇简陋的、没有任何标志的门便展现在众人面前。进去以后，他们马不停蹄地从一条狭窄的旋转楼梯往上爬，一直来到皇宫首层的一条宽阔的走廊上。现在已经是下午了，通常这个时候走廊里都是忙乱的仆人。但是现在这里连一个人都没有，寂静无声，这让梅里韦尔很满意。赶往日落角的那天晚上，梅里韦尔已经告诉了海斯特这里即将要发生的事，并吩咐她把话尽可能地在仆人间散播开去。但愿大部分仆人今天都待在家里吧。

"现在怎么走？"黑玫瑰悄声道。

梅里韦尔指了指走廊中央的升降台。"去升降台。"

升降台由一小队士兵把守着，但他们的注意力全都放在前门了，没有人会想到敌人竟然会从马厩那边偷袭。

"小菜一碟,快速拿下。"黑玫瑰喃喃道。说着,她和她的两个杀手便像箭一样向毫无防备的士兵袭去。梅里韦尔甚至有点同情那些士兵了。在她叹息之间,帽盒先生已经刺穿了一个士兵的一侧眼珠和耳朵,紧接着抬手又把另一个士兵的喉咙割了一道口子,然后再回身结果了第一个士兵的性命。而瘟鸡珀克西则每干掉一个士兵都要停下来把他的一根手指割下来。他们不算高效,梅里韦尔心想,但都把事情办妥了。这才是最重要的。一眨眼的工夫,驻守的士兵全都被干掉,升降台可以用了。

等来到三十层的时候,梅里韦尔听到走廊深处传来了一声巨响,感觉像是金属撞击木头的声音。过了一会儿,同样的声音再次传来,然后每隔一段时间就会再响一次。当他们来到主廊的十字路口时,梅里韦尔忽然打了个手势让众人停住脚步,接着小心翼翼地从拐角处偷望过去。

只见在三十步开外的地方,一队士兵正试图把大使的门撞开。从他们的金红色肩章来看,这些应该就是卓玛斯特的亲卫队。毫无意外,卓玛斯特肯定给他们下达了找到王子并将其杀死的命令。这些亲卫兵在卓玛斯特荣升军事长之前就已经在他手下服役了,自然是对卓玛斯特誓死效忠。

"我们要去的就是那里,对吧?"黑玫瑰在梅里韦尔旁边轻声道。

梅里韦尔点点头。

"这走廊就是一个打靶场啊。"黑玫瑰说道,"一旦被发现,他们就能把我们打成马蜂窝,简直易过借火。"

"我能想到的唯一一个办法是等到他们把门撞开。"梅里韦尔说道,"他们一进去里面,我们就可以从后面偷袭了。"

"可是到那时他们的枪口也已经瞄准你们的王子了。咱来得及吗?"

"我也不知道。"梅里韦尔坦承道,"风险太大了。如果王子死了,我们会失去最大的优势。"

黑玫瑰盯着士兵们继续撞击着大使的房门。"那样的话咱们只能冒险试试了。但愿他们的枪法和砸门技术一样烂。幸运的话，等他们发现的时候，咱们已经走了一大半了。"

决定了之后，所有人都整理好装备，准备发起这个很可能是有去无回的突击。就连梅里韦尔也从黑玫瑰那里接过了一把手枪。如果连她也需要亲自动武的话，说明她肯定哪里计算失误了。不过如果她今天就要死在这条走廊上的话，她想至少要把卓玛斯特的亲卫兵尽可能地多干掉几个，同时希望剩余的士兵还不足以把大使的门撞开。虽然她不得不承认，这样的结果希望非常渺茫。

可是当他们正要突击的时候，瘟鸡珀克西突然把头偏到一侧，说道："你们听到什么奇怪的声音了吗？"

"是。"黑玫瑰回道，"听着像是……打雷？从里面传来的？"

黑玫瑰的话音刚落，只听见"轰"地一声，大使的门突然从里面炸裂开来，紧接着一个看上去像是一只巨大的金属昆虫的东西撞了出来，狠狠地砸在了那群受到惊吓的士兵身上。

"那是什么？"帽盒先生问道，罕见地露出一副感兴趣的样子，梅里韦尔还是第一次见。

"那是咱们的机会。"黑玫瑰说道，"趁他们现在分了心，行动！"

就在梅里韦尔跟着其他人一起冲向走廊的时候，那只巨型的金属昆虫匍匐着爬过地板，把亲卫兵一一踩在它的金属长腿之下。那头东西不停地发出低沉的咆哮，还"嘶嘶"地冒出白烟，声音一点儿都不自然。随着他们跑近了一些，梅里韦尔终于看清楚了。原来那不是一只昆虫，而是一台机器。机器的主体由奥克邦塔的发动机组成，金属长腿似乎是用床架一点一点组装起来的。机械师德莉莎跨腿坐在机器上面，自信地操作着各种杠杆和曲柄，厚厚的护目镜下方露出得意的笑容。卡汀坐在她的身后，用步枪把金属巨脚下的士兵一一砸晕。等梅里韦尔和她的同伴来到破碎不堪的房门前,所有的亲卫兵都已经被打晕或者干掉了。

"真是一件精妙绝伦的杰作。"帽盒先生赞叹道,又凑近了那台不停冒着烟颤动的机器一些。他摘下帽子,恭敬地扣在胸前。

"翰碧斯特夫人!"卡汀声音洪亮地说道,从机器上面爬下来。"您来得真是时候呀。德莉莎的得意之作刚好完成了!"

"非常了不起。"梅里韦尔赞同道,尽最大的力气让自己保持镇定自若的样子,虽然实际上她的心脏都快要跳出来了。"看你说话轻松的样子,王子在里面应该很安全咯?"

"当然!你说过让我们照顾好他的,不是吗?"卡汀转头对德莉莎说道:"你最好先关了它吧。我们的燃料不多啊。"

德莉莎闷闷不乐地用奥克邦塔语嘟囔了几句,点了点头。然后,只见她又拉了拉几根杠杆,拧了拧几个旋钮,这个巨大的金属昆虫便停止了冒烟,安静了下来。

"这边请,夫人!"卡汀热情地说着,小心翼翼地从木门的碎片跨了过去,进入了房间。

"安全了!"卡汀大吼道。

过了一会儿,艾切尔、尼雅和雷斯顿才警惕地从厨房边缘探出头来看。

"翰碧斯特夫人!"王子说着,整个人已经是朝着梅里韦尔飞奔过去。"太可恶了!阿蒙·塞特简直疯了!他竟然谋害了我的父皇,现在又自立为王!"

"是啊,殿下。"梅里韦尔说道,"我对您父皇去世表示哀悼。"

"这个就是那个王子咯?"黑玫瑰问道,"看起来不是很像。"

雷斯顿的眼睛都瞪大了。"你说什么?"

"这位是里希邓特朗的朋友。"梅里韦尔告诉王子,"天堂圆环的黑玫瑰。"

雷斯顿轻慢地看了黑玫瑰一眼。"我没印象他有跟我提起过你。"

"他当时很可能把我叫作内特尔斯吧。"黑玫瑰说道。

不知道为什么,王子的脸突然"唰"地红了起来。"噢,呃,是的,嗯……他好像是说过……就是,这个名字听着耳熟。"

黑玫瑰粗犷地哈哈大笑起来。"我明白是怎么回事了。"说完,她用手肘轻轻地推了一下王子。"顺便说说,都是真的。"黑玫瑰说完,王子的脸变得更红了。接着,黑玫瑰又转向尼雅问道:"你们都是奥克邦塔人咯?"

"是的。"尼雅说道,还是像往常一样镇定端庄。"我们来这里是希望能够和贵国建立外交,促进两国的和平发展。"

"进展还好吗?"黑玫瑰问道。

尼雅听到后,苦笑道:"今天不是一个好日子呀。"

"那就看看咱们能不能把局面扭转过来咯。"黑玫瑰说道。

"我们要尽快让所有人都回到庭院那里,阻止那里的人继续交战,尽可能为王子争取多一点时间来获得士兵们的追随。"梅里韦尔说道。

"那就需要一点厉害的东西来吸引他们的注意力咯。"黑玫瑰说道。

"是的……"梅里韦尔看了看破门外的那台巨型机械蜘蛛,"我正好也是这么想的……"

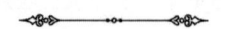

庭院的战斗丝毫没有减弱。要说有什么变化的话,它反而变得越发激烈,越发混乱了。原本还是敌我分明的界线早已消失不见,现在整个战场已是一片狼藉,血肉横飞,尖声四起,到处都是互相厮杀同时又绝望地想逃过一劫的人们。战斗已经演变成短兵相接的地步,距离太近,枪火反而不再好使,大部分人都纷纷转而使用了冷兵器,有利剑、长矛、战斧、铁锤等等,还有的人直接就上了拳头和飞腿,甚至还有人用牙齿咬的。而在激烈决斗中的男男女女也已经杀红了眼,目光中透不出一点

思想，除了恐惧和愤怒之外，几乎什么情感都没有。

就在这时，皇宫正门突然被什么东西撞开了。敞开的大门后面，一台巨大的机械蜘蛛正"嘶嘶"地吐着浓厚的黑烟，铿然作响地颤动着躯体，抬着金属脚重似千斤地走下短阶梯，来到庭院里面。这时候，还流淌在众人血液里的恐惧本能发挥了作用，所有人顿时都停止了战斗，纷纷抬起头怯怯地盯着眼前的庞然大物。它仿佛是战争恶魔突然降临人世一般，居高临下地俯视着所有人。只见它一路爬到庭院中央，士兵和盗贼们立即退了开来。

"你们不要再自相残杀了！"

一个男人突然攀上了这头机器恶魔，跨立在上面。此人英俊非凡，昂首挺胸，表情严肃真诚。他并没有因为这场战斗而愤怒，眼神里却透露出深深的悲伤。

"我是雷斯顿，帝国的王子。我恳求各位可以听我说几句话。卓玛斯特伯爵和生物法师阿蒙·塞特密谋篡夺王位。是他们算计了各位，害各位自相残杀。他们就是想让各位两败俱伤，不管是士官还是百姓，这样他们就可以摆脱你们所有人了！"

战争的癫狂气氛逐渐缓和了下来，士兵和盗贼们面面相觑，心里充满了希望和不信任的矛盾。到了现在，谁也不想继续打下去，谁也不想再有人死亡。可是他们真的可以信任对方不会突然反咬一口吗？

"我知道大家很难接受。"雷斯顿继续说道，"可是各位想想，那些皇权贵族为了一己私利就不择手段地利用和各位一样的普通百姓，这些大家不是早就见惯了吗？"

众人纷纷倒吸了一口气，低声议论起来。这个人刚刚不是才说自己是王子吗？怎么又说起贵族的坏话来了？

王子悲伤地笑了笑，点头示意对大家的议论表示理解。"我之所以知道这些是因为我最好的朋友就是一个平民。因为他，我才知道了各位的困境。说实话,我确实不知道成为国王后要怎么解决这些问题,但我可以确定的是,让阿蒙·塞特这样冷血的生物法师成为国王只会让矛盾更加恶化。所以我恳求大家,不要再把武器瞄准对方了,和我一起,保护一个能包容我们所有人的帝国吧!"

梅里韦尔和黑玫瑰在大门后看着雷斯顿努力劝说着,庭院里的人逐渐恢复了理智。没想到事情进展得这么顺利。德莉莎一引起大家的注意,王子似乎马上就知道了要怎么和大家说话。梅里韦尔真心觉得,作为未来的国王,这确实是一个好的开始。前提是他们都能活到那时候。

她向黑玫瑰的耳边凑了凑。

"保护好王子。"她轻声说道,"等他演讲完就把大门关上。准备好对抗阿蒙·塞特增派的援军,有可能墙外和皇宫里都有。"

"你觉得还会有更多敌人?"

梅里韦尔点了点头。"这一切还没有结束。我要离开一阵,看看能不能打探到我们将要面对的具体是什么。"

"需要我陪你去么?"

"你的人确实对你忠心耿耿,但他们暂时还未必会听王子的话。我宁愿你留在这里看好他们。再说了,我还是挺有能力解决问题的,如果事情到了那一步的话。"

黑玫瑰咧嘴笑道:"我想也是。"

于是,梅里韦尔又潜回到皇宫里面。一路上,她心里已暗暗决定,等这次危机结束之后,她还要和黑玫瑰继续合作。

本来梅里韦尔还想着坐升降台上去,不幸的是传动装置已经只能发出可怜的"咔哧咔哧"的呻吟了,完全动弹不得。这也怪不得它,因为德莉莎的铁蜘蛛就是通过升降台运下来的,显然它的重量对升降台造成的损坏要比她预料的严重得多。

别无他法,梅里韦尔只得走楼梯上去四十六层了。这时,她再一次庆幸自己穿了骑马服，不然穿着长裙和高跟鞋爬这么多层楼梯的话一定会很折磨人，甚至会根本就爬不上去。话虽这样，等她终于来到卓玛斯特的公寓所处的楼层时，她也已经累得是气喘吁吁了。

像卓玛斯特这样的人，在"胜利"的时候一定会想在现场亲眼见证的，但他不会靠得太近，以免威胁到自己的生命安全。所以公寓是他最可能待的地方。加上，梅里韦尔从谢尔碧那里打听到，卓玛斯特对云玻璃的依赖已经严重到让他无法离开公寓了。

梅里韦尔敲了敲门。过了一会儿，谢尔碧开门了，神情十分紧张疲惫。

"他在里面吗？"梅里韦尔问道。

谢尔碧点了点头。

"王子已经拿下前门了，不过我不确定皇宫还能平静多久。你还是尽快回家吧，我自己进去就行了。"

"谢谢，夫人。"谢尔碧说完，匆匆忙忙离开了。

梅里韦尔在卧室找到了法世拉门岛的伯爵，军事长本人。只见他坐在地上，身前的云玻璃盒子已经打开，身上的红色丝绸长袍前门大开，露出完全赤裸的身体。他眼神呆滞地咧嘴笑着，像极了一个傻子。

梅里韦尔看着他，心里几乎是充满悲哀。卓玛斯特曾经是一个可敬的对手。如果是在别的场合下，和作为军事长的他互相较劲本来是一件让梅里韦尔觉得十分享受的事。可是看着他萎靡成这样一个没有灵魂的空壳，完全没有享受可言。

"您是不是嗑得有点儿过啦，大人？"梅里韦尔说道。

"美丽的翰碧斯特夫人！"卓玛斯特说道，丝毫不避讳自己裸露的身体。"亲自过来祝贺我的胜利啊？你真是好心啊！"

"胜利？"梅里韦尔反问道，"您的消息有点儿不灵通啊。我已经把王子救出来了，他也刚刚把那些被你误导的可怜士兵重新纳入麾下了。"

"是这样吗?"他问道,似乎一点儿都不在意。他又从盒子捏起一撮云玻璃,用鼻子吸了进去,然后把手指头——舔干净。"哎呀,哎呀,哎呀,我就知道会这样!"

他跳将起来,一边踱步一边搓着手心,表情变得阴郁起来。

"阿蒙·塞特以为你只是一个贪心不足的投机主义者,觉得我们可以利用你。"卓玛斯特幽幽说道,"不过我告诉他,对待你可不能掉以轻心!我早就知道你会给我们惹麻烦了!"

"您对我真是太夸奖了。"梅里韦尔说道,"如果他当初肯听您的话就好了。"

卓玛斯特哈哈大笑起来。"噢,他确实听了!你以为我们的计划就只有这些吗?"

"不。不过接下来会发生什么还说不定呢。毕竟在他加冕之前都不能动用生物法师的力量。"

"哈哈,不能直接用嘛!他还可以使用过去十年来他们慢慢积累下来的武器啊!"

梅里韦尔也想到这一点了。"对啊。藏在皇宫地下室的那些嘛。"

"正是!"

"虽然麻烦,但只好暂时疏散皇宫了。"

"那样的话,你们要怎么躲过轰炸呢?"卓玛斯特的眼睛透射出得意的光芒。

"轰炸?"

"你可以自己看看!"他举起手指了指窗户。

梅里韦尔强迫自己镇定地走到他的卧室窗边。她看到在西南方的远处,一支舰队正漂浮在海面上。

"黄昏的时候他们就到了。"卓玛斯特说道。

"阿蒙·塞特打算把整座岛夷为平地?"

"牺牲一座岛就能拯救整个帝国，挺划算呀！"卓玛斯特说道。

他走到梅里韦尔的身后，梅里韦尔甚至能感觉到他的气息吐在她的后脖子上。那气味相当难闻，仿佛云玻璃已经让他的身体从内而外地开始腐烂。

"现在改变立场还来得及。"卓玛斯特双手握住了她的腰，"如果你让我高兴了，我就让阿蒙·塞特放你一马。"

今天已经是第二次梅里韦尔不得不使用暴力了。真的，这实在让她非常厌烦。不过她确实找不到其他摆脱的方法了，也不认为这次会有机械蜘蛛跳出来救她。

"我能告诉你一个秘密吗，大人？"她问道，同时慢慢地解开衬衫的衣扣，"一个谁也不知道的秘密。"

"好啊，亲爱的。"卓玛斯特喃喃道，又向前压了几分。

"我的乳房其实没有看上去那么大。我里面一直穿着一件束胸，这样就能挤出那条让你们神魂颠倒的乳沟了。"

"什、什、什么？"

"其实穿着它真的非常不舒服，"她继续说道，"不过有了它，我就能随时在里面藏好一把小小的短管单发手枪，这个小伎俩已经救过我的尊严和性命好多次了哦。"

说完，梅里韦尔突然转身，朝着卓玛斯特的胸膛扣动了扳机。

卓玛斯特惊讶地瞪着梅里韦尔，嘴巴一张一合却吐不出来一个字。最后他"扑通"一声，终于倒在了地上。梅里韦尔让自己稍稍享受着此刻，看着他慢慢死去。等他死透了之后，她才回到窗户旁边。

留在皇宫，面对恐怖的生物魔法，还是逃到街上，等待避无可避的狂轰乱炸？梅里韦尔不喜欢只有这么少的选择。更不喜欢这么低的成功概率。

"干得不错啊，大人。"她对着卓玛斯特的尸体说道，"或许我很快也会陪你下地狱,但是很抱歉,我不打算这么快就放弃。"

23

吉莉觉得自己一定是有史以来最笨的生物魔法学徒了。理论上讲,只要是通过直接接触建立的精神连接,以后都可以随心所欲地和同一个人进行重连。这是布力加·林告诉她的。当时是在突袭黎明曙光的前夕,也是她第一次使用这个能力帮助希望和布力加·林的思想进行连接。可是现在却不行了。她知道布力加·林现在就需要她马上和希望重连,可是她怎么试都不成功。她和尤特尔坐在远离正在遭受肆虐的灰影区的旅馆屋顶,任凭她怎么努力,但就是连不上希望。

当然了,她本可以直接问布力加·林怎么办的,不过她知道自己的大师正在忙着对付海怪,最好还是不要因为自己的愚笨和失败而打扰了她。况且这可能根本就不是什么大事呢,对吧。所以吉莉只能靠自己了。她只知道一种方法可以解决眼前的问题,就是直接用手去碰希望。这就意味着她要过去危机四伏的灰影区了。大概这只是吉莉想加入战斗的一个借口罢了,不过她觉得这个借口还是挺有说服力的。

此刻,吉莉和尤特尔正在人群汹涌的街上不停奔跑。得益于娇小的身材,他们俩很轻松地就能在密密麻麻的人缝之间穿过。

"喂,吉莉,你怎么一副生气的样子呀,高兴点嘛!"

说着，尤特尔伸出手掌，一只原本死掉的老鼠在它的掌心开始蹦跶起来。

"太恶心了！"吉莉一巴掌把死老鼠拍掉。

"对不起。"尤特尔一边跑一边回头看着，把那只跳舞的死老鼠留在了身后。

吉莉心里其实明白，比起他那诡异的死灵法术，更让她感到糟心的是她自己的失败和无能。不过拿死者开玩笑总归是不对的。甚至对动物也是。

"你他妈的干吗老是这样啊？"吉莉厉声道，"你到底有什么毛病啊？"

尤特尔停下脚步，愣愣地在繁忙的街上就么站着。他把头垂得很低，两只胳膊无力地垂在两侧。

"尤特尔，你要干……"吉莉也停了下来，回头瞪着尤特尔。他的脸被鬼魅般的白发遮挡着，吉莉看不见他的表情。可是随着他的肩膀开始抖动起来，吉莉才意识到尤特尔在哭。

"我靠。别这样嘛，尤特尔……"

"对、对、对不起。"尤特尔呜咽道。他抬起头看着吉莉，苍白的脸早已被泪水湿透，红色的雀斑显现了出来。"我、我、我不知道。"

吉莉叹了口气。"不知道什么啊？"

尤特尔努起嘴唇，额头上折起几根皱褶，仿佛很痛苦的模样。"我不知道自己有什么毛病。"

吉莉听罢，心中一阵难过。"哎，听好了，尤特尔。我不是那个意思。不管是谁都会有搞砸的时候嘛。你看我就无缘无故地弄哭了一个小男孩啦。"

"你不喜欢我。"

"当然不是啦，尤特尔。我只是……"她还能说什么呢？说不想和他这个累赘一起吗？估计只会让他更加难受。再说了，现在她也没有时间跟他说那么多。她必须找到希望。

"听好了,我是喜欢你的。我只是不喜欢你把死掉的东西复活而已。所以以后不要再这样做了,知道吗?"

尤特尔用力地吸了吸鼻子,然后做了一个吞咽的动作。他吞下去的大概就是一大坨鼻涕。"你保证吗?你真的喜欢我?"

"当然了,老铁。好了,快走吧。咱们还要找希望呢,记得不?"

尤特尔又吸了吸鼻子,点点头。

"棒极了。"吉莉扫了一眼前方的街道,只见前面的人变得越来越多,恐怕他们不可能再像之前那么轻松地挤过去了。

"要这么走下去会没完没了的。"她对尤特尔说道,"跟我来,咱绕过去。"

于是两人为了避开密集的人群,特意绕了一个大圈。这样的话他们不得不靠近码头,不过幸好那里是南码头,离海怪还有点距离。不过即使隔了这么远,吉莉还是能听到海怪把近前的一切事物毁坏殆尽。

"这些船好大啊!"尤特尔说道,跟着吉莉沿着码头继续向前奔跑。没想到这么无聊的东西也能把他的注意力从那头大得离谱的怪兽身上吸引过去。

"这些船不算大啦。"吉莉对他说道,草草地瞟了一眼那些船便继续赶路。"我在海军当兵的时候,那些船比这些大得多了。"

"是不是还有大炮?"尤特尔好奇地问道。

"当然有大炮啦。"吉莉回道,"如果连大炮都没有,那算哪门子海军战舰啊。"

"不知道哦,算哪门子啊?"尤特尔期待地问道。

吉莉又叹了口气。"你真的是没希望了,知道不?"

"嘿,所以我们才要去找她嘛!"尤特尔说道。

"什么?"吉莉不解地问道。

尤特尔得意地笑了笑,仿佛说了十分有趣的话似的。"希望啊。我们之所以要找她,是因为我们现在没有她嘛。我们没有希望。是不是?"

吉莉哀嚎了一声。"我怎么就被你缠上了呢?"

尤特尔的笑容瞬间消失了。"对不起,吉莉。"

吉莉马上感到一阵内疚。她才刚让尤特尔开心起来呢,怎么又让他不高兴了。"你只是还不懂事而已。那不是你的错。说实话,照顾你大概就是对我的惩罚了吧。我连大师交代的任务都做不到。"

她边跑边看了看尤特尔,发现他根本就没有开心起来。

"听我说,"吉莉又说道,"我跟你一样大的时候也是这样的。"

"真的吗?"尤特尔一脸狐疑地问道。

"当然啦。我老是会烦着红眼。那时候,我觉得他是世界上最牛的人了,心想以后也要像他一样。所以我有事没事就会找他,让他教我怎么办。"她回想了一会儿,继续说道:"他也一直对我很好。反正比我现在对你要好。所以,我应该也要对你说声对不起。"

吉莉话音刚落,就突然停下了脚步。

"你还能听到吗?"她问尤特尔。

"听到什么?"

"海怪啊。你还能听到它的动静吗?"

尤特尔摇了摇头。

"跟我来,咱得去看个究竟!"

"好。"尤特尔同意道。

"跟紧喽。"吉莉说完,开始从旁边一栋房子的走火通道爬上了墙。凡斯港的房子爬起来比新列文的困难多了。相比之下,这里的墙面没有那么多碎砖或裂缝用以借力攀爬,吉莉只能之字形地向上爬。差不多爬到屋顶的时候,她估摸尤特尔大概还在底部,没想到当她回头看的时候,尤特尔就跟在她的脚下。

"快到了吗?"他问道。

"快了。你做得很好。"

他的眼睛喜悦地一亮。"真的吗?"

"是啊。"说话的时候,吉莉已经到达了屋顶。她翻身过去,伸出手说道:"来。"

尤特尔抓住她的手,吉莉使劲一提,尤特尔便站到了她的身边。接着,吉莉赶紧向东边的天空望去。

"看不见了。"吉莉说道,"海怪消失了……"

"他们杀掉它了吗?"尤特尔似乎很期待。

"不知道。"吉莉回道,"可能只是把它赶走了吧。不过它破坏得也够多了。"她摇着头看了看东倒西歪的房子和散落着残垣断壁的街道。从高处望去,吉莉才发现情况比她想象的严重得多。整座城市看上去就像是……烂了一样。她不禁心想,这座城市会不会承受不了这么多的破坏,然后就……死了?

"那个人干吗在朝你招手啊?"尤特尔突然问道。

"哈?什么人?"

尤特尔指了指附近码头上的一艘双桅帆船。吉莉顺势看去,总感觉十分眼熟。再看站在甲板上招手的那个人时,她马上就认了出来。

"它去哪里了?"维德顿问道。

布力加·林摇了摇头。就在不久前,那头海怪还在慢慢地逼近,大伙儿都做好准备弃下维德顿的小船逃跑保命了。可就在那时,海怪似乎突然间对发狂破坏失去了兴趣,只是一动不动地耸立在那里,没过多久就慢慢地退回大海,沉入海底。现在已经过了大概一个半小时了,海怪还是没有卷土重来的迹象。船夫和水手们甚至开始慢慢地从藏身的地方返回那七零八落的码头。

"可能是我表弟找到费特莫尔·贝特了,还说服他停止攻击了呢。"阿拉斯说道。

"我看'说服'这个词用得不太准确。"布力加·林说道,"你看。"

她指了指码头的方向,只见红眼正慢慢地朝他们走来,双手扛着一个不省人事的白袍生物法师。

"他还是把他杀死了?"维德顿问道。

"没有。他还活得好好的。"布力加·林回道,"看来红眼为我们争取了一点时间让大家缓口气。"

红眼继续不慌不忙地走过来,脸上挂着欢快的笑容。

"怎么样?"布力加·林不得不把心中的不耐烦强压下去,看着红眼扛着生物法师不紧不慢地攀上了船。

"他还挺轻的。"红眼说道,"我怀疑他一直都没吃饱过肚子。应该是营养不良了。"

"她的意思是,你解决了海怪的问题没有。"阿拉斯说道。

"我知道她什么意思。"红眼对表哥说道,然后又转向布力加·林。"悲催的是,并没有。不过那是你的工作,对吧?我只是负责把他活捉过来而已。"

"对。"布力加·林说道。

"你们看看他。"红眼把费特莫尔·贝特轻轻地放到甲板上,动作出乎意料地温柔。"我还挺同情他的,真的。"

说完,红眼打开了生物法师的白袍,布力加·林这才明白红眼说的是什么意思。她盯着她曾经的导师,眼神定格在他身体两侧那些发育不良的触手上,深深地叹了口气。"看来这大概是控制海怪的一种方法。不幸的是,如果没有合适的材料,估计我也办不到。就算我能复制这个法术,我也不认为有谁愿意替代他。"

"正是如此。所以我觉得咱们不需要这样做。"红眼说道,"贝特是被人控制才不得不袭击凡斯港的。如果你能解除他的禁锢,我觉得他很有可能就收手了。"

"我之前也说了,你应该也知道,解除禁锢是极其复杂的。如果是普洛格·伯恩生前施的法——"

"他说是阿蒙·塞特干的。"

"真的吗?真奇怪。"布力加·林没想到塞特对这个领域的法术会如此精通。"我看一看吧。"

说完,她把手放在费特莫尔·贝特的额头上,合上了双眼。

"天啊。"她低声叹道。因为她在老导师的大脑内找到的已经不算什么禁锢了,而是周而复始的精神攻击。

"有这么糟吗?"红眼问道。

"这……"她刚吐出了一个字,却没有继续说下去。费特莫尔·贝特虽然不是一个和蔼可亲的导师,但他一直都尽心尽力,即使面对她这么平平无奇的学生也是如此。布力加·林发现自己的伤感比预料中更加浓烈,但她不想在红眼面前把自己脆弱的一面表现出来。

"我明白为什么说这是阿蒙·塞特的法术了。"她终于说道。

这时,费特莫尔·贝特的眼珠在眼皮下动了几下,随后张开了眼睛。

"不要动。"布力加·林提醒道。

"我做不到。"他平静地回道。说话之间,他的双手,双腿,以及那些发育不全的触手开始轻轻地蠕动起来。

"你在控制守护者回来。"布力加·林说道。

"我必须这样。"

"为了给他的禁锢腾出位置,阿蒙·塞特把你大部分的……灵魂都毁掉。恐怕你剩下的灵魂已经不足以单独控制你的身体了。你的身体机能之所以还能运作,是因为你已经和守护者的灵魂结合了。本质上来说,你在使用它的认知能力来填充自己的意识空洞。"

"我知道。"

"如果我把禁锢解除了,你剩下的自主意识就会被守护者的意识吞噬。这就是说,你们的角色会互相调转,最终会变成它在控制你。"

"这样的话,你加入我们会怎样?"

布力加·林的眉毛向上一扬。"你确定想这样?"

"这是最好的结果了吧,我们的选择不多。"他说道,"而且在某种意义上来说,我的自我早已经迷失了。"

"确实。"布力加·林赞同道,"如果我加入你们,有什么可以保证守护者不会继续攻击我们?"

"我也不确定,不过我觉得你们会有新的攻击目标。"

"阿蒙·塞特。"她说道。

"快一点。我马上就到了。"费特莫尔·贝特说道。

"林女士,我已经看到它了。"阿拉斯说道,"而且来势汹汹。"

"看来我们要赌一把了。"布力加·林说道。接着,她把手掌重新放在费特莫尔·贝特的额头上。"你应该得到比这更好的结局。"

"是吗?"他恍惚地问道。也许他已经不记得了。或是不在乎了。

"是的。"布力加·林对他说道,"我以前是你的学徒,我很敬佩你。"

他笑了。"是吗?真好。你成长得非常出色。"

在整个学徒生涯中,布力加·林一直都渴望得到这个男人的认可,但却从来没有被肯定过。她以为自己早就不在乎这些了。不过,也许有些事情不管你岁数多大也一直会萦绕在你心间。布力加·林现在就是这样。听到她前导师的这番话,她一向坚不可摧的心理防线现在完全崩塌了,内心只剩下深深的悲痛与忧伤。

布力加·林合上双眼,把所有注意力不断地往内收缩,直到落在她思想里不断闪过的电光。还有在他的思想里闪过的电光。接着,她把两人的思想连接了起来。就在两人思想合为一体的瞬间，布力加·林同时也触碰到了那头名叫守护者的巨兽的思想，随即感到一股强大的力量灌满了她的思绪。用兽这个字来形容它实在太不恰当了。它的思想里蕴含着一股古老而永恒的力量。那股力量并没有低人一等，反而是一种早于人类的存在，原始而纯粹，却毫不野蛮。

接着，布力加·林把阿蒙·塞特强加在这位生物法师老前辈思想里的垃圾逐一移除。虽然过程相当野蛮，但移除的时候却十分简单。最后，她把费特莫尔·贝特仅存的一点思想意识慢慢地沉没在守护者的强大力量当中。

"布力加·林……"她听到红眼说道。她听出了红眼语气中的惊慌，但她太专注于手头上的事了，根本没办法回应他。她必须把事情落实好。

她听到了巨型海怪冲出海面的声音，听到它慢慢升起时海水从它躯体倾泻而下的声音。那声音是如此的靠近，她甚至能闻到一股腥臭的味道，仿佛一直沉睡的海底之水被完全抽空，然后有史以来第一次被带到了海面之上。

这时，布力加·林猛地睁开眼，只见海怪已然是耸立在眼前。"往后退。所有人。"

三个男人这时倒是很听话，争先恐后地退到了船的远处一端。

布力加·林脱下费特莫尔·贝特的白袍，然后小心翼翼地抱起了他赤裸的身体。

"林夫人！"阿拉斯大吼道，"当心啊！"

然而布力加·林并没有理会。只见她坚守在原地，一条长长的巨型触手慢慢地向她伸来。就在离她不到几尺的地方，触手停了下来。粗壮的触手上长满了一颗一颗湿漉漉的肉疙瘩，正不停地闪着光，触手尖则在颤抖着，仿佛很期待的样子，也许真是这样也不一定。

布力加·林走上前去，把费特莫尔·贝特的身体放在柔软的触手上。

"终于都完整了。"她轻轻地说道。

接着,她轻轻地将费特莫尔·贝特的身体往下按,直到他被完全吸入海怪的触手之中。

她站在那里,手掌直接放在了海怪的触手上,感受着无穷的力量传入她的掌心。她终于理解到,费特莫尔·贝特为什么想这样了。

"你自由了。"布力加·林对守护者说道,"去过你喜欢的生活吧。"

海怪把触手慢慢地抽了回去,然后转过庞大的躯体,缓缓地游回到大海里去。

"你觉得它要去哪里?"阿拉斯低声地问道,三个男人又小心翼翼地走了回来。

"如果贝特的思想还在里面的话,它大概是要去斯通匹克找阿蒙·塞特算账。"红眼说道。

"我觉得海怪本身就有一笔账要和那个人好好算算了。"布力加·林静静地说道。她坐了下来,手臂轻轻地环抱着自己。

阿拉斯跟着在她身边坐下。"你没事吧?"

布力加·林朝大海望去,看着守护者留下的尾波发呆。"你还记得几个月以前,我们第一次去黎明曙光的路上,你看到断崖岛周围那些铁船后还觉得相当兴奋吗?"

阿拉斯点了点头。

"当时你说,这个世界还有很多值得去探寻的东西……"布力加·林哀伤地笑了笑,继续道:"我觉得,现在我明白你的感受了。"

两人静静地坐在那里,没再说话。

"简直荒谬!"维德顿朝红眼吼道。显然,在布力加·林和阿拉斯谈话的时候,他和红眼也静静地讨论了起来。

"是啊,不过这不代表那是假的嘛。"红眼说道。

"什么事?"布力加·林问道,疲惫地站了起来。

"他说阿蒙·塞特正在谋划从皇室家族那里夺权。"维德顿说道。

"那是费特莫尔·贝特告诉我的。"红眼回道。

维德顿连连摇头。"那个人神志都不清楚了!"

"就算他打算削弱自己的法力而撒谎,他仅剩的思想也不够他编出这样的东西来。"布力加·林说道。

"所以我们才要赶过去帮忙啊!"红眼说道。

"我们刚才不是送了一只愤怒的海怪去找阿蒙·塞特了吗?"阿拉斯指出。

"还是不够。"红眼说道,"我们也需要过去,我们需要马上过去!"

"先听听希望怎么说吧。"布力加·林对红眼说道。

让希望感到奇怪的是,在此番危机当中,她的内心反而找到了宁静。虽然事态已经严重至此,她却对其中的简单倍感感激。现在需要如何应对已经相当明确。一头海怪袭击了百姓;百姓需要救助。虽然现在海怪似乎已经逃跑了——大概是布力加·林的功劳——但群众仍然需要帮助。这件事她可以毫不犹豫地去做。

"大半个镇都被毁了。"斯蒂芬静静地说道,"不过所有的幸存者应该都救出来了。"

希望环顾了一下他们在老寺庙里搭起的临时避难所。这座寺庙跨河而建,本来是为了标记贸易区和灰影区在岛中央的边界用的。跟所有她去过的建在市里的寺庙一样,这间老庙也是早已荒废多时,里面是空空如也。她也从来没有想过为什么人们不再过来寺庙。现在她知道原因了。因为如今已经再也没有人去引导大家走进寺庙了。据说在以前,国王经常会出巡到各地的寺庙里和人们直接对话。但从黑暗法师的时代起,当文成武僧团和生物法师团分道扬镳之后,国王再也不去拜访寺庙了。也许自打那以后的一段时间里,百姓们还会在寺庙里举行集会,但久而久之,人们渐渐淡忘这个传统,寺庙也终于彻底被荒废了。

不过,寺庙里倒是收容灰影区难民的好地方。那里空间宽敞,没有杂乱的家具和摆设,亲朋好友可以聚在这里互相慰藉,无需拘束。更重要的是,那里有足够的空间让文成们去治疗伤员。正如希望之前跟红眼说的那样,文成武僧不仅可以除恶杀敌,更能救死扶伤。

"大家今天都做得很好。"她对斯蒂芬说道,"我只希望能弄清楚海怪的目标是什么。"

"他们可能知道答案。"斯蒂芬指了指寺庙的入口。只见布力加·林,红眼,阿拉斯和维德顿已经过来了,正四处看着这个人满为患的巨大空间。

看到红眼之后,希望的心里毫无防备地被电了一下。想也没想,她便举起双臂急切地招起手来。

红眼犀利的眼光一下子就看到希望了,毫无疑问。他用肘推了推其余的人,便快步跑了过去。

"你没事吧?"红眼还没等走到希望跟前就赶忙问道。

"当然了。"希望回道,"你呢?"

然而距离只剩下不到几步的时候,红眼却猛地站住了。他似乎是本想着去拥抱希望,却不知道被什么在最后一秒阻止了。两人就那么互相看着对方,沉默不语。希望不喜欢他们之间的这段距离,却不知道怎样才能把它消除掉。

"事态比我们想的还要复杂。"这时传来了布力加·林的声音。

希望强迫自己把目光从红眼身上移开,对布力加·林说道:"怎么说?"

"海怪是阿蒙·塞特派来的,它被下令不让任何人从凡斯港离开,所以才会把船都毁掉。现在阿蒙·塞特正从皇室家族那里谋权篡位,自封为王。"

"太放肆了!"斯蒂芬吼道,怒火充满了双眼。"我们要把这个叛徒五马分尸！"

"他就是不想这种事情发生嘛，老铁。"红眼对斯蒂芬说道。

"红眼认为我们应该赶去帮忙。"布力加·林说道，语气和神态谨慎地保持着中立。希望不知道这意味着什么。

"我不得不同意他说的话。"维德顿说道，"虽然我对海军已经没什么感情了，但现在我们说的可是整个帝国啊。这是我们所有人的家。我不敢想象如果阿蒙·塞特，像他这样有能力造成……"他看了看伤痕累累、担惊受怕的人群，"这样的人，当上了一国之君会是怎样。我不能昧着良心让这种事情发生。"

"你曾经指引我们忠于戒律和勇者萧克的誓言，"斯蒂芬说道，"我们最基本的誓言不就是要保护帝国不被破坏吗？如果像阿蒙·塞特那种人当了国王，你觉得百姓的命运还能好到哪里去！文成武僧团必须团结起来，共同对抗这次危机。"

"希望……"红眼目光诚恳地看着她。他眼神背后的高墙已经完全倒塌，如今在寺庙油灯的照耀下，他双眼含泪，闪着金光。"去他妈的什么责任、誓言和帝国，都给我统统滚到一边去。我现在只关心一件事。雷斯顿是我的朋友，而他们要杀他。"

希望逐一看着众人，心里完全是疑惑不解。"你们干吗都说得完全由我来决定似的？我没有命令你们任何人，也没有掌管任何的事。我甚至连带你们去那里的船都没有。你们干吗都看着我？你们根本不需要我。"

"可是我们确实需要你呀，我最爱的朋友。"布力加·林伸出她修长纤细的手，带着出人意料的爱意轻抚着希望的脸庞。"因为，你是我们的希望啊。如果连希望都没有，我们还怎么能勇敢无畏？我们还怎么能成就伟业？"

希望的心头一紧。她发现很难再看着大家了。甚至连开口说话都很难做到。"可是根本没有理由——"

"根本不需要理由。"布力加·林接道,"我们需要你在身边。就这么简单。"

希望看着大家良久,一边用力地呼吸着,让自己恢复镇定。

"我当然会陪大家一起去。"她终于说道,"我不知道自己对帝国或者国王应该有怎样的感情。但是你们是我的朋友。如果你们需要我,我又怎么能拒绝?"

"师父!"

希望顿了一下,回头看向寺庙门口。只见吉莉和尤特尔正急匆匆地推开人群跑过来,还差点被门口附近的一家人绊倒。

"师父!"吉莉又喊道。

"师父、师父!"尤特尔得意地模仿道。

"小心别撞到周围的人!"希望情不自禁地责备道。

吉莉听到后马上把速度降了下来,又一把抓住尤特尔的手,让他也跟着慢了下来。两人稳稳地走完了剩下的路程,但眼神已是兴奋得迫不及待。

"你一定要过来看看!"吉莉说道。

"你一定要过来看这个——"尤特尔刚要说出口,却被吉莉狠狠地拽了一下手臂。

"你答应过不透露风声的!"她龇牙对尤特尔喝道。

"我不说!"尤特尔说完,紧紧地闭上了嘴巴,却一副十分痛苦的模样。

吉莉拉着希望的手恳求道:"求你啦,师父。你就来看看嘛!"

希望把目光投向了众人。

"你逗我吗?"红眼说道,"能让吉莉这么兴奋的肯定是好东西!"

"是啊!红眼!我发誓!"吉莉说道,然后又恳求地看着布力加·林。"大师,来嘛!"

布力加·林缩了一下脖子。"好恐怖的表情。赶紧收起来。"

"那你们来不来嘛?"吉莉又问道。

"希望?"布力加·林问道。

"那就去吧。"希望说道,感觉这已经不由得她做主了,但还是奇怪为什么所有人都在问她的决定。

"这边!"吉莉说道,又急急忙忙地向入口跑去。

"这边!这边!"尤特尔也说道,蹦蹦跳跳地跟了过去。

吉莉领着众人,左转右拐地穿行在商业区的街道上,朝着西南方向一路前进,最后终于来到码头。平常的吉莉总是努力装成一副和实际年龄不相符的老成模样,希望真有点好奇到底是什么东西能让她高兴得像个孩子一样。

当大家到达码头的那一刹那,希望一眼就看到了让两个孩子如此兴奋的原委了。

"那不就是……"她轻声说道。

"啊嘿,船长!"一个非常熟悉的声音说道。

是失踪芬恩,天堂圆环的那个独眼老水手,正站在海怪猎人号的舷缘上。不过,看起来芬恩把船的名字改回叫女士诡计号了。

"我把船的名字改回最开始的那个了,船长。希望你别介意。"芬恩说道,"我总觉得是因为那会儿你要做戴尔·贝恩这艘船才会叫海怪猎人号的,那现在你都做回自己了,所以我觉得是时候让她也做回自己了。当然了,大炮还是要留着的。"

"你是怎么……"希望说道,颤颤地伸出手去抚摸那粗糙的木头船身。

"是黑玫瑰帮我修好她的。"芬恩告诉希望,"她对这个老东西还是有感情。你别信她瞎胡扯就是了。"

希望回身看着吉莉，只见她的笑容灿烂得不得了，感觉整张脸都要被她笑裂开来。"你说得没错，吉莉。确实值得。"

"是你的船啊，希望！"尤特尔说道，"你还记得的，对吧？你就是在这艘船把那条皇带鱼的头斩下来的！你就是开着这艘船去那座有猫头鹰怪物的岛的！就是这艘——"

"嗯，尤特尔，我记得。"希望笑着拍了拍他的脑袋。"你也很厉害，这些故事你都还记得。现在……"希望回身抬头看向芬恩，继续说道："请求上船，船长？"

"她本来就是你的船。"芬恩反对道。

可是希望却摇了摇头。"不，芬恩。现在她是你的了。没有抛弃她的人是你。"

"啊，那好……"芬恩怜爱地笑了笑，用他皱纹满布的棕色手掌轻抚着那木头栏杆。"现在我也只有她了。"接着他抬起头看着众人，表情突然十分严肃地说道："大伙儿不介意的话请都上来吧。咱还有重要的事情要讨论讨论。"

希望扫视了一眼所有人。"你说得没错。"

于是，芬恩让几个伙计把跳板放了下来。当希望重新踏上这艘她度过了多年光阴的船时，她感觉以前的回忆一下子又回来了，那些她熟悉的人和失去的人仿佛随着回忆又重新展现在她的眼前。她看到了最开始的船员，卡迈克尔，提克斯，桑卡克，梅菲尔德，甚至还看到了兰金。然后是菲勒和莎蒂。所有的这些人都曾经在这艘船上待过。在某种意义上来说，他们仍然是这艘船的一部分。

甲板上一群新来的船员在忙活着，大约有十来个，都是圆环的真汉子。这样的人手刚刚好，风平浪静的时候绰绰有余，突发事件的时候刚好能勉强应付。如果卡迈克尔还在的话，他一定会对这样的安排很满意。

而站在人群中的，正是失踪芬恩。只见他的白发又稀疏了一点，皮肤也更沧桑了一些。他的独眼背后隐含着一丝淡淡的悲伤,一种看似会随着时间而消失,却永远不会真正褪去的悲伤。他依然戴着那只盐渍斑斑的黑眼罩,穿着那身白色亚麻衬衫。

希望径直走到芬恩的身边,紧紧地抱住了他。

"船长,我——"

"现在我只是希望,"希望回道,抱得更用力了,"给我闭嘴。"

"那好吧。"芬恩说道,轻抚着希望的背。

等希望终于放手之后,芬恩严肃地说道:"是黑玫瑰把我们最爱的船救活了,而她现在需要她。她还需要你。"

"噢?"

"她和皇后做了个交易。"

"她真这么干了?"红眼问道,看上去十分欣喜。

"是啊。"芬恩答道。

"什么交易?"希望问。

"只要咱们把皇后和她儿子从这场闹剧中救出来,"芬恩说道,"他们就给咱们留一席之地。"

"我没听懂。"希望说道。

"哇,这……"红眼把手指插进头发里面,"这事儿非同小可!真不敢相信琵瑟琪居然会同意!他们一定是绝望到极点了。"他摇着头继续说道:"这事儿梅里韦尔肯定也有份儿。可能连尼雅也是。"

"红眼,你在说什么?"希望不解地问道。

他双手按在希望的肩膀上。"你还没明白吗?内特尔斯为咱们在皇宫里争取了一个席位啊!现在连普通老百姓在政府中也有发言权了!这个交易将会颠覆一切!"

希望盯着红眼。这几乎说不过去啊。普通人也能决定政府怎么运作?

"当然了,前提是我们赢了的话。"布力加·林冷静地说道。

希望转过身，咧开嘴对布力加·林笑了笑。"如果这就是攸关大局的话，那么谁敢挡我前路，我只能说声抱歉了。"

24

皇宫的第一层有一座御座殿。严格来说，那里就是最权威的王座，不过那里已经很多年没有人坐上去了。玛塔卡斯身体一直很弱，根本就没法下来一楼。不过，阿蒙·塞特厌恶的不只是国王的体弱多病，还有他那脆弱的意志。对此，塞特是再了解不过了。

阿蒙·塞特正式成为生物法师那天，刚好也是玛塔卡斯的登基之日。即使在那么年轻的彼时，国王就已经是一个冲动而放纵的人了。他饮食无度本来就够糟的了，但他还要荒淫无耻，从来也没打算过要结婚生子，让王座后继有人。等到他终于玩够了，静下心来考虑婚姻的时候，他又对未来的妻子离谱地挑剔。等到他终于选定了贝格拉纳达的年轻处女琵瑟琪作为妻子的时候，他又已经太老了，连洞房都不行了。

然后就是那个该死的普洛格·伯恩，怂恿玛塔卡斯去命令生物法师团让他自己重返青春。伯恩设法说服了国王那样做是为了让他能够和年轻貌美的妻子共度良辰，不过阿蒙·塞特知道其实那就是为了确保让王位后继有人。毫无疑问，王位的继承是非常严肃的事情，但让本来就很脆弱的国王延长寿命只会让他更加脆弱，这也是不可轻率之事。而这件事就是阿蒙·塞特与普洛格·伯恩意见不合的开端,之后两人便展开了长达二十多年的明争暗斗。而不幸的是,这一次不但伯恩赢了,整件事更是给帝国带来了极大的伤害。

"摆脱伯恩是一切事情好转的开端。"阿蒙·塞特大声地说道。

他和西弗特·梅克站在国王的寝殿中,四周尽是奢华的绒皮沙发,全都是玛塔卡斯晚年坚持要添置的,然而两人却还是选择站着。部分原因是坐上去的感觉跟坐在胖女人身上一样,还有部分原因是那些家具无不散发着一股病态而腐败的老人味。等阿蒙·塞特一加冕,他就要把这堆破东西一把火烧掉。

两位生物法师看向南墙的巨型飘窗,卓玛斯特从法世拉门岛调遣过来的海军舰队是尽收眼底。

"我认为普洛格·伯恩的失败是不幸的。"西弗特·梅克用平静而刺耳的声音说道,"他比其他人更能制得住你。"

"你认为我越线了。"阿蒙·塞特说道,"但我只是在拯救帝国。"

"你有没有想过,正是你的所作所为应验了黑暗法师的预言?帝国要是四分五裂了,那就更不是奥克邦塔的对手了。"

"帝国早就四分五裂了。"阿蒙·塞特说道,"一盘散沙,杂乱无章,根本就不能被称之为一个帝国。等我们除掉王子和他的顽军,我会让帝国重新统一而强大起来。"

"雷斯顿比你想象中更难对付。"

阿蒙·塞特听罢,咬牙切齿地说道:"是那个叫翰碧斯特的贱女人。没想到她竟然能在我们眼皮子底下暗中谋划了那么多年。更没想到的是,普洛格·伯恩竟然没有告诉我们!"

"是吗?"西弗特·梅克反问道,"也许伯恩一直就是用她来牵制你的。"

"那倒符合他的作风。"阿蒙·塞特酸酸地说道,"要是他还没死的话,他们两个很可能会严重威胁到我们。不过现在只剩下她了,而我则还有一头猛兽随我差遣。就凭她区区一个平凡女子，她还能拿我怎么样？"

"这么说，你还是决定要放它出来咯？"梅克问道。

"我已经放它出来了。"塞特说道。

从四十六楼重新跑回一楼实在太费时间了，于是梅里韦尔决定用升降平台。准确来说，是升降平台的井道。她在卓玛斯特的衣柜里找到一双厚实的皮手套，大概是带着猎鹰去打猎时用的。她还找到了一把纤薄而坚硬的旧剑，并用它插入升降平台的门缝里，作为撬杠把门撬开。

好不容易把门打开之后，她看见一根根粗粗的金属缆绳一路垂入了深不见底的井道里面。那些缆绳似乎是由很多金属细绳编织而成的。梅里韦尔估摸了一下，认为手套应该可以坚持住，大概吧。而她的骑马靴是一路裹到她的膝盖处，所以脚踝的保护也应该是足够的。不过在下降的过程中，马靴估计要报销掉。

当然了，她也在担心自己会不会也跟着报销掉。不过她绝对不会浪费时间去走那一层层的楼梯，不然生物法师的那些怪物随时都有可能跑到庭院里，把她毫无防备的同胞们尽数吃掉。

于是，梅里韦尔深吸了一口气，纵身跳入井道。她用戴着手套的双手紧紧地抓住了其中一根缆绳，然后用穿着皮靴的脚踝把它钩住。接着，她慢慢地松开劲道，开始缓缓下滑。

随着下降的速度越来越快，她感到皮手掌和脚踝处的皮革渐渐发烫起来。劲风也骤然升起，直扑脸门，连马尾辫也被吹散了一半。虽然这样，她还是不敢松开手去拨开挡住眼睛的头发。很快，她闻到了手套烧焦的味道。在黑暗中，她无法知道自己的速度有多快，也无从知道还要下降多久。这时她突然意识到，可能手套根本就撑不了那么久，而且以现在的速度，一旦她的手掌被裸露出来，摩擦力瞬间就会把手掌弄得皮开肉绽。

就在梅里韦尔还在为此担心的时候,她的脚便重重地砸在了一个金属物上面,撞得她整个人都震动了起来,下降之势也戛然而止。紧接着,剧烈的疼痛从双腿一直灌到了她的臀部,梅里韦尔差点就没喘过气来。过了好一会儿,她慢慢地缓了过来,这才有时间看了看周围的环境。

原来,她落在了升降平台的顶部。于是她取下手套,发现有好几处已经是烫得焦黑。她单膝跪下,把紧急通道的舱门打开,爬了下去。

升降平台的门口是打开的,梅里韦尔一眼就能看到整条走廊。空荡荡的。没有怪物的踪迹。她赶上了。

要不然就是太晚了。

心怀乐观的态度,梅里韦尔赶忙跑出走廊,朝通往庭院的前门赶去。当她看向一条侧廊的时候,发现那里有一个人影,但是由于走廊的灯光非常昏暗,便以为那是一个仆人,跟谢尔碧一样,因为没有获准逃跑而被困在了这里。

梅里韦尔停了下来,只见人影正慢慢地向她走来,于是她招了招手,道:"这边!快点!我们要马上逃到外面去!"

然而人影并没有回应,而是继续不紧不慢地朝梅里韦尔这边走来。她不能确定那是一个男人还是女人,不过从人影的秃头来看,应该是个男的。而且他走路的动作有点儿……奇怪,感觉是一瘸一拐的。等到他走近了些,梅里韦尔发现他身上竟然在……滴着水。

又走了几步之后,人影进入了煤气灯的灯光之中,梅里韦尔终于看清楚了。那个"人"根本没有皮肤。它身上的肌肉和肌腱全部裸露在外,被鲜红的血液和黄黄的脓疱浸得黏黏糊糊的,在灯光下闪着微光,并随着走路的动作而反复地伸长、收缩。在它紧绷的脸部肌肉下面,梅里韦尔看出来它的头骨应该是被改造了,原本是嘴鼻的地方变成了像狗一样的吻部,而且没有嘴唇,又长又尖的獠牙清晰可见。就连它的手和脚都被进行了类似的改造，变成了短小弯曲的利爪。

"他奶奶的。"梅里韦尔嘀咕道。通常情况下她都不会说脏话，因为她觉得这样不淑女。不过凡事皆有例外嘛。

当然，梅里韦尔早已给她的单发手枪重新装填了弹药，于是她又从束胸衣里把枪掏了出来，迅速地扣下了扳机。一般来说，枪管短的手枪通常都不太准，除非是近距离射击。不过梅里韦尔瞄准的是怪物的躯干，而且她的枪法也是了得，子弹是稳稳地击中了怪物的胸膛。

然而怪物只是向后趔趄了一下，没有倒下。接着，它伸出爪子使劲地在胸口乱挖，反而让自己的伤口更严重了。原本梅里韦尔的小手枪根本无法对它造成如此大的伤害。然而，怪物越是觉得痛就越觉得愤怒，一边低吼着一边把胸膛的伤口挖得更深。过了好一阵子，它终于把子弹连同自己胸腔的一大块肉扯了出来。它紧紧地抓住手中的子弹、肌肉、血管、很可能还有一小块肺还有貌似是心脏的一部分肌肉，身体晃了几下，便"扑通"一声倒在了地上。

"嗯……"梅里韦尔说道，刚想得意地夸一下自己。

就在这时，又有一个影子从走廊的拐角后面冒了出来。这一次梅里韦尔绝对不会把它误认为是一个人了。只见它体大如马，外表看上去像是青蛙和猫的合体。紧跟着第三只怪物又出现了。这一只像蛇一样爬过地面，唯独头是一个人类。但这还不算完，后面还有更多的怪物陆陆续续地跑出来，尽是些奇形怪状的恐怖怪物。显然，这些都是生物法师长年累月积攒下来的生物武器。而现在，这些怪物全都冲着梅里韦尔袭击而来。

梅里韦尔向来都能在任何情况下保持大脑清醒，这是她一直引以为豪的品质。可是现在，当看到这支可怖的怪物军团正在朝自己逼近的时候，就连她也感到了一阵刺骨的寒意灌满了全身。就在那一瞬间，她的身体完全僵住了，想动都动不了。

但这不能是她的结局。不可能。梅里韦尔对此是坚信无疑,就如坚信无论发生什么,太阳总会从东边升起一样。所以她咬破嘴唇,直到鲜血流淌至下巴。剧烈的疼痛让她的身体恢复了机动性,就在怪物们开始怒吼咆哮的时候,她终于能转过身,朝着连通庭院的前门飞奔而去。

她能听到怪物们就紧跟在身后,估计是她突然逃跑反而刺激了它们,就像猫捉老鼠一样;她能听到锋利的尖爪和黏稠的四肢在石头地板不断刷蹭拍打的声音;她能听到狂野的呼吸声和嗜血的低吟。但她没有回头。而是一直向前奔跑。

她从来都没有意识到升降平台到前门的距离有多长,而且说句真的,她的脚程真的不快。等到她看见敞开的前门时,她已经喘得胸口发热,如火烧一般。这时,她看见了黑玫瑰正站在门口楼梯的顶端,双手抱胸面朝庭院。

"把门关上!"梅里韦尔用尽全身的力气喊道,"马上!"

黑玫瑰回过身,看到梅里韦尔正朝自己奔来。再往深处看,便发现了紧追在梅里韦尔身后的大群怪物。黑玫瑰到底是见惯大场面的人物,只见她连眼睛都没眨一下,便回身对着庭院吼道:"快过来把门关上!拿东西过来堵住!十八层地狱的恶鬼就要过来了!"

等到梅里韦尔终于来到门口,士兵和盗贼们已经在协力把巨门一点一点地关上了。她从仅剩的一点门缝中钻了出来,没过多久便听到了关门的声音。

"顶住大门!"她大喊道,一边转身把门死死顶住。关门的那几个人,包括黑玫瑰,也照着办了。

"准备好!"梅里韦尔又喊道。

等她的话音刚落,里面的怪物便狠狠地撞到了门上,众人纷纷被撞得身子往后一震。

"我操,里面的到底是什么?"其中一个士兵骂道。

"你的噩梦全都成真了。"梅里韦尔告诉他，然后又对呆呆地站在附近的士兵说道："搬东西过来把门口堵住！马上去！"

"好的，夫人！"几个士兵喊道，便四处寻找又大又重的东西。另外几个士兵匆匆地赶去前门，替下梅里韦尔的位置。

梅里韦尔顺着楼梯走下庭院，随即便听到了王子的声音。

"翰碧斯特夫人！"

梅里韦尔应声看去，只见雷斯顿和安妮波拉大使正匆匆地赶往她的身边。

"啊，王子殿下。"梅里韦尔轻松地说道，一边往后理着头发，重新把马尾辫扎上。"很高兴看到你把这里摆平了。"

"您没事吧？"尼雅关切地问道。

"目前还挺好。不过那些怪物早晚会突破门口的，所以恐怕我要向您借用一下德莉莎和她那台惊人的机器啦。"

"它们到底是什么？"雷斯顿问道，"关门之前我只看到了一眼，似乎是什么猛兽之类的。"

"您可能一直都不知道，"梅里韦尔说道，"生物法师在皇宫的地下有好几层的基地，里面基本上都是关着他们多年以来的实验品。"

"这种情况有多久了？"雷斯顿追问道。

"几十年吧，至少。可能更久。"

"我们一直都不知道？"

"嗯，我知道，您的母亲也是。当然，红眼也知道。还有我猜您的先父应该也知道。"

"真是难以置信。"雷斯顿喃喃地抱怨道。

"所以说，现在生物法师是把那些丑不拉叽的放出来了？"黑玫瑰问道。

梅里韦尔点点头。

"我们不能逃到镇上吗?"尼雅又问。

"恐怕不能了,大使。各位请跟我来。"

于是,雷斯顿、尼雅还有黑玫瑰三人跟在梅里韦尔身后,来到外墙的一条侧梯旁,上面连着的就是皇家哨站。

"请小心台阶。"梅里韦尔一边对众人说,一边爬了上去。

等大家都爬上了哨站,梅里韦尔伸出手指了指南面的方向。众人转头望去,只见远在大片城镇之外的海面上,一支海军战舰正在渐浓的暮色中逐渐逼近。

"那不就是整支皇家舰队吗!"雷斯顿说道。

"没错。"梅里韦尔赞同道,"他们已经接收到卓玛斯特的命令,要轰炸整座城市,把所有人全部杀光。"

所有人都盯着远处的战舰,沉默不语。

"我们这里应该是射击范围之外。"梅里韦尔说道,"不幸的是,轰炸之后引起的大火势必会席卷全城,那也是一个问题。不过,我们现在还有更紧急的问题要处理。"她又指了指身后的庭院。只见士兵们已经把所有能用得上的东西都堵在了门口前面。旧货车、木箱、木桶,还有马厩里的一捆捆干草,无所不用。他们甚至还把在之前的交战中留下的尸体堆到货车里,以便增加障碍物的重量。不过梅里韦尔心里比谁都要清楚门后面的到底是什么,知道这样根本维持不了多久。

"不是被活活烧死,就是被生生吃掉。"黑玫瑰喃喃道。

"我们肯定能做点什么的!"雷斯顿说道。

梅里韦尔摇了摇头。"尽可能活久一点。只要熬过了大轰炸,我们就还有可能从残垣断壁中溜走。一旦我们出了城,我们就可以在日落角重整旗鼓,计划下一步怎么办。不过,前提是假设卓玛斯特没有把皇后的庭院夷为平地。"

"实际上,"黑玫瑰说道,眼里透出了出人意料的闪光。"我擅自请了几个帮手过来了。"

"噢?"梅里韦尔问道。

"如果咱们能撑到日出,增援应该差不多就到了。他们可都是相当靠谱的。"

"什么样的增援?"梅里韦尔继续问道。

"就是你这好几个月都在找的那种增援。"黑玫瑰咧嘴笑了,"你一开始找我不就好了,派那个红眼大笨贼去弄那么复杂的任务,不是白搭嘛。"

梅里韦尔盯着黑玫瑰好一会儿。她心里很想去责怪黑玫瑰到现在才把这件事告诉自己。不过她转念一想,还是决定算了。

相反,她说道:"就算是我,偶尔也会看走眼嘛。"

梅里韦尔·翰碧斯特夫人从来不会多愁善感,这也是她引以为豪的特质之一。她绝不会感情用事,而她之所以这么快就从一个无名小卒爬到了间谍长的位置,靠的就是她刻意把内心软弱的情感一一埋藏起来。

可是当卓玛斯特的舰队开始对斯通匹克进行狂轰乱炸的时候,就连她也禁不住潸然泪下。

说来也怪,让她内心猝不及防的,竟然是想到霍珀,她的裁缝师,还有他那间精致的小店被夷为平地的这个念头。从帝国的过去、现在和未来来看,死了一个裁缝师算不上什么损失。但是霍珀的确是一个出类拔萃的裁缝师,甚至可以称得上是艺术家,真的。他的手艺给梅里韦尔带来的快乐,即使用再多的如金钱这样的庸俗之物也换不回来的。而现在,随着漫天咆哮的炮火如雨点般一遍又一遍地肆虐着城镇,她知道那家裁缝店多数是凶多吉少了,还有它的主人以及主人那位美丽的妻子。

"夫人……"雷斯顿递过来一张手帕。

"真诚向您道歉,陛下。"梅里韦尔回道,声音哽咽。她接过了手帕,轻轻地在眼睛蘸了蘸。"我这样真是极不专业啊,更别提有多不体面了。我不应让您看到我这一面的。"

"不过我很高兴我看到了。"雷斯顿轻轻地说道,"有你一起分担这份悲伤,心里也就感觉没那么痛了。"

两人默默地看着,城里已是横尸遍野,爆声四起。生命,文化,历史,在这一刻全部都化为乌有,永远消失。

"好了好了。"黑玫瑰在旁边愤愤道,"这么娘炮可不行。我现在需要的是愤怒,不是流马尿,伙计们。"

梅里韦尔吸了吸鼻子,把最后一滴眼泪擦掉,然后回身对这位大盗贼说道:"你说得对。我们去看看大门吧。轰炸是很可怕,但它不是我们最紧迫的问题。"

"说得好。"黑玫瑰满意地回道。

两个女人先后攀下梯子,重新回到庭院上。这时,梅里韦尔看到德莉莎和卡汀正在马厩旁边忘我地捣腾着那台机器。

"能用了吗?"她问道。

"凑合着用应该可以了。"卡汀回道,"要是有好一点的材料,我会更放心一些。"

"恐怕你只能将就着用了。"梅里韦尔说道。

"我也是这么想的。"卡汀沮丧地说道,"不过放心,我们会尽力保护王子和大使的。"

"你觉得那些怪物突破之前咱们有多少时间?"黑玫瑰问道。

"你自己看看吧。"卡汀扬起下巴指了指入口处。

只见门口已经出现了好几条大的裂缝,其中一个铰链也快要掉下来了。每隔几秒,里面的东西就会重重地撞到门上,众人临时搭建的障碍也随之颤抖起来。

"没多少时间了。"黑玫瑰说道。

两个女人又默默地看了颤颤巍巍的大门一阵,梅里韦尔突然问道:"我可以问你一个问题吗?"

"可以啊。不过不代表我会回答。"

"你之所以没有告诉我希望和布力加·林正在赶过来……你真的是把她们作为增援吗?还是说你的本意只是把她们当成一道保险,让皇后最终答应你的条件?"

黑玫瑰咧嘴笑了。"你喜欢怎么看,它就是怎么样,梅里韦尔。"

梅里韦尔沉默了半响。"你们的那个叫天堂圆环的地方一定非常了不起,不然怎会有你和红眼这样出色的人。"

黑玫瑰的笑容渐渐褪去,接着她半唱半说道:

尽管阴冷又湿潮,
且阳光从未照耀。
但它仍是我的家。
愿上天保佑圆环。

一声巨大的爆裂声响彻了庭院,大门上又多了一条裂口。

"二十分钟?你觉得呢?"黑玫瑰问道。

"不到。"梅里韦尔回道。

"翰碧斯特夫人!"尼雅从哨塔上朝她们招手道:"您必须过来看看!"

"回去吧。"梅里韦尔说道,和黑玫瑰一起又赶回梯子那边。

"发生什么了吗?"等她们爬了上去,梅里韦尔问道,"是我们的增援到了吗?"

"我不确定!"雷斯顿说道,"你们看!"

梅里韦尔朝黑暗的南海岸扫视着。现在太阳已经下山了,她只能靠着间发的大炮火光看清细节。等了一会儿,终于有一发炮弹射出,她便看见了那个让尼雅和雷斯顿如此激动的东西。

"那个是……"

"是海怪!"雷斯顿说道,"它正在把舰队破坏掉!"

梅里韦尔看得不是很清楚,只看见一个巨大的圆形脑袋,比最高的桅杆还要高出数倍。还有一根长长的、粗大的触手,把一艘巨型的三桅战舰高高卷起,又重重地把它砸回海面,整艘船立即四分五裂。接着,又有一根触手把一艘较小的双桅横帆船举起,然后随手往城里的街道一扔,船体落地随即爆炸,碎片在鹅卵石街上四处横飞。

"这是不是……她们的功劳?"梅里韦尔问黑玫瑰。

"不知道。"黑玫瑰回道,"不过肯定有她们的一份儿。毕竟她们也是十分精明和克制的,懂木?"

"王子殿下!"其中一个士兵在庭院下喊道,"门马上就撑不住了!"

25

希望与红眼一起站在女士诡计号的后甲板上,看着正在斯通匹克南岸发生的大屠杀。

红眼咧嘴笑道:"看来守护者比我们先到一步啊。"

"它比我们先出发。"希望说道,然后斜眼瞟了瞟失踪芬恩,"而且我们出发前还发生了一点小混乱。"

芬恩紧握舵轮,眼珠子快要翻到脑壳儿里去。"那是马,希望小姐。谁会把马带上船啊。"

"胡说。"站在芬恩旁边的维德顿说道,"海军从来都是把马带上船的。"

"它们太能闹腾了!"芬恩又说。

"是啊。"维德顿同意道,"不过那是因为你的伙计没有把分内事做好。"

"俺船上没有那样的人。"芬恩傲娇地说道。

"总会有那样的人在。"维德顿反驳。

"不过话又说回来,"希望打断道,"等靠岸之后,咱二十五号人要尽快从码头赶去皇宫。骑马坐马车是最好的选择。"

"哎哟我的妈。"红眼说道,看着海怪不禁缩了一下脖子。"它砸船砸得就像砸鸡蛋似的。照这个破坏速度来看,咱们去码头应该是没什么问题了。"

"前提是它不会把我们也像砸鸡蛋一样砸掉。"维德顿说道。

"它不会那么干的,对吧?"失踪芬恩紧张地问道,"它不是和林小姐的老导师合体了吗?"

"是啊。"红眼说道,"就是不知道费特莫尔·贝特的意识还剩下多少在里面。"

"吉莉!"希望喊道。

"来了!老师!"吉莉从前桅杆上回道。

"我也来了!"尤特尔也喊道,只见他就在吉莉旁边,正倚在桅杆和横桁交汇形成的角落里。

"她看得到,喊什么喊。"吉莉对尤特尔说道。

"去叫布力加·林过来。"希望说道,"她反正也会想看看。"

"马上去,老师!"吉莉说完,醒目地敬了个礼。

"马上去!"尤特尔学着也敬了个礼。

吉莉瞪了他一眼,便沿着缆绳爬了下来,撒腿就跑去找布力加·林,尤特尔也跟在了后面。

失踪芬恩咧嘴对希望笑了笑。"那小子对她是个考验。"

希望点点头。"起码能培养一点耐心吧。"

等待布力加·林过来期间,希望看了看一边的斯蒂芬。他和其他文成站在不远处,默默地看着海怪在大肆破坏。她心里清楚,在接下来的战斗中他们是必不可少的依靠,于是她决定要评估一下他们的情绪。

"没想到你会选择不带悲歌剑。"希望一边走到斯蒂芬身边一边说道。

斯蒂芬拍了拍腰间的佩剑,说道:"有这把就够了。而且说句老实话,我觉得自己还没有准备好去接受这么一把强大的剑。"

"我接过它的时候跟你差不多大。"希望说,"你觉得我就准备好了吗?"

"可是你不是说当时是大宗师河洛命令你收下它的吗?"

"是啊。"她承认道,"要是我自己的话,我是没有胆量去这么做的。"

"你明白我的感受了吧。"

希望微微一笑。"我想也是。"

这时,布力加·林赶过来了,眼睛盯着远方的海怪像耍玩具一样把海军战舰到处乱扔。"嗯,看来效果比想象中还要好。"

"它会攻击我们吗?"希望问道。

"可能吧。"布力加·林回道,"我也许可以连接费特莫尔·贝特残存在里面的意识,不过要靠近它才行。"

"这么说,到时如果你失败了的话,我们就只能举杯欢迎死神咯。"失踪芬恩说道。

"那就绕开海怪吧。"希望说道,"万一被抓住了,布力加·林的方法就作为我们的最后手段。"

失踪芬恩点了点头，开始转舵驾驶着女士诡计号拐了个大弯，绕开了战场。

然而希望发现想要安全通过也不是那么容易。只因海怪实在太巨大了，它的每一个动作都会制造出无数的漩涡和猛烈的洋流。这时，它又伸出触手把船高高举起，发射了一半的炮弹开始四处乱飞。紧接着，它又把船狠狠砸到海面，冲击力不仅让船支离破碎，还让海水不断倒灌回去，把女士诡计号重新拽了回来，结果便是离海怪越来越近。

希望看了看芬恩，只见他奋力地左右旋转着舵轮，试图抵消变幻莫测的海流吸力，拼尽全力让船头一直向着斯通匹克，同时尽可能地与海怪保持距离，整个人已经是累得两腮通红，一脸绝望。

女士诡计号不是唯一一艘想要绕开海怪的船。在舰队的后方，有好几艘战舰都在做着同样的尝试。可惜没过多久，他们就被海怪发现了。只见海怪开始原地旋转，触手向四面八方展开，海面竟形成了一个巨型的漩涡，把所有船都吸了回去，连女士诡计号也未能幸免。

"聪明。"希望赞叹道，同一时间，他们的船开始在漩涡中不断旋转，离海怪越来越近。

"但愿这是我可以和它讲道理的好迹象。"布力加·林说道。

现在，任凭芬恩再怎么努力掌舵也是徒劳了，只能眼睁睁地看着女士诡计号逐渐向海怪靠近。这时，希望看到一根粗壮的触手正向他们袭来，并在靠近左舷的时候潜入了船底，很快便撞到了船舱，整艘船猛地向一边倾斜，希望脚下的甲板也开始剧烈地颤抖起来。

"抓好扶稳了！"失踪芬恩大吼道。

希望连忙抓住一根控帆索，其他人则纷纷抓住索具、舷缘，以及随便一个称手的地方。甲板上的大部分东西都早已固定好了，但随着船体继续倾斜，希望听到船舱内的东西已经翻倒滑动，马儿也因为害怕而不断嘶叫。

紧接着，海怪的触手尖从右舷一侧伸出了海面，然后慢慢地向左舷弯曲，直到完全把船身拦腰卷了起来。

"它抓住我们了！"芬恩喊道，紧紧抱住舵轮。"希望，赶紧动手啊！"

女士诡计号骤然升到了半空，希望的内脏仿佛被搅乱了一般。

"布力加·林！"她大喊道。

"在这儿！"她的朋友回道，"我要直接碰到它才行！"

希望听罢，用义肢爪猛地击中她一直握住的控帆索，干净利落地把它切断，接着又用另一只手抓住断掉的控帆索上半部分，再用义肢的手臂紧紧搂住布力加·林的腰。

"斯蒂芬！"她大喊一声，"准备好！"

"准备什么？"斯蒂芬大声回应。

"到时就知道了！"接着，希望转脸对布力加·林说道："抓稳了。"

布力加·林点点头，双手抱住希望的肩膀。

希望用力扯了扯控帆索，确保它还坚固地连着主帆的顶端。然后，她一手抱住布力加·林，沿着倾斜的甲板往船尾跑去，直到主帆完全展开。接着，她奋力一跃，任由控帆索提着她和布力加·林在空中拐了个大弯，又从船尾向右舷荡了回去。等荡到合适的角度后，希望果断地把手松开，两个女人便随着惯性在空中飞行了一段距离，降落在触手的前面。两人互相搀扶着站起来，勉强地跨坐在海怪的触手上。

不等坐稳，布力加·林便伸出双手按在了滑腻的触手上面。

"请您从愤怒中放过我们吧，我的大师。我们不是你的敌人！"

左舷远处，半露出海面的海怪发出了深沉的低吼。只见它转过头来，一只橙色的四方形眼珠瞪着她们。

"回到甲板上！马上！"布力加·林大声吼道。

希望点头，双手抱住布力加·林的腰，身子一倾，两人便从触手上倒了下去。此时，众文成已经等在甲板上，稳稳地把她们接住了。

"大家扶稳!"布力加·林挣扎着站起来,用尽全力喊道。

下一秒,海怪的触手猛地一挥,船便像石头一样在海面跳跃起来,不偏不倚地径直飞向斯通匹克内湾的码头。每次船身击在海面后,其速度都有所下降,但还是不足以让芬恩重新夺回控制权。就这样,女士诡计号迎面地砸在了码头上,船体发出一声沉重的呻吟,紧接着是一声木头断裂的巨响。

"船身破了!"失踪芬恩吼道,"大家马上带着马到码头去!全体弃船!"

希望回头看去,只见芬恩的五官已经拧成了一团,极度心痛这么快又失去了这艘船。

"我发誓,无论如何我们一定会把她修好的!"她对芬恩说道。

芬恩咬着嘴唇,点了点头。

※※※

就在怪物军团突破门口的一刻,黑玫瑰及时赶到了队伍的最前面。当那个士兵朝他们喊的时候,她就知道自己必须从安全的哨站下去,亲自向她的兄弟们示范要怎么面对噩梦,毫不畏惧。攀下梯子的时候,她听到梅里韦尔在身后叫她,心里估计都是些娘炮才会说的话,说什么应该留在后方观察再想对策。这些事让梅里韦尔做就好了。黑玫瑰知道自己的位置在哪里。

稍微让她意外的是,门口并没有如她想象般炸开,而是铰链先掉下来了。接着门晃动了几下,终于向前倾倒在地。

这时,黑玫瑰,她的兄弟,以及士兵们纷纷盯着挤在走廊里的那群怪物,场面相当诡异。双方互相打量着对方,所有人都是一愣,整座庭院一时间陷入了片刻死寂。接着,这群噩梦般的怪物瞬间发作起来,像洪水般涌到了庭院里面,尖叫、咆哮和鲜血顿时充斥着整个空间。

顷刻之间,黑玫瑰已经无暇去想该怎么给生物法师创造出来的这群怪物进行分类了。那里有像爬行动物的，有像昆虫的，还有的身上长着皮毛。怪物的体形大小各异，有的身材高大笨重，有的则细小狡猾。有一些以前大概是人类，有的则是从别的生物转变而来的。怪物们虽然看上去十分恐怖，但黑玫瑰却感觉不到丝毫邪恶的气息，只有疯狂和饥饿。不过这就是这么一回事。不仅天堂圆环是这样，整个帝国也是这样。每个人都想活下去，即使有时候活下去意味着要取别人性命。这里面并没有好坏之分。世道就是这样。这没什么好说的，为此心烦也毫无意义。不过黑玫瑰还是尽量让它们死得痛快一些。

自从怪物席卷庭院后，黑玫瑰便再也无法停手。她挥舞着锁链刀，左掷右甩，前刺后抽，刀刃所过之处无不是血肉横飞，很快整条锁链已是血光弥漫。她已经很久没有遇到过需要如此拼命的战斗了，也很久没有体验过这种将脑袋别在腰带上，不知下秒生死的感觉了。不过至少她不是孤军奋战。她还有兄弟们，所有人都知道这次战役有多严峻。她还有瘟鸡珀克西以及帽盒先生。虽然他们的脾性常常让人难以忍受，但在这种关键时刻，他俩却是最可靠的战友。只见两人即使在交战最密集的地方也能自如穿梭，如鱼得水。这样看来，用怪物对付怪物确实行得通。

此外，她还有来自奥克邦塔的盟友和他们那不可思议的机器。那个叫德莉莎的瘦小的女人戴着头巾和护目镜，和那台巨大无比的可怕怪物并肩作战，战无不胜。也许她自身的力量不大，但她制造了那头机械猛兽，而且对其是了如指掌。只见它的金属脚不停地又踩又砸，其力量之大有时甚至还能把体形较小的怪物砸飞出去老远，俨然一幅壮观的景象。黑玫瑰决定了，要是能在这场战争中活下来，她也要一台这样的巨型机械蜘蛛。也许把它作为礼物送给托诗也不错。

然而在如此严峻的时刻，黑玫瑰自然是无暇多想托诗那如奶油般的光滑美腿，只能把此番念头作为活过今天的一个寄托。只见怪物仍旧是怎么杀也杀不完。十年份的生物武器像喷泉一样从皇宫里源源不断地涌出来，一个个凶光毕露，嗜血如魔。

战斗无休止地进行着，黑玫瑰已经分不清时间过了多久，只知道她的手臂已是如针刺般疼痛，每呼吸一口，胸腔便发出哨鸣般的声音。其他人也没好到哪里去。瘟鸡珀克西垂着脑袋瘫倒在一个酒桶旁边，已是不省人事，不知生死。帽盒先生虽然还沉浸在其怪物般的杀戮狂欢之中，目光依然锐利，但他的白衬衫也已经是破烂不堪，身上鲜血淋漓，与他人无异。德莉莎成功干掉了最巨型的一只四不像，那是一头长鼻子大耳朵，披着一身灰色的坚硬皮肤的怪物。然而机械蜘蛛现在已经耗尽了燃料，她不得不把它留在庭院中央，自己躲到了同族人卡汀的保护之下。那位奥克邦塔的巨汉正手持快枪与怪物们拼命，但黑玫瑰发现他的每一枪都开得相当谨慎，估计连他也差不多耗尽子弹了。然而从皇宫里冒出来的怪物仍然是源源不断，每一只都是精力充沛，渴望鲜血。

难道这就是结局了吗？和一群真汉子、皇兵以及外国人并肩奋战至死，然后被怪物吃掉？这不算是最糟糕的死法吧，黑玫瑰心想。比这更惨的死法她都见过不少。而且她也不是什么无辜少女。她做过很多事情。可怕的事情。她折磨过人，把人弄残废，甚至还杀过人。她一直希望在死去之前能够弥补自己的所作所为，但她心里比所有人都清楚，世事总难如愿。

这时，在她的余光之中，黑玫瑰看见梅里韦尔正在大门的旁边拼命地打着手势。她冲着其中一个士兵喊着什么，似乎是有十万火急的事。可是那个士兵脸上鲜血直流，目光呆滞，神情惊恐，估计连梅里韦尔的一个字也没有听懂。

"妈的。"黑玫瑰一脚踹飞那只和她对战已久的骨头鸟兽，拖着筋疲力尽的双腿全力跑了过去。"怎么了？"

"我们要把门打开！"梅里韦尔大喊道，说话间已把一支手枪拿在手中，对着向他们飞奔过来的狼头蚂蚁怪兽开了一枪，正中它那昆虫般的双眼之间。

"为啥?"黑玫瑰问道,同时用锁链刀将一只飞鸟大小的蜜蜂怪物拍落在地。

梅里韦尔咧开嘴异常兴奋地笑道:"增援。"

"别再说了。"

黑玫瑰立即查看大门的机械装置,只见它似乎是毁掉了,应该是被流弹打中的。她拉了一下控制杆,没想到"咔嚓"一声就断在了她手中。于是,黑玫瑰抓起一把斧头,对着铰链就是一阵狂砍。铁链上顿时是火花四溅,然而却没有半点效果。

就在这时,德莉莎突然冒了出来,举起手示意让黑玫瑰暂时停手。接着,她仔细地观察了一阵大门的机械装置,然后指了指一根穿过其中一个齿轮的铁栓。

"这里就是弱点?"黑玫瑰问道。

德莉莎点点头。

于是黑玫瑰再次举起斧头,用尽全力对准了那根铁栓狠狠地砸了下去,整套机械装置立即炸了开来,齿轮和一些金属零部件四处乱射,其中一个齿轮正正朝着黑玫瑰的头部飞了过去,黑玫瑰躲避不及,被齿轮猛地砸中了脑袋。还没来得及感觉到什么,黑玫瑰就看见自己的身体倒在了地上。

她仰面躺在鹅卵石路上,头昏眼花。接着,她感到一双有力的手把她拉到一边。

"没事了。"她听见卡汀深沉的声音说道。

黑玫瑰转过头,看见大门已经打开了,一支马队从门外冲了进来,后面还拉着一台巨型的货车。她用力抬起头,就算视线已经不能对焦,但她还是认了出来。是暗淡·希望,布力加·林,红眼和吉莉,还有许多文成勇士。看样子似乎是整个武僧团都出动了。

"她情况怎样？"梅里韦尔的声音就在她的耳边响起，听起来十分惊慌。

"暂时止住血了。"另外一个奥克邦塔男人说道，那是艾切尔。"不过你也看到了……"

朦朦胧胧的，黑玫瑰在想大家是不是在说自己。现在除了脑袋的剧痛之外，她感到自己的左小腿火辣辣的，又沉又重，靴子都湿透了。不过她没有在意这个，因为庭院里有更美妙的事情发生了。

那画面就像是二十个暗淡·希望在翩翩起舞，仿佛是一群穿着皮甲衣的黑天使带着正义和死亡从天而降。就像她妈妈以前跟她说过的那些关于文成的古老传说一样。黑玫瑰从来都不相信这些故事，即使在小时候也不信。这么强大而可怕的人怎么会站在她这一边？妈妈，对不起。你是对的。我不应该怀疑你说的话。看来这世上还是有好事发生的啊。

"内蒂！内蒂！"红眼的脸朦朦胧胧地出现在眼前，神色十分难看，像是被吓坏了的样子。

黑玫瑰想说话，也许是要告诉他不要叫她那该死的正名。但无论她怎么努力张嘴，最后也只能虚弱地说了一句："呃。"

"我已经让她稳定下来了，大人。"艾切尔对红眼说道，"她能活下来。"

"红眼，我们需要你去结这一切。"梅里韦尔说道，"现在就去吧，趁还能通过。阿蒙·塞特应该在顶楼，国王的寝殿。"

红眼看着梅里韦尔，眼神坚定。接着他点了点头。

"我回来之前乖乖地给我活下去。"他对黑玫瑰说道，然后站起身，消失在黑玫瑰的视野之中。

黑玫瑰又翻起眼看了看梅里韦尔和艾切尔。梅里韦尔还是一副忧心忡忡的样子，艾切尔则是一脸痛苦。

"怎么……？"她问道。

"对不起。"艾切尔说道，"为了救你，我只能牺牲你的脚了。"

说完，他在一个硕大的皮袋里翻找着，最后抽出一把骨锯。

啊，黑玫瑰心想。

那个词叫什么来着……

啊，对了。赎罪。

红眼看了一眼歪斜扭曲的升降台便知道，如果他要在跑完五十层楼之后还能应付上面等着他的境况，那他就得悠着点爬。

"你不会是想自己单干，不带我们吧，嗯？"希望的声音从后方传来。

红眼回身一看，是她们。布力加·林和希望，两人一白一黑，虽然身上染满了血迹，但神情非常坚定。

"当然不是啦。"红眼说道，"不过你们得跟上我。"

"你就嘚瑟吧你。"希望说道，"我跟你比一比，看谁先跑到顶楼。"

布力加·林看了看损坏的升降台，再看看楼梯，叹了口气。"体术不是我的强项。你们先走。我尽快赶上。"

红眼转脸看向希望，虽然情况已严峻至此，他还是忍不住咧开嘴笑了。

"准备好没？"他问道。

希望也咧嘴一笑。"为了你？一直的。"

冲吧，还悠个鬼啊。

"妈了个熊的，他们跑哪儿去了？"吉莉不爽地问道，一边把匕首的血迹擦掉。所有的怪物都被干掉了，她终于有时间去看看老友们的情况。可是希望、布力加·林和红眼却不见踪影。

"谁？"尤特尔问道，还是像往常一样黏在她的身边。他仰头笑着，本来笑容还是挺甜的，如果不是鲜血染红了他的白发和脸蛋的话。

吉莉不理会他，开始到处去找人。这时，斯蒂芬扶着一位受伤的士兵向她那边赶了过来。

"你知道我老师在哪里吗？"吉莉问道。

"我刚才看见她，女生物法师，还有那个刺客跑到皇宫里面了，之后就不知道了。"

"那就是去找阿蒙·塞特麻烦咯。"吉莉说道，"尤特尔，你待在这里，我要去——"

"他们来了！"站在外墙上的一个富翁朝他们喊道。"守护者走了，有两艘幸存的战舰过来了！"

"妈蛋。"吉莉低声骂道，"尤特尔，跟着斯蒂芬待在下面。"

"可是——"

"照做便是！"

"好嘛，吉莉，喊什么嘛。"

吉莉爬上梯子，来到富翁身边。只见他正朝着镇子的方向眺望着，皱着眉头，神情忧虑。他的担心是有充分理由的。只见两艘战舰已经停靠在了内码头，足足有两个营的皇兵正气势汹汹地朝皇宫这边行进。

"可以把门再关上吗，殿下？"旁边一个黑皮肤的富翁女问道，说话还带点口音。

这么说富翁男就是王子咯。

"恐怕不行。刚才为了让文成们及时进来，他们把门闸破坏掉了。"王子说道。

"安心吧，王子。"吉莉一边说一边拍着他的手臂，"一切都在我的掌控之中。"

"你，是谁？"王子问道。

"我，就是你的幸运星啊，老铁。"吉莉说道，"不过你可以叫我吉莉。"

"她就像一个迷你版的帕斯汀纳斯勋爵。"黑皮肤女人说道。

"你是说红眼,对吧?"吉莉问道,"说来也巧,我就是跟他学的。"

"好吧,吉莉。"王子说道,"不如说说你的主意吧。我的士兵已经累坏了,而且弹药也用完了。虽然那些文成都是非常英勇的战士,可那里是两个营的装备精良、精力充沛的士兵啊,就连他们也未必是对手。"

"我说了,不用担心。"吉莉转过身,走到梯子边的时候停了下来,然后回头自信地说道:"哦对了,如果看到什么……不太正常的东西,可不要吓尿了噢。"

王子的眼睛都瞪大了。"你是说还有比这更诡异的东西?"

"噢,你之前看到的,连屁都不是呢,王子。"吉莉信誓旦旦地说道。

说完,吉莉滑下梯子,快步跑到尤特尔身边。那小子果然听话,还和斯蒂芬以及那个受伤的士兵等在原地。

"你是我最好的兄弟,这你是知道的吧?"她对男孩说道,双手在她两肩来回蹭了蹭。

"是吗?"尤特尔问道,眼睛都放亮了。

"必须的!这也是为什么我认为你可以扭转乾坤啦!"

"真的吗?我吗?"

吉莉点了点头。"是时候去干你最擅长的事了。"

"是什么呀?"尤特尔期待地问道。

吉莉指了指庭院各处的怪物尸体。

"交点新朋友呀。"

※

之前希望已经告诉过斯蒂芬,这个怪小孩尤特尔是豺狼领主死灵法术的产物。他知道,只要用自己的一滴血,这个男孩就可以召唤死灵,起死回生，起码是一阵子吧。听是听说过了，但他从来都没有亲眼看到过。而且自从离开盖尔默尔之后，他见识过的事情也不在少数，但看着这个小子把那些死掉的怪物重新复活，组成一支听从他指挥的军团，斯蒂芬还是感觉到脊背一股刺骨的寒意。

"真不知道接下来会发生什么。"他对拉文托说道，两人一起看着男孩从一只怪物尸体的身上跳到另一只旁边。"不过我们要击退那些士兵，保护王子。不管用什么方法。"

拉文托挖苦般地笑了笑。"到了现在，我觉得我们随机应变的能力已经练得炉火纯青了，没有什么是不能接受的。就算是和起死回生的怪物并肩作战也一样。"

"你说得倒轻松……"斯蒂芬说道。

他们看着一头头怪物开始缓缓地挣扎站了起来，虽然觉得恶心，又奇怪地舍不得移开视线。

"我又不是说我觉得没问题。"拉文托说道。

"我猜也没必要吧。"斯蒂芬苦笑道，"走吧。咱在街上截击他们，这样能把王子的风险降到最低。"

拉文托点点头。

"我看能不能和尤特尔弄一个战术出来。"斯蒂芬说道，"你让兄弟们都准备好。"

梅里韦尔继续握着黑玫瑰的手，即使在她失去意识之后也没有松开。她给这个女人的计划还多着呢，这位强大的新盟友不能这么快就死掉。

"怎么样？"她问艾切尔。

"只要能好好治疗，而且没有感染的话，她就没事了。"艾切尔回道。

梅里韦尔点了点头。"我要去王子那边了。你能陪着她吗？她给我们付出了好多。"

"当然可以。"艾切尔答道。

于是,梅里韦尔又攀上了梯子。等爬上大门顶部之后,她这才看到一大队皇家士兵从大街上逐渐逼近皇宫。

"上帝啊,我怎么不知道?"

"我刚才喊过你了。"雷斯顿说道,"不过你太专注于黑玫瑰的截肢手术了。所以你没听见也算正常。而且我觉得最好还是不要——"

"不要过来告诉我?"梅里韦尔一下子就不冷静了,气得直冒白烟。"大门现在关不上了,士兵们也累坏了。就凭我们现在的兵力,根本就没办法抗衡!就算——"

"都安排好了,夫人。"雷斯顿说道,语气意外地笃定。

"谁安排的?"

"计划已经在进行中了。就一次,也请你相信一下别人。"王子说道,"对了,这也是一个命令。"

这么长时间以来,梅里韦尔第一次竟然不知道说什么好了,而且也已经累得不想再说了。所以她只是点了点头。

梅里韦尔继续看向街上。只见那不断逼近的敌军并没有带大炮或者其他重型兵器,那样会拖他们的速度。不过目测他们大概有两百号人,而且都装备了步枪。就凭她现在的兵力,还是无法抗衡。

这时,她看到城里的屋顶上有动静。那些黑色的身影一闪而过。梅里韦尔一下子明白了,是文成武僧们准备在屋顶上对敌人进行伏击。虽然策略十分巧妙,但还是不够。敌人数量太多了。

突然,一个白头发的小男孩竟然大胆地走到了马路中央。

"怎么回事?"梅里韦尔轻声道。

"看着吧。"雷斯顿建议道。

梅里韦尔不喜欢这种感觉。别人竟然比自己知道得更多。

敌军立即停下了脚步,警惕地盯着男孩。男孩却高兴地朝他们招了招手。

"臭小子!赶紧滚开!"其中一个士兵喝道,"不然的话我们要开枪了!"

这时,梅里韦尔隐约听到男孩用笛子般的声音回答道:"我想让你们见见我新交的朋友!"

话音刚落,只见刚才所有的生物魔法怪物不知怎地又复活了,而且似乎完全不受之前的致命伤影响,突然一下子从巷子和侧道里蜂拥而至,把士兵冲得七零八落。

那些士兵完全没料到会有如此恐怖的袭击,很多人一下子就崩溃了,纷纷四散而逃。而留下来战斗的没坚持多久就被干掉了。死状相当惨烈。突然,所有的怪物"啪"的一声同时瘫倒在地,又一副死翘翘的样子。再看战场上的敌兵,已经所剩无几。就在这时,屋顶的文成纷纷跳下,把剩余的敌人一一干掉。

"那个小子是谁?"梅里韦尔问道。

"听吉莉说,他是暗淡·希望带来的孩子。"雷斯顿说道,"这个希望确实有不少让人印象深刻的朋友啊。我认为和她结成长久的联盟肯定会对帝国有好处。你觉得我说得对吗,翰碧斯特夫人?"

"毫无疑问,殿下。"她答道。突然,她又问道:"等等。吉莉是谁?"

———————

希望和红眼在同一时间抵达了国王的寝殿。两人都是气喘吁吁的,于是便停下来休整了一下。

"门应该是锁了。"希望说道,"要不要把它砸掉?"

"挑锁不是更简单吗?"红眼说道。

"噢,当然。你想处理得机灵点的话也可以。"希望说道。

"我是说,要是你真的很想直接踹门,我也不会反对的。"红眼又说。

"不用、不用。这次我们就按你说的去办。"希望也说道。

"我要被你宠坏了。"红眼说着,单膝跪下开始对门锁下手。

没过多久,锁里"咔嚓"地轻轻响了一下,门就打开了。只见里面是一间空间极其宽敞的房间。希望和红眼小心翼翼地走了进去,准备好随时迎击。

"如果你把你那把宝剑带过来就好了。"红眼喃喃道。

"那把剑已经不是我的了。"希望回道,"而且我也发过誓再也不会拿起它了。"

"就最后这一次也不行?"

"就最后这一次也不行。"

"要是我打完子弹了怎么办?"

"要是你根本用不着子弹呢?"希望问道。

"不太可能。"红眼回道。

在房子的最里面,他们看到了阿蒙·塞特。只见他坐在一张由米黄色砂岩雕成的王座上,和他那身岩石般的皮肤十分相像,看上去就好像成为了王座的一部分似的。他的脸不再藏在兜帽下,希望一眼就发现了他那如岩石般的脸正瞪着她看。他的两侧站着一排生物法师,脸庞全都隐蔽在了低垂的兜帽里面。

"哎呀,哎呀。"阿蒙·塞特说道,声音就像两块硬石在互相摩擦。"这一幕真熟悉啊。那是多久以前的事了?记得上一次我们拿掉了你的手,又把你赶了出去。看来我们对你太仁慈了。"

"我们?"希望问道,"据我所知,你已经不是生物法师了。现在,你只是一个被毁容的普通人。"

"哎哟我去。"红眼喃喃道。

"这是必要的牺牲。"阿蒙·塞特对她说道,"为了保护帝国,为了让帝国更加强大,我必须夺取统治权。我也是迫不得已啊。"

"你做的好像跟你说的不一样哦。"红眼说道,"你可是把帝国搞得一团糟啊。要是奥克邦塔明天就来攻打咱们,咱就死翘翘咯。"

"我会让帝国重新振作起来的。等我把你还有你们那无用的抵抗解决掉。"

"无用?"希望反问道,"你那些破招全都被我们破解掉了。"

"是吗?我可是听说有两个营的士兵把海怪赶跑了,成功靠岸了啊?"

"你说什么?"希望说道,心里凉了一大截。

阿蒙·塞特嘴角微微上斜,嘴巴露出了一条裂缝。他轻蔑地笑道:"你下面的那些朋友啊,估计正在被一个一个杀掉呢吧。"

"事实上,并没有。"站在阿蒙·塞特身边的一个生物法师说道。他的声音十分刺耳,如锈铁一般。说话间,他把兜帽放了下来,露出一张布满铁线的脸。

"你什么意思?"阿蒙·塞特厉声问道。

"除了和文成武僧、达官贵族还有平民百姓结盟之外,站在你面前的这两个人还成功俘获了豺狼领主的忠心。"

"不可能。"阿蒙·塞特说道,"豺狼领主已经死绝了。"

"显然没有全部死光。还有一个男孩。他现在已经和王子结盟了。"

"区区小孩,又能怎样。"阿蒙·塞特说道。

"确实。不过这个男孩是被灵化的。"

"一派胡言。这一百多年来,根本就没有人成功过。"阿蒙·塞特说道。

铁丝脸生物法师转脸看向希望,他那浑浊的锈色眼珠看不出一点情感。"你问了一个好问题,文成。阿蒙·塞特说的'我们'到底是什么意思?"

"你在说什么,西弗特·梅克?"阿蒙·塞特恶狠狠地骂道。

然而西弗特·梅克并没有理会阿蒙·塞特,而是继续对希望说道:

"我现在是生物法师团的元老,我的决定就是委员会的决定。我们一直都认为,只有生物法师才有能力把帝国从奥克邦塔的侵略中拯救出来。可是我们错了。你们证明了光靠生物法师是不够的。只有团结帝国的一切力量,我们才有机会在终将席卷世界的风暴中存活下来。"

"我不是很明白你的意思哦,梅克。"红眼说道。

"我的意思是我错了,帕斯汀纳斯勋爵。"西弗特·梅克说道,"在阿蒙·塞特和王子之间的这场斗争中,生物法师委员会一直都保持着中立。现在是时候选择立场了。"接着,他扭头对阿蒙·塞特说道:"而我们选的不是你这边。"

"且慢!"阿蒙·塞特大喊道。

可是已经太晚了。西弗特·梅克碰了一下阿蒙·塞特的脖子,然后走到一边。阿蒙·塞特瞪着他,岩石般的皮肤开始软化,脸上终于能看出他因背叛而愤怒的表情。他东倒西歪地站了起来,跌跌撞撞地从王座和生物法师身边挪开。希望和红眼迅速地让到一边,和阿蒙·塞特保持距离。他低头看着自己的双手也渐渐变得像肉一样软,只是毫无疑问,他不可能再恢复肉身了。至少不完全是。

"是时候抛弃老旧的传统了。我们要着眼未来,"西弗特·梅克说道,"我们要把进步放在第一位。我们要更高效地思考……"他顿了顿,冷冷地笑道:"还有把这团肥肉除掉。"

"不……"阿蒙·塞特呻吟着,可是他的声音听着像冒着气泡一样浑浊不清。接着,他的身体开始变得松松垮垮,双脚在长袍里不住颤抖,两条胳膊变得如同橡胶一般,整个人也开始摇晃起来。很快,他连人的形状都没有了,最后只剩下一团巨大的肥肉在长袍里不停地抖动。

希望看了一眼红眼。"他……死了吗?"

"希望是。"红眼回道。

这时,西弗特·梅克对他们说道:"我们要怎么做才能弥补我们的懦弱和短浅的目光?"

"你在说什么狗屁——"红眼张嘴刚要说,便被希望举起的金属手阻止了,只好不作声。

"你说你们是中立的,可是你们并没有保护好王子。你们的不作为就是叛国。因此,你们必须向我们投降。"

梅克似乎并不感到意外。他转身面向其余的生物法师,并和他们手牵手连成一线。沉默了一阵后,梅克回身对希望说道:

"没问题。你的条件是什么?"

希望看向红眼。"轮到你了。"

"我?"

"这里的情况你比我更清楚啊。"希望说道。

"噢,嗯,说的也是……"红眼转身面向西弗特·梅克,突然咧开大嘴笑了,简直是一副邪恶的样子。"首先,你们必须承认雷斯顿为国王,并且重新向他宣誓。第二,你们必须承认雷斯顿和遗孀皇后在这次冲突中达成的所有交易。第三,你们必须帮助帝国和奥克邦塔达成和平友好的外交协议。第四,你们要立即终止所有非自愿的人体实验。"他顿了顿,红色的眼睛放着光。"都明白了吗?"

寝殿里又陷入了沉寂。一会儿之后,西弗特·梅克点了点头。

"你这临时想的条件还挺全面的。"希望喃喃道。

"谢谢夸奖。"红眼回道。

"这些就是你们的条件了是吧?"西弗特·梅克问道。

"还有一条。"希望听到上好的鞋子跑上最后几层阶梯的声音,立刻就认出了这个脚步声。"等一下当布力加·林踏进那扇门的时候,你们要邀请她加入委员会,并接受她为你们的一员。"

房间再一次沉默下来,生物法师们正在无声地交流着。

接着,西弗特·梅克再次回身对希望和红眼说道:"同意。我们已经深刻地明白到我们的错误有多深,并且在这里感谢你们的仁慈。我以整个生物法师团的名义起誓,我们会遵守你们提出的条件,正式投降。"

"棒极了。"红眼说道,"现在证明你们忠心的机会来了。"

红眼的话音刚落,布力加·林便一头冲进了房间。只见她如同一阵白色的疾风,舞着双臂摆好姿势,表情带着十足的狠劲和杀气。顿了一会儿之后,她观察了一下眼前的状况,发现王座是空的。于是她稍稍把手沉了沉。

"发生什么事了?"

西弗特·梅克看了她一会儿。在他的眼神里,希望感觉不到任何憎恨或者厌恶。事实上,他似乎完全漠不关心。

"布力加·林,我们谦卑地邀请你加入委员会,成为生物法师团受尊敬的一员。"

"哼。"布力加·林思考了一会儿,然后把手完全放下。"我如果接受的话,我会把生物魔法教给女人。"

"和我料想的差不多。"西弗特·梅克说道。

"你能接受?"

"我现在是生物法师团的元老,我的意志是至高无上的。"

"进步比一切重要。"布力加·林静静地说道,"这就是你关心的对吧?"

他点了点头。"你还记得我的教导。如果这是取得进步的必要一步,那我也只能接受了。"

"起码你没有假装喜欢我。"布力加·林说道,"好吧。我接受你的邀请,加入委员会。"

"干得好哇,伙计们。"红眼对生物法师们说道,"看到了没?当一个正直的普通人没有你们想象中那么难吧?好了,最后一件事。不如大家现在就下去庭院向未来的国王自首吧?"

吉莉坐在内特尔斯的身边。或者说是黑玫瑰。或者她想被称为什么都可以。吉莉一点儿都不在乎这个,只要这个暴脾气的婊子不死就行了。

"她会没事的。"那个叫艾切尔的瘦奥克邦塔人安慰道,"她只是需要休息和康复。"

"到时我要让阿拉斯给她做一个跟希望的手一样厉害的脚。"吉莉说道。

艾切尔十分和善地笑了笑,安慰地点点头,尽管他不知道吉莉到底在说些什么。就是这一刻,吉莉觉得自己还挺喜欢他。

"小心!"喊声是一个缠满绷带躺在门口附近的士兵传来的。只见他挣扎着要站起来,喊道:"生物法师过来了!"

庭院里的所有人马上警觉起来。他们已经筋疲力尽了,就连那些文成武僧也是一样。你说现在还要他们去面对世界上最可怕的敌人?

很快,生物法师们便出现在门口。十五个身穿白色兜帽长袍的男人,像童年的噩梦般俯视着众人。就连吉莉也觉得心头恐惧万分,连抵抗的勇气似乎都消失了。

"哎哎哎,兄弟们别误会了!啥事儿都没有,啥事儿都没有!"

红眼从那排生物法师的身后挤了出来,站在门口冲着庭院里的人笑。接着,他把生物法师赶到两边,嘴上说道:"让开,让开。"

接着,希望和布力加·林从皇宫里走了出来,站在生物法师的正中间。这一幕,吉莉将会永远记在心上,不管过了多久都不会忘记。以后,每当遇到看似不可能的事情时,她就会把这段回忆像制胜法宝一样拿出来,好好珍视。

"王子殿下?"红眼一边扫视着庭院一边喊道。

"里希邓特朗,你没事啊!"

王子快步跑过庭院,让吉莉意外的是,他竟然像亲兄弟一样紧紧地抱住了红眼。

过了一会儿,红眼轻轻地推开了王子。"好了,好了,老哥。他们有些话要跟你说。"

所有生物法师都脱下了兜帽,突然间,他们似乎都变成了普通人。虽然在生物魔法的副作用下,他们都变得很丑,但还是普通人。

这时,一个脸上布满铁丝的人向王子深深一鞠躬,其余的人也跟着他弯下了腰。

"在此,吾等郑重向您重新起誓。帝国的合法统治者,吾等将虔诚地为您与您的盟友效忠,至死方休。"

王子愣愣地看着西弗特·梅克,震惊得嘴巴微张,却说不出话来。吉莉不得不承认,这简直就是一出笑话。在发生了这么多事以后,他们还想大家就这样原谅他们?

这时,那个叫翰碧斯特夫人的富婆轻盈地走到王子身边。

"我知道您很想让他们付出代价,殿下。"她对王子说道,"不过我还是建议您接受他们这个谦卑的恳求,这样我们才能齐心协力为已经伤痕累累的帝国疗伤啊。"

王子看着翰碧斯特夫人,吉莉在他的眼神里看出了一点悲伤。这应该就是所谓的政治了吧,吉莉心想,不知道王子的内心是否足够坚定去接受这一切。

终于,他叹了口气,说道:"好吧。"接着,他转身对那位生物法师说道:"我会重新接纳你们为帝国的左手,但条件是帝国的右手也要回来效忠,作为你们的制衡。"他又转身对文成武僧们说道:"你们愿意重出江湖,再次为帝国的人民服务吗?"

斯蒂芬疲惫地对雷斯顿笑了笑。"我觉得我们已经在服务人民了,殿下。"

"不过,看起来你们还需要推选一位大宗师吧?"梅里韦尔说道,"这是传统，对吧？"

"确实是。"希望说道，"而我推荐斯蒂芬。虽然他年纪尚轻，但他已经证明了自己的勇气和领导能力。他一定会使文成武僧团变得更好的。"

"我尊重你的推选，但恐怕我不得不拒绝了。"斯蒂芬说道，"我还没准备好接受此等殊荣。"说完，他抽出宝剑，向着天空高高举起。"相反，我推荐逆天者希望成为文成武僧团的大宗师。有谁同意？"

所有的文成也纷纷跟着举起了宝剑。

"逆天者希望，文成武僧团大宗师！"众文成齐声高呼道。

希望的表情依然保持着冷静，一副若有所思的样子。可是吉莉却看出来她稍稍地晃了一下。布力加·林及时扶住她的上臂，帮她稳了稳身子。直到这一刻，吉莉才意识到自己有多爱这两个女人，甚至胜于一切。

"我接受你的推选。"希望说道，声音清晰而坚定。"我发誓，我定会为了帝国以及文成武僧团奉献一切，鞠躬尽瘁。"

王子笑了。"那，大宗师，你愿意再次加入皇宫，与我们一道吗？"

"不愿意。"希望斩钉截铁地说道。

所有人都僵住了。

然后她接着说："我们会再次为帝国的人民服务，并作为生物法师的力量制衡。但我们不会窝在皇宫里。相反，我们将会和人民一同生活。"

"棒极了。"红眼摩拳擦掌地说道，"好了，这样就行了吧？所有事都解决了。"

"还有一件事情。"王子说道。

"哦？"红眼好奇地问道。

"我必须请你成为国王的官方顾问。"

红眼吓得缩了一下脖子。"这算是圣旨么？"

"这算是作为朋友的一个请求。"王子说道，"帝国需要你。我也是。"

红眼叹了口气，一脸可怜地看着希望。

吉莉突然明白了王子的请求到底意味着什么。如果希望拒绝留在皇宫的话，那么如果红眼接受了王子的请求，就意味着他们不能在一起了。而吉莉心里坚信，他们是命中注定要在一起的。

吉莉看着希望和红眼，只见他们四目相对，已在默契地交流，无需言语，更不需要生物魔法。接着，红眼回身对王子说道："当然可以，殿下。这是我的荣幸。"

26

斯通匹克的修复工作马上就开始了，尽管所有人都已经筋疲力竭。虽然海怪在轰炸初期就制止了舰队，但城里仍有整整四分之一的区域被夷为了平地，伤亡的人数更是多得不可计量。

在红眼的敦促下，雷斯顿王子把夹克和领结都脱了，卷起袖子加入了拯救幸存者并确保他们得到医疗救助的队伍中。这位即将登基的国王，竟然亲自来到灾难现场，鼓舞着疲惫的士兵，齐心协力把被困的人从残垣断壁中救出来，安抚失去家园的灾民，这番景象是整个帝国从来都没有见到过的。关于王子的英雄事迹和慷慨仁慈的传言很快就散播开了，而这一切都在红眼的预料当中。

文成武僧和生物法师的第一项合作任务是在星电门门前的大道上搭建一个救助中心，专门给伤者疗伤。虽然两边的人都赞成联盟，但说时容易，真正实施起来却是另外一回事了。那里的气氛一直都异常紧张，如果不是大宗师希望、布力加·林和西弗特·梅克在现场盯着的话，恐怕双方的冲突早就发生了好几次了。

直到各地的大火全部被扑灭，所有幸存的人都得到救助以后，大家终于可以休息了。

然而第二天，红眼早早地就把大家叫起来了。他现在是王子的顾问，他知道人们现在需要一个可以信任的人去告诉他们事情会变得越来越好的。所以，他让士兵们骑马跑遍了所有大街小巷，告诉人们王子在中午的时候会发表演讲，欢迎所有人都前去皇家庭院观看。

然而中午还没到，庭院里就已经是人山人海了。幸好有穆克顿队长和维德顿队长的帮忙，红眼说服士兵们让观众坐到了大门上面，这才腾出了一些空间。

遗孀琵瑟琪皇后昨晚连夜从日落角赶了过来，脸上却是没有一丝倦容，反而是容光焕发地和雷斯顿走到三楼的栏杆旁边，俯瞰着整个庭院。两个皇族的身边一左一右地站着一黑一白两个人，一边是希望，另一边则是西弗特·梅克，两人的兜帽都放了下来。不久前，梅里韦尔还担心梅克脸上的生物魔法印记会让人们害怕，但红眼很确定地告诉她，对于老百姓来说，生物法师戴着兜帽的样子比这可怕一百倍都不止。

而红眼让雷斯顿向民众传达的信息也十分简单。大概就是说他的加冕仪式会在一周后举行，届时将会开启一个团结而正义的新时代。接着，王子介绍了生物法师团的新团长西弗特·梅克，百姓们顿时紧张得躁动了起来，不过这也在红眼的预料之中，所以雷斯顿连忙接着介绍了逆天者希望，文成武僧团的大宗师，天堂圆环的女英雄。

每当红眼听到这些头衔，心里总会有一种暖洋洋、美滋滋的感觉。他本来还想在后面加上戴尔·贝恩，但又觉得太长了。不过，他倒是说服了梅里韦尔让她那些间谍在各个酒馆里把希望的海盗事迹和反动事迹散播出去，尤其是在靠近码头的酒馆，这样她的故事就有可能从斯通匹克流传至整个帝国。他想让帝国的每一个老百姓都知道文成武僧重出江湖了，而且是站在他们一边的。

红眼和梅里韦尔站在一边，看着王子的演讲到了尾声。最后，他再次向大家保证，他定会竭尽全力，不仅要为人民疗伤，更要为帝国疗伤。

"没想到他的演讲能力会那么好。"红眼悄悄对梅里韦尔说道。

"我也没想到你的政治触觉会那么好。"梅里韦尔说道。

红眼耸了耸肩。"玩政治就跟忽悠人差不多嘛，真的。不外乎就是想尽办法让别人按照我们的设计去想、去做嘛。我一直都有这种天分。唯一不同的是，这一次我们可能真的有机会实现我许下的那些天花乱坠的承诺了。"

"既然我们多多少少让大家相信现在不是世界末日了，那我们也应该开始准备加冕仪式了吧。"梅里韦尔说道。

"就一个加冕仪式，真的需要准备一个星期吗？"红眼问道。

"光是加冕仪式？那倒不用。不过至于仪式结束之后的舞会嘛，确实要准备那么久。"

"舞会？"红眼问道，"斯通匹克已经乱成一锅粥了，凡斯港就更不用说了。而你却想举办一场宫廷舞会？"

"别忘了那些勋爵和夫人也是需要忽悠的。"梅里韦尔说道，"毕竟我们将要在帝国的权力架构里推行重大的改革啊，我们必须让那些贵族知道，在改革的过程中他们不会变得一无所有嘛。"

红眼叹了口气。"你说的也是。"

梅里韦尔罕见地露出一个如豺狼般贪婪的笑容。"再说了，我怎么也要看看你心爱的希望穿上晚会礼裙的样子。"

"呃，心爱应该还谈——"

"别装了，你对她明明就是这样。你这样是在侮辱我。"梅里韦尔说道,"还有答应我,你们两个不要因为各自的选择而放弃热恋啊,知道吗?你们俩真的是有原则得太离谱了。怎么说至少也得好好爱一回啊。"

让红眼感到惊恐万分的是,他发现自己竟然脸红了。"呃,好,再说吧。我和她还没有聊过这些,所以我不想做太多假设。"

梅里韦尔在他的脸上使劲一捏,捏得红眼直喊疼。"你真是可爱极了,你说是不是。"

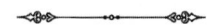

※※※

在过去一年半的时间里,红眼也参加过很多舞会了,而且从来不会感到焦虑。直到现在。如今他不自在地拉了拉夹克,十分紧张。这件夹克是用他最爱的那件鹿皮大衣改的,因为他现在已经是宫务大臣了,总不能拖着长长的大衣在皇宫里走来走去吧。不过把旧时的爱物修改成能用于新生活的东西,这种感觉还是挺让人舒服的。就权当是红眼和里希邓特朗之间的一种妥协吧。

"宫务大臣,里希邓特朗·帕斯汀纳斯驾到!"总管大臣高声宣布道。他好歹也是在这次冲突中幸存下来了,而且脸上那阴沉暴躁的表情跟以前是分毫无二。

这一次,红眼不打算为难这个老头了,甚至懒得像以前那样从帘幕后面跳出来闪亮登场。相反,他只是把帘幕拨到一边,满怀期待地去看希望穿上新礼裙的样子。

可是当他快速地扫了一遍人群之后,他的肩膀"唰"地垂了下来。

"她当然还没来了。"他嘟囔着说道。

"宫务大臣大人?"总管问道。

红眼疲惫地笑了笑。"没什么,老铁。"然后他重重地叹了口气,走到舞厅里面。

走向吧台的时候,他又扫了一遍人群,虽然知道这是徒劳的,但他就是忍不住。

舞厅的一边,有一支小型的弦乐队,演奏着富翁平常喜欢听的轻柔音乐。

这时,红眼看到布力加·林和阿拉斯正在角落里低声交谈着。他一开始还以为他们会像回到家一样自在,庆幸终于可以身处在习以为常的上流事物当中了。不过现在看过去,他们还是显得十分格格不入,仿佛他们去到哪里都一样。可能是他们经历的事情已经改变了他们,也可能是他们向来就不适合这种地方。只有他们在一起的时候,他们才会真正地感到轻松。

而可怜的雷斯顿则被困在了舞厅远端的王座上,等着人们一个接一个地来向他致意。每见一个人,雷斯顿都点头微笑以示礼貌,眼睛却一直渴望地看着尼雅那边。只见她和其他奥克邦塔同胞正静静地和几个文成武僧聊着天,而那些文成今晚也是一副寻常的富人打扮,虽然有好几个人红眼差点就认不出来,但他们的神情和姿态还是让他们暴露了身份。

然而希望还是不见踪影。梅里韦尔也是。

"妈蛋。"他一边接过仆人递过来的红酒一边低声骂道。

"什么事烦到你了吗,宫务大臣大人?"维德顿问道。他又把海军队长的白金皇家制服穿回了身上,不过显然他把胡子留下来了。

"她是故意这样搞我的。"红眼告诉维德顿。

"谁?"

"梅里韦尔啊。她是故意让希望迟到的,就是为了留下悬念。"红眼把一大口红酒灌入喉咙,继续说道:"这种行径简直就是残忍。"

"看来翰碧斯特夫人真的是处处为你着想啊。"

"梅里韦尔只会处处为自己着想。"

"啊,说曹操,曹操就到。"维德顿说道,眼睛看向了舞厅入口。

"乐沙巴希塔的梅里韦尔·翰碧斯特夫人驾到!"总管宣布道。

红眼转过脑袋，正好看到梅里韦尔朝着他抛来一个胜利的表情。接着，她灵巧地让到一边，同一时间总管也开始高声宣布下一位来宾。

"逆天者希望，文成武僧团大宗师驾到！"

在红眼看来，希望俨然就是一件无可挑剔的艺术品。她静静地站在入口处，红眼有一种完全认不出来是她，却又清楚地知道她的每一个细节的奇妙感觉。她的金发被精心地编织过，盘在了头顶。远远看去，她那身黑色的礼裙十分贴身，她流水般的美妙身段被完美地展现了出来。礼裙没有领子，裸露的肩膀白如飞雪，玉颈生香。她戴了一双黑手套，一侧长及手肘，另一侧则是特别定做的，戴上之后义肢铁爪变得如纯净的镜子般光亮照人。她的嘴唇涂上了樱桃色的唇妆，衬得她洁白的小脸十分好看。而她的双眸还是一如既往地深邃动人，仿佛是一池深不见底的蓝泉，纯净得能把红眼的魂魄生生吸走。

而当希望的眼睛对上他的目光时，红眼几乎是膝盖一软，差点就没站稳。

"稳住。"维德顿低声道，"没问题的。"说完，他悄悄溜到角落一边，和布力加·林还有阿拉斯聊起天来。

这时，希望狡黠地笑了笑，朝着红眼慢慢地走了过来，动作还是那么轻盈优雅。

"大家干吗都盯着我看？"她小声地问红眼。

"因为突然之间没有什么东西值得一看了。"红眼说道。

"别搞笑了。"希望说。

"哎呀，伟大而睿智的大宗师啊，难道你还不知道吗？我一直都这么搞笑的呀。"

"这一点我倒是挺喜欢的。"希望承认道，然后她叹了一口气。"这里让我好不自在啊。有一种一头撞进战场里，却不知道敌人是谁的感觉。"

"别担心，我有一个办法，绝对能把敌人赶跑。"

"什么办法?"她问道。

"和我跳舞!"

希望笑了起来,连连摇头。

"什么,难道文成都不跳舞的吗?"红眼问道。

"对啊,真的不跳。"希望说道,"不过幸好,翰碧斯特夫人猜到会这样了,临时教会了我几个流行的舞步。"她又看了看舞厅中央空空的舞池。"可是现在没有人跳呀。"

"那是因为他们一直在等我们开个头呀。"

"我才不信呢。"希望说道。

"不信我?"红眼牵起她的手,领着她来到舞池中央。"那就等着瞧吧。"

他向乐队指挥使了个眼色,那人立即热情地点点头,显然是想趁着这个机会把气氛稍稍带动起来。

随着美妙的旋律响起,希望和红眼开始跳起舞来。

在这个世界上,有的情感只能用语言来传达;有的则需要画画,或者雕塑;有的情感只能用音乐才能表达,还有的则只有通过身体方能沟通。此时此刻,希望与红眼紧贴着对方,在舞厅中翩翩起舞,眼睛里只有对方。这是一种超越了语言、视觉和听觉的情感,坚定而纯粹。希望的礼裙是露背的,红眼轻抚在她的背部,感受着她肌肤的温度。同时,红眼也能感到希望那尖利的铁爪刺痛了他自己的背。不过他并不在意。因为这是他们为了彼此而奋不顾身的最好证据。

"你还记得那天我在老亚米的家里给你画肖像吗?"红眼轻轻地问道,和希望继续在舞池里旋转。

"当然记得。"

"我就是在那时候爱上你的。"

"突然之间吗?"

"差不多吧。"

"我就不知道是什么时候爱上你的。"希望坦承道,"可能是在我不经意之间就发生了。那时候我太想报仇了,其他的我什么都注意不到。而当报仇的动机消失以后,我就感觉到了。可惜的是,几乎在同一时刻,我就失去你了。"

"嘿嘿,至少有一件事是可以肯定的。"红眼说道。

"什么事?"

"我们相爱了。"

希望得意地笑了笑。"我知道啊。还用你说。"

"我就是想大声说出来而已。"他回道。

"感觉好点儿了吧?"

"大概吧。不过必须承认,这一路以来实在是太……复杂了。"

"是啊。"她附和道,"不像你那些耍小聪明的故事,世间万事不一定会有皆大欢喜的结局。只是,一定要有好结局吗?"

"当然不是啦。我只是不知道以后咱们要怎么办而已。"

"咱们要做的,就是一天解决一个问题。当然了,事情不会一直都那么顺利。而且很有可能经常会遇到你我各自责任相左的情况,毕竟你伺候的是国王,而我是代表着文成武僧团和老百姓的。"

说完,她对红眼笑了笑,娇柔万千。

"至于今晚的话,我觉得唯一需要咱们操心的是,你要怎么帮我摆脱这件搞笑的礼裙。"

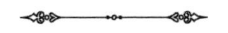

之前,希望就答应了红眼,她会一直等到加冕仪式和舞会结束才和文成们离开皇宫。所以,今天是和她的最后一晚了。到了明天,她就要启程为武僧团建立一个永恒的新家园。虽然要住在皇宫里,希望还是坚持要了一间在低层的小房间,里面只有一张床和几件小家具。不过红眼

也丝毫不介意。

如今，房间里只剩下两人面对面地站在那里，气氛突然变得有点奇怪。周围的一切仿佛也感受到他们的紧张，显得有点异样。红眼能看到她脸上的每一处阴影，听到她礼裙发出的每一个细微的声响，以及她手指传递的每一个触觉。

他们互相看着对方，良久也未说出一句话。

"喜欢这件礼裙吗？"希望终于开口问道。

"你穿上去简直完美。"

她轻抚着自己裸露的肩膀。"你不觉得它……太暴露了吗？"

红眼又向前走近了一些，伸手搂着希望的腰，轻轻地吻了一下她的肩膀。"我觉得刚刚好。"

"可是我的疤痕都看到了。"她说道，"不是很优雅。"

"你的疤痕挺帅气的。"红眼说道，用手指顺着一条从肩膀延伸到锁骨的疤痕轻轻地摸着。

希望推开红眼的夹克，任其滑落到地上，然后温柔地把头依偎在他的肩膀上。"你知道吗，我曾经非常害怕你会觉得我……太残破不堪了。"她说道，嘴唇轻轻地摩擦着红眼的脖子。

"我心爱的姑娘啊。"红眼低声说道，"我的脑袋里还住着一头恶魔呢。所以谁更残破还说不定呢。"

"你在意吗？"她问道，"他们放进你脑袋里的那头恶魔。"

"只有在我看不到你的时候。"红眼回道。

红眼感到她的笑容在他脖子上绽放开来。

他让手从希望的肩膀一路滑到她的手臂上，慢慢地把她的手套推出来。但其中一只被她的爪子钩住了，不过红眼很快就把它脱了下来。

"对不起，"希望喃喃道，"这个东西……"

"不要对不起。"红眼举起她的爪子，把它按到自己的胸膛。"而且它不是一个东西。它是你的一部分。所以我也爱着它。"

希望抬起头,挑起一边眉毛,略带怀疑地问道:"这么说,你也喜欢我所有的疤痕咯?"

红眼咧嘴笑了。"那就不知道了。我还没有看过你的全部疤痕呢。"

希望回了他一个坏笑。"全部你都想看吗?"

"是啊。"

"有的疤痕很难找哦。"

"我一定会仔细找的。"

"那你赶紧处理一下这套礼裙呗。"

红眼的手伸到希望背后,把礼裙的衣扣一一解开。天鹅绒裙子便顺着希望的身体轻轻滑下,落地的刹那微微发出一声愉悦的叹息。此时,希望已是赤裸着身体,光彩夺目地站在红眼面前。

"轮到我了。"她举起铁爪,小心翼翼地割开红眼的衬衣,然后是裤子,看着它们分成两半,飘到地上。

"谢谢你先把我的夹克脱掉了。"红眼说道。

"不客气。"

接着,他们互相走近一步,紧紧地相拥在了一起。刹那间,一股炽热的电流仿佛灌入了两人的身体,柔软皮肤下的结实的肌肉激烈地摩擦着,唇瓣情难自禁地贴合在一起,贪婪地攫取着对方的气息。他们爱得难分难离,一头扎进床上,融为了一体。现在,他们终于都完整了。而对于他们来说,这已经足够了。